Kitano por Kitano

Takeshi Kitano
e
Michel Temman

Kitano por Kitano

martins fontes
selo martins

© 2012 Martins Editora Livraria Ltda., São Paulo,
para a presente edição.
© 2010 Éditions Grasset & Fasquelle
Esta obra foi originalmente publicada em francês sob o título
Kitano par Kitano por Takeshi Kitano e Michel Temman

Publisher *Evandro Mendonça Martins Fontes*
Coordenação editorial *Vanessa Faleck*
Produção editorial *Danielle Benfica*
Preparação *Flávia Merighi Valenciano*
Revisão *Denis Cesar da Silva*
Paula Passarelli
Silvia Carvalho de Almeida
Projeto gráfico e diagramação *Valéria Sorilha*

Dados Internacionais de Catalogação na Publicação (CIP)
(Câmara Brasileira do Livro, SP, Brasil)

Kitano, Takeshi
 Kitano por Kitano / Takeshi Kitano e Michel Temman ; [tradução Marcelo Haruki Mori]. – São Paulo : Martins Fontes – selo Martins, 2012.

 Título original: Kitano par Kitano.
 ISBN 978-85-8063-045-9

 1. Diretores e produtores de cinema - Entrevistas 2. Kitano, Takeshi I. Temman, Michel. II. Título.

12-09182   CDD-791.43092

Índices para catálogo sistemático:
1. Diretores de cinema : Entrevistas   791.43092

Todos os direitos desta edição reservados à
Martins Editora Livraria Ltda.
Av. Dr. Arnaldo, 2076
01255-000 São Paulo SP Brasil
Tel.: (11) 3116 0000
info@martinseditora.com.br
www.martinsmartinsfontes.com.br

Sumário

Agradecimentos 7
Prólogo 9
1. Em busca da felicidade 15
2. No palco em Asakusa 35
3. O meu alter ego Beat Takeshi 51
4. A televisão, seguro total 67
5. Delírios televisivos 71
6. Uma televisão que não é lá grande coisa 85
7. Como foi que eu comecei a fazer o meu cinema 93
8. Encarando a morte 107
9. Redenção e fogos de artifício 117
10. Trilogia para um avatar 137
11. Choques e entrechoques cinematográficos 149
12. Drama 171
13. A pintura, reino da minha imaginação 175
14. A minha queda pela Ciência 181
15. Como o Japão é incrível! 185
16. Ordens e desordens 209
17. A África do meu coração 217
18. Os amigos 227
19. Confidências sobre um tatame 233

Glossário 245
Filmografia de Takeshi Kitano 261
Bibliografia 265

Agradecimentos

Agradeço às edições Grasset e, particularmente, a Manuel Carcassonne, que, durante quatro anos, mostrou o caminho e seguiu, pacientemente, do começo ao fim, a realização desta obra, que foi, muitas vezes, uma aventura sem fim, assim como a Eddy Noblet, por suas corajosas releituras. Meus agradecimentos vão também a Olivier Nora, Martine Dib, Elodie Deglaire, Jean-François Paga, Jean-Pierre Pouchet, Elsa Gribinski, Maud Schmidt e Xavier Collet.

Agradeço também à equipe da Office Kitano: seu presidente, Masayuki Mori, por ter me dado sua confiança, Jun Ogawa, por todo o seu apoio e seus preciosos conselhos, Makoto Kakurai e Aya Nakahashi. Graças a eles, consegui chegar ao final deste projeto. Muito obrigado também a Shozo Ichiyama, Shinji Komiya, Takio Yoshida, Kazuhito Kobashi, Naoyuki Usui, bem como aos alegres Gundan e a Tsuyoshi Nishimura, a Hiroyuki Fukioka, a Chieko Saito e toda a sua família pela recepção calorosa e tantos momentos inesquecíveis em Asakusa na presença de Rufin Zomahoun, motor indispensável desta aventura.

Essas confidências teriam ficado trancadas em uma gaveta se não fosse pela paciência, pela ajuda e pelos encorajamentos de Vanessa van Zuylen, Sophie de Taillac, Corinne Quentin (escritório do *copyright* francês no Japão), Yuriko Matsumoto, Yves Simon, meu *brother* Francis Temman, Catherine Bernard, *my dear* Shiwei e minha mãe coragem, Arlette.

Agradecimentos também a Marc Kravetz, André Brincourt, Philippe Grangereau, Renaud Girard, Nicolas Finet, Nicolas Rousseaux, Agnes Bourgois, Etienne Bourgois, Gilbert Erouart, Aymeric e Mariko Erouart, Jack Lang, Monique Lang e Valérie Lang, Yoshio Hattori, Chigeki Hijino, Valérie Lemercier, Jeff Taylor, Albert Abut e Maiko Fujiwara, Patrick Duval, Serge Edongo e, na Fundação Cartier para a arte contemporânea, Hervé Chandès, Isabelle Gaudeffroy e Adeline Pelletier.

E, ainda, obrigado à ABC, ao jornal Asahi Shimbun, a Chris Allen, Philippe Azoury, Antoine de Baecque, Mustapha Belmami, Maitena Biraben, Bruno Birolli, Grégoire Biseau, Dominique Bouchet, Catherine Cadou, Celluloid Dreams, Françoise Degois, DJ Alex from Tokyo, Basile Doganis, Greg Feruglio, Akio Fujiwara, Fuji TV, Furoan, Raphaël Garrigos e Isabelle Roberts, Laurent Ghnassia, Lilian Ginet, Boyd Harnell, Naoya Hatakeyama, Ryoichi Hayakawa, Sayuri Hongo, Chieko Inamasu, Matilde Incerti, Yoriko Iizuka, Ikekan, Takashi Inoue, Yasunari Ishihara, Kikuko Kanda, Gérard Lefort, Libération, Jean-Pierre Limosin, Mainichi Shimbun, Annie Mancone, Alexis Marant, Etsuko Matsunoo, Robert Ménard, Shunsuke Ogino, NTV, Hengameh Panahi, Paola, Pérignon, Jérôme de Perlinghi, Didier Péron, Emmanuel Poncet, Philippe Pons, Fabrice Rousselot, Saito Entertainment, Abi Sakamoto, Taichi Saotome, Raphaël Sebbag, François Sergent, Yoichi Shibuya, Shochiku, Ryuichi Sakamoto e Norika Sora, Sublime, Vincent Sung, Masaharu Tadaki, Tsukushi (Asakusa), TV Asahi, TBS, TV Tokyo, Hiroaki Tsuzuki, Richard Werly, Masayuki Yamamichi, Kazuyuki Yonezawa, Yohji Yamamoto, Yomiuri Shimbun e tantos outros, por tantas razões e apoio moral.

Meus pensamentos vão, enfim, a quatro amigos que nos deixaram cedo demais, e também aos seus amigos: Ken Hongo, Jean-Paul Rousset, Emmanuel Rhor e Shimpei Ishii. Eles teriam ficado contentes de ver este livro publicado.../.
M. T.

Prólogo

Eu cruzei com Takeshi Kitano durante muito tempo nas ruas de Tóquio. O acaso quis que nós morássemos a algumas dezenas de metros de distância um do outro, perto da "Killer Street", no bairro de Minato, no coração da capital. Kitano estava sempre acompanhado de seu chofer, Tsuyoshi Nishimura (também ator, ele aparece em vários filmes de Kitano), de assistentes, de parentes ou de amigos. Eu o abordei pela primeira vez em 2003, na véspera da primavera, levado por uma vontade, mais ou menos inconsciente, de conseguir uma entrevista. Afável, ele sorriu e falou gentilmente comigo. Parecia surpreso que um jornalista francês morasse tão perto dele. Takeshi Kitano me prometeu uma entrevista... assim que tivesse tempo. "Logo", disse ele...
Eu precisei esperar mais de dois anos.
Numa noite da primavera de 2005, depois do lançamento, alguns meses antes, e do sucesso retumbante de seu filme de sabre Zatoichi na França, Kitano me convidou a acompanhá-lo em um jantar. Foi a oportunidade para eu lhe fazer algumas perguntas para um artigo que seria publicado na França. No final do jantar, ele me convidou a encontrá-lo no dia seguinte para que pudéssemos continuar a entrevista. Eu ainda não sabia que esses dois encontros de um final de semana constituiriam a base de uma longa relação marcada pelo respeito, pela amizade e, às vezes, pelo imprevisto. Outros encontros, aproximadamente quarenta, iriam acontecer durante quase quatro anos.
Até então, eu conhecia Takeshi Kitano apenas de nome e algumas de suas produções. Seu alter ego televisivo, o superfamoso "Beat Takeshi" – nome de cena fantasioso que ele inventou para suas aparições no palco e na televisão há aproximadamente trinta anos –, aparecia frequentemente, para não dizer diariamente, na televisão, como um personagem que se tornou familiar. Eu também podia vê-lo nos cartazes gigantes de filmes que enfeitavam, regularmente, as paredes da capital japonesa.

Havia muito tempo que o estilo irreverente e as piadas de adolescente de Kitano me faziam sorrir. Seu descaramento e sua insolência me impressionavam. Mas, a partir desse momento, as coisas tinham mudado: esse artista, verdadeiro ícone cultural no Japão, pelo qual eu sentia uma admiração não dissimulada mas difusa, me intrigava particularmente. Comecei a tentar "entender" o mistério de um homem que tinha se tornado mais do que um simples fenômeno midiático, desvendar a personalidade desse "vizinho" pouco comum. Quem seria esse Kitano aparentemente sem tabu nem pudores? Quem se escondia atrás desse homem-orquestra, artista multiforme, comediante, apresentador, estrela de televisão e diretor de sucesso? O que é que inspirava esse espírito libertário, filho dos anos 1950, autor de textos autobiográficos e de reflexão sobre a sociedade japonesa, a vida e a felicidade?

Pacientemente, durante nossas conversas, eu retraçava passo a passo suas origens modestas, sua longínqua vida de boxeador amador, de aprendiz de jogador de beisebol, suas pequenas peças de juventude encenadas nos teatros de variedades, sua ascensão fulgurante e, logicamente, seus filmes tão pessoais, mistura de violência extrema, de humor corrosivo, de singela ingenuidade, de brincadeiras pueris e fora das normas. Eu descobria, ou revisitava, perplexo, uma obra plural, montanhas de comentários, de artigos e de críticas, tudo o que foi dito e escrito sobre ele durante os últimos trinta anos. Eu tentava compreender melhor os demônios de Kitano, diabo cravado no corpo e no coração, mentor adulado por seus novos discípulos.

*
* *

Verão de 1994. O céu está abafado, nublado. A umidade cola na pele. A notícia é anunciada pelo rádio. O rumor que se espalha diz que, talvez, Takeshi Kitano esteja à beira da morte. O diretor está em coma por causa de um acidente na estrada terrível. A estrela nipônica, sofrendo uma pressão impiedosa, não andava muito bem. Crise de confiança para com o sistema, desilusão, um filme (Adrenalina máxima) injustamente mal recebido, segundo ele, pela crítica no Japão... Kitano, que tinha milhares de projetos, havia acabado de filmar uma comédia, mas continuava irritado e até mesmo, alguns dias, completamente esgotado. Aos 47 anos, ele temia o pior: o tédio. Como já tinha passado pela crise dos quarenta, ele via despontar com pavor a dos cinquenta. Então, antes do amanhecer, na hora em que os corvos obesos de Tóquio atacam o lixo, ele acelerou sua vespa – será que teria bebido um pouco demais? – e acabou em um guard rail. Antes de perder a razão, ele teve tempo de confiar a seus amigos mais chegados que não estava muito bem. Algumas horas mais tarde, a notícia estava na televisão: Takeshi Kitano tinha sido achado, na beira da estrada, debaixo da luz difusa de um poste, por um chofer de táxi que havia brecado a tempo.

Prólogo

Takeshi Kitano estava em um estado desesperador. Desfigurado. O prognóstico dos médicos era bem alarmante. Uma operação considerada de risco pelos melhores especialistas era indispensável para que se pudesse avaliar o estado exato de seu sistema nervoso. Algumas mídias mal-intencionadas, seguidas pelo boca a boca, espalhavam, sem tardar, rumores insensatos.

Mas, em um tempo recorde, Kitano saiu do coma como uma crisálida de seu casulo. Sua hora ainda não tinha chegado. Finalmente, o apresentador de televisão acaba recusando a craniotomia proposta pelos cirurgiões. Em seu leito de hospital, o artista renasce e começa uma nova vida. A cirurgia estética fará milagres para lhe dar um verdadeiro rosto. Ele nunca mais será o mesmo.

É um Kitano metamorfoseado que sai dessa prova. Sem abandonar a televisão, ele veste uma nova plumagem para se consagrar, prioritariamente, ao cinema.

Desde então a "grife Kitano" não parou de prosperar. Pilar da Office Kitano, agência de artistas e produtora fundada com seu amigo de trinta anos, Masayuki Mori, o mestre nipônico, alternadamente cenarista, diretor, ator e montador, protege cada um de seus membros e discípulos como uma mãe protege seus filhos. Trinta anos depois do início modesto de sua carreira em Asakusa, "Tono" (senhor feudal), como seus amigos mais chegados o chamam, dirige um pequeno império no fechado e aconchegante mundo da televisão japonesa. Ele ganha dinheiro, muito dinheiro, e assume o duplo papel de personagem estrela da televisão e do cinema. Sua pequena empresa, muito independente, não conhece a crise: ela é, na verdade, uma das mais prósperas no meio da paisagem televisiva nipônica e, paralelamente, uma das mais engenhosas no meio da indústria do cinema no Japão.

*
* *

A partir de seus sonhos de criança pobre dos bairros desfavorecidos de Tóquio, Kitano galgou, um a um, os degraus do sucesso: primeiro o teatro, depois a televisão, a verdadeira chave para a conquista do cinema. Kitano goza hoje de um reconhecimento mundial no fechado mundo dos grandes da sétima arte.

Ao longo dos meses, dos anos, eu vi e revi novamente, um a um, todos os seus filmes, o eficiente Violent cop, o percuciente Boiling point, o perturbador Adrenalina máxima, o belo e pungente Hana-bi – Fogos de artifício (Leão de Ouro na Mostra de Veneza em 1997), o iniciático De volta às aulas, o violento Brother, o onírico e poético Dolls, inspirado no bunraku (teatro de marionetes tradicional), o terno Verão feliz, o corrosivo Zatoichi (Leão de Prata de melhor direção na Mostra de Veneza de 2003). Suas obras, às vezes desnorteantes, revelam aquilo que um olhar estrangeiro não vê, ou não percebe, obrigatoriamente, da primeira vez, nos interstícios da vida social no Japão. Seus filmes mostram bem a identidade japonesa, particularmente o homem das ruas dos bairros populares de Tóquio. Assim, eles funcionam como inúmeras chaves para a decodificação cultural: ajudam a descobrir e a compreender melhor, especialmente, o humor japonês, a cultura do riso, bem variada, nesse país onde as pessoas têm a reputação – errônea – de serem muito sérias.

Em um set de cinema, Kitano ignora as convenções. Os extremos opostos não o assustam. Ele transgride os gêneros e as barreiras em nome de uma absurdidade existencial. Aquele que é chamado ridiculamente na Europa de todos os títulos ("o Chaplin japonês", "o Tarantino do sol nascente", "o Buster Keaton nipônico") nunca tem medo de fazer longos planos fixos de cerejeiras floridas, ou de florestas sublimadas debaixo de um espesso manto de neve em um filme de brutamontes e de yakuza insanos. Em sua obra, como na de Akira Kurosawa, o cinema se une à pintura. Podemos perceber, aliás, vários de seus quadros em seus filmes Hana-bi – Fogos de artifício, Verão feliz e Aquiles e a tartaruga, como se ele quisesse transfigurar a realidade.

Como mestre original e zeloso da direção ou como ator de um estilo minimalista, Kitano não pode ser igualado em seu trabalho de tramar no cinema ambientes sutis com uma impertinência e uma simplicidade bem afastadas das produções americanas, europeias e asiáticas. Assim vai Takeshi Kitano, que brinca com as evidências e com a natureza das coisas em uma busca pela autenticidade, e sempre com um senso festivo. Fora do Japão, alguns de seus filmes encontram um sucesso enorme. O público adora tanto seus filmes policiais violentos e melancólicos quanto suas comédias atrevidas, obras marcadas pela tendência evidente do cineasta ao escárnio, o mais corrosivo possível.

Seus últimos filmes surpreenderam, às vezes desconcertaram, mas, independentemente de sua vontade, Kitano se tornou um dos grandes nomes do cinema japonês contemporâneo, reconhecido como um dos que, depois das eras de ouro marcadas pelas obras de Akira Kurosawa ou de Nagisa Oshima, fizeram ressurgir a sétima arte nipônica nas telas internacionais. Ao lado de outros diretores experientes como Kinji Fukasaku e Shohei Imamura, ou mais jovens como Takashi Miike, Hideo Nakata, Naomi Kawase, Shunji Iwai, Shinji Aoyama, Kiyoshi Kurosawa e Hirokazu Kore-eda, ele contribuiu para a abertura de um caminho a uma nova geração de cineastas apreciados fora do arquipélago.

Nem mesmo ele, que recebe, permanentemente, e-mails e cartas dos membros de seus fã-clubes espalhados em, aproximadamente, sessenta países onde seus filmes são distribuídos, esperava tanto. Kitano exerce uma fascinação estranha sobre seu público, do qual uma parte lhe dedica um verdadeiro culto, e alguns acabam até por elevá-lo ao nível de "mito" vivo.

*
* *

Prólogo

Um mito que o "mestre" mantém vivo. Com seu dom de ubiquidade, Kitano é, obrigatoriamente, tema de comentários, de curiosidade, de discussões e de críticas. Ele sabe disso e assume. Uma quantidade imensa de livros sobre ele já foi publicada. Kitano também escreveu muito sobre ele mesmo e suas múltiplas vidas. Ele se entregou a todas as suas paixões, acumulando dezenas e dezenas de facetas, impondo um verdadeiro desafio ao biógrafo. Por onde devemos começar a falar dele? Alternadamente (ou simultaneamente) comediante, boxeador amador, sapateador, cantor, apresentador de espetáculos de televisão, ator, diretor, ícone de propaganda, cineasta, montador, escritor, pintor... Obtendo resultados, às vezes desiguais, ele já fez de tudo.

Para os japoneses, Kitano é, antes de tudo, um personagem familiar da televisão. Em Tóquio, Beat Takeshi continua sendo o apresentador que mais grava programas. Ao passo que, para o público fora do Japão, seu nome, pelo contrário, está associado à sétima arte e continua sendo o de um artista excepcional que conseguiu se afirmar como um dos cineastas asiáticos mais prolixos, subversivos e fora do comum de sua geração. Na França, ele foi prestigiado bem cedo, no começo dos anos 1990, pelo público e pela imprensa como um importante diretor do cinema japonês.

Takeshi Kitano não para nunca. Quando era criança, ele se apaixonou pelas ciências e pelas estrelas. Desde então, não sossega. A própria ideia de descanso lhe é desconhecida. O domingo continua sendo, para ele, um dia como qualquer outro, feito para trabalhar. Bulímico do esforço, ele, no entanto, nunca força nada ou se obriga a fazer algo: se ele não gostar do que lhe é proposto, ou se um projeto, mesmo em andamento, se encontrar em perigo ou o aborrecer, ele avisa a todos e desiste dele. Obcecado pelo desenrolar inalterável do tempo, ele cita naturalmente Paul Klee e Shakespeare e fala, fascinado, do "caráter extremista" de suas obras. Seu único imperativo: nunca se aborrecer. Sendo um eterno insaciável, ele corre atrás da vida, como para melhor exorcizar a morte. Como um perfeito hegeliano, faz da permanente experiência de sua insatisfação o motor de sua inspiração criativa.

Melhor ainda é se calar e o deixar falar. Neste livro de confidências, que ele espera ser o mais fiel autorretrato possível, Kitano se despe. Como raramente o faz. Sem concessões. Com uma voz rouca e áspera, ele conta sua vida ao ouvinte e a si próprio, sendo um artista que enfrenta a incerteza, com seu humor corrosivo, sua sinceridade, seus entusiasmos e seus desvarios. Quando, às vezes, se vê encurralado, lamenta seus erros assumidos, fala de seus sucessos, de suas provocações, mas também de seus fracassos... e de seus deslizes.

O homem aparece em todas as suas contradições e seus paradoxos; ele é, assim, com seu ar falsamente modesto, um homem com um grande coração. Isso porque Kitano nunca renegou e nem se esqueceu de suas origens modestas, como, até hoje, sua ardente necessidade de reconhecimento o prova. E se ele próprio, às vezes, se diz perdido neste século, é porque nunca realmente se desligou dos outros. Ele soube, como um observador aguçado, atento ao rumor do mundo, se forjar uma consciência política, no sentido nobre do termo. Durante esse percurso, criou para si uma visão da vida, encontrando o rumo de uma filosofia da felicidade, a meio caminho entre a obstinação pelo trabalho, pelo zen-budismo e pelo epicurismo. No apogeu de sua carreira, entrega-se aqui com uma rara lucidez, que é a marca suprema da liberdade e da sabedoria.

*
* *

Este livro foi redigido a partir de várias dezenas de conversas livres e entrevistas realizadas com Takeshi Kitano entre a primavera de 2005 e o outono de 2009. Entre as palavras do cineasta que entrou no jogo, comentários em itálico foram adicionados quando era necessário situar o contexto ou fornecer algumas explicações para o leitor. Talvez este julgue, às vezes, estranho, ou mesmo fora do contexto, o emprego de uma ou outra expressão, jargão ou associação de ideias. A retranscrição literal, através da barreira da língua das expressões vernáculas e dos inevitáveis idiomas, foi um momento delicado, ainda mais se tratando da língua falada. O conteúdo dessas conversas foi conservado da maneira mais fiel possível, adaptando a forma quando necessário, para restituir da melhor maneira a expressão oral em japonês, o pensamento, a voz e os humores de Takeshi Kitano. Para o japonês, o sistema de transcrição usado foi o de Hepburn modificado. E para não sobrecarregar a integralidade do texto, optou-se pela não reprodução das vogais longas (logo, Kyoto, e não Kyôto). Finalmente, segundo o uso ocidental, o nome vem antes do sobrenome, contrariamente ao uso japonês.

Gostaria de agradecer calorosamente em primeiro lugar a Kitano, obviamente, que confiou em mim durante todo o tempo que durou essa aventura singular. Também devo agradecer especialmente, da mesma maneira, ao africano radiante que, durante esses encontros, serviu de intérprete oficial, tão preciso quanto inesperado: Rufin Zomahoun, personagem beninense bem conhecido nos sets da televisão japonesa. Ele é um homem encantador e sedutor, com um riso contagiante e um sorriso irresistível. Zomahoun, como os japoneses simplesmente o chamam, é um contador humanista, herdeiro dos feiticeiros africanos, uma pessoa erudita e poliglota que transmite valores e ideias. E foi em um set de um de seus programas de televisão que Kitano o conheceu. Os dois se tornaram praticamente inseparáveis. Zomahoun esteve presente em cada uma de nossas conversas, trabalhando brilhantemente como intérprete e elo indispensável. Sem ele, esses encontros com Takeshi Kitano nunca teriam sido tão regulares, numerosos e agradáveis. Sem ele, este livro de confidências não existiria. De minha parte, eu dedico esta obra a Lola e a todos aqueles de quem gosto muito.

Michel Temman

Em busca da felicidade

1.

Tóquio. Primavera de 2005. O perfil de um homem atarracado, de aproximadamente um metro e setenta, acaba de surgir do fundo de uma ruela, a dois passos de uma torre de arquitetura de vanguarda, sede da TBS, sexta rede de televisão privada japonesa. Seu passo é vivo. Nessa noite de sábado, o homem que avança apressadamente, quase vacilante, com tamancos de madeira nos pés, calças pretas bufantes, mãos nos bolsos, não é Takeshi Kitano, o intérprete do massagista Ichi, o herói cego do western spaghetti japonês Zatoichi, premiado em 2003 com um Leão de Prata na Mostra de Veneza. É seu alter ego da televisão, Beat Takeshi. Ele acaba de terminar a gravação de um de seus programas de televisão, um dos oito talk shows que apresenta toda semana, alguns há vinte anos. Desde esse primeiro encontro, a estrela midiática não parece ser pretensiosa: parece simples. Sentado com as pernas cruzadas em cima do tatame de um ryotei, um pequeno restaurante da capital, Kitano aceita entrar no jogo das confidências. Ele não tem mais nada, nesse momento, do apresentador de programas de televisão, do diretor sombrio e secreto de seus filmes. Nem óculos escuros, nem terno yakuza, nem armas... Ao longo da entrevista, surge um homem muito lúcido sobre si próprio, sobre seu percurso e sua obra abundante e eclética, um criador prolífico e culto. Takeshi Kitano, rapidamente, deixa à vontade seu interlocutor. Ele mal se senta e começa a falar de vinho, uma de suas paixões. Mais tarde, cada um desses encontros acontecerá em volta de algumas boas garrafas de vinho. O vinho tinto vai servir de fio de Ariadne de nossas conversas.

Vamos beber! Sinta-se à vontade. Você pode me perguntar tudo o que quiser.

Takeshi Kitano pede uma garrafa de vinho ao dono do restaurante. "Um grande vinho da casa." Minha nossa! O cru[1] servido é um millésime Rivesaltes 1929, do sul da França, da região do Crest e do vale do Agly... Kitano evoca sua paixão pelo vinho em geral e pelos vinhedos franceses em particular. A cena é quase surrealista. Nesse momento, nesse restaurante tradicional japonês, Takeshi Kitano, com seu cabelo loiro descolorido, fala em japonês de vinhos franceses e cada um de seus comentários é perfeitamente traduzido, com praticamente todas as nuances, por um intérprete beninense muito elegante em seu boubou[2] multicor... Surge a revelação: se Takeshi Kitano gosta tanto de vinho é porque ele odeia o tédio.

Gosto de vinho. Sempre tive paixão por vinho. Talvez essa seja a razão pela qual eu sempre me interessei muito pela história da Europa, da França e da Itália... Para mim, o vinho é a França, é a Itália. Um dia, eu ofereci a um amigo, dono de restaurante japonês, uma maravilhosa garrafa de um antigo cru francês de 1944. Um ano especial, não é? Eu não me lembro mais qual era o *château*. Era um grande vinho. Excelente. Gosto de vinho porque ele nasce da terra. Quando ele é concebido com amor, é bebido com amor. O vinho ajuda a tornar a vida mais bela. Ele ajuda a chegar até a felicidade. E a felicidade, ainda bem, é a chave da existência. Ela ajuda a gente a aguentar tudo, ela mantém a gente vivo. Pois, como você sabe, para lhe dizer a verdade, eu acho que uma vida infeliz é mais triste do que a morte...

Depois da guerra

A garrafa de vinho vai se esvaziando, tornando propícias as reminiscências. Takeshi Kitano se lembra de sua infância nos bairros de Tóquio do pós-guerra. Saudade de um tempo que já passou...

Demorou muito tempo para eu entender, quando era criança, que alguma coisa terrível tinha se passado no meu país durante a Segunda Guerra Mundial. Levei anos para compreender que o aventurismo guerreiro do Japão, as nossas guerras sucessivas de agressão e de ocupação, desde o começo do século XX, tinham acabado mal. Ainda bem pequeno, eu não tinha imagens exatas

---

1. O cru é um vinho que vem dos melhores vinhedos de uma dada região. O *millésime* indica o ano da safra do vinho, podendo ele ser excepcional ou não. (N. T.)
2. Traje típico da África ocidental; túnica africana. (N. T.)

Em busca da felicidade

desse período, das inúmeras catástrofes e dos inúmeros traumas. Eu descobri e entendi mais tarde, aproximadamente aos onze ou doze anos, o que tinha realmente acontecido.

Quando nasci, no dia 18 de janeiro de 1947, em Umejima, no bairro de Adachi, no norte de Tóquio, a capital ainda estava marcada pela guerra, parcialmente devastada. E, como na maior parte das cidades do país, durante longos anos depois do final da guerra, a paisagem urbana era de uma tristeza imensa. As crianças brincavam no meio de bairros destruídos pelas bombas incendiárias, em terras de ninguém onde cresciam matagais. Os americanos também tinham tido o cuidado de, durante os seus bombardeamentos indiscriminados, reduzir a pó a maior parte da atividade industrial das grandes cidades.

Foi graças à escola e aos colegas que eu soube da verdade. Um dia, eu vi fotos e entendi que, durante a primavera e o verão de 1945, o Japão tinha sido explodido, completamente destruído debaixo de um tapete de bombas. Conhecemos o horror e os danos sofridos por Hiroshima e por Nagasaki. Em outros países, as pessoas sabem como, no final da guerra, várias cidades alemãs, como Dresden, foram esmagadas debaixo das bombas dos vencedores. Mas a maior parte delas ignora o que aconteceu em muitas cidades japonesas que foram totalmente transformadas em braseiros e apagadas do mapa, como Nagoya, Kobe ou Yokohama[3]. Tóquio, particularmente, sofreu muito. Na véspera da primavera de 1945, apenas na noite do dia 10 para o dia 11 de março, estima-se que mais de 100 mil pessoas morreram na capital. Cem mil! Bairros inteiros constituídos de casas de madeira que foram visados pelos bombardeamentos, sobretudo no norte da capital, pegaram fogo. Famílias inteiras que viviam lá, debaixo do mesmo teto, dos avós às crianças, foram queimadas vivas. Disso tudo eu soube tarde, no final dos anos 1950.

Eu cresci nos lugares mais pobres do bairro de Adachi. Eu era o caçula da nossa família. O meu pai já tinha mais de cinquenta anos quando nasci. Que azar! Os meus pais, sobretudo a minha mãe, me azucrinavam para que eu estudasse muito na escola. O Japão daquela época ainda era muito pobre. Na nossa escola primária, como em todas as outras, faltava tudo. Nós não tínhamos *soroban*[4] para fazer cálculos. Tínhamos de fazê-los de cabeça. Para nos encorajar, os professores nos diziam que um verdadeiro pequeno japonês não usa *soroban*, que ele deve se manter calmo, se concentrar e saber perfeitamente de cor toda a tabuada. A vida na escola era feita de humilhações sem fim.

---

3. Sessenta e seis cidades japonesas foram parcial ou totalmente destruídas. (N. A.)
4. Ábaco japonês; instrumento japonês para cálculo. (N. T.)

Os estudantes mais pobres zombavam dos que eram ainda mais pobres do que eles.

Em Tóquio e em todo o país, o período pós-guerra foi, sobretudo, marcado pela "ocupação" americana – entre 1945 e 1952 – e pela vontade fora do comum de sair da crise, de se reerguer. O esforço foi nacional. Toda a sociedade japonesa trabalhou para o renascimento do país, e ele não foi apenas econômico. Entretanto, a reconstrução foi lenta, muito árdua. As famílias, pelo que me lembro, se privavam de tudo. Esse era o caso em casa. O salário do meu pai não dava para encher a barriga de todo mundo. Em todos os bairros pobres, as crianças não conseguiam matar a fome.

Você sabe que, há mais de vinte anos, cada vez que eu viajo para algum país da Europa ou para os Estados Unidos para fazer a promoção de um filme, sou entrevistado sobre ele, os jornalistas e os críticos fazem perguntas sobre tal cena e eu discuto com eles sobre o conteúdo, sobre a história e sobre os personagens. Mas raramente me pedem para eu contar sobre a minha infância, para eu falar detalhadamente sobre o lugar onde cresci, o que aqui se chama de *shitamachi*[5]. Esses bairros populares eram então as favelas de Tóquio. É difícil imaginar hoje o que eles eram antigamente.

Foi neles que cresci durante um período confuso. Eu era pequeno demais na época, mas, pelo que me contaram e pelo que sei, apesar de a reconstrução do país já ter recomeçado, uma grande parte do Japão ainda estava no chão. O país estava não apenas em obras, mas igualmente ocupado pelos americanos, segundo as regras fixadas pelo general MacArthur e as suas tropas. Ah! Esse MacArthur! A imagem desse grande personagem, que fumava cachimbo o tempo todo, marcou o espírito da nossa geração. Durante o período da ocupação, as ruas da capital estavam cheias de civis e de militares americanos de folga. Nos bairros, muitas pessoas acenavam para eles. Esses anos marcaram o começo do antiamericanismo fulgurante da nossa sociedade.

Aliás, às vezes, as pessoas acham ou fazem correr boatos de que eu seja antiamericano. Essa ideia é completamente falsa. Logicamente, como muitos japoneses, eu chego até a reclamar dos americanos. Eu ainda me revolto, de vez em quando, contra a confiança exacerbada dos americanos, contra a vontade de poder absoluto deles, contra o modo insolente de evidenciar a potência deles. Mas isso nunca foi uma obsessão para mim. E, quando isso acontece, nunca dura muito. Pois, fundamentalmente, eu não sou antiamericano.

---
5. "A cidade de baixo". (N. A.)

Em busca da felicidade

> Kitano criticou frequentemente nesses últimos anos a América puritana de George W. Bush. Mas ele nunca se esquece de lembrar a que ponto ele aprecia a América de Obama, e venera um grande número de artistas americanos, entre os quais um dos pioneiros do movimento pop art: Andy Warhol.

Menino da rua

Foi no leste de Tóquio, em um bairro operário, de artesãos, de carpinteiros, que eu cresci. Em Senju e Umeda, mais precisamente, bairros populares, muito pobres. Pode-se dizer que lá era como o Harlem de Nova York, nos seus momentos mais sombrios. Alguns lugares de Umeda, depois de 1945, não passavam de um amplo emaranhado de chapas metálicas, pior que as favelas insalubres do subúrbio de Osaka de *Consumido pelo ódio*[6]. As condições de vida eram deploráveis, e a minha infância, por assim dizer... difícil. Eu nunca tinha me dado conta do estado miserável desse bairro antes de entrar no ginásio. Foi um pouco mais tarde que isso se tornou evidente. Eu quase tinha vergonha de ter vivido lá.

Lá pelos dez, onze anos, eu passava cada vez mais tempo na rua. Eu sonhava com trenzinhos elétricos, gostava de jogar pião, empinar pipa, jogar beisebol com os meus colegas. A vizinhança e as pessoas do bairro faziam praticamente parte da família. Então, muitas vezes, os vizinhos se ajudavam mutuamente.

Eu lembro que as famílias plantavam legumes nos jardins minúsculos, na frente ou atrás das suas casas. As mães lavavam as roupas nos rios, às vezes a alguns metros das pessoas que ali se lavavam. Os homens e as mulheres passavam um bom tempo papeando nos *sento*[7], lugar de convivialidade, de encontros. Mais tarde, à noite, os homens se encontravam nos bares do bairro.

Eu também descobri os truques de mágica dos *yashi tekiya* na rua.

> Os *yashi eram vendedores ambulantes de medicina tradicional que vendiam vários pós à base de ervas, frequentemente pó de pirlimpimpim, no Japão. Já os tekiya se assemelhavam a feirantes.*

---

6. *Chi to hone*, um filme marcante de Yoichi Sai, no qual Takeshi Kitano se impõe como herói brutal. (N. A.)
7. Banhos quentes públicos. (N. A.)

Esses homens eram uma espécie de prestidigitadores desastrados e mafiosos, verdadeiros charlatães. Eles usavam os seus truques para ganhar dinheiro na rua. Eles me fascinavam. Tinham realmente um papo mole incrível, eu admirava a cara de pau deles. Eu ficava vendo-os trabalhar, assim, de improviso, na rua; eles me divertiam. Ganhavam dinheiro debaixo do focinho de todos aqueles que se deixavam enganar ao entrar no jogo. Acho que, no começo, eu ficava muito impressionado com a agilidade e com a arte de ilusão deles. Eu sabia que os *yashi tekiya* eram pessoas bem desonestas. Mas isso pouco importa, pois eles me encantavam. Alguns conseguiam levantar uma boa grana enganando as pessoas do bairro e os curiosos de passagem.

Eu também gostava de assistir a torneios de boxe, de sumô e de luta profissional. Aliás, naquela época, a garotada não tinha muita coisa interessante para fazer. Eu gostava tanto do combate quanto do ambiente bastante elétrico dos estádios, do público, da tensão geral. Ver homens lutando tinha algo de triste e cruel. Durante esses anos, os lutadores eram, na maior parte das vezes, pobres pessoas famintas. Hoje, isso não acontece mais, o que importa é a paixão pelo esporte. Mais tarde, eu entrei em um clube de boxe. Fingia que era forte para não ter de apanhar. Porque, na escola, eu experimentava o que a gente chama no Japão de *ijime*[8]. Os estudantes frequentemente tiravam sarro de mim. Eles me chamavam de "filho de pintor", e eu ficava triste com isso. Eles gozavam do lugar onde eu morava, da pobreza dos meus pais, do trabalho do meu pai, que era pintor de paredes e carpinteiro.

Muitos garotos de famílias ricas que vinham do interior chegavam à cidade com os seus pais em belos carros naquela época. Eles estavam bem-vestidos, enquanto eu vivia na rua, vestido com uns trapos. Eu era um menino da rua. Quando eu cresci, acabei virando, pouco a pouco, um verdadeiro marginalzinho. Um bandidinho, incorrigível. Eu lhe garanto que não era nenhum anjo. Eu ia farrear com os meus colegas nas zonas norte e leste da capital. Eu não vivia como as outras crianças do *shitamachi*, que preferiam caçar libélulas no verão. Com o meu bando de amigos, a gente bancava o valentão, de meia-tigela, mas orgulhoso disso. A gente era tão jovem e tinha certeza de ser os donos de Tóquio. A gente não tinha um centavo furado, mas aprendeu a roubar. A gente roubava ienes em todos os lados por onde passava. A gente ia roubar até nos templos e nos santuários. Com um simples bastão, um barbante e um *kabutomouchi*[9], a gente conseguia roubar as moedas que as pessoas ofereciam no santuário, no

---

8. *Bullying*, assédio escolar. (N. A.)
9. Nome de um coleóptero japonês: o escaravelho-rinoceronte, capaz de levantar várias centenas de vezes seu próprio peso, é um inseto que muitas crianças e adolescentes adotam. (N. A.)

fundo de caixas de madeira, que eram bem protegidas. Às vezes, eu agia sozinho, principalmente quando estava com fome e queria comprar alguma coisa para comer, um bolinho de arroz, qualquer coisa... Eu ficava espiando, escondido em um canto, as pessoas que jogavam moedas em um templo que pertencia aos pais de um amigo. Logo que eles saíam, eu dava um pulo e conseguia, em um instante, pegar as moedas com a ajuda do meu escaravelho. Depois disso eu dava o fora, saía correndo até perder o fôlego, completamente excitado com as minhas façanhas de menino mau. E começava tudo de novo nos dias seguintes. Mergulhando o meu escaravelho desse jeito, no fundo das caixas, eu conseguia pegar um monte de moedas. Um dia, eu me lembro, comecei a fugir de um templo, apesar de o meu escaravelho não ter pegado nenhuma moeda, e acabei enroscando o barbante em volta do pescoço.

Eu também organizava, com outros colegas, planos diferentes para ganhar um pouco de grana. De dia, a gente vendia, a preço de banana, tudo quanto é tipo de pequenos materiais de construção e objetos de ferro que conseguia afanar por aí para alguns comerciantes do bairro. À noite, com esses mesmos colegas, a gente se enfiava nessas mesmas lojas para roubar o que tinha acabado de vender durante o dia, já tendo em vista revender tudo isso de novo para outro comerciante. Um dia, a coisa não se passou como deveria. Esses roubos repetidos no bairro começaram a dar muito na cara. Um dos nossos compradores percebeu a nossa estratégia. Ele preparou uma armadilha marcando um dos objetos que a gente tinha vendido para ele. A gente roubou de novo os objetos. Ele descobriu o nosso estratagema quando a gente tentou vender de novo para ele, por distração, o objeto marcado por ele. A gente acabou sendo capturado e punido. A gente levou uma surra inesquecível.

Nessa idade, eu tinha sonhos estranhos, inacessíveis logicamente, sonhos de criança. Eu sonhava, por exemplo, poder me sentar em um balcão de *sushi* e poder pedir tudo o que quisesse, sem limite. Eu sempre estava com fome e sonhava, então, poder me entupir de comida. Ou quando via um belo carro na rua, eu o queria na mesma hora...

Uma mulher honesta

A minha mãe, que se chamava Saki, era uma mulher inteligente, segura e rigorosa, não era do tipo que levava desaforo para casa. Ela tinha estudado e tinha orgulho dos seus diplomas. A minha mãe era uma mulher bem forte, mas o meu pai tornava a vida dela impossível. Eu não conheci o primeiro homem com quem ela tinha vivido antes. O seu primeiro marido tinha sido engajado nas forças navais durante a guerra. Ela preferiu abandoná-lo para refazer a sua vida com outro homem, o meu pai, Kikujiro, coisa rara naquela época. Kitano era o sobrenome dele. O meu pai foi então o segundo marido dela. Foi assim que tudo começou.

A minha família era de origem modesta. Nós vivíamos com o mínimo necessário. A nossa pequena casa se resumia a dois cômodos minúsculos, e um deles era mal iluminado por uma lâmpada elétrica. Nesse cômodo, a gente se apertava como podia. Na casa moravam os meus pais, os meus irmãos, a minha irmã e a minha avó. A gente vivia sem luxo nenhum. Eu sempre estava morrendo de fome.

Os meus pais, principalmente a minha mãe, faziam questão que a gente tivesse uma ótima educação. Ela nos incentivava a estudar muito, para que a gente desse o melhor que pudesse. Ela mesma tinha tido uma infância difícil. Ainda pequena, tinha perdido a mãe. Quando o pai dela não conseguiu mais sustentar a família, ela teve de ir trabalhar, aos treze anos, primeiro como empregada na casa de uma família rica de Tóquio, depois fazendo bicos; ou seja, em todo caso, é isso o que me contaram.

A minha mãe educou a gente, eu, a minha irmã e os meus irmãos, com um senso agudo de respeito pelos outros e o senso da disciplina. A gente vivia com simplicidade, mas a minha mãe se esforçava, por todos os meios possíveis, para exorcizar a nossa miséria.

Antes de tudo, ela queria que eu, a minha irmã e os meus irmãos respeitássemos alguns códigos e alguns valores. Ela fazia questão de que a gente fosse bem educado. Ela ensinava as regras de cortesia, como se sentar à mesa. Assim, em casa, cada refeição era uma verdadeira cerimônia. Cada um de nós deveria saber as boas maneiras. Isso era muito importante para a minha mãe. Quando a gente estava com ela, tinha de manejar corretamente os pauzinhos, colocá-los direito em cima da mesa, segurar corretamente a comida, não espetar o arroz, nem nada, pois esses gestos podem ser associados aos ritos funerários. A gente também não podia apontar para nada com os pauzinhos. Em casa, a janta não era apenas a ocasião, muito esperada, de engolir coisas gostosas e ganhar forças. Era também o momento privilegiado das reuniões familiares, tão essenciais aos olhos da minha mãe.

A minha mãe era uma mulher de princípios. Ela queria o melhor para a gente. Ela também podia ser muito gentil e me demonstrar uma grande afeição, mesmo se, às vezes, acontecia de ela ameaçar me dar um tapa, enquanto o meu pai nunca me bateu ou deu um tapa. Mas, apesar dos seus carinhos e da sua doçura, eu fugia a maior parte do tempo. Eu era uma criança bem arisca. O mais importante para ela era que a gente estudasse. A maior preocupação dela era mandar a gente, a todo custo, para a escola, para o ginásio, para o colégio e para a faculdade. Ela fez tudo para isso. Sem ela, eu teria largado a escola bem mais cedo, com certeza. Ela fazia questão de que a gente tivesse aula durante o verão e fazia a gente estudar inglês e caligrafia. Ela deixava a gente de castigo se a gente não estudasse direito. A minha mãe era atenciosa. Ela economizava todo iene para comprar material escolar e livros para a gente.

Ela dizia frequentemente que, na vida, a literatura era inútil. Um dia, ela me deu uma sova porque eu estava lendo um mangá. Ela não me deixava nem desenhar, nem pintar. Mas, curiosamente, algumas noites, ela podia ficar atrás da gente durante horas, segurando uma lanterna, para que a gente tivesse mais luz para poder ler. Eu lembro que uma vez, eu devia ter onze anos, ela quase me carregou pelo pescoço para me levar a uma livraria de Kanda[10], onde ela me comprou, um para cada matéria principal, livros de preparação para os exames escolares cheios de exercícios de gramática, de geometria, de cálculo, de kanji[11]...

Já o meu pai, é melhor a gente nem falar! Para ele, os livros e os ideogramas eram totalmente inúteis. É por essa razão, com certeza, que eu sou hoje uma catástrofe em literatura e leio muito mal uma grande parte dos ideogramas, ao contrário do meu irmão mais velho, que é bem mais inteligente. Ele poderia ter entrado na grande universidade de Tóquio, mas passava a maior parte do tempo fazendo bicos e ganhando alguns ienes para ajudar a nossa família. Isso não impediu, entretanto, que ele estudasse muito e conseguisse, mais tarde, fazer ótimos estudos.

Quando eu era criança, ia à escola pública de Adachi-ku, uma instituição para filhos de ricos muito concorrida hoje, em que os moleques vão para as aulas com keitai de 30 mil ienes[12]. A escola se chamava então Umejima Daichi Shogakko, "escola da ilha da ameixa". Eu me lembro de um professor, Kei Fujisaki. Ele foi o meu mestre durante cinco anos e me marcou profundamente. Tinha trabalhado em uma escola especializada, antes de vir morar em Tóquio como professor na nossa escola. Ele me ensinou tudo: música, a importância do esporte, matemática, órgão... De vez em quando, ele me dava uns tapas na cabeça quando eu não fazia um dever corretamente. Eu imaginava então que eu era outro garotinho na sala que olhava o pequeno Takeshi receber os tapas.

---

10. Um bairro conhecido em Tóquio, onde se encontram aproximadamente duzentos sebos de livros antigos e aproximadamente quarenta livrarias. (N. A.)
11. Ideogramas da escrita japonesa que vieram do chinês. (N. A.)
12. Celulares de 30 mil ienes, ou seja, 230 euros. (N. A.)

Eu não estava mais no meu corpo, de repente eu era outro. O meu jeito, talvez, de não sentir nenhuma dor.

Quando eu me lembro de todos esses anos, desses dias doce-amargos, acabo me recordando de um escândalo que eu não pude deixar de fazer. Isso aconteceu depois do casamento da minha irmã. Eu estava, então, no primeiro ano da faculdade. A minha mãe tinha escondido o dote da minha irmã em uma bolsa, no *tansu*[13] de casa. O que é que eu fiz? Eu roubei tudo. Seiscentos mil ienes. Uma fortuna. Quando a minha mãe descobriu que o dinheiro tinha sumido, ela teve uma crise de nervos inesquecível. Ela começou a rezar, depois chamou a polícia. Quando os policiais chegaram em casa, não demorou muito tempo para eles perceberem que eu tinha sido o autor do roubo. A minha mãe começou a gritar "Ele pegou o dote da irmã, ele roubou o dote da irmã...". Eu saí de casa durante um mês e fui me divertir com os 600 mil ienes. Quando eu finalmente voltei, a minha mãe estava possessa. Assim como toda a minha família. A minha mãe pegou uma faca e começou a gritar: "Eu vou matá-lo. Depois vou me suicidar". Nessa hora, a minha avó paterna pegou a faca gritando "Não, sou eu que vou matá-lo...". As duas começaram finalmente a brigar e, em seguida, se acalmaram. Já o meu pai assistia à cena rindo e bebendo saquê.

O meu pai, o terror

No começo, o meu pai, Kikujiro, era um artesão. Ele criava objetos laqueados. Mais tarde, com a ajuda da minha mãe, ele começou a fazer arcos japoneses, mas não durante muito tempo, porque não dava para ganhar muito dinheiro com esse trabalho. Eu me lembro, a vizinhança o chamava *"yumiya-san"*[14]. Então o meu pai acabou virando pintor de prédios, porque nos bairros populares do Japão pós-guerra apenas os mais sortudos arrumavam um trabalho regular e um salário. Mas isso não bastava. Ele ganhava dificilmente a vida, mesmo fazendo vários bicos. A gente sabia que, apesar de ele não ser um mafioso profissional, alguns delinquentes, alguns *yakuza* do bairro, o convidavam para trabalhar com eles. Isso não era nenhum segredo para a gente. E ele aceitava, talvez para arrumar dinheiro até o próximo salário. A nossa família, como muitas, estava cercada de *yakuza*. Uns caras não muito ruins. Esses mafiosos de bairro eram mais bonachões que outra coisa, alguns tinham um papel de educador. Eles eram os primeiros a dizer para as crianças e adolescentes pobres: "Ei, você aí,

---
13. Cômoda tradicional. (N. A.)
14. Fabricante de arcos. (N. A.)

não fique zoneando na rua, senão, você pode ter certeza, vai acabar como eu!'".
E isso fazia efeito... Naquela época, de qualquer maneira, a corporação de pintores de prédio estava associada com os mafiosos, vai saber por quê? Talvez porque muitos tinham o corpo tatuado? De fato, o meu pai era coberto de tatuagens, mas como os artesãos de antigamente. Digamos que o meu pai era mais ou menos ligado ao meio por necessidade. Mas não pense que isso ajudava a gente! O meu velho sempre teve problemas para tirar a gente da miséria e fazer que a gente tivesse uma vida ao menos correta. Às vezes, eu e o meu irmão, a gente o ajudava. A gente ia com ele, vestido com uns trapos, pintar paredes de lojas, fachadas de casas. Um trabalho bem chato...

O meu pai, bem malvestido, saía de casa de manhã bem cedo, com as suas latas de tinta arrumadas na cestinha da sua bicicleta, para um novo dia mais chato do que cansativo. Ele dava a impressão de ir pegar no pesado, mas era puro fingimento. O passatempo favorito dele ainda era beber e se divertir. Ele passava o tempo bebendo, desde cedo. Ele também gostava de jogar. Adorava jogos de azar, e jogava bastante, o que não ajudava muito a nossa situação financeira. Ele quase sempre perdia os trocados que ganhava no *pachinko*.

O pachinko, *algo entre o fliperama, os caça-níqueis e o bilhar automático de bolinha de gude, é um jogo bem barulhento e extremamente popular no Japão. Ainda hoje, existem no país aproximadamente 20 mil salas e perto de 5 milhões de máquinas. O princípio é simples: ao acionar uma alavanca, o jogador lança, em uma máquina vertical envidraçada, bolinhas de metal, que são desviadas por uma espiral e pregos. Se elas entrarem em certa casa ou certo lugar, o jogador ganha mais bolinhas, e assim por diante. Telas giratórias (chamadas de pachisulo), que se parecem mais com os caça-níqueis americanos, substituíram as espirais há vários anos. Como os jogos de azar foram oficialmente proibidos no Japão, os prêmios oferecidos são presentes, maços de cigarro, isqueiros, lanternas, brinquedos, bichos de pelúcia, aparelhos domésticos, tranqueiras... que o jogador deve retirar na "TUC shop" vizinha. Com um pouco de sorte, e em algumas salas de jogos, pode-se sair com alguns ienes, apesar de ser difícil ganhá-los.*

Quando ele, por um acaso, ganhava, o prêmio era principalmente maços de cigarro, que ele escondia em um armário quando voltava para casa. Um dia, eu encontrei no armário chocolates, chicletes e balas. O meu velho nunca me deu nenhum!

O meu velho era um homem introvertido, muito reservado, de uma frieza quase brutal. Nem é preciso dizer que a gente tinha medo dele em casa. A minha mãe tinha medo, principalmente, dos seus ataques de raiva. A gente os escutava brigar o tempo todo. A gente tinha um cachorrinho, Chibi. Quando ele latia à noite, bem tarde, queria dizer que o meu pai tinha acabado de voltar. Ao mesmo tempo, a gente corria para se esconder no quarto. Em seguida, a gente escutava a minha mãe falar para ele: "As crianças estão dormindo". Frequentemente, ele tinha passado horas jogando *pachinko*. É lógico que ele tinha perdido os trocados que tinha ganhado no dia anterior. Ele começava a beber e a situação da minha mãe piorava rapidamente. Ele se tornava muito violento, batia nela, dava socos nela. Quando ele não batia na sua própria mãe! Isso era realmente muito triste. Quase todas as noites, a gente escutava a nossa pobre mãe gritar, se debater, chorar: o meu velho era um terror. Às vezes, depois das brigas em casa, sem sentir quase nenhuma vergonha, ele podia sumir de casa durante vários dias, sem que a gente soubesse onde ele tinha estado. Ele não dava a mínima importância para os nossos problemas. Ele era um fraco.

O meu pai odiava os americanos. Era um ódio visceral. Um belo dia, eu devia ter uns seis anos, ele decidiu me levar para ver o mar com os seus colegas de trabalho. A gente pegou o trem para Enoshima, uma pequena ilha situada a uns cinquenta quilômetros ao sul de Tóquio. Eu fiquei muito impressionado com o mar, que eu descobria pela primeira vez. Eu não sabia nadar, a água estava gelada, as ondas brilhantes, o fluxo e o refluxo, a espuma, o horizonte a perder de vista... A experiência tinha sido espantosa. Já o meu pai, que queria me impressionar nadando naquele dia, quase morreu afogado! Ele foi socorrido na última hora. No trem lotado, de volta para casa, um cara diferente, um estrangeiro – o primeiro, eu acho, que eu via de tão perto –, estava sentado na frente da gente. Era um americano, um militar, muito alto, elegante no seu uniforme, um belo homem. Quando ele falou comigo em japonês, foi como se eu tivesse visto Deus! O que mais me surpreendeu, então, foi que ele se levantou para me dar o seu lugar antes de me dar um chocolate. Aquilo foi a gota d'água para o meu pai, que já não aguentava mais. O meu velho espumava de ódio. Ele estava desamparado pela atitude desse estrangeiro desconhecido. Ele não podia deixar de agradecer, quase de se desculpar, com certo exagero. Eu vi o meu pai realmente se prosternar diante dele. O meu pai não parava de se curvar diante dele. Eu achava que isso deveria ser normal porque esse americano, que me fascinava, deveria ser realmente Deus. Mas, no fundo, pelo que me lembro, os meus sentimentos eram ambivalentes. Por um lado, eu admirava esse estrangeiro e, ao mesmo tempo, achava que o meu pai tinha ido longe demais, que não se continha e que tinha pouco amor-próprio. Que um estrangeiro, ainda mais um americano, pudesse agradar o seu filho, aquilo era demais para ele... Eu era pequeno, não entendia bem o contexto, a guerra, o fim da guerra, a derrota, a ocupação, o porquê da presença americana no território japonês... Mas é verdade que, desde aquele dia em que vi o mar pela primeira vez, em Enoshima, e, talvez, graças ao chocolate, eu não sinto nenhuma animosidade particular contra os americanos.

    O meu pai também não tinha uma boa saúde. Ele tinha exagerado demais na bebida. Ele não prestava a mínima atenção na gente, muito menos em si mesmo. Ele ficou gravemente doente. Teve um derrame, o cérebro ficou em parte privado de oxigênio, e ele foi internado. Ficou oito anos deitado em uma cama de hospital. Oito anos bem difíceis. Eu, a minha mãe, os meus irmãos e a minha irmã, a gente se revezava para visitá-lo, quase todos os dias. Às vezes, a gente dormia até no chão. O problema era que a gente precisava levar o café da manhã, o almoço e o jantar para ele. E, às vezes, era a mamãe que ficava doente, ou um dos meus irmãos que tinha pegado friagem. Eu tinha então de ser forte e responsável para ficar, a maior parte do tempo possível, junto ao meu pai e levantar a moral dele. O que não era fácil porque eu tinha muitas outras coisas para fazer. Um dia a minha mãe quis ajudá-lo a se lavar, mas ele não queria. A minha mãe insistiu. Ao tentar lavar o peito dele, ela percebeu que ele não queria levantar o braço esquerdo. Ela levantou o braço dele assim mesmo. O que foi que ela achou lá? Uma tatuagem! E um nome: "Sachiko", o nome de uma das suas amigas mais chegadas. Você pode imaginar a cena? O meu pai tinha tatuado debaixo do braço o nome da sua amante, uma amiga da minha mãe! O meu velho estava morrendo de vergonha em cima da cama do hospital. A minha mãe queria bater nele. Ela tinha ficado tão triste que queria matá-lo naquela hora.

    Eu nunca falava com o meu pai. Ele nunca me dizia nada. Eu me lembro de ter brincado com ele apenas uma vez, na praia de Enoshima, quando ele me levou para ver o mar. Essa é a única lembrança, por assim dizer... feliz, que eu dividi com ele. Aliás, talvez essa seja a razão pela qual eu sempre guardei comigo essa imagem do mar que aparece frequentemente nos meus filmes... Durante a minha infância, o meu pai só deve ter falado comigo umas três ou quatro vezes no máximo... Mas o mais espantoso é que ele disse no seu leito de morte que lamentava isso. Um pouco tarde, você não acha? Em um dia de 1979, o telefone tocou. O meu pai tinha falecido no seu quarto de hospital. Foi bem mais tarde que eu entendi o que a gente tinha perdido.

Os irmãos Kitano

Os estudos, na minha opinião, se resumiam em uma única coisa: nas ciências e na matemática. Eu pouco me lixava para o resto. Eu não lia. Os romances e as revistas – eles apareceram nos anos 1950 – eram proibidos em casa. Mas quando eu estava no colegial, um dos meus irmãos mais velhos, Shigekazu, muito inteligente e que falava bem inglês, trabalhava como intérprete em uma base americana ao mesmo tempo que continuava os seus estudos. Ele estudava muito em casa. Ele passava, às vezes, horas estudando em cima de um caixote de laranja na nossa casa minúscula. Quando precisava, à noite, por exemplo, ele saía para ler debaixo dos postes de um bairro vizinho. Ele adorava ler, o que deixava o meu pai louco da vida. Quando o meu pai voltava, completamente bêbado, começava a gritar e o chamava de "retardado". Ele dizia: "Pare de ler, você não deixa a gente dormir". O meu irmão mais velho arrumava facilmente revistas em quadrinhos americanas e romances em inglês. Um dia, eu o vi ler *Lady Chatterley's Lover*, de D. H. Lawrence. Eu também lembro que ele trouxe uma pequena televisão para casa. Eu roubei a televisão e a vendi por 20 mil ienes. Com esse dinheiro, fui me divertir na praia... Graças ao dinheiro que ele ganhava na base, ele conseguia dar de comer para quase toda a família, em todo caso para os seus irmãos e a sua irmã. De certa maneira, havia alguns anos, Shigekazu tinha se tornado o homem da casa. A minha mãe estava orgulhosa dele e sempre o elogiava. Ela dizia que ele era "um pequeno gênio". O meu outro irmão, Masaru, também trabalhava muito para que a família tivesse o que comer. O dinheiro que ele trazia para casa também ajudou a pagar os meus estudos.

Eu era o caçula. A diferença de idade entre Shigekazu e eu era bem grande, assim como entre mim e o meu outro irmão mais velho, Masaru – que era cinco anos mais velho do que eu –, e eu e a minha irmã, Yasuko. Eu sentia então todo o amor dos meus irmãos e da minha irmã. Eu percebia que eles me amavam muito. Eu era o protegido deles. E acho, aliás, que eles ainda me amam hoje do mesmo jeito. Os meus irmãos e a minha irmã subiram bem na vida. Eu tenho muito orgulho deles. Shigekazu é diretor de uma empresa. Masaru sempre foi um homem muito inteligente. Ele é hoje doutor em Ciências e professor na universidade Meiji. Quanto à minha irmã, eu também sinto um orgulho enorme dela. Quando ela era mais nova, não pôde seguir os estudos que queria. Mas ela conseguiu mudar de vida graças à sua perseverança. Ela dirige hoje um albergue com o marido em Karuizawa.

A cabeça nas estrelas

Na minha época, poucos adolescentes terminavam o colegial. Muitos paravam de estudar quando os pais não tinham mais como pagar os estudos deles. Algumas famílias nem chegavam a mandá-los para a escola porque era muito caro. No meu caso, eu tive sorte. Primeiro porque entrei no ginásio e continuei até o fim, apesar de isso não ter sido fácil, por causa dos poucos recursos que a gente tinha. Depois, quando eu entrei no colégio, perceberam que até que eu não era um aluno ruim. Eu adorava as matérias científicas, a física, a biologia e, sobretudo, o cálculo. Eu me virava muito bem em matemática.

O assassinato de Kennedy, em 1963, teve uma grande repercussão no nosso país. O colégio organizava viagens escolares. A gente ia em grupo de trem para as cidades. O shinkansen[15] ainda nao existia, e as viagens de trem duravam, frequentemente, entre sete e oito horas. Eu sonhava então com ciências, com o espaço, com os planetas, com os motores a reação, com as máquinas. Nessa idade, o meu sonho era simples: virar engenheiro mecânico e trabalhar na Honda[16].

Se eu não conseguisse trabalhar na Honda, eu também poderia virar, do mesmo jeito, explorador, biólogo marinho, por exemplo, a fim de matar a minha sede de descoberta do planeta... A razão dessa outra paixão é simples: eu nunca perdia um episódio na televisão das aventuras e dos filmes sobre animais do comandante Cousteau. Quando eu o via navegar com a sua equipe no seu barco de um oceano para outro, passar por paisagens deslumbrantes, encontrar mamíferos marinhos, de uma ou outra espécie ameaçada, eu falava para mim mesmo: é isso mesmo, é exatamente isso que eu quero fazer. É a vida que eu quero. Apesar dos acasos da vida, eu acabei entrando na universidade Meiji, na carreira científica, opção mecânica, dentro do departamento de técnicas industriais. A minha mãe estava feliz, muito orgulhosa, que eu tivesse chegado aos estudos superiores. Até que eu me virava bem na universidade. Conseguia boas notas, apesar de estudar apenas na última hora para as provas, quando eu estudava alguma coisa.

No final dos anos 1960 e no começo dos anos 1970, só se falava na guerra do Vietnã. Eu vadiava muito em Kanda, o bairro das livrarias, espécie de Quartier Latin de Tóquio. Esses anos marcam o rompimento com o sombrio

---

15. Bullet train, o trem-bala, que apareceu em 1964. (N. A.)
16. Símbolo da indústria nacional, essa indústria automobilística foi fundada em 1948 pelo engenhoso Soichiro Honda. A marca se tornou muito conhecida, depois da guerra, com a comercialização da econômica Tipo A, uma bicicleta motorizada – na realidade, um simples gerador – que teve um enorme sucesso. A Honda desenvolveu, em seguida, durante anos, suas primeiras motos e carros motorizados. (N. A.)

período pós-guerra. No Japão, é o momento do despertar das consciências, da descoberta da arte. Eu fiquei fascinado, naquele momento, pela *pop art* e Andy Warhol, ou ainda pela sensualidade de Marilyn Monroe, cujos rosto, charme e ar *sexy* foram como uma revelação. A descoberta desses símbolos americanos foi um verdadeiro choque para mim.

O amor atrás das barricadas

Nessa época, chegavam do estrangeiro, principalmente dos Estados Unidos e da França, os grandes movimentos estudantis. Ao redor de mim, pseudointelectuais gravitavam, loucos pela filosofia alemã ou francesa, adeptos das grandes personalidades. Gostava-se muito de Marx e Lênin, entre outros. No meu caso, eu nunca tinha lido Marx, ainda menos Lênin ou os existencialistas franceses. Era a época das passeatas e dos movimentos de protesto contra o pacto militar nipo-americano, tratado de segurança entre o Japão e os Estados Unidos também chamado de "Anpo". Em Tóquio, a universidade Meiji era um dos bastiões da resistência estudantil. Ao meu redor, rebeldes pediam a criação de uma "zona livre" para os estudantes no Quartier Latin de Tóquio, em Jinbocho, perto de Ochanomizu. Ou manifestavam-se contra a alta prevista das taxas universitárias. Pedaços de barro seco eram jogados contra as forças de segurança, que contra-atacavam a cacetadas. Era divertido, mas não passava disso. Existia então uma consciência importante das distinções sociais entre alguns grupos de estudantes. Alguns criticavam duramente a situação econômica e social do Japão, porque eles mesmos eram muito pobres.

Eu rapidamente tive vontade de participar desses movimentos, mas não pelas razões que você pensa. A minha motivação não era de ordem intelectual, muito menos política. Na realidade, eu achava que se conseguisse participar deles, eu iria cruzar mais facilmente com as garotas... Eu não me sentia próximo de nenhuma ideologia, mas era mais fácil encontrar com elas participando de certos círculos mais intelectuais ou de certos movimentos. Algumas seitas e correntes estranhas tinham, da mesma maneira, se infiltrado nos *campi*. Eu não sentia nenhuma afinidade com elas. Aliás, eu mal conseguia perceber a diferença. E se, finalmente, eu acabei participando das barricadas da primavera de 1968 em Tóquio, foi por um único motivo: corriam boatos dizendo que atrás das barricadas se podia fazer amor livremente. Eu posso assegurar que não tinha melhor argumento para engajar os jovens. Pois, afinal de contas, se o boato corria, era que deveria realmente acontecer alguma coisa...

Na realidade, na falta das garotas, a gente encarava, principalmente, as forças de segurança. Um dia, eu tinha pegado alguns capacetes de manifestantes, de três grupos radicais diferentes. Ao colocá-los em frente à minha casa, eu pensei que o dono não teria mais coragem de vir me chatear para receber o aluguel do mês. Mas, no lugar do dono, apareceu um policial. Ele queria me interrogar, disse algumas palavras rudes para me intimidar... Nesse tipo de situação, a gente pode sentir, rapidamente, com o que a política se parece, de bem longe. A gente quase tem a impressão de ser um intelectual que pensa e tem ideias[17].

Naquela época, eu era um jovem rapaz rebelde. Eu não era, de maneira nenhuma, conformista. Eu tinha o espírito combativo, eu era, antes de tudo, combatente, disposto a tudo para atingir o menor objetivo. Eu odiava perder e chegar em segundo lugar, o que não me ajudou a terminar os meus estudos... Em uma situação de conflito, eu nunca desistia diante dos meus inimigos. Eu era realmente um pequeno canalha!

Para ganhar um pouco de dinheiro, eu fazia vários bicos. Eu trabalhei, diga-se de passagem, no aeroporto de Haneda, a alguns quilômetros de Tóquio. Eu trabalhava como faxineiro dos aviões da companhia indonésia Garuda. Quando os últimos passageiros desembarcavam, eu embarcava com outros caras – um pouco estranhos, como eu –, e a gente começava a trabalhar. E que trabalho! Difícil de acreditar. Nas fileiras, debaixo dos assentos, a gente encontrava de tudo: balas, biscoitos, livros, revistas pornográficas, roupas, calcinhas, tranqueiras eletrônicas, que alguns iriam em seguida revender em Shinjuku. Às vezes, os agentes de segurança do aeroporto tentavam prender alguns caras do nosso bando de *arbeiters* (que vive de arbeito, bicos). Veja só, eu sonhava em trabalhar na Honda, mas, no fundo, eu não era um bom exemplo. Eu era um jovem que, aparentemente, não tinha jeito. Um imprestável...

---

17. Os sobressaltos políticos e sociais do Japão dos anos 1960 e 1970 foram levados à tela, com brio, pelo cineasta engajado Koji Wakamatsu, personagem do *pinku eiga* (pornô *soft*). Os filmes e as criações artísticas dessa época mostram uma juventude rebelde que tem o sentimento de ser incompreendida e não tem medo de se lançar em uma luta radical – diferenciando-se, ao mesmo tempo, do partido comunista japonês –, um combate de rara intensidade que, como resultado, teve feridos e até mesmo mortos. A extrema violência dos "anos vermelhos" do Japão ainda permanece desconhecida na Europa. Nesse momento, a juventude de Tóquio também reclama "outro mundo", "melhor", uma "nova sociedade", "não poluída" etc. Ela milita contra a guerra do Vietnã, contra "a ocupação" americana no Japão (Okinawa só será retrocedida ao Japão em 1972), contra a recondução do tratado de segurança com os Estados Unidos, em junho de 1970, ano marcado pelos numerosos atentados contra a polícia de Tóquio. A revolta estudantil se associa também ao protesto camponês contra a construção do novo aeroporto de Narita, contra as desapropriações das terras agrícolas. Dividido em vários grupos, reconhecíveis pela cor de seus capacetes, o poderoso movimento estudantil Zengakuren (liga nacional dos estudantes) é o principal porta-estandarte da contestação. (N. A.)

"*Um verdadeiro imprestável...*" Essa é uma das réplicas (na versão francesa do filme) do chefe yakuza de *Dolls*, décimo longa-metragem do cineasta. Takeshi Kitano acumulou bicos durante alguns anos particularmente difíceis. Ele chegou a trabalhar como vendedor de móveis em Saitama, no norte de Tóquio, e até como motorista de táxi!

Sem rumo

Eu acho que eu poderia, ou deveria, como os meus colegas de faculdade, ter estudado normalmente, durante longos anos, e, talvez, ter tido bons resultados. Mas, ao longo dos meses, eu entendi que o meu temperamento era completamente incompatível com a seriedade necessária para fazer longos estudos. De qualquer jeito, a maior parte dos universitários de Tóquio estava desestabilizada com os acontecimentos nesse final dos anos 1960. A maior confusão reinava no *campus*. É verdade que eu tinha certo número de coisas que me permitiam avançar. Mas, para isso, as aulas tinham que acontecer. O que nem sempre era o caso.

A minha mãe tinha pagado adiantado o tutorado. Mas, logicamente, isso não bastava. Eu não tinha dinheiro suficiente para comprar o material escolar, os livros... E, além disso, eu reconhecia que eu não era tão sério quanto os outros estudantes. Antes mesmo de acabar o ano e de receber o diploma, eles começavam a procurar um trabalho. Eu tinha a impressão de estar sem rumo, de ter sido abandonado por todos. Eu não tinha dinheiro. Eu não assistia mais a algumas aulas porque a universidade também estava igualmente bloqueada pelo movimento estudantil. Eu estava completamente entediado. Era óbvio que eu não tinha mais nada a fazer na faculdade.

Às vezes eu ia vadiar no bairro de Shinjuku, onde tinha morado um tempo e onde ia a alguns bares e botecos nos quais a gente podia ouvir *jazz*. Cheguei a morar nesse bairro. Eu tinha certo interesse por alguns artistas, conhecia as músicas de Sonny Rollins, de Miles Davis. Eu até assisti a um concerto, em Shinjuku, do pianista Thelonious Monk. A atmosfera era particular na capital. Desde maio de 1968, uma grande quantidade de universitários estava em ebulição, novas aspirações populares eram exprimidas. O milagre econômico dos anos 1960 tinha acontecido. Eu sentia nas pessoas uma verdadeira sede de mudanças. Parecia que os japoneses queriam aproveitar a vida, se divertir, rir...

Assim, um pouco por todos esses motivos, e apesar de eu ter começado o meu quarto ano, decidi, sem pensar, parar os meus estudos na universidade. Isso desagradou muito a minha família. Principalmente a minha mãe, que

Em busca da felicidade 33

ficou muito decepcionada, com muita raiva. Ainda mais porque o meu irmão mais velho, Masaru, continuava a estudar brilhantemente. Ele é hoje um grande professor, na universidade Meiji, e eu tenho a maior admiração por ele... Parar os meus estudos era como uma fuga. Também era um meio de matar a minha mãe. Ou seja, eu cortava o cordão umbilical que me ligava a ela. Foi o que eu fiz. Larguei os estudos, saí de casa fugido para viver em outro lugar. Tive de abandonar o sonho que a minha mãe tinha para mim. E fui embora morar sozinho.

Largar a faculdade era também poder me apegar a outra das minhas paixões: o espetáculo. Eu poderia assim ir para o meu bairro favorito, Asakusa, e passar mais tempo nas suas salas de espetáculos e nos seus teatros. No fundo, eu não estava amargo. Na verdade, estava feliz em dizer adeus à universidade. Achava que os corredores da minha faculdade estavam esfumaçados e eu tinha, o tempo todo, dor de garganta. O cheiro de cigarro me lembrava a morte. Mas eu não queria morrer antes de ter realizado os meus sonhos. Eu preferia me suicidar em Asakusa ou morrer em um palco a ter de morrer com os pulmões asfixiados. É a mais bela maneira de morrer.

*
* *

No palco em Asakusa 2.

Bem no começo dos anos 1970, quando Takeshi Kitano chega a Asakusa, em pleno mês de julho, de short, camiseta regata e chinelo de dedo, esse bairro boêmio já é uma espécie de Montmartre-Pigalle, invadido pelos teatros, cinemas, motéis, music-halls, bares e cabarés. Apesar de não ser carola, Kitano vem, no entanto, regularmente fazer pedidos aos espíritos celestes do velho templo budista Sensoji, no coração do bairro. "Eu rezo para todas as divindades, uma depois da outra, para que eu me torne um artista conhecido", confiou Takeshi a seu amigo escritor, Masayoshi Inoue. Asakusa era então, a seus olhos, o lugar ideal para se tornar ator. Hoje, Takeshi Kitano não esquece nunca que foi em um teatro de variedades desse bairro que ele começou, há 25 anos, seus primeiros passos no mundo do espetáculo, antes de chegar à celebridade com o dueto cômico dos "Two Beat".

Amanhã, eu gostaria de levá-lo a Asakusa, no shitamachi, no coração dos bairros pobres da capital. É o lugar da minha infância e da minha adolescência. Eu queria que a gente fosse até o sexto distrito para ver a verdadeira Tóquio, a sua parte visível e a sua sociedade secreta. Porque os yakuza ainda estão bem presentes em Asakusa. A máfia japonesa... A gente vai, inclusive, aonde eu cresci e subi no palco pela primeira vez, no começo dos anos 1970. Dois dos teatros, nos quais atuei e criei espetáculos de comédia, ainda funcionam. Eu queria que você descobrisse o que é a arte do cabaré e o mundo do espetáculo. Garanto que você não vai se aborrecer!

Hoje você vê o meu nome escrito bem grande nos cartazes... Mas eu vou mostrar para você como eu comecei bem por baixo naquela época.

No dia seguinte, o encontro é marcado em frente à casa de Kitano, e eu descubro que a pontualidade para ele é uma regra de vida: como eu cheguei com quatro minutos de atraso, Kitano e sua equipe não me esperaram. Eles já tinham ido para lá. O dia a dia do cineasta é como um relógio. A partir desse dia, eu aprenderei a chegar a cada um de meus encontros pelo menos dez minutos antes. Felizmente eu o encontro rapidamente em Asakusa. Seu Rolls-Royce Phantom grená acaba de estacionar no meio da Rokku Broadway, uma rua perpendicular à Kokusai-dori, a avenida internacional. Um punhado de discípulos o recebe fazendo reverências educadas. Kitano me vê e me faz um sinal para que eu o siga. Uns cinquenta metros mais longe, ele para na frente de um velho teatro e aponta para ele: o famoso Furansu-za (ou "Teatro Francês"), antigo cabaré de comédia e de striptease onde Kitano deu seus primeiros passos no mundo do espetáculo.

Foi aqui que eu trabalhei como ascensorista, faxineiro, assistente de iluminação, contrarregra e ator aprendiz, antes de dar os meus primeiros passos no mundo do espetáculo. Essas paredes são testemunhas de como eu trabalhei como um louco...

Eu ainda sou muito apegado a Asakusa. É um velho bairro onde ainda existem alguns cantinhos do paraíso. Quem não conhece essas ruas nem os bairros populares da capital nunca vai entender o que é Tóquio e o seu espírito. E quem não conhece as artes tradicionais japonesas não pode realmente conhecer o Japão. Veja, por exemplo, Wim Wenders. Ele é um bom cineasta. Ele tem talento. Ele veio várias vezes ao Japão. Mas se eu tivesse encontrado com ele antes, eu o teria trazido, na hora, para Asakusa, nos lugares da minha infância, em algumas ruelas do bairro. Ele teria descoberto outro Japão, a trinta minutos do centro de Tóquio. Esse Japão, infelizmente, ele não conheceu. Ele não o conhece. Ele não pode entender o que é o verdadeiro Japão...

Asakusa é um ponto minúsculo na vasta planície de Musashino, onde sobrevive o Japão do período Edo (1600-1868), antigo nome de Tóquio. Povoado desde o período Heian (794-1192), esse antigo vilarejo de pescadores, que beira o rio Sumida, um de seus pulmões comerciais, oferece a imagem do Japão de outra época, autêntico, popular, onde inúmeras lendas e crenças ainda sobrevivem. É a Tóquio do shitamachi, onde moram famílias modestas que têm a reputação de ser hospitaleiras e criativas. Algumas gangues organizadas dão, nele, as cartas do submundo dos jogos e dos prazeres. O bairro é cortado por uma infinidade de avenidas e ruelas, e é atravessado por duas longas alamedas, uma onde se encontram as lojas (brinquedos, aparelhos, roupas, salgados, sembei – bolinhos tradicionais de arroz...), outra onde se encontram os teatros e as salas de espetáculo. Ambas levam ao templo Sensoji, construído em 645 e dedicado a Kannon, deusa da misericórdia e o correspondente feminino de Buda. Segundo a lenda, a estátua da deusa teria sido descoberta em 628 por dois irmãos pescadores no rio Sumida. A estátua sobreviveu durante os séculos tanto aos incêndios que muitas vezes destruíram o templo quanto aos bombardeamentos americanos de 1945. Ainda hoje, milhares de pessoas – dezenas de milhares de pessoas nos domingos e feriados – vêm ao templo rezar para Kannon. Depois de queimar os incensos, os peregrinos budistas sobem as escadarias debaixo do alpendre e entram na sala principal, iluminada indiretamente, enfeitada de dourado e de lacas de um vermelho resplandecente. O ar carrega finos perfumes de incenso e de sândalo. Esse "downtown", em parte reconstruído depois de 1945, se opõe à Tóquio "de cima", que se ergue nas colinas, moderna e menos pitoresca, com seus bairros de negócio e seus arranha-céus.

Na casa de Mama Saito

Para muitas pessoas, ir a Asakusa hoje é um pouco como ir ao zoológico ou visitar um parque de animais. O bairro se tornou um destino turístico para os visitantes estrangeiros e para os japoneses do interior, que, antes de passar pela Porta Kaminarimon, sobem pela avenida Nakamise e admiram os barracos. As crianças adoram o parque Hanayashiki[1]. Apesar disso, infelizmente, as pessoas de Tóquio não vêm mais frequentemente aqui, e às vezes nunca mais vêm. Eles acham que Asakusa é um lugar pouco refinado ou fora de moda. Acham que não é divertido. É realmente uma pena, porque Asakusa, na verdade, é um dos raros lugares ainda autênticos da capital. Talvez o último...

Imóvel na frente da entrada do "Teatro Francês", mergulhado em suas lembranças, Takeshi Kitano não diz mais nenhuma palavra. Ele permanece sem voz durante um longo momento, em seguida, de repente, interrompe a visita e dá meia-volta. Voltamos para onde estávamos. Ele mostra então o teatro Rokku-za ("Teatro do Rock"), onde o jovem Taichi Suotome,

---

1. Parque de diversões chamado de "Disneylândia de Shitamachi". (N. A.)

estrela ascendente dos palcos nipônicos, atua regularmente. A dois passos do Rokku-za, nós entramos em um prédio. Um elevador nos leva até o sétimo andar. Eis que nós chegamos ao apartamento de Chieko Saito, 84 anos, a segunda "mamãe" de Kitano depois da morte de sua verdadeira mãe. Rodeada por seus filhos e netos, Chieko Saito, com seus grandes óculos violeta, sempre sorridente, tem tudo de uma avó feliz. Mas realmente ela não é uma octogenária comum. Aproximadamente aos trinta anos, ela decidiu se lançar em espetáculos ousados, como dançarina nua. Ela se lembra: "Eu gostava de dançar. E pouco me importava a nudez". No começo, ela dançava em um teatro, depois da projeção de filmes. Depois, em 1962, ela comprou seu próprio clube. Menos de dez anos mais tarde, tinha mais de vinte cabarés em todo o Japão. Um amigo de Kitano me explica ao pé da orelha: "Mama Saito para os íntimos" é uma mulher riquíssima, muito influente. Na direção de um império imobiliário, proprietária de uma casa em Las Vegas, de hotéis e de onsen *(banhos termais) no arquipélago, ela seria bilionária. Em dólares. Ela me explica que construiu sua fortuna "trabalhando e economizando sozinha desde os vinte anos". Seu apartamento, no entanto, é simples e rústico. Ele é também um museu dedicado à memória de Kitano. As paredes são cobertas de cartazes originais de seus filmes, de fotografias que o mostram em companhia de celebridades japonesas e estrangeiras, lembranças do Festival de Cannes ou da Mostra de Veneza, assim como uma infinidade de seus desenhos e pinturas* naïf*. Ela, que foi também a coprodutora do filme* Zatoichi, *sublinha: "Kitano é como meu filho. Desde que sua mãe morreu, eu sou sua nova mamãe".*

mãe!   Mama Saito é muito importante para mim. Ela é a minha segunda

Chieko Saito interrompe e continua: "Eu chamo Takeshi de 'Kantoku' (diretor). Eu o chamo assim para lhe demonstrar todo o meu respeito. Eu não faria isso por outro cineasta. Mas ele é um diretor de talento, um grande profissional. Se eu fiz questão de participar da produção de Zatoichi, *é porque eu sabia que seria um filme muito bom. Como para muitas pessoas, esse longa-metragem teria trazido muita felicidade para a minha vida". Kitano retoma a palavra. Visivelmente, os elogios de Chieko Saito o deixam sem jeito. Logo, ele diz que, como tinha acabado de largar a universidade, sua única esperança era a de ter sucesso em Asakusa.*

Um bairro realmente animado

Em 1972, eu era um cara duro, realmente sem nenhum tostão. Eu me aborrecia nos bancos da universidade Meiji. Tinha 25 anos e só sonhava com uma única coisa: virar ator. Especialidade: ator de comédias. Desde o Maio de 1968, eu via alguns dos meus amigos se engajarem em ideias políticas. Eles se juntavam aos integrantes, às vezes violentos, do *gakusei undo*, o movimento de contestação estudantil.

Quanto a mim, eu já tinha escolhido o meu campo: o *show business*. Eu fui o único, dentre os meus amigos, a fazer essa escolha. A maior parte deles tinha certeza de que eu não batia bem da cabeça. Eles achavam que eu era mesmo alguém muito estranho.

Naquela época, no começo dos anos 1970, só tinha um lugar em Tóquio em que eu podia realizar o meu sonho: em Asakusa, onde eu conhecia todas as ruelas e becos nos mínimos detalhes, um bom número de comerciantes, todas as salas de espetáculo. Eu não tinha largado os bancos da faculdade para estagnar na miséria. Logo, passava todo o meu tempo no bairro dos meus sonhos com a esperança de arrumar um contrato no mundo do espetáculo. Talvez seja difícil imaginar hoje, mas, naquela época, Asakusa era um lugar extremamente animado, "bem quente". A gente cruzava com dançarinas, artistas de *striptease*, prostitutas, assim como gueixas que iam a Kisakata – o bairro mais *sexy* de Asakusa –, onde prosperavam também restaurantes tradicionais. Nos cabarés, as dançarinas nuas trabalhavam ao lado de comediantes. Era possível encontrar também salas de cinema que passavam filmes japoneses e estrangeiros – foi em uma dessas que, com o meu irmão, a gente ficou fascinado pelo filme *O mais longo dos dias*[2]. À noite, bebedeiras intermináveis animavam os bares. Os homens bebiam uma quantidade impressionante de *chu-hai*[3]. Já eu ia muito ao bar Kamiya para beber ou esquecer os meus problemas, ou então encher a cara no Sakuma. Passava noitadas animadas nos pequenos restaurantes do bairro, como o Tsukuchi, muito apreciado pelo mundo do teatro. Asakusa era então uma cidade encantada.

Na realidade, Asakusa foi a minha verdadeira escola da vida: primeiros amigos, primeiros amores, primeiros dramas, primeiras alegrias... Foi nessas

---
2. *The longest day*, filme de Ken Annakin, Andrew Marton, Bernhard Wicki e Darryl F. Zanuck, de 1962, que relata o dia D, 6 de junho de 1944, data do desembarque dos aliados no litoral da Normandia, que marcou o começo do declínio das forças alemãs. (N. T.)
3. Coquetel à base de *shochu* – destilado à base de álcool de batata, arroz, trigo –, de suco de limão, de *grapefruit* e de refrigerante. (N. A.)

velhas ruelas do bairro que, em certas manhãs, eu cambaleava bêbado como um gambá depois de ter engolido, durante a noite toda, litros e litros de cerveja e de saquê, e que eu assumi definitivamente a minha profissão de ator. Nada era fácil, então, naquele bairro feito de tudo e de nada, onde se espalhava uma boa parte da miséria do mundo. Eu me virava como podia para sobreviver. Eram os meus anos de dureza!

A fome me apertava o estômago. Eu cheguei a ter a cara de pau, um dia, de pedir emprestado dinheiro a um mendigo para poder comprar um prato de *curry* de camarão. Alguns dias depois, esse pobre homem veio me pedir de volta o dinheiro emprestado berrando na frente das pessoas, e eu fui obrigado a lhe devolver uma quantia dez vezes maior! Esse sem-teto era uma das celebridades de Asakusa. Porque, naquela época, os homens mais conhecidos do bairro eram – você pode até não acreditar – os vagabundos. É verdade! Os camelôs e os mendigos que erravam sem um iene, mas que todas as pessoas do bairro conheciam e respeitavam. Na época em que eu passava a maior parte do tempo por lá, tinha dois – lembro-me bem deles – "grandes" marginais em particular. Ambos eram famosos. Eles eram um pouco, do jeito deles, as estrelas do bairro. Um deles era um velho homem grisalho, de mais ou menos sessenta anos, frequentemente bêbado. Ele se chamava Kiyoshi. Era um homem miserável, mas muito apreciado no mundo do teatro. Corria um boato de que ele tinha abandonado a sua Kyushu natal – ilha do sul do arquipélago – bem novo e tinha aberto uma loja em Tóquio, antes de se apaixonar perdidamente por uma artista de *striptease* de Asakusa. Ele gastou todas as suas economias, largou tudo por ela, antes de afundar na bebida e na mendicidade. Os comediantes e as dançarinas do bairro acabaram gostando dele. Sempre davam para ele um trocado, para ele poder comer[4].

Teve gente que viu Kiyoshi encher a cara com outro personagem bem conhecido desse bairro, o famoso Atsumi Kiyoshi. Eu ouvi dizer que ele também era, apesar da pobreza, uma estrela de Asakusa. Os moradores do bairro também gostavam dele porque era um homem direito, apesar de ser sem-teto, e era de uma grande gentileza, apesar de ser pobre e largado. Nunca um pedido dele tinha sido recusado. Bem mais tarde, a sorte lhe sorriu. Depois de ter entrado

---

4. Quando Takeshi Kitano fala da vida dos sem-teto do sexto distrito de Tóquio, eu me lembro das crônicas *Asakusa kurenaidan (A gangue vermelha de Asakusa)*, de Yasunari Kawabata, publicadas no jornal *Asahi Shimbun* entre 1929 e 1930. Nelas, o futuro Nobel de Literatura descreve, com seu olhar aguerrido de repórter, as ruelas miseráveis de Asakusa e dos bairros vizinhos no final dos anos 1920: "É o feudo dos condenados à morte, dos puxadores de riquixá"; "Eis-me então passeando com Yumiko no interior do templo de Asakusa, aproximadamente às três horas da tarde, enquanto os mendigos estão profundamente adormecidos. Ouve-se o canto do galo em horários regulares, e as folhas de *ginkgo* caem sobre o chão...". (N. A.)

para o teatro de comédia de Asakusa – em particular o "Teatro Francês", no final dos anos 1950, quando o meu mestre Senzaburo Fukami ainda não trabalhava nele –, o seu rosto se tornou conhecido por todos os japoneses depois de alguns papéis e muitos sucessos no cinema. Foi esse mesmo Atsumi Kiyoshi que foi escolhido para fazer o papel do herói da famosa série cinematográfica (de 48 episódios) Otoko wa tsurai yo [É triste ser homem, 1961], de Yoji Yamada – um diretor do qual eu não me sinto, francamente, muito próximo; no Japão, se diz que ele é o "ditador dos sets de cinema"! Mais tarde, fui verificar e, realmente, o boato era verídico: apesar de ser inacreditável, Atsumi Kiyoshi era mesmo o ator que tinha encarnado o personagem de Tora-san – na realidade a história da sua própria vida. Atsumi Kiyoshi tinha sido um dos mais jovens marginais de Asakusa antes de deixar de ser mendigo graças a essa série cinematográfica. Que destino! A imprensa e a televisão aproveitaram sua história. Eles o transformaram em um ícone, sem saber necessariamente que o papel do ator na famosa série correspondia ao triste dia a dia da sua antiga vida, alguns anos antes, no feudo dos bairros pobres de Tóquio[5].

Faxineiro e ascensorista

Quando eu cheguei a Asakusa, as pessoas riam da minha cara. Diretores ou empregados de teatro, muitas vezes, tiravam o maior sarro de mim. As minhas tentativas de encontrar trabalho como artista de comédia eram frustradas. E, quando me empregavam, a experiência durava pouco. Foi procurando e batendo em todas as portas, sem parar, que eu consegui um trabalho que me abria novas oportunidades. Arrumei um empreguinho de ascensorista no "Teatro Francês", também conhecido pelos seus shows sarcásticos encenados entre dois stripteases. Era um teatro de tamanho médio que ficava a dois passos do templo Sensoji e era dirigido pela sociedade Toyo Kogyo. Cabiam mais ou menos duzentas pessoas na sala. Esse cabaré recebia humoristas de talento, mas também algumas figuras estranhas, comediantes realmente cafonas. A gente cruzava também com muitos diletantes que apresentavam esquetes de um gosto duvidoso. Pode-se dizer que o "Francês" era o lugar de encontro das pessoas

---

5. A série cinematográfica Otoko wa tsurai yo, de 48 episódios, foi, durante muitos anos, a mais importante do realismo social no arquipélago. Seu criador, Yoji Yamada, que nasceu em 1931, criou, com Tora-san, um personagem popular que se tornou uma lenda. Ele continua sendo um dos mais conhecidos cineastas do grande público no Japão contemporâneo. Várias vezes, Kitano vai explicar não ter nenhuma afinidade com ele. (N. A.)

mais estranhas de Tóquio. Mas o público era fiel e vinha rir de alguns esquetes conhecidos, entre os quais o do "Paralítico" e o do "Vendedor ambulante", comédias bem vulgares baseadas em uma série de quiproquós que faziam o público morrer de rir. Eu realmente entrei no mundo do espetáculo pela porta dos fundos. O acaso quis então que o "Francês" estivesse à procura de um ascensorista. Ascensorista! Você pode imaginar isso? Eu nunca teria tido essa sorte se não tivesse acreditado durante um bom tempo. Mas, uma vez que tinha sido empregado, eu me desiludi rapidamente. O trabalho diário era muito cansativo. Eu chegava todo dia ao teatro duas horas antes da abertura das portas ao meio-dia. Primeiro eu deixava brilhando o elevador e a frente da porta da entrada, depois eu varria as escadas, do térreo (*o primeiro andar no Japão*) ao terceiro andar, e, finalmente, limpava tudo com o pano de chão. Eu também atendia os clientes o dia inteiro, levando-os para cima e para baixo até que as portas se fechassem. A vida de faxineiro e de ascensorista era infinitamente mais cansativa que a de comediante. Eu ralei muito dentro das paredes do "Francês". Mas também estava muito feliz em participar do mundo do espetáculo.

Em Asakusa, todo mundo se conhece ou finge se conhecer. As pessoas gostam tanto de jazz quanto das velhas canções melosas. Elas se divertem, falam com todo mundo com um japonês mesclado de gírias. Os dias são um tanto tranquilos, mas as noites, bem animadas, e os espetáculos, endiabrados. Nessas ruas onde Kitano perambula sozinho ou com seus amigos, reina uma frivolidade evidente, uma atmosfera bem kitsch, que os japoneses definem com o termo eroguro, *abreviação (criada em Osaka) dos termos erótico e grotesco. Antes da onda de puritanismo causada pela ocupação americana (1945-1952), os políticos japoneses, entre os mais reacionários dos anos 1930, já se levantavam contra a "depravação da moral" e contra o "laxismo da moralidade" observados em certos bairros populares. Mas os discursos pronunciados, então, no Parlamento, pedindo o retorno aos antigos valores austeros, não tiveram nenhum efeito em Asakusa. Dessa maneira, a festa nunca parou nesse bairro, exceto durante os anos mais conservadores do período Meiji (1868-1912), que coincidiu com a restauração de um sistema imperial influenciado por um confucionismo severo, de onde foi inspirada a lei contra a prostituição de 1958, e quando dos terríveis bombardeamentos de 1945 que incendiaram o bairro inteiro.*

No palco em Asakusa   43

Muitos meses depois de ter entrado no "Francês", eu ainda dormia em cima de um *futon* imundo, em um camarim minúsculo que me emprestaram. Era um cômodo triste, com as paredes manchadas, de onde escorria a umidade. Bem mais tarde, o diretor do teatro me convidou para morar em um pequeno prédio, onde ele mesmo e outros artistas do "Francês" moravam, que se chamava, então, "a cidade dos comediantes". Era um pardieiro, um cômodo pequeno com água corrente, gás e eletricidade. Foi lá que morei durante muito tempo, pagando um aluguel de alguns milhares de ienes. Como a porta não tinha fechadura, comprei um cadeado com segredo. Quando, de madrugada, eu voltava completamente bêbado de uma rodada de bares, eu demorava longos minutos para me lembrar dos números certos... O prédio ficava no quarteirão San-chome de Asakusa, no começo da avenida Senzoku, a dois passos do bairro "quente", em pleno Koto-ku. Era um pequeno prédio muito feio, mal iluminado. Parecia uma prisão.

Mestre Fukami me prepara ao tablado

Durante o meu período de dureza, o vento finalmente começou a mudar de direção ao meu favor. Eu consegui sair dessa vida graças ao proprietário e diretor do "Francês", o comediante Senzaburo Fukami – cujo verdadeiro nome é Nasoji Kubo. Ele tinha dado os seus primeiros passos no Rokku-za, no final dos anos 1950, e se tornou diretor dele dez anos mais tarde, antes de assumir a direção do Furansu-za, em 1970. Ao chegar no "Francês", eu, obrigatoriamente, acabei assistindo aos esquetes que Senzaburo Fukami tinha escrito e imaginado. Gostei de muitos deles. Pouco a pouco, me tornei seu aluno. Do lado dele, percebi rapidamente que esse homem era um grande artista. Era um humorista ímpar. O talento dele era enorme. Ele já tinha passado quase toda a vida ao lado de artistas, no universo dos cabarés e dos teatros da Tóquio popular do sexto distrito da capital. Ele conhecia todas as salas como a palma das suas mãos. Eu realmente devo tudo a ele porque em Asakusa, ao longo do tempo, Senzaburo Fukami tinha ensinado tudo para mim. Ele se tornou meu modelo de pensamento e de atuação, ele me ensinou a comédia, o canto, a dança, o sapateado... Ele repetia sem parar para mim: "Um comediante que não sabe nem cantar nem dançar não é um verdadeiro comediante".

Foi graças a ele que, um dia, pelo maior dos acasos, eu subi ao palco pela primeira vez. Foi em um domingo. Naquele dia, a sorte finalmente me sorria. Um comediante não tinha vindo ao teatro. Estava doente. Alguém deveria substituí-lo de improviso. O meu mestre me pediu na hora que eu atuasse no lugar dele. Lá, na bucha... Eu não tinha, no entanto, nenhuma experiência de palco fora a de admirar as peças de teatro como espectador e, em seguida, a das coxias do "Francês". Eu aproveitei então a oportunidade. O papel do comediante que estava doente era o de um travesti. Eu nunca tinha subido a um palco, e lá, de repente, eu precisava fazer graça vestido de mulher! Apesar disso, não pensei duas vezes e enfiei o vestido, me maquiei e fui para o palco depois de mal ter tido tempo para decorar alguns diálogos. A experiência foi conclusiva. Até que eu tinha me virado bem. Até o meu mestre gostou da minha atuação. E foi da mesma maneira que eu subi ao palco de novo, uma segunda vez, depois uma terceira e, pouco a pouco, eu comecei a interpretar outros papéis, às vezes obscenos, saídos diretamente da imaginação sem limites do meu mestre.

O *manzai* dos "Two Beat"

O tempo das vacas magras ainda não tinha acabado, apesar de tudo. Demorou certo tempo para eu conseguir me impor como comediante. Esse mundo era bem fechado. Mas fui finalmente descoberto, graças a algumas *gags* e alguns números virulentos, e também a alguns papéis que eu fazia cada vez mais frequentemente no palco. O que me estimulava naquela época era que a minha nova "profissão" me deixava debochar de qualquer coisa. Eu adorava aquilo. Eu me equilibrava entre estilos bem diferentes, me divertia a perverter os gêneros, a debochar de tudo o que me passava pela cabeça. Foi realmente por causa da minha queda exagerada pelo escárnio e pelo deboche que as pessoas vinham ver a gente. Eu tinha entendido que os espectadores estão normalmente habituados às intrigas bem tradicionais, aos velhos clichês, a um suspense mais ou menos pré-calibrado. Eu imaginava coisas bem diferentes que, obrigatoriamente, eram engraçadas. Na maior parte dos diálogos, eu aparecia onde os espectadores menos esperavam. Apostava no efeito surpresa. Aquilo divertia consideravelmente o público.

Eu aperfeiçoei a minha técnica da comédia no "Francês". Em seguida, depois de ter aprendido tudo o que precisava nesse teatro, tinha chegado a hora de fazer outra coisa. Em 1974, tinha encontrado aquele que seria o meu mais fiel companheiro de cena, o meu parceiro e cúmplice, o comediante Jiro Kaneko, que tinha chegado ao "Francês" antes de mim. Um dia, ele me propôs que a gente formasse uma equipe e que fizesse *manzai* juntos.

O manzai é o gênero naïf e cômico-satírico mais difundido e mais popular no Japão, que coloca em cena dois comediantes que apresentam, em pé, um esquete curto, ao acaso de um diálogo rápido e afiado. Essa arte sob a forma de uma disputa oral, que se baseia sempre na mesma fórmula cômica – um personagem interpreta o tsukkomi, sério e racional, enquanto o outro interpreta o boke, distraído e, frequentemente, ridículo –, teria se tornado popular nos teatros populares de Kyoto, de Nara e, sobretudo, de Osaka, entre os séculos VIII e X.

O problema é que eu não tinha nenhuma experiência nesse gênero. Antes de encontrar Jiro-san[6], eu não conhecia grande coisa. Eu nunca tinha visto manzai em Asakusa e nunca tinha imaginado que um dia eu faria manzai e poderia, assim, me tornar um manzaishi (comediante de manzai). Pouco importa. O talento não era realmente a maior preocupação de Jiro; a meta dele era se tornar rico e famoso.

Jiro-san queria que a gente largasse o mais rápido possível o "Francês" com a esperança de progredir e de ganhar melhor a nossa vida em outro lugar. Foi, finalmente, o que a gente acabou fazendo.

Na verdade, foi com Jiro e graças ao manzai que me tornei conhecido e que acabei fazendo sucesso. No palco, sempre tinha um que fazia o idiota de plantão ao lado do espertalhão. Juntos, a gente fundou a dupla "Two Beat". Foi em 1974. Foi naquela época que apareceu o meu nome de cena: Beat Takeshi. Eu era Beat Takeshi e ele era Beat Kiyoshi. Enquanto Mestre Fukami continuava a divertir os espectadores no "Francês", a gente começava, com o nosso manzai, a se apresentar nos teatros de comédia e nos cabarés da moda. As pessoas conheciam a gente pelo nosso lado burlesco e pela virulência das nossas gags. Ninguém conseguia imitar o nosso jeito de responder na bucha. A gente sempre estava bem sincronizado. Com ele, nos palcos, eu podia ajustar o meu ritmo, adaptar o tempo. A nossa dupla começou rapidamente a fazer parte dos "bons manzai".

Bem no começo, antes de experimentar esse gênero, eu sempre imaginei que fazer uma comédia de duplas era fácil. Eu pensava que se tratava apenas de contar histórias engraçadas e absurdas, em pé, na frente do público. Na verdade, era muito mais complicado e perigoso do que eu imaginava. Porque, às vezes,

---
6. San é um sufixo familiar, normalmente neutro, mas subentendendo afeto, generalizado na linguagem corrente no Japão. Seu sentido é intraduzível em francês ou em português; ele não significa literalmente "senhor" ou "senhora" e pode ser usado depois de termos variados: um nome, um sobrenome, um apelido, um nome de animal, um pseudônimo ou uma profissão. O peixeiro do bairro é chamado dessa maneira: "sakanaya-san". Takeshi Kitano usa normalmente esse sufixo. Entretanto, para facilitar a leitura da obra em francês e em português, com a permissão de Kitano, decidiu-se tirar os infinitos san ao longo das linhas seguintes. (N. A.)

o público não dava risadas de jeito nenhum de algumas histórias, mas de jeito nenhum mesmo. Foi pouco a pouco que eu aprendi que o *manzai* era sempre ditado, em parte, pelas pessoas sentadas na sala, pelas reações delas. Depois eu entendi que apenas as histórias que matavam os espectadores de rir eram... as boas histórias. A gente aprendeu então, com o meu cúmplice, a contar só as boas histórias e associá-las entre si. Mas o mais importante, sem dúvida, era que o nosso *manzai* era um dos mais ousados da época. A nossa cara de pau e a nossa conversa mole não tinham nenhum limite. Os nossos números brincavam sutilmente com os tabus. A gente deveria, teoricamente, andar sobre ovos, abordando os temas mais impertinentes, mas a gente acabava ultrapassando sem nenhum problema a linha vermelha, e era exatamente por isso que o público dava gargalhadas durante o nosso *show*. A gente não tinha nenhum medo das reações dos espectadores. Às vezes, eu chegava a falar com uma idosa sentada nas primeiras fileiras. Eu lançava um: "Pô, *Baa-san* (vovó), fique aqui com a gente, não morra antes de ter escutado o final da nossa história!". Eu também não tinha medo de censurar um *yakuza*[7] do bairro sentado na sala; eu era capaz de dizer para ele: "Eu tenho certeza de que você nunca aposta os seus dedos!". Eu garanto que ambos, a idosa e o mafioso, davam gargalhadas. Na sala, as pessoas ficavam de boca aberta.

    Todas as noites, eu tinha a impressão de duelar com o público. O único objetivo era fazer o público rir. Eu descobria que o *manzai* me caía como uma luva. Como humorista, esse exercício se tornava uma parte de mim mesmo. Se eu percebesse que apenas uma pessoa dava risadas, então eu pensava apenas nela. Eu dava o máximo de mim para tentar fazer com que ela risse. Me sentia ao mesmo tempo livre, feliz e à vontade com esse novo estilo cômico. Eu também devo confessar que, de vez em quando, estava completamente bêbado. Mesmo no palco, chegava a atuar, às vezes, em um estado de embriaguez inimaginável.

    Eu era um comediante novo, sem nenhum limite, incontrolável. Já contei várias vezes essa relação particular que me ligava ao meu parceiro Jiro. Ele era como um domador de animais selvagens, e eu, a fera. Se o meu cúmplice tivesse sido outro, eu tenho certeza de que o nosso *manzai* não teria durado muito tempo. Mas Jiro não queria que a gente se separasse porque comigo, ele tinha

---

7. No Japão, o termo *yakuza* designa os aproximadamente 85 mil membros ou afiliados do submundo, associados em 22 clãs e gangues. Ativos em um infindável número de setores da sociedade, eles, durante muito tempo, praticaram a autoablação do dedo auricular em sinal de erro e de arrependimento em relação ao superior ou ao chefão. Ousar falar para um *yakuza* de seus dedos, mesmo sendo ele um subalterno, não deixa de ser perigoso. (N. A.)

certeza de que teria o que comer. Já ele era um bom domador. A nossa dupla funcionava perfeitamente bem. Em seguida, tudo aconteceu muito rápido. A consagração chegou sem que a gente tivesse tempo de perceber o que se passava com a gente. Bem no começo dos anos 1970, o Japão aproveitava os efeitos de vários sucessos econômicos. Havia uma euforia evidente no país. Em Tóquio, a classe média começava a sentir na pele a diferença em relação ao final dos anos 1960, mais austeros. Pessoalmente, eu não estava nem um pouco interessado no dinheiro. Não pensava nele. Eu não queria, necessariamente, ganhar dinheiro. A minha meta era apenas existir e ser reconhecido como artista de comédia. Não era fácil. Muitas vezes, me faziam entender que eu não era bem-vindo. Antes de chegar ao sucesso, fui frequentemente deixado de lado pelas pessoas da indústria do espetáculo. Na verdade, tive sorte em um momento que não esperava e me tornei um comediante. Eu realizei o meu sonho, que tinha me guiado até Asakusa.

Tendo obtido o reconhecimento em Asakusa, Takeshi Kitano teria também se juntado à família de artistas e de escritores que tinham morado no bairro. Como Yasunari Kawabata (1899-1972), que se mudou para lá nos anos 1920, quando o bairro ainda era um dos que tinham a pior fama da capital. Outros fantasmas, e não dos menores, assombram as ruelas de Asakusa. É o caso de grandes nomes da literatura: Kafu Nagai, Yasushi Inoue – que as velhas fotos mostram cercado pelas trupes de comediantes e de dançarinas de cabarés – ou ainda Yukio Mishima. O diretor Yasujiro Ozu e o ator Ken Takakura também simbolizam essa Tóquio popular. Esse bairro tradicional não deixou de ser, no século passado, vanguardista. A primeira linha de metrô do Japão e da Ásia foi inaugurada nele, em 1927. Ela fazia a ligação entre Asakusa e o bairro cultural vizinho de Ueno, onde vários museus clássicos e art déco da capital foram instalados.

Logo, os nossos esquetes passavam em várias rádios, cada vez mais frequentemente. Depois da nossa primeira apresentação na televisão, no meio dos anos 1970, convidavam frequentemente a gente para se apresentar nos programas. Os japoneses descobriram o nosso rosto na televisão. No começo dos anos 1980, eu tinha a impressão de voar. Como em um sonho, eu me vi, enfim, me tornar um verdadeiro comediante.

Com Beat Kiyoshi, a gente continuou a divertir as pessoas no teatro. Os nossos esquetes eram adorados, sobretudo pelos estudantes. Eles adoravam o nosso estilo vivo e irreverente. Conservar esse laço direto com o palco e o público dos teatros populares era imperativo para mim. Mesmo atuando na televisão, eu fazia questão de manter um pé no palco. Era o que me ligava, na verdade, às minhas raízes do norte de Tóquio. Assim, mesmo tendo me tornado uma celebridade da televisão, continuei escrevendo esquetes cômicos. E, em seguida, um dia, no começo dos anos 1980, acabei percebendo que a aventura dos "Two Beat" tinha acabado de vez. Tinha chegado a hora de a gente virar a página da nossa aventura, eu e Jiro, ao menos provisoriamente. Desde então, eu o vi pouco – essas coisas não têm explicação... A gente se cruza de vez em quando em um programa de televisão e, mais recentemente, no set cinematográfico.

O meu mestre brinda ao meu sucesso

Bem mais tarde, no começo dos anos 1980, eu quis voltar para ver o meu mestre, Senzaburo Fukami. Eu ia visitá-lo o tempo todo. Apesar de ser muito famoso em Asakusa e no mundo dos teatros de comédia e de variedade, ele era pouco conhecido pela grande mídia. Eu queria agradecê-lo por ele ter me ajudado tanto. Um discípulo sempre deve fazer algo pelo seu mestre depois de ter chegado ao sucesso. Um discípulo sempre deve homenagear quem o formou quando ele atinge a sua meta. Então eu fazia questão de agradecê-lo porque sabia, inconscientemente, que ele ainda era o meu mestre. Porque o Mestre Fukami era imbatível em tudo, e eu sabia que ele ainda o seria, sem dúvida, durante muito tempo. Eu não tocava violão tão bem quanto ele. Eu não sapateava tão bem quanto ele, nem manejava o sabre com a mesma destreza. Eu não esperava poder chegar ao nível dele em nada, e, muito menos, me tornar melhor do que ele.

Em 1983, eu fui então visitá-lo e dei a ele um pouco de dinheiro. Naquela época, eu era um pouco famoso. O meu mestre estava tão contente e tão orgulhoso que o seu antigo discípulo tivesse conseguido se tornar famoso a esse ponto e que, por assim dizer, o ajudasse em seguida, e ele ficou tão emocionado e tão satisfeito que eu tivesse me tornado, aos seus olhos, um verdadeiro artista, capaz de atuar nos palcos e mesmo de aparecer na televisão, que ele foi, na mesma noite, contar em todos os cantos do bairro e em todas as lojas o meu feito e comemorou o meu sucesso bebendo alegremente em vários nomiya[8]. Mas, na verdade, guardei um remorso terrível desse dia. Porque o meu mestre comprou bebidas e cigarros com os trocados que eu dei para ele.

---

8. Boteco japonês. (N. A.)

Ele voltou para casa bem bêbado, e, durante a noite ou de madrugada, o seu pequeno apartamento, que ficava no terceiro andar, pegou fogo. Um vizinho escutou gritos e chamou os bombeiros. O meu mestre não teve tempo de fugir do incêndio. O pobre homem morreu queimado. A polícia encontrou o seu corpo calcinado perto da porta de entrada. Os investigadores encontraram uma bituca de cigarro no cômodo e concluíram que um cigarro mal apagado era a provável causa do começo do incêndio. Eu soube da terrível notícia algumas horas mais tarde, enquanto gravava o programa "*Oretachi hyokinzoku*" ("*Nós somos a gangue dos engraçadinhos*"), que passava no canal de televisão Fuji. Eu fiquei profundamente chocado. Abatido. Incapaz de dizer uma palavra. Eu estava completamente abalado. No mesmo dia em que ele morreu, o jornal *Yomiuri* e o jornal *Asahi* consagraram a ele artigos nas suas edições noturnas. A notícia causou uma grande comoção em Asakusa. Eu vou mostrar para você, eu guardei os artigos de jornal. Ainda hoje, sinto muito, sinto uma tristeza enorme e certo sentimento de culpa. Eu me pergunto todos os dias se não fui a causa da morte dele. Se eu não tivesse agradecido daquela maneira, talvez ele nunca tivesse bebido tanto naquela noite, nem comprado cigarros... Eu acho que depois de eu ter saído do "Francês", o meu mestre deve ter se sentido extremamente só. Ele morreu sob os efeitos da bebida, na maior das solidões.

Na edição do dia 2 de fevereiro de 1983, o jornal Yomiuri Shimbun *anunciava na manchete a morte de Senzaburo Fukami: "O mestre do riso morre queimado vivo em sua solidão. Senzaburo Fukami consagrou 35 anos de sua vida ao teatro popular de Asakusa. Beat Takeshi era um de seus discípulos".*

Há muitos anos, quase todos os dias, e em sinal de respeito a ele, eu trabalho o meu sapateado. Quase todos os dias. Eu treinei tanto durante esses últimos anos que acabei me esquecendo do piano! Eu não quero aparecer nas cenas de sapateado dos meus filmes, como na cena final do *Zatoichi*, porque ainda não sou bom o bastante. Eu vou aparecer em algum filme meu quando tiver chegado ao nível necessário.

Já em relação ao *manzai*, o meu mestre sempre me dizia que isso não era uma arte. Mas o gênero se perpetua graças a um grande número de *kombi* (duplas). Muitas são produzidas pela equipe Yoshimoto Kogyo[9]. Eu conheci muito

---

9. Magnata da variedade japonesa, estabelecido em Osaka e em Tóquio, que contribuiu para o desenvolvimento do *manzai* a partir dos anos 1950, hoje no comando de centenas de duplas. (N. A.)

bem um dos seus humoristas mais engraçados de Tóquio. No passado, a gente, eu e ele, brigava sem parar. A gente nunca concordou em nada. Agora, a gente tem uma relação normal. A gente se cumprimenta como velhos amigos.

*
* *

O meu alter ego Beat Takeshi

3.

Dos tablados até a televisão existe apenas um passo, que Takeshi Kitano vai dar rapidamente. Ele vai até brilhar. No Japão, ele logo é conhecido como "Beat Takeshi", estrela dos talentos múltiplos da televisão, comediante dos sets televisivos cujas respostas são telúricas. De volta aos anos 1980, nos quais, nos sets televisivos, ele se torna o animador público número um. Um palhaço social antiestresse, na hora em que o Japão aproveita sua "bolha" econômica.

Um *millésime* é, de qualquer forma, bem melhor que um *beaujolais nouveau*[1], não é? O cinema é uma arte suscetível de produzir um *millésime*. Eu digo isso para mim mesmo cada vez que faço um longa-metragem, mesmo que para obter um *grand cru classé*[2] seja necessário um processo complicado. A mesma coisa acontece quando eu sou ator. Prefiro ser considerado um *millésime* e, se possível, de caráter. Já na televisão, atuando como Beat Takeshi, as coisas mudam. Eu sempre quis ser, para a televisão, o que um carro clássico é para o mundo automobilístico. Eu não me apego ao que já acabou. O que eu gosto é de trocar as marchas e acelerar.

---

1. O *beaujolais nouveau* é um vinho que deve ser bebido jovem. Seu processo de vinificação dura apenas dois meses, e ele nem sempre é de boa qualidade. (N. T.)
2. Um *grand cru classé* é um vinho que tem uma denominação de origem rígida, e, geralmente, é de excelente qualidade. (N. T.)

O orgulho da família

Eu descobri a televisão, pela primeira vez, em 1956. A minha família foi a primeira no nosso bairro a ter um televisor[3]. Foi o meu irmão mais velho que comprou. Rapidamente, esse aparelho em preto e branco se tornou um objeto fetiche, o orgulho da família e, logo, do bairro inteiro. A partir do momento em que a gente obteve esse aparelho de televisão, os vizinhos começaram a passar em casa com mais frequência. A nossa casa se tornou um local de encontro para todos os moradores do bairro, que vinham principalmente assistir aos programas de televisão em vez de falar da vida local. Comecei a perceber o poder hipnótico da televisão sobre as pessoas aos nove anos, quando eu estava na escola primária. Apesar disso, a cultura da televisão não parecia mais importante na época. As pessoas não ficavam trancafiadas em casa durante horas assistindo à janelinha iluminada. Foi mais tarde, quando entrei no ginásio, que fui entender que a televisão tinha assumido um papel bem mais importante no dia a dia das pessoas.

Os meus primeiros passos na televisão

Eu tinha conseguido, enfim, subir ao palco em Asakusa. Mas chegar até os *sets* da televisão era ainda outra história. Às vezes, eu ouvia falar que os "Two Beat" nunca poderiam passar na televisão. Na verdade, nos anos 1970, a única coisa que passava na televisão eram os cantores. E que cantores! Vendo alguns cantarolar, eu me dei como objetivo desafiar o mundo da televisão e me tornar, por minha vez e do meu jeito, um *talento (celebridade da televisão)*. Mas tinha um problema: os cantores de variedade eram, naquela época, as únicas estrelas reconhecidas nesse meio. Eu deveria ao menos me sobressair em relação aos menos talentosos, tomar o lugar deles e fazer melhor do que eles, para poder impor os meus esquetes. Eles eram tão numerosos que, ao final das contas, não foi tão complicado.

Depois dos anos passados em Asakusa, acabei me tornando um comediante popular na televisão, e a televisão gostava cada vez mais do *manzai*. Com Jiro, a gente foi descoberto e empregado, em 1974, por Ota Pro, uma agência de

---

3. O primeiro televisor nipônico apareceu em 1939 e foi desenvolvido pela Nec e pela Toshiba. Mas a televisão nipônica começou a se expandir a partir de 1953. Dez anos mais tarde, o arquipélago já contava com 72 estações de televisão públicas e 62 estações privadas, reunidas em uma rede combinada que cobria noventa por cento do território. (N. A.)

produção, cujos responsáveis tinham adorado os nossos espetáculos. Eles empregaram a gente assim, sem pestanejar, e sem ficar reclamando sobre as condições do contrato. Eles deram para a gente a apresentação de um *talk show*: "*Rival daibakusho*" ("*As gargalhadas hilárias dos comediantes rivais*"). Foi a minha verdadeira experiência, inesquecível, de um programa de televisão. Beat Takeshi se tornou, definitivamente, o meu nome de cena. Eu comecei a bancar o idiota na televisão e, veja só, nunca mais parei. Faço isso na televisão até hoje.

O número de vezes que a gente passava na televisão foi aumentando. Eu tinha a impressão de estar pronto para lutar nos estúdios de televisão como quando eu me apresentava nos palcos dos teatros populares, com a única diferença de que agora eu precisava fazer rir um público mais variado; a gente não sabia o que fazer com a audiência. Logo, fazer o *manzai* na televisão não era mais um duelo, mas sim um esporte. Em um programa que se chamava *O manzai*, várias duplas de humoristas e quatro ou cinco grupos de comediantes se enfrentavam toda semana, na frente dos telespectadores. Eu tinha a impressão de estar em um ringue de boxe. Ganhava quem realmente era o melhor. Duplas e, às vezes, trios de comediantes interpretavam um esquete no palco, uma cena curta. Havia um espírito de competição inimaginável entre todos os comediantes. Não fazer rir o público na hora certa, deixar escapar a boa tirada, ou o seu esquete, era a certeza de não participar mais do programa na semana seguinte. Era um verdadeiro torneio que durava semanas, em que apenas os melhores "sobreviviam". Antes de cada apresentação, eu fazia como um atleta em competição. Eu dizia a mim mesmo: "Eu sou o melhor. Eu sou o campeão mundial da minha categoria...". Se um comediante se mostrava melhor do que eu, eu ficava realmente deprimido, como um boxeador nocauteado, incapaz de se levantar.

Um prêmio que deixou a gente contente

Dois anos depois da nossa estreia, com Beat Kiyoshi, aconteceu uma surpresa maravilhosa. A gente recebeu, em 1976, um grande prêmio da NHK[4] oferecido aos vencedores do "Grande Campeonato Nacional NHK de *manzai*". Para mim e para Beat Kiyoshi foi inesperado, porque a gente estava tentando ganhar esse prêmio havia três anos. Sem contar também que a NHK era, então, o canal de referência. Eu devo confessar que a gente ficou contente com esse troféu. Era um reconhecimento importante. A coisa realmente deslanchou para a gente.

---

4. *Nippon Hoso Kyoai*, o canal de televisão pública nacional. (N. A.)

Foi um momento especial. Quanto mais a gente era vulgar, mais o público adorava a gente. Quanto mais a crítica detestava a gente, mais as pessoas queriam assistir à gente. Já o produtor, que tinha colocado a gente na NHK, tinha sido despedido por não conseguir controlar a nossa linguagem. Listas de palavras tabus, que não deveriam absolutamente ser ditas no ar, circulavam pelos estúdios de televisão. Mas, como os outros comediantes, eu adorava desrespeitar essa proibição. Foi por isso que eu recebi uma suspensão que me impedia de aparecer no ar durante meses. Os efeitos dos castigos eram, no mínimo, engraçados. Quanto mais eles reprimiam a gente, mais a gente se tornava popular!

Alguns anos mais tarde, entre 1980 e 1981, aconteceu um verdadeiro *boom* do *manzai*. E isso começou em Osaka. Os duetos de humoristas estavam na moda. Todos os dias apareciam duetos. Os comediantes nadavam na felicidade. Quando o *manzai* começou a fazer sucesso, eu e Beat Kiyoshi começamos a ganhar um bom dinheiro. O meu amigo comprava aquilo com que ele sonhava há muito tempo. Ele se deu de presente um carro novo e um relógio de luxo incrustado de diamantes. Eu também aproveitei. Quando eu era pequeno, eu via, muitas vezes, crianças ricas andando em belos carros com os pais delas. Eu sonhava com aqueles carrões. Quando eu era adolescente, gostava de mecânica, de sistemas de propulsão, não apenas de motores de carro. Então eu também estava tendo a minha revanche. Eu era bem fetichista em relação aos carros de maneira geral. Finalmente, comprei o meu primeiro carro. E não foi qualquer um. Comprei um poderoso: um Porsche 911. Mas mesmo tendo carteira de motorista, dirigir um Porsche não é para qualquer bico. Com essa potência nas minhas mãos, logicamente eu me estrepei logo no primeiro dia. Eu tinha a impressão de não saber dirigir. Peguei a rodovia tendo soltado apenas a metade do freio de mão. Não conseguia mudar a marcha direito. De repente, ouvi um grande "bum". Tudo indicava que eu tinha quebrado o motor ou a caixa de câmbio porque estava correndo muito. Você nem pode imaginar... O carro acabou pegando fogo no acostamento! Eu estava fora de mim e, ao mesmo tempo, um pouco abobalhado.

Com o decorrer do tempo, o que eu pressentia acabou acontecendo. Enquanto a tradição do *rakugo*[5] começava a despontar na televisão, a onda do *manzai* chegava ao fim. Na verdade, não se pedia mais tanto *manzai*, mas, no que diz respeito a mim, tudo continuava indo bem. Os responsáveis pelos canais de televisão queriam a gente. Os diretores dos programas me davam novas responsabilidades. Eu acabei ficando bem confiante. Um pouco demais, diga-se

---

5. Narrativa cômica contada por um contador de histórias. (N. A.)

de passagem... Um dia, na verdade, nem pensei e enchi a cara antes de começar o programa. Eu perdi a cabeça e cheguei a mostrar a minha bunda na televisão. Caramba! Você não pode imaginar o escândalo. Fui despedido na hora. A intocável NHK não queria mais ouvir falar de mim. Mas eu não ligava para os castigos. Porque, a cada vez, algumas semanas ou alguns meses depois, eu estava de volta aos estúdios, com novas ideias de programas. Eles logo me chamavam de volta ao ar. Isso não me impedia de continuar a ser irresponsável no volante. Mais tarde – bem antes do meu acidente com a moto –, eu comprei um conversível, um Lincoln Continental. Eu mandei turbinar o motor para que ele corresse mais rápido. Uma verdadeira loucura! Eu também comprei uma Ferrari. Depois, comecei a perder o interesse pelos carros. Em pouco tempo, eu começaria a passar o meu tempo livre de outro jeito, por exemplo, bebendo com mulheres...

Consultor das almas femininas

As mulheres são absolutamente aterrorizantes. E eu sei disso... Eu sou obrigado a reconhecer que, antes de me casar, eu era uma pessoa sentimentalmente bem instável e, apesar disso, bastante realizada. Como eu tinha saído da adolescência, eu tive vários romances... Eu acho que, naquele momento, o ludismo se encontrava, para mim, no excesso.

Kitano e as mulheres: um tema fascinante. Em seus filmes, elas são, às vezes, amigas, irmãs, maes, amantes ou objetos sexuais escandalosos. Amadas, violentadas, abandonadas, doentes, apaixonadas... Kitano nunca se aventura a filmar verdadeiras cenas eróticas – com exceção de Getting any?, Boiling point *ou* Takeshis', *filmes nos quais o herói conquista o coração das mulheres sem galanteios. O contato físico é limitado. Existe, em Takeshi, uma espécie de pudor inexplicável. Várias vezes, como se não fosse nada, ao desviar uma discussão, eu tento obter uma resposta à questão. Por pudor, por vergonha, quem sabe, ele parece estranhamente reticente no começo, antes de mudar de assunto. Finalmente, depois de muita insistência, ele consente em falar um pouco sobre isso...*

A minha primeira relação sexual foi terrível. Eu peguei uma doença. Uma espécie de gonorreia. Eu acabei no hospital, condenado a tomar injeções... Você pode ter certeza de que isso não fez com que eu deixasse de gostar das garotas. Muito pelo contrário! Em seguida, eu acabei me tornando um verdadeiro mulherengo. Eu tinha namoradas aos montes. Muitas garotas davam em cima de mim também. Eu tinha um monte de aventuras, por assim dizer, e certo sucesso. Mais tarde, quando entrei na faculdade, eu me apaixonei por uma garota. Tive uma longa relação com essa estudante, que era mais nova do que eu. Uma garota de classe social bem humilde. A gente estava apaixonado e, em pouco tempo, acabou saindo junto. Você pode ficar até surpreendido com isso, mas a relação da gente foi apenas platônica no começo. Demorou um ano para que a gente tivesse a primeira relação sexual. A gente ficou um tempão junto. Sete anos. Ela era uma boa garota. Depois de um tempo, eu percebi que a relação que a gente tinha se parecia com a ideia que se tem do primeiro amor. Essa garota tinha uma luz incrível, uma luz de boa sorte, protetora. Ela aceitava tudo de mim. Sempre estava calma. Quando eu resolvi sair do "Francês", ela nem ficou brava. Mas ela não gostava, entretanto, de alguns amigos meus que tinham, segundo ela, uma influência negativa sobre mim. Ela achava que era melhor que eu não os visse. Era para me proteger melhor. Ela, sem dúvida, tinha razão. Eu pensei seriamente que poderia construir a minha vida com ela. Mas, pouco a pouco, essa relação começou a se tornar confortável demais, ou seja, entediante. A gente, no final das contas, funcionava bem demais. Eu tinha a impressão de que acabaria murchando com essa garota, que eu acabaria me ressecando, ao passo que, no fundo de mim, queimava a paixão pelo palco e pela comédia. Então, terminei a relação...

Depois dessa longa relação, como por reação, eu acabei pegando o hábito, em qualquer tipo de encontro, de sempre fazer amor logo de cara. Vamos dizer que eu só pensava naquilo: fazer amor. Todo esse período, entre os meus vinte e trinta anos, foi agitado. Eu tinha, sem parar, uma infinidade de aventuras e relações. Uma quantidade imensa de namoradas. Eu encontrei um monte de mulheres que eu cruzava por todos os cantos, em Asakusa e nos outros bairros populares de Tóquio, nos bares, nos cabarés... Uma noite, eu tive um sonho, ou melhor, um pesadelo: as mulheres que eu tinha conhecido estavam sentadas em todos os bancos dos vagões de um trem. No fundo, aquele *frenesi* amoroso escondia, provavelmente, o tédio e a depressão. Era vital para mim: eu precisava me divertir sem parar. A necessidade permanente de adrenalina me mantinha ao mesmo tempo acordado e alerta.

Entretanto, as mulheres japonesas têm algo de particular: antes de serem fiéis aos outros, elas são fiéis a si mesmas. Eu me separei, várias vezes, de mulheres das quais eu gostava muito, mas eu preferia a minha vida de artista e de comediante a elas. Por nada no mundo eu teria sacrificado, por uma mulher – mesmo se a gente se amasse –, o que era o meu ganha-pão e a minha paixão: o palco, a comédia... Logo, as minhas aventuras não duravam muito tempo.

Do mesmo modo, eu nunca quis sair com uma garota que, normalmente, todos gostassem. Ou uma garota de boa família. Eu ficaria muito entediado com isso. Sempre saí com garotas do meu meio social. Eu acho que é por causa dos meus pais. Eles sempre me diziam: "Não se deve ter desejos indignos da sua posição social".

E, em seguida, encontrei a minha mulher. Mikiko me descobriu no palco, assistindo aos meus esquetes de *manzai*. Mikiko Matsuda, o seu nome de solteira, também era comediante. Ela fazia teatro e *manzai*, entre outras coisas. Ela largou o palco e começou a me ajudar e também a me trazer reconforto. Ela largou tudo por mim. Eu ainda a admiro por isso. Eu me casei com ela em 1978 e nós tivemos dois filhos, um menino, Atsushi, que nasceu em 1981, e uma menina, Shoko, que nasceu no ano seguinte.

Eu devo confessar que a minha mulher me trouxe certa calma, certa estabilidade. Quando a sorte me sorriu e eu comecei a fazer muito sucesso, ela assumiu, pouco a pouco, as coisas do dia a dia – como acontece tradicionalmente no Japão, cuidando de todo o dinheiro que eu ganhava, que ela investia, ao longo do tempo, em imóveis. Isso pode ser surpreendente do ponto de vista ocidental, mas é dessa maneira que acontece nas relações da maioria dos casais japoneses, em que as mulheres têm um poder considerável, do qual, na maior parte do tempo, a gente nem desconfia. Há muito tempo que a minha mulher sabe tudo sobre a minha fortuna. Mas eu não sei! Ela é uma mulher forte. Ela dirige tudo. Ela me dá todo mês um maço de notas para o que eu preciso. É a minha mesada.

Antes de me casar, eu tinha a impressão de ter me tornado um consultor das almas femininas. Porque eu não posso negar: eu gosto de mulheres, dos prazeres da carne... Como todo mundo, não é? Eu me sinto feliz quando estou com uma mulher, em qualquer lugar! As mulheres são, para mim, uma fonte de inspiração. Eu me sinto livre para falar sobre elas. No entanto, eu sempre tive certa apreensão quando estou com elas. Mesmo uma mulher bem mais jovem do que eu pode me dar medo, ou mesmo virar uma irmã mais velha. A minha mãe era uma mulher forte. Ela me dava muito amor. Eu também devo sofrer, sem dúvida, ainda hoje, de um "*Mother complex*", que aparece bem na hora em que estou com alguma mulher. Assim eu posso me encontrar submerso nos abismos da timidez.

Um dia, acho que foi na França ou na Itália, um jornalista me perguntou se eu tinha algum arrependimento amoroso, remorsos, alguma culpabilidade mal digerida depois de uma aventura que não tinha terminado bem. Eu acho que disse para ele que todas as namoradas que eu tinha rejeitado e abandonado deveriam, sem dúvida, me esperar em algum canto de uma rua com cascas de banana, ou em algum jardim público com bolinhos de arroz envenenados. De qualquer modo, eu não confio muito em um bom número de mulheres com quem me encontro. Eu sei que, bem frequentemente, elas estão atrás, principalmente, do meu *status* de celebridade, do meu nome, Beat Takeshi, Takeshi Kitano, da minha imagem, da minha popularidade e do dinheiro que eu ganho. Em todo caso, mesmo se amanhã eu estiver no fundo do poço, sei que sempre vou acabar voltando para a minha mulher. É desse jeito. Eu não tenho escolha.

O caso do tabloide

Pouco tempo depois do começo da minha carreira e dos meus primeiros sucessos na televisão, eu virei, para muitas pessoas, "Take-chan", um personagem de televisão doce e brincalhão.

No meio dos anos 1980, acabei ficando muito popular. Mas eu tinha, sem dúvida, dupla personalidade. Provavelmente, o sucesso tinha me subido à cabeça.

Uma história – na realidade um verdadeiro contratempo que eu preferia ter evitado – caiu em cima da minha cabeça. Em 1986, eu comandava vários programas de televisão, o que me deixava, na maior parte do tempo, exausto. Em *Oretachi hyokinzoku* ("*Nós somos a gangue dos engraçadinhos*"), um dos quais eles tinham deixado em parte na minha mão, eu me ocupava do planejamento nos mínimos detalhes. Eu não tinha escolha: intervinha em todos os níveis da direção do programa e não podia fracassar. Estava exausto, devorado pelo trabalho. Foi nessa época que aconteceu o incidente, que você talvez já conheça, do ataque à redação da revista sensacionalista *Friday*.

O "Incidente Friday" seria muito comentado em todo o Japão. No dia 9 de dezembro de 1986, acompanhado de uma dezena de assistentes, Takeshi Kitano montou uma expedição punitiva contra a redação da revista Friday, *publicada pela editora Kodansha, em Tóquio.*

Eu tinha decidido quebrar a cara de um *paparazzo* que tinha tirado uma foto de uma garota que eu conhecia. O que me deixou fora de mim foi a maneira brutal com a qual os *paparazzi* da *Friday* tinham abordado essa amiga, que não era nem uma estrela nem um *talento* da televisão, mas uma mulher "normal". Como ela tinha se recusado a responder às perguntas deles, eles insistiram e ela acabou machucada. Depois, o tabloide apresentou essa mulher nas suas páginas como minha "amante".

O que de fato eu não pude aceitar é que essa amiga acabou sendo agredida por esses *paparazzi*. Eu francamente fiquei enlouquecido com o procedimento usado por eles. E, quando eu estou com raiva, é melhor nem chegar perto... Eu posso, literalmente, explodir! Fiquei realmente escandalizado com essa vulgaridade. Os métodos absurdamente indignos do semanário eram simplesmente mentirosos e manipuladores. Essa foto tirada às escondidas, como se tivessem roubado alguma coisa, seguida pela publicação na revista sensacionalista e, para completar, com legendas falsas, tudo isso tinha me deixado profundamente irritado. A foto apareceu no tabloide com comentários maldosos e caluniosos. Eu fiquei tão furioso que quis tirar satisfações diretamente na redação da *Friday*, ajudado, é verdade, por alguns amigos, na realidade onze caras escolhidos entre os meus colaboradores e alunos. Vamos dizer que a nossa expedição punitiva causou a maior confusão.

Tanto em sua vida como em seu trabalho, Kitano nunca está sozinho. Ele se recusa a ficar sozinho. Ele está cercado, desde 1983, por uma verdadeira corte que tem, permanentemente, uns trinta "servidores" leais. Eles constituem o que Takeshi Kitano chama de seu Gundan *("esquadrão de soldados"), todos seus discípulos, que trabalham para sua casa de artistas e agência de produção, a Office Kitano, presidida pelo famoso produtor Masayuki Mori, um amigo íntimo, o homem que teve a ideia do termo* Gundan *e que melhor conhece Kitano. Personagens da televisão, todos famosos, eles são os talentosos parceiros de Beat Takeshi, e frequentemente bons comediantes e atores reconhecidos. Kitano está quase sempre cercado por vários de seus ajudantes. Eles também vieram de meios modestos e não puderam, de maneira geral, estudar por muito tempo, ou, simplesmente, não estudaram. Eles nem sempre vêm do mundo da televisão; um deles é, por exemplo, um antigo* chef *de sushi. De certa maneira, Kitano os adotou e os protege como os membros de sua família. Todos têm laços profissionais e afetivos extremamente profundos com ele, que surpreenderiam qualquer ocidental que não tivesse a mínima ideia do que é esse tipo de relação. A maior parte deles chama Kitano de "Tono" (literalmente "Senhor feudal"). No final de 2007, a saída do comediante Kikuchi (que atuou no filme* Dolls*), um amigo de dez anos, causou uma verdadeira comoção no seio do círculo.*

Quando a gente apareceu na Kodansha, no escritório do tabloide, a gente não teve nem tempo de dar um "oi". A gente começou a destruir a sala de redação, em particular, esvaziando os extintores de incêndio sobre as mesas de trabalho. Você pode ter certeza de que eu não tenho orgulho disso. Poucas pessoas aceitaram as minhas desculpas públicas no Japão. Apesar de o público não ter aceitado a minha maneira de agir, ou seja, a minha vingança, na verdade, bem violenta, ele pareceu estar realmente do meu lado. Muitas pessoas entenderam a minha raiva, menos a minha reação. Depois disso, estranhamente, eu não tinha mais nenhum ressentimento em relação ao tabloide. Eu percebi que o rancor não levava a lugar nenhum. Depois da vingança, vem a redenção. Por causa dessa besteira, acabei tendo de enfrentar a polícia e a justiça. Fui preso, fiquei sob custódia durante 24 horas. Você deveria ter visto a cara dos policiais! Eles ficaram surpresos por estar frente a frente comigo, e alguns estavam até bem incomodados com a situação. Eles me perguntaram se tinha sido eu que tinha tido a ideia do ataque aos escritórios da *Friday*. Eles queriam saber se eu tinha decidido tudo sozinho. Logicamente, eu era o principal responsável por esse fiasco e assumia o fato. Não tinha nenhum cabimento que outra pessoa assumisse no meu lugar. Fui eu que tive a minha privacidade jogada na lama pela *Friday*. Depois das formalidades, um policial me pediu um autógrafo.

Kitano confessaria mais tarde, em seus próprios livros, ter perdido seu sangue-frio e ter se mostrado violento contra doze pessoas dentro da redação; ele "achou até que tinha matado um deles"...

Apesar disso, cada membro da expedição foi condenado. O incidente fez com que cada um recebesse uma pena de seis meses de prisão com *sursis*, transformada em punição profissional. Ou seja, eu não podia, oficialmente, aparecer na televisão durante seis meses. A punição era severa. Mas, no Japão, toda violência física é severamente reprimida. Na realidade, o caso *Friday* atazanou o meu dia a dia durante um bom tempo.

Outra consequência dessa história: eu e a minha mulher acabamos nos separando. Ironia do destino, outra revista sensacionalista revelou alguns meses mais tarde a identidade de outra jovem que eu amava, linda e que me desarmava, ainda bem ingênua. Eu estava enfeitiçado. Por ela, eu tinha largado a bebida, as mulheres... Eu e Mikiko (*a mulher de Kitano*) nos distanciamos durante um tempo, mas não nos divorciamos. Mais tarde, conseguimos nos reencontrar.

Depois da minha crise e da punição, eu tinha certeza de que a minha vida de comediante e de humorista da televisão tinha ido por água abaixo. Eu tinha a impressão de que tinha conseguido acabar com a minha carreira, por causa de uma besteira, tão rapidamente quanto subi ao palco do "Francês", substituindo, na bucha, um comediante doente. Esse incidente com o tabloide se parecia, quase, com um suicídio profissional. Eu acabei ficando ansioso e angustiado, tinha pesadelos... Eu me via na prisão, ou até mesmo morto. Você pode ter certeza de que eu passei um mau bocado. Durante dias e noites, a imprensa popular e a mídia tomaram conta desse caso. Alguns jornais e revistas sensacionalistas não davam trégua e escreviam bobagens para manter as vendas. No Japão, só se falava de mim, dos *Gundan* e das consequências da nossa expedição na Kodansha...

> Durante anos, a prestigiosa editora Kodansha manteve certo ressentimento por causa do acontecido. O "Incidente Friday" permaneceu durante muito tempo, na Kodansha, como um tema sensível. Como prova desse provável ressentimento – que ninguém, dentro da editora, quer confirmar ou negar –, temos a enorme e maravilhosa enciclopédia ilustrada de 1925 páginas, publicada em inglês, em 1993, pela Kodansha, tendo por título Japan. Takeshi Kitano parece ter sido esquecido entre o poeta Kitamura Tokoku e o lutador de sumô Kitanoumi, ao passo que todas as personalidades da literatura, da política, das artes ou da sétima arte japonesa são apresentadas em ordem alfabética... No entanto, o santuário xintoísta "Kitano-Temman-gu", em Kyoto, se encontra no lugar certo!

Mas o mais surpreendente de toda essa história é que, depois de ter sido banido da televisão, eu tenha voltado para ela, seis meses mais tarde, quase como se nada tivesse acontecido, sem ter perdido uma gota da minha popularidade. Fui o primeiro a ficar surpreso. Segundo uma sondagem feita pela NIIK, eu ainda continuava sendo o apresentador preferido do seu público. Eu era ainda mais popular junto aos telespectadores do que antes do incidente. Depois de todas essas peripécias, 1987 foi um ano de uma grande mudança na minha vida. Um momento de mudança radical. Eu larguei a agência Ota Production, que dirigia os meus negócios desde 1974, e fundei a minha agência, a Office Kitano.

Depois disso, eu confesso ter certo remorso desde "o caso Friday". Eu sinto ter sido violento. Enfim, no fundo, eu não estou completamente arrependido. Eu estou apenas meio arrependido.

Os meus discípulos, os *Gundan*

A origem social dos *Gundan* que tinham me acompanhado quase se tornou outro caso no "caso *Friday*". Ela foi revelada ao grande público pela mídia, e eu fui o primeiro a ficar surpreso com essas revelações. Alguns dos meus discípulos tinham saído da prisão. Um deles era, na verdade, filho de *yakuza*. Eu me senti responsável pela prisão deles. Decidi, então, tomar conta deles até o fim da minha vida. Por minha causa, na realidade, alguns acabaram ficando com uma ficha policial ainda mais suja... Eu estava preocupado. Muitos deles não tinham do que viver nem o que comer, não tinham um teto, nem para onde ir. Depois desse incidente, eu não podia abandoná-los.

Um dos meus primeiros discípulos, um antigo comediante que se tornou famoso no Japão, é Sonomanma-Higashi, cujo verdadeiro nome é Hideo Higashikokubaru. Ele teve um papel importante no "caso *Friday*". É uma figura! Comediante surpreendente, ele apareceu em alguns dos meus programas, "*Takeshi jo*" ou "*Super jocky*", nos quais o público morria de rir dele porque ele fazia *gags* extraordinárias, incríveis. A sua força era ser um comediante capaz de apresentar um programa de televisão e, ao mesmo tempo, ser um bom ator de cinema. Ele é realmente impressionante no meu filme *Getting any?*. Pois não é que ele acabou virando, hoje, governador da província de Miyazaki! Eu não estou brincando. Ele foi eleito com 70 mil votos a mais que o outro candidato. Essa província apresenta uma particularidade: todos os seus governadores foram, alguma vez, presos por corrupção. Ele se juntou a mim quando tinha acabado de fazer apenas 23 anos. E, em seguida, um dia, ele largou a minha sociedade de produção para levar uma nova vida. Que ele tenha, posteriormente, se lançado na política, chegando a se tornar governador de Miyazaki, não deixa de ser algo de realmente excepcional. Eu mesmo acho difícil acreditar nisso. É espantoso!

Outro dos meus seguidores há, ao menos, vinte anos, um comediante, um imenso ator cujas qualidades são evidentes no meu filme *Zatoichi*, se chama Gadarukanaru Taka. Ele vem de um meio, por assim dizer, "difícil". O seu pai, um durão, teve muitas mulheres. Eu e ele, a gente tem muitos pontos em comum. Ele também tenta realizar completamente os seus sonhos. E, como eu, ele é um batalhador. Ele nunca abandona nada. É um dos comediantes mais experientes e mais velhos do meu clã.

Também tem outro *Gundan* que eu não posso deixar de falar: Tsutomu Takeshige, cujo verdadeiro nome é Tsuyoshi Nishimura *(braço direito de Kitano, seu motorista e ator)*, homem de caráter, muito inteligente. Os pais dele são professores primários. Ele também é um caso à parte porque, diferentemente dos outros, recebeu uma excelente educação. É um homem direito, com quem eu sempre posso contar. Também é um ator inigualável, com um futuro promissor. A sua interpretação em *Dolls* foi marcante. Ele com certeza queria ter me conhecido há mais de dez anos. Então ele me espiava na saída dos estúdios. Finalmente, ele apareceu junto aos meus seguidores. Dizia que queria se tornar um dos meus discípulos.

Entre os meus outros discípulos, também tem Aru Kitago (*cujo verdadeiro nome é Jun Kitago*). Kitago (*que aparece também no filme* Dolls) não faz nada como ninguém. Ele não cresceu como todas as crianças e adolescentes. O seu pai, que tinha vindo da Coreia, acabou sem-teto no Japão. Foi graças a uma investigação feita por uma equipe da televisão que ele foi encontrado. Ele era um mendigo. Ele morreu na miséria. A mãe dele, Shimeko, que também tinha vindo da Coreia, está bem. A gente não se espanta em saber que Kitago não tenha seguido uma escolaridade normal. Ele largou o colégio pela metade e se tornou *hikikomori*. No nosso país, os *hikikomori* são crianças e pré-adolescentes que se trancam nas suas casas e não veem mais ninguém. Eles permanecem trancados durante dias, semanas ou até mesmo meses inteiros. Eles sofrem de uma espécie de autismo. Às vezes, eles não vão mais à escola, apesar de terem potencial para isso. É uma verdadeira doença social no nosso país. Anos mais tarde, Kitago não queria que ninguém soubesse que ele tinha sido *hikikomori*. Mas a irmã dele contou para Murakoshi, um dos meus discípulos, que, logicamente, acabou contando para mim. Quando eu falei disso para Kitago, ele fez uma cara! Mas não se engane, não se deve confundir *hikikomori* com *otaku*, termo que, no nosso país, indica pessoas que também vivem reclusas em casa – na maioria dos casos, jovens e adultos –, viciadas em todas as espécies de "coleiras eletrônicas", *video games*, herói ou heroínas de mangá e de *anime* (*desenhos animados*), entre outras coisas. Kitago não era um *otaku*. Por um acaso você sabe como eu e ele nos encontramos? Um dia, ele me ouviu no rádio e ficou tão emocionado pelo que eu dizia que fez de tudo para me encontrar. É em circunstâncias inesperadas, como essa, que eu conheço a maior parte dos *Gundan*.

Um dos meus outros *Gundan* se chama Mimata Matazo, cujo verdadeiro nome é Tadashi Mimata, um supercomediante que sabe fazer de tudo. O seu pai é, oficialmente, médico aposentado. Mas eu não me surpreenderia em saber que ele passa o tempo todo se prescrevendo e se injetando vá saber que tipo de substância esquisita! Na verdade, Matazo foi adotado pequeno e nunca superou isso. Ele guardou, sem dúvida, sequelas psicológicas e complexos. Ele tem a sensibilidade à flor da pele. Os seus pais eram ricos, mas isso não bastava. Ele saiu de casa e foi encontrar sozinho o seu caminho graças ao teatro, às artes da cena, à comédia...

Mada-Murakoshi, cujo verdadeiro nome é Yuji Murakoshi, outro dos meus discípulos, vem do interior. Um *country boy*! Ele tem um ar, assim, plácido, mas conhece as artes marciais. Pratica *kendo* na universidade Teikyo. Ele perdeu o pai. É um garoto bem corajoso. Também tem um monte de qualidades e talentos. E ele começou a ter novas responsabilidades depois que começou a tomar conta, como um verdadeiro pai, da minha neta, quando a minha filha está ocupada. Ele é uma superbabá!

Eu também tenho que mencionar Tsumami-Edamame, Matsuo Bannai, Dankan, Rassha-Itamae, Great Gidayu, Ide-Rakkyo, os Asakusa Kid, Shimesaba--Ataru, Nabeyakan, Omiya-no-Matsu, Hotaru Genji, Kenta Elizabeth "the third"...

Eu poderia ficar falando durante horas dos meus *Gundan*, de Hatoyama--Kuruo – nome que eu dei para ele porque ele se parece tanto com Yukio Hatoyama, chefe do partido Minshuto e chefe do governo –, Gambino Kobayashi, Ogami-Kuhio, Aka-P-Man, Makita Sports, e ainda muitos outros... Tem também a *talento* Mona Yamamoto, e ainda Tomomi Eguchi – apresentadora do debate de televisão que eu apresento toda segunda-feira –, porque a minha equipe não é exclusivamente masculina.

No começo, no entanto, quando me tornei comediante, eu não tinha nada de um cara que quer ter um grupo em volta de si, como se faz tradicionalmente aqui no Japão. Mas, no fundo, eu sonhava, eu realmente queria que, um dia, eu tivesse os meus próprios discípulos ao meu lado.

Eu vou dizer para você, honestamente, por que eu tenho discípulos: eu sempre quis e sonhei poder montar uma equipe de beisebol. Você pode acreditar que isso é verdade. Não é uma piada. Aliás, há vinte anos, eu tive a minha própria equipe de beisebol, "*The Takeshi Gundan*", inscrita na liga amadora. Eu lembro que, no rádio, eu convidava as equipes da liga para jogar contra a gente. Quando eu era criança, às vezes eu me via mais tarde como *pitcher*. O gesto franco e bastante atlético do arremessador me fascinava. Eu sonhava muito com isso, mas eu nunca pude pensar nisso seriamente. Hoje, eu não tenho equipe de beisebol. Mas eu tenho discípulos, os famosos "*Takeshi Gundan*", todos "*bad guys*", meninos ruins – pelo menos é isso que os boatos dizem ou tentam espalhar... Eu me consolo do lado deles. Eu me divirto e não corro o risco de solidão. Eu prefiro que eles estejam ao meu lado. Porque, se eu estiver sozinho, eu corro o risco de fazer bobagens. Assim como, se eu tiver uma insônia, eu posso pedir que eles fiquem comigo até tarde da noite, ou até mesmo de madrugada. Eu posso me divertir muito com eles. Juntos, a gente fala alto, a gente faz barulho, a gente pode se soltar. A gente passa a maior parte do tempo junto. Acho que eles

O meu alter ego Beat Takeshi

gostam do nosso espírito de equipe. Em algumas noites, adormeço no meio da alegre confusão dos meus barulhentos discípulos bêbados.

A maior parte deles veio a mim um pouco por acaso, durante apresentações ou encontros imprevistos... Agora eles são uns vinte. Eu nunca estabeleci nenhum critério de escolha ou para recebê-los. Por que eu faria isso? Eu gosto de todos eles. Não queria discriminar ninguém. E depois, você sabe, eu acho que o mundo do *show business* é hoje o último refúgio deles. É o lugar mais natural para eles, onde podem se sentir bem. Na verdade, eles não podem descer mais! E é porque eles não têm mais aonde ir que eles estão ao meu lado.

Eu precisava recuperá-los. Algumas mídias muito mal-intencionadas disseram besteiras em relação a alguns dos meus discípulos. Frequentemente, o que foi escrito é inexato. Mesmo se, é verdade, alguns deles tiveram antecedentes com drogas...

Agora, tudo está bem, há anos, porque eu evito ter uma relação muito chegada com cada um deles. A gente tem relações bem simples, entre jovem e velho, relações que todos esperam. Eu acho que sou um pouco como um pai para eles, ou até mesmo um segundo pai. É estranho, porque eu mesmo não sei o que é uma verdadeira relação entre um pai e um filho, já que eu nunca tive uma relação muito profunda com o meu pai. Como eu já disse para você, devo ter falado com ele somente umas três ou quatro vezes durante toda a minha infância. A maior parte do tempo, ele só brigava com os filhos dele.

Com os *Gundan* ocorre o contrário: a nossa relação é, sobretudo, do tipo pai-filho. Eu não espero nada deles. O que é sem dúvida bem conveniente. É assim que as coisas devem ser, agradáveis e convenientes.

Talvez o fato de eu ter os *Gundan* em volta de mim funcione como uma terapia. Eu acho que, ao lado deles, eu tenho tendência a mostrar o meu bom lado. Existe certo distanciamento entre mim e eles. Como entre qualquer mestre e os seus discípulos. Sem dúvida tenho a mania de querer mostrar para eles, muitas vezes voluntariamente, o que pode ser, ou o que deve ser o bem. E se um deles se torna muito famoso, não sinto nenhuma inveja. Eles sobem a escada que eu também subi. Eles devem chegar ao sucesso com o próprio estilo deles.

Um dia, eu até disse: "É verdade que eu tenho dois filhos, o meu filho e a minha filha, que eu amo, mas, às vezes, eu sinto que eu amo os *Gundan* mais do que os meus próprios filhos". Era um jeito de mostrar que é, igualmente, graças à existência deles que a minha família tinha o que comer. A minha família também deve muito a eles. Se alguém me pedisse para escolher entre a minha família e os meus discípulos, talvez eu escolhesse os *Gundan*!

O eterno recomeço

Depois do episódio *Friday*, eu pensava que eu estaria acabado, que a minha carreira tinha ido por água abaixo. Mas não... Seis meses depois, inacreditavelmente, eu estava de volta. É inimaginável, realmente inesperado. Eu fiz o meu *comeback* na televisão do mesmo jeito que faria alguns anos mais tarde: depois de ter flertado com a morte por causa do meu acidente de moto, eu voltaria mais uma vez ao ar após sete meses.

No entanto, depois desse acidente, eu estava em um estado tão lamentável, tão desfigurado, a cabeça como uma melancia, que eu ainda tinha certeza absoluta de que nunca mais poderia voltar para a televisão, muito menos para o cinema, onde cada *close* multiplica por cem, ou mil, o mínimo detalhe na tela de cinema. Mas, ainda dessa vez, milagrosamente, eu voltei.

Depois de todas essas peripécias, eu sinto uma estranha impressão de que tudo recomeça do mesmo jeito, como uma espécie de eterno recomeço. Até que eu acho isso bem agradável.

*
* *

A televisão, seguro total

4.

A televisão era o meu seguro total. Eu faço televisão há mais de trinta anos, e eu acho que estou, hoje, no apogeu da minha carreira, como em cima de um pedestal. Nos *sets*, eu distraio, durante todos esses anos, os telespectadores e me entrego totalmente. Eu também informo os cidadãos sobre inúmeros temas da sociedade ao mesmo tempo que brinco com os meus compatriotas, provocando-os com o meu já conhecido humor corrosivo. Uma coisa é certa: as ideias que eu exponho nunca seriam aceitas pelo público se eu fosse um político.

Outra coisa é certa: Beat Takeshi é a figura pública mais conhecida do arquipélago. Ele é "a" estrela do arquipélago, a única celebridade que mistura tantos gêneros (comédia, televisão, cinema) e que teve sucesso em cada um deles. No Japão, pelo menos duzentos livros teriam sido escritos sobre ele.

A televisão me oferece uma real liberdade, sobretudo como cineasta. Se por acaso o meu próximo filme for um fracasso, eu não fico no sufoco. Graças à televisão, eu posso alternar os gêneros e esperar antes de trabalhar em uma aventura para o cinema que eu realmente deseje. Pois, financeiramente falando, eu não tenho praticamente nenhum lucro com a maior parte dos meus filmes – sem contar com *Zatoichi*, um grande sucesso de bilheteria que lucrou bilhões de ienes, milhões de dólares... É verdade que ganho dinheiro, muito dinheiro, mas, sobretudo, graças à televisão. Eu aumento a minha fortuna aparecendo na televisão. Eu apareço todos os dias, quase ininterruptamente, durante quase o ano inteiro, em programas de vários canais de televisão privados. Eu nunca estou cansado. Apresento todos esses programas com prazer. É verdade também que sou completamente viciado no trabalho. Não consigo parar de trabalhar. A televisão é uma droga que nunca me deixa ficar angustiado.

Aliás, eu não entendo como alguém pode tirar férias! Se você me mandar para a beira do mar, para uma praia, eu vou me entediar muito rápido. No segundo dia, eu iria voltar a trabalhar de sunga em um cenário ou em um projeto no terraço do meu quarto de hotel.

O meu cronograma é bem simples: uma semana de televisão seguida de uma semana de direção, de filmagem – eu posso tanto dirigir quanto atuar – ou de algum trabalho cinematográfico. É assim que vivo e passo a maior parte do meu tempo há uns vinte anos. Alternar as minhas atividades entre a televisão e o cinema não é de maneira nenhuma incompatível. Aliás, eu nunca tenho a impressão de trabalhar, e sim de me divertir. E, para falar a verdade, estou pouco me lixando para a televisão! Eu não dou toda essa atenção que as pessoas podem achar.

Eu percebi que, a partir do momento em que eu comecei a fazer filmes, e, sobretudo, depois de ter conquistado um Leão de Ouro e um Leão de Prata em Veneza, as pessoas da televisão, no Japão, me respeitam mais. Será que é porque elas têm um complexo de inferioridade em relação às pessoas do cinema? A mesma coisa acontece com os produtores da televisão: eles me respeitam mais ainda porque eu também faço filmes.

Na verdade, eu apresento os meus programas de televisão um pouco como se eu praticasse um esporte. A televisão me mantém em forma, e eu passo momentos agradáveis. Eu mantenho o meu espírito alerta. Eu me divirto. Enfim, quase sempre... Porque, às vezes, no programa, depois de ter dormido pouco na véspera de uma gravação ou de um programa ao vivo, e quando o tema debatido pelos meus convidados é o cúmulo do tédio, eu cochilo discretamente.

Logicamente, cuidar toda semana de tantos programas, apresentá-los e produzi-los pede um mínimo de organização e muita disciplina. Porque eu trabalho todos os dias. O ano inteiro, eu não tenho nem um dia de folga. O meu dia a dia é ditado, decidido, regulado com longos meses de antecedência. Ele é ritmado segundo o calendário dos meus inúmeros programas gravados em estúdio ou transmitidos ao vivo. Na primavera, o meu cronograma diário já está feito até dezembro. No inverno, os meus dias de verão já estão pré-programados. E assim vai.

É claro que eu construí, graças à televisão, um poder que pode fascinar, mas que também contraria algumas pessoas e atrai ressentimento, hostilidade ou até mesmo inveja. Quando uma instituição, no Japão, deseja me dar um prêmio, pretende me condecorar por alguma das minhas produções ou direções de televisão, acontece de, frequentemente, alguns poderosos julgarem que isso não seja necessário, com o pretexto de que eu já sou famoso demais e que, portanto, seria melhor dar o prêmio a outra pessoa. Isso não me afeta de maneira nenhuma. Estou bastante acostumado com isso. Estou pouco me lixando para isso. Às vezes, no meu país, alguns me consideram um homem influente – um dos mais influentes, pelo que dizem. Se bem que, na verdade, a minha influência é, sem dúvida, muito mais limitada do que se acha, apesar de hoje eu apresentar e produzir, com as minhas equipes de produção, oito programas semanais de televisão.

Todos esses programas são de gêneros diferentes: diversão, variedades, comédia, discussões, debates, em que os convidados, entre os quais alguns *talentos*, fazem comentários, na maior confusão, sobre um tema qualquer... Outros programas se parecem mais com *talk shows* ou *shows* lúdicos ou irreverentes. Em um dos meus programas, durante muito tempo um dos meus favoritos, "*Daredemo no Picasso*" ("*Qualquer um pode ser Picasso*"), eu gostava de convidar, de vez em quando, mágicos, ilusionistas. Porque eles têm a arte de divertir e de relaxar as pessoas. Eu sempre me diverti muito com a mágica. Quando eu era criança, via, frequentemente, na rua, os pseudomágicos fazendo os truques deles e sempre ficava impressionado. O que há de formidável com a magia é que sempre é possível realizá-la tanto em um teatro como em um dos grandes hotéis de Las Vegas, ou mesmo, mais simplesmente, em volta de uma mesa na cozinha, em um contexto mais íntimo. Entretanto, todos esses quadros se adaptam perfeitamente a um *set* de televisão.

Entre 10 e 15 milhões de telespectadores assistem, em média, a cada um dos meus programas. De maneira geral, a audiência varia de doze a quinze pontos, o que é muito bom hoje no nosso país. Um ponto corresponde a mais ou menos 1 milhão de telespectadores. Às vezes, a audiência pode até chegar a 20 milhões de telespectadores, ou até mesmo mais, o que é muito bom, já que hoje existem, pelo que me disseram, em média 150 canais de televisão no Japão, contando com a televisão a cabo. Saiba que tamanha audiência é algo realmente impressionante. Ela me lembra os bons tempos, a idade de ouro da televisão japonesa, nos anos 1980 e no começo dos anos 1990, quando de 20 a 25 milhões de telespectadores assistiam, regularmente, aos meus programas.

Na verdade, hoje, pouco me importa tantos canais e tantos concorrentes na nossa paisagem audiovisual. Porque eu não sinto, diretamente, essa profusão de canais. Talvez porque, em primeiro lugar, os meus programas sempre foram e continuam sendo bem ecléticos. E o público que assiste a eles é bem variado.

Não existe "um" público, mas "vários" públicos, fiéis e atenciosos: jovens, adultos, homens, mulheres – aliás, bem numerosas – que assistem com prazer ao que eu faço na televisão. Eu acho, de fato, que é simples desse jeito. "Esses" públicos atenciosos têm, no entanto, um número incrível de possibilidades de mudar de canal. Há muito mais coisas hoje para poder se distrair ou se divertir do que no passado. Os telespectadores têm também cada vez mais opções. E, finalmente, a televisão japonesa mudou muito. Atualmente, a audiência se diversificou e se dividiu em inúmeros segmentos. Além do mais, é mais difícil acreditar apenas nos números de audiência para julgar a qualidade de um programa.

Mas os meus espectadores mais fiéis – que criaram fã-clubes – não parecem, francamente, entusiasmados com os programas que disputam a audiência com os meus. Por outro lado, se eles não assistissem mais a algum dos meus programas, eu não teria dúvida nenhuma: eu acabaria com ele. Se a audiência diminuísse consideravelmente, eu desistiria desse programa.

*
* *

Delírios televisivos 5.

Há mais de trinta anos, Takeshi Kitano é uma criatura da televisão, conhecido como Beat Takeshi, âncora de um grande número de programas: talk shows sérios e espetáculos bregas com muita purpurina. Ele se impõe como o mestre incontestável do riso e do politicamente incorreto. Os japoneses o viram, em seus programas, fantasiado de dançarino havaiano, de cavaleiro, de camponês, de idosa e até mesmo de cueca ou sem nada... totalmente nu – apesar de ele continuar a dizer que é um "grande tímido". O público morre de rir ao ver Kitano afundando um comediante, relutante, em uma piscina de água fervente. No programa "Tensai Takeshi no genki ga deru terebi" ("A televisão do genial Takeshi que dá o maior pique"), ainda famoso, Beat Takeshi metamorfoseado em marionetista gigante, manipula sua própria marionete em um teatro de dimensões reduzidas. Ele conta piadas e até conseguiu – como Orson Welles em seu tempo na rádio americana – fazer com que muitos japoneses acreditassem, durante semanas, que os extraterrestres tinham aterrissado na Terra. Um ovo gigante, botado por uma criatura misteriosa vinda do espaço, que Beat Takeshi e sua equipe caçam ao vivo nas províncias nipônicas, causa certo pânico no país inteiro.

Beat Takeshi sempre se vira para surpreender... Ele se tornou, nesses últimos vinte anos, uma estrela da televisão japonesa, um ás da audiência, um especialista na arte da distração, da bajulação e da chacota. Ele não leva em consideração, de maneira geral, a crítica da mídia intelectual; esta julga seu estilo "vulgar", "vergonhoso", "indigno". Ele realmente não se preocupa com isso porque seus programas são extremamente populares. Já faz aproximadamente dez anos que Takeshi se acalmou e que seus programas mais sérios sobre temas sociais, pedagógicos, médicos, científicos –

sempre dirigidos ao grande público, condição sem a qual ele não teria anunciantes, e isso ele não esconde de ninguém – começaram a aparecer cada vez mais frequentemente no horário nobre. Extremamente hierarquizada, a sociedade japonesa é muito exigente e tem regras estritas, às vezes muito restritivas. Mas a televisão privada é paradoxalmente uma das mais livres da Ásia. E o âncora sabe como se comportar em ambas as frentes, além de tirar proveito delas. Sua liberdade de palavra e sua insolência são inigualáveis no arquipélago. Por enquanto, ele ainda é tão popular que as grades de programação nipônicas o disputam a tapas. Beat Takeshi apresenta oito programas por semana em canais diferentes. No Japão, o apresentador é mais do que um rosto ou uma voz. Ele impôs seu estilo, uma maneira de ver, de comentar, de ser. E, quando se assiste aos seus programas nos diferentes canais, um fato é surpreendente: nos sets, ele quase nunca olha para a câmera. Seus olhos ficam presos nos convidados. Ele olha, às vezes, para o chão ou para os monitores de televisão, ao mesmo tempo que fala bem rapidamente, em alguns momentos demorando, com o olhar vazio. Quando, por algum acaso, ele olha para a câmera, sua timidez reaparece. Essa timidez e o lado provocador são o charme de Kitano. Uma noite, em sua casa, Takeshi Kitano convida seu Gundan e alguns amigos para assistir em uma tela gigante a alguns DVDs, uma espécie de sessão "melhores momentos" de seus antigos programas de televisão. Bem depressa, todos começam a gargalhar. Mas Takeshi também parece bem emocionado, mergulhado em suas lembranças...

No começo dos anos 1980, eu aparecia no ar disfarçado de todos os tipos de personagens: ninja, pintinho, vampiro, marmota, bebê, rabanete gigante, samurai, boneco de neve tocando violão... Frequentemente, eu surgia nos programas vestido de maneira completamente delirante. Eu não tinha medo de fazer nenhuma paródia. Alguns diziam que eu era louco. Outros se chocavam. Mas a maior parte das pessoas morria de rir na frente da televisão.

Depois das minhas aventuras no *manzai*, eu comecei primeiro a aparecer nos programas vestido de super-herói, de capa e meia-calça, na pele do meu personagem *"Takechan-man"*, nome de um seriado criado em 1981, inspirado em símbolos da nossa cultura *"pop-corn"*. Eu era uma espécie de super-homem nipônico, mas muito mais *kitsch*! Eu enfrentava mutantes, cada um mais ridículo que o outro. Todos eles, heróis conhecidos e adorados pelas crianças.

Ao longo dos anos, apareceu na nossa televisão um estilo de programa de comédia diferente do que se via até então, uma marca registrada, um novo gênero, perto, na sua forma, da "comédia alternativa" à inglesa dos anos 1980 – nessa época, Benny Hill triunfava na Grã-Bretanha. Eu nem consigo mais calcular a quantidade de programas que eu apresentei em seguida, *talk shows*, testes, todas as espécies de jogos.

Oretachi hyokinzoku
["Nós somos a gangue dos engraçadinhos"]

Com os meus parceiros, a gente lançou em seguida um programa leve, bem divertido, "*Oretachi hyokinzoku*", na Fuji TV, no qual apareciam muitos comediantes que mais tarde se tornaram famosos na televisão, como Akashiya Sanma, Kuniko Yamada... O público era bem fiel. As famílias assistiam ao programa todos os sábados à noite, na hora do jantar, e todo mundo morria de rir.

Tensai Takeshi no genki ga deru terebi!
["A televisão do genial Takeshi que dá o maior pique!"]

Eu acho que, com o meu programa "*Genki TV*", extremamente popular nos anos 1980, junto dos meus fiéis companheiros, os *Gundan*, os *talentos* Yuki Hyodo e Junji Takada, o famoso ator de *chambara*[1] Hiroki Matsukata, eu sempre ultrapassava os limites. O sucesso desse programa era tamanho que eu o apresentei durante dez longos anos, de 1985 até 1996... Eu lhe garanto que o público, que podia assistir às gravações no estúdio, não perdia nenhum programa em casa.

A gente imaginava as *gags* mais loucas, as mais idiotas e tolas, as mais inacreditáveis. Quanto mais chocante era o programa, mais as pessoas assistiam a ele, e quanto mais provocante ele era, maior era a audiência. Quanto mais idiota e ridículo ele era, mais as pessoas riam. Eu acho que a gente acabou fazendo de tudo, mesmo as ideias mais delirantes. Eu fazia tudo o que me passava pela cabeça. Não tinha medo de me tornar ridículo. A produção de cada programa custava muito caro.

A gente realmente fez de tudo nesse programa, como acordar comediantes japoneses, de madrugada, na casa deles, enquanto estavam dormindo profundamente, com a ajuda de um grupo de *rock heavy metal*, ou obrigar duas equipes

---

1. Filme de sabre. (N. A.)

de comediantes a jogar futebol com binóculos colados nos olhos, ou ainda, em uma estação de esqui, fazer com que desconhecidos nus acreditassem que iam entrar em um banho quente de um *onsen* com o auxílio de um trenó, que disparava e atravessava uma falsa parede, despencando cem metros em uma pista lotada de esquiadores bem no meio da estação.

Um homem idoso, que o público adorava, aparecia bem regularmente no nosso programa. Tokujiro Namikoshi, esse é o nome dele, era conhecido por ter uma saúde de ferro. Um dia, aos 81 anos, ele aceitou subir em uma montanha-russa do parque Hanayashiki em Asakusa, com uma câmera presa bem na sua frente para que o público pudesse ver as expressões de seu rosto. Os telespectadores riam quando viram que ele ficava cada vez mais pálido. A única coisa era que, durante a gravação, a gente tinha medo de que ele tivesse um ataque do coração! As pessoas explodiram de rir quando viram o sorriso dele na chegada. Foi bem sádico, eu reconheço, mas, francamente, muito divertido. Só como curiosidade: Namikoshi era fisioterapeuta e quiroprático, e ele ficou tão famoso no nosso país porque teve a sorte, um dia, de fazer massagem em Marilyn Monroe, quando ela passou por Tóquio.

Os canais a cabo americanos e europeus compram há vários anos jogos televisivos japoneses, alguns em versão original. Entre os mais conhecidos, pode-se encontrar "Ninja Warriors" ("Os guerreiros ninja"), retransmitido na França na W9, ou ainda "Hole in the wall" ("Buraco na parede"), comprado pela TMC e adaptado pela Coyote, sociedade de produção de Christophe Dechavanne[2] – trata-se do jogo de televisão japonês mais vendido no mundo. Outros programas conhecidos: "Dragon's den", que coloca em cena donos de empresas que financiam projetos de criadores sem grana, não sem antes os humilhar, diga-se de passagem, e "Takeshi Jo" ("O castelo do Takeshi") – um programa produzido por Beat Takeshi, no final dos anos 1980, que se tornou um grande clássico no exterior.

Tsukai nariyuki bangumi fuun! Takeshi jo ["O programa do jogo de azar engraçado! O castelo do Takeshi"]

Nos Estados Unidos, passa, em um canal a cabo, o programa "MXC" (*Most extreme elimination challenge*), inspirado diretamente no meu programa

---
2. Apresentador de televisão na França. (N. T.)

Delírios televisivos 75

"Takeshi jo", que eu apresentava há uns vinte anos. Eu acho que no meio dos anos 1980 ele era um dos programas de televisão mais populares no Japão. Batia recordes de audiência sem parar. Eu soube que um culto foi praticamente criado em torno do "MXC" graças à popularidade que ele atingiu junto aos telespectadores americanos. Esse programa também foi adaptado em vários países europeus. Na Grã-Bretanha, foi apresentado pelo famoso comediante Craig Charles; na França, eu acho que passou na M6; na Grécia, os jovens adoravam o programa; e, desde o final dos anos 1980, também passa na Itália, na Italiano Uno TV. Eu ouvi dizer que esse programa faz os italianos rirem muito.

O conceito do programa era simples. Beat Takeshi e seus comparsas exerciam um poder absoluto em um Japão em crise. Para tirá-lo do poder e desmantelar seus planos maquiavélicos, um general tinha criado uma guarda de resistência, um comando de elite composto de cem voluntários recrutados no arquipélago. Mas o astuto Beat Takeshi tinha pensado em tudo. Ele se refugiou em sua cidadela e, em volta dela, preparou armadilhas e colocou guardas encarregados de sua segurança em todos os cantos. Ele também podia contar com o apoio de sua alma penada, que se deleitava ao assistir às desgraças e aos sofrimentos dos candidatos nos milhares de telas.

O meu papel consistia em martirizar os participantes! Eu devo confessar que no fundo o programa até que era cômico, além de sádico. Os pobres candidatos, uma centena ao todo, todos voluntários, tinham de chegar ao meu castelo atravessando provas físicas difíceis. Aqueles que conseguiam, uma dezena ao todo, ganhavam o direito de me enfrentar pessoalmente. O jogo acabava bem para o candidato felizardo que chegava até o final.

As provas eram todas meio doidas. Os candidatos tinham de, por exemplo, se jogar ao ar, como o Tarzan, segurando na ponta de um cipó, para aterrissar em um minúsculo rochedo no meio de um pântano. A maior parte deles acabava na água[3].

---

3. Em uma crônica publicada no jornal francês *Libération* ("Les jeux japonais ont la niaque" ["Os jogos japoneses estão com tudo"], 12 de abril de 2008), Isabelle Roberts e Raphaël Garrigos retomavam o sucesso dos jogos televisivos japoneses nos canais de televisão ocidentais e, em particular, a repercussão do jogo inventado por Kitano: "A verdadeira ponta de lança da onda dos jogos televisivos japoneses no ocidente é o cineasta Takeshi Kitano e seu 'Takeshi's Castle'. Se no cinema ele é sério como um camelo, Kitano é completamente doido na televisão, e seu 'Takeshi's Castle' faz com que as novilhadas do programa de Guy Lux [Uma espécie de Silvio Santos francês (N. T.)] se pareçam com uma reunião do Modem [Partido centrista moderado francês (N. T.)]. O programa, transmitido no Japão entre 1986 e 1989 e reprisado, de vez em quando, por todos os lugares, é uma acumulação de provas físicas – se possível, na lama e, se possível, cada uma mais debiloide do que a outra. A ideia não é tanto a de ganhar, mas a de ter a cara amassada por uma porta". (N. T.)

Beat Takeshi no TV Takkuru
["O debate televisivo do Takeshi"]

O *talk show* que eu talvez mais goste de dirigir é o "*Beat Takeshi no TV Takkuru*", que apresento há mais de vinte anos na TV Asahi, e que ainda é extremamente popular. Dois programas de debate político são gravados a cada quinze dias, no sábado, antes de serem retransmitidos na noite da segunda-feira. É um programa famoso de começo de semana na televisão japonesa. Ela pode reunir até 20 milhões de telespectadores, às vezes até mais. No *set*, políticos de ambos os sexos, antigos ministros, conselheiros, professores universitários, chefes de empresa, analistas independentes e jornalistas debatem sobre a atualidade. Ao meu lado, como moderador, também se encontra o elegante Makoto Otake, que trabalha comigo há muito tempo. Ele atua nos meus filmes *Brother – A máfia japonesa Yakuza em Los Angeles* e *Aquiles e a tartaruga*.

Fala-se muito, no *set*, de economia e de emprego, das reformas do governo, da política do primeiro-ministro, da vida dos partidos políticos, de educação, da atualidade nacional e internacional, da Coreia do Norte, do Afeganistão, do Iraque, da China e dos Estados Unidos, da Europa, dos casos de corrupção e dos escândalos... O tom é incisivo. Nenhum convidado escapa dos comentários e das críticas. Logo, participar desse programa acarreta riscos. Todos sabem pertinentemente que participam de uma "teleconfissão" e aceitam as regras do jogo. Principalmente os políticos, que têm, nesse programa, a oportunidade única de falar diretamente com o grande público, com os eleitores. Eu lhe asseguro que o "*TV Takkuru*" é muito apreciado pelos políticos em dificuldade, que querem mudar de imagem e mandar mensagens para os cidadãos. Se o debate no *set* desanda, o meu papel se resume em contar uma boa piada, para relaxar a atmosfera. Entre os convidados mais frequentes aparece, em particular, um homem idoso – ele tem mais de oitenta anos, se não me falha a memória – bem experiente em inúmeros dossiês, Koichi Hamada, conhecido como Hamako. Esse antigo deputado, próximo do partido conservador, é um fino cientista político, principalmente bem informado sobre as questões de política estrangeira e de defesa, assim como sobre os temas de segurança interior. Ele também tem o raro dom de cativar e até divertir os telespectadores. Ele sempre se faz respeitar. Se algum convidado o ataca ou o critica, ele pode começar a disparar flechas para que o outro se cale, com um ataque pérfido do tipo: "Quem você acha que é para dizer isso? Eu não sei quem o convidou para participar deste programa, mas você fala como um feirante!". Também posso contar com outro dos convidados fiéis do meu debate político da segunda-feira, o cientista político, universitário e político Yoichi Masuzoe, parlamentar e antigo ministro da Saúde e do Trabalho. Boatos corriam dizendo que ele se encontrava na lista dos nossos futuros primeiros-ministros... Um dia, eu recebi no set Shoko Asahara, o famoso ex-guru da seita Aum Shinrikyo, que se encontra hoje na prisão, instigador do atentado de gás sarin no metrô de Tóquio em 1995. Fui acusado de todos os males. Alguns até se perguntaram se eu não era um membro da Aum. Eu fiquei de boca aberta.

24 de fevereiro de 2007. Antes do começo das gravações do "TV Takkuru", Beat Takeshi se encontra em seu camarim, sereno, sentado de pernas cruzadas no tatame. Ele faz cálculos de matemática, desenha figuras geométricas, em cima de uma mesa de centro. Quinze minutos depois, ele chega ao set, acena rapidamente para os convidados e toma o seu lugar. Durante a primeira gravação, parece se entediar. Beat Takeshi cochila ouvindo o longo monólogo do famoso Yoichi Hamada sobre a Coreia do Norte, enquanto seus convidados, entre eles um antigo ministro da Economia, dissertam sobre questões de defesa ou de revisão da Constituição... Antes do começo da gravação do segundo programa, nas coxias, Yoshio Unno, cabeleireiro ocasional de Kitano na televisão, aceita responder a algumas perguntas. "Eu cuido do cabelo dele de vez em quando, há 24 anos. Eu sou um dos que o chamam de Tono ('Senhor feudal'); outros, dentro da sua equipe, o chamam de Kantoku ('Diretor')". Qual é o corte de cabelo preferido dele? "Loiro platinado, do seu filme Zatoichi". Sachiko Ichimura, figurinista há vinte anos das entrevistas e dos programas de televisão de Kitano, diz: "O que mais surpreende nele é sua energia. Ele nunca para. Essa energia é o resultado e a simbiose de um monte de coisas. Às vezes, ele parece cansado. Mas, na maior parte do tempo, ele está em plena forma. Parece um jovem de vinte anos, até mesmo uma criança que não consegue parar de brincar". Qual é o figurino preferido de Kitano em relação aos seus filmes? "O figurino do Zatoichi... Ele foi desenhado, concebido e escolhido pelo famoso estilista Yohji Yamamoto. Foi uma ideia de Kitano-san. E Yohji Yamamoto-san o criou especialmente para ele. Ambos se conheciam desde a colaboração no filme Brother – A máfia japonesa Yakuza em Los Angeles. Eu sei que Kazuko Kurosawa, filha do grande cineasta Akira Kurosawa, também contribuiu na concepção do figurino de Zatoichi. Yohji Yamamoto também foi responsável pelo figurino do filme Dolls, feito com um tecido profissional de Kyoto, muito raro, muito bonito."

Koko ga hendayo, Nihonjin!
["Japoneses, isso não tem nenhum sentido!"]

No programa "*Koko ga hendayo, Nihonjin!*", que passou no canal TBS[4] entre 1998 e 2002, eu convidava, no *set*, dezenas de estrangeiros, cem para ser exato, que viviam no Japão e que falavam bem japonês para que dessem as suas opiniões sobre a sociedade japonesa, sobre os japoneses e o seu dia a dia nesse país. Eu posso lhe garantir que era de tirar o fôlego! Os temas dos debates eram, teoricamente, sérios, mas, com tantos convidados, o programa às vezes perdia as estribeiras e acabava em vaias ou brigas. A gente convidava chineses, coreanos, africanos, árabes, europeus, americanos e pessoas que vinham do oceano Pacífico... Todos contavam, detalhadamente, os reveses e os problemas do dia a dia no Japão, o racismo habitual, os problemas de comunicação, as diferenças de ordem cultural, a exploração no trabalho, o ostracismo, os pesadelos com a administração... Daí, acabava se falando também da história do Japão, das desigualdades entre homens e mulheres, da comida, da moda, dos usos e costumes de cada um deles...

Apesar de esse programa ser criticado, o sucesso dele era inacreditável. Ele atingia uma audiência considerável. Um pouco demais aos olhos de alguns! Porque eu era pressionado. Até ouvi dizer que alguns anunciantes aborrecidos tinham telefonado para a direção do canal. O programa gerava escândalos. Ele chocava muitos japoneses, mas também divertia muitos outros japoneses. Você não pode negar que um programa de televisão que abre seu espaço, ao vivo, a estrangeiros que podem criticar livremente o país onde vivem era uma novidade, não é? Isso só foi possível durante quatro anos por uma única razão: porque eu fazia questão.

Segundo muitas pessoas, esse programa ajudou a fazer com que a mentalidade do nosso país evoluísse. Desde então, aconteceu um progresso no que diz respeito à recepção e à integração dos estrangeiros, e também à compreensão. Nesses últimos anos, o esforço de coabitação melhorou no nosso país. Apesar de, logicamente, nem tudo ainda ser perfeito, muito pelo contrário... O racismo e outras discriminações ainda perduram. Os estrangeiros, que vêm do exterior ou que nasceram no país, como muitos chineses, ou ainda aqueles que são chamados de *Zainichi Chosenjin* e de *Zainichi Kankokujin*, não são, aliás, as únicas vítimas do ostracismo[5]. Os japoneses descendentes longínquos – da categoria

---
4. Tokyo Broadcasting System. (N. A.)
5. *Zainichi Chosenjin*: norte-coreanos que nasceram no Japão. *Zainichi Kankokujin*: sul-coreanos que nasceram no Japão. Estima-se em 530 mil o número de coreanos nascidos no Japão. (N. A.)

social conhecida como *eta*, que apareceu há mais de dez séculos –, chamados de *burakumin*, ainda sofrem discriminações no Japão. Desde a nossa Idade Média, eles continuam associados à ideia de "mácula": assim, é "maculado", no inconsciente coletivo, aquele ou aquela que tem contato com o sangue, a morte, a pele dos animais, o couro... É preciso saber que, no Japão, há vários séculos, foi popularizado o próprio conceito de *hinin*, literalmente "não humanos"... As discriminações sociais estavam tão enraizadas no Japão antigo que pareciam simplesmente naturais. E isso aconteceu até a Restauração Meiji. No período Edo, até o final do século XIX, no começo do período Meiji, ainda existiam classes, castas, subdivisões sociais, mais ou menos marcadas segundo as regiões, a dos senhores, dos comerciantes, ou como em Kyushu – a grande ilha do sul do arquipélago –, a tal casta conhecida como a dos "sub-homens", composta de indivíduos então considerados escravos. Todas essas discriminações desapareceram hoje em dia? De maneira nenhuma.

Finalmente, *Japoneses* acabou. Eu acho que se eu tivesse continuado com esse programa, a extrema direita japonesa teria feito de tudo para me assassinar. E isso não é uma piada!

Sekai marumie! TV Tokusobu ["O mundo fantástico"]

Frequentemente vestido com roupas estranhas, eu também apresento, há vinte anos, toda segunda-feira, no canal 4 Nippon TV, "*Sekai marumie*", um programa cujo conceito não mudou desde o começo e que continua tendo como objetivo comentar reportagens sobre todas as espécies de temas estranhos e fascinantes, às vezes emocionantes, sobre culturas e civilizações estrangeiras: pirâmides do Egito, mitos astecas e maias, boatos sobre extraterrestres – por exemplo, o caso "Roswell". Não se trata de propor ao grande público destinos turísticos, mas, sobretudo, de ultrapassar os estereótipos. No nosso país, um egiptólogo famoso, Sakuji Yoshimura, apresenta o Egito como uma antiga civilização árabe. Eu não acho que as pesquisas dele sejam realmente científicas, pois inúmeros egiptólogos por todo o mundo acreditam há muito tempo que a civilização dos faraós era negro-africana – o que Heródoto já percebia na sua época! Ou seja, a miscigenação só aconteceria mais tarde, com os migrantes da Mesopotâmia. Aliás, nunca se deve esquecer que nenhum povo é superior a outro – eu odeio o comportamento das pessoas que se julgam superiores. O programa também acaba com alguns pretensos "mistérios" e clichês um pouco simplistas.

Esses temas, de maneira geral, sempre foram selecionados e comprados dos canais ou das agências de produção estrangeiros. Trata-se geralmente de vídeos que surpreendem os espectadores. O programa também mostra, frequentemente, seriados sobre as urgências médicas.

Bem frequentemente nesse *talk show*, como é o caso dos meus outros programas, eu chego ao *set* sem nunca ter encontrado antes os meus convidados. Não se pode dizer que eu sempre tenha me comportado como um cavalheiro com alguns deles. Eu confesso que nem sempre senti prazer em apresentar esse programa, como vários outros... Mas não se esqueça: trabalhar na televisão é o meu dever. Eu não tenho escolha! De qualquer forma, preciso ganhar o pão de cada dia para sustentar a minha família!

Takeshi no daredemo Picasso ["Qualquer um pode ser Picasso do Takeshi"]

Durante as gravações em estúdio desse conhecido programa, seguido pelo talk show *"Beat Takeshi no TV Takkuru", eu percebo a que ponto o porte de Beat Takeshi é terrivelmente feio. Até que ele se veste bem, com um terno escuro de preferência. Mas a partir do momento em que ele se senta, se descadeira de um lado, curva as costas, se pendura do lado direito, depois do esquerdo, segura a cabeça com as mãos, ou esconde o rosto com as costas da mão direita, com a palma virada para a câmera, como se uma onda de timidez tomasse conta dele. Seus tiques nervosos lhe dão um ar torturado. Ele torce o pescoço de um lado, depois do outro, aperta frequentemente a sua bochecha semiparalisada. Não se percebe nenhum mal-estar no público; os convidados, os assistentes e os técnicos, no* set *e nos bastidores, estão acostumados.*

O meu programa fetiche, aquele que, eu acho, me deu o máximo de prazer, durante mais de dez anos, foi o *"Daredemo Picasso"*, que passava no décimo segundo canal, TV Tokyo Corporation. Ele era certamente um dos programas mais populares da nossa televisão: era assistido por algo em torno de 15 milhões de telespectadores.

"Daredemo Picasso" sensibilizava o público a todas as práticas artísticas. Eu tentava, com os meus convidados, transmitir mensagens, ideias fortes sobre o mundo da arte.

Curiosamente, depois de tê-lo apresentado durante anos, eu e os meus produtores percebemos que Pablo Picasso nunca tinha tido uma edição consagrada a ele, apesar de o nome do programa ser uma homenagem a um dos maiores pintores do século XX. No final de 2008, a gente consertou esse esquecimento com um programa especial. Eu fiquei bem orgulhoso das sequências que a gente passou. O programa falou das sete mulheres e musas de Picasso. A gente mostrou como as mulheres o ajudaram a concretizar muitas das suas ideias-chave e algumas grandes obras. Uma das mulheres que ele amava causou o seu distanciamento do cubismo e a sua aproximação do neoclassicismo.

23 de fevereiro de 2007, Kitano grava seu "Daredemo Picasso" nos estúdios do TMC (Tokyo Media Center), em Seijio-Gakuen, a trinta minutos a oeste do centro da capital. Telespectadores tinham sido convidados para assistir às gravações, e o público era majoritariamente feminino. Antes da chegada de Beat Takeshi, dois de seus discípulos, os comediantes Aka-P-man e Aru Kitago, distraíam o público com números de comédia. A assistência gargalhava. Os programas são gravados com Mister Maric, um dos mais famosos mágicos e ilusionistas japoneses – que se considera um "animador psíquico" –, cujos truques fascinam Beat Takeshi. Quando Maric diminui, a distância, o tamanho de um cigarro, Kitano o repreende brincando: "Pô, Maric, presta atenção! O fabricante vai atacar a gente na justiça!".

E depois, no começo de 2009, foi tomada a decisão de acabar com o "Daredemo Picasso" para dar lugar a um novo programa, chamado "Takeshi no Nippon no mikata" ("O ponto de vista japonês do Takeshi"), que passava no mesmo dia, na mesma hora, na presença de convidados de todos os horizontes, japoneses e estrangeiros. Por que terminar com o "Daredemo Picasso"? A gente teve a impressão, eu mesmo e os produtores do programa, que, com a violenta crise econômica que começou nos Estados Unidos no final de 2008 e os seus efeitos devastadores na economia e na sociedade japonesa, o nosso tempo no ar deveria servir para outra coisa, mais concreta, que tratasse do dia a dia. A gente teve a impressão de que, no final das contas, a arte não podia ser o único fio condutor para não se afastar das pessoas.

De qualquer forma, é sempre bom mudar. Eu odeio o conformismo. Eu não gosto das coisas que se repetem indefinidamente. Deve-se saber se questionar, se fazer as boas perguntas, evoluir com o seu tempo.

Beat Takeshi presents kiseki taiken! Unbelievable
["Beat Takeshi apresenta a experiência milagrosa!
É inacreditável"]

Eu também adoro o *"Unbelievable"*. Nesse programa da Fuji Television, o canal 8, que eu apresento há bastante tempo, se fala muito sobre a superação de si, de esporte, de esforços físicos, particularmente quando o corpo não obedece mais e deve se entregar ao mental. O programa apresenta pessoas que se tornaram deficientes depois de um acidente, atletas vítimas de uma doença seguida de paralisia, de pessoas que nasceram com uma má-formação e que precisam vencer as dificuldades. Trata-se principalmente de um programa de ajuda mútua, de solidariedade, e que tem uma grande repercussão junto aos telespectadores.

Saishu keikoku! Takeshi no honto ha kowai
katei no igaku
["Último aviso! A medicina familiar de choque
do Takeshi"]

Já esse programa, lançado em 2004, que passa às terças-feiras, às 20 horas, no canal TV Asahi, pode ser considerado um *"variety show* medical". Ele é muito popular. O pico de audiência foi atingido dois anos depois do seu lançamento, com uma fatia de 20,8%, ou seja, aproximadamente 20 milhões de telespectadores. Ele é na realidade um programa médico, com vocação pedagógica, mas também sensacionalista! A gente vai fundo nas explicações, daí o seu lado, às vezes, bem sanguinolento...

A gente já teve, no *set*, médicos que deram aulas magistrais ao grande público. Os especialistas falam dos riscos de algum problema de saúde, de tratamentos adequados ou, pura e simplesmente, das consequências de uma enxaqueca... Qualquer cidadão que sofre de algum mal particular e que não tem, obrigatoriamente, recursos ou conhecimento para se tratar corretamente pode se informar de maneira útil, entender melhor os problemas relacionados à sua saúde, comparar os tratamentos possíveis, assistindo ao programa...

Takeshi no komadai sugakuka
["A faculdade de matemática da universidade Koma do Takeshi"]

Você se lembra de que eu adoro matemática! Por isso, também produzo e apresento, desde a primavera de 2006, outro programa, educativo e científico, que surpreende todo mundo, chamado "*Takeshi no komadai sugakuka*". Não é a primeira vez que apresento um programa educativo. Desde os anos 1990, também cuido, no canal Fuji TV, do "*Heisei kyoiku*" ("A educação do período Heisei").

O "*Komadai*" passa às quintas-feiras à noite e é um programa de que gosto muito e que geralmente apresento com professores universitários ou, às vezes, com uma estudante africana, beninense, brilhante quando se fala em matemática, e cujo japonês melhorou rapidamente. A gente trabalha sobre problemas de matemática que a gente explica para os estudantes de faculdade, se assegurando, na medida do possível, de que eles vão passar um momento agradável na frente da televisão. O princípio é simples. Nos estúdios, eu mesmo e os alunos convidados da Todai, a Universidade de Tóquio, a gente tenta resolver os problemas propostos pelos professores, enquanto quatro *Gundan* – eles, completamente analfabetos em matemática – se viram fora, na cidade, para tentar resolver "fisicamente", de maneira menos abstrata, os problemas propostos. Esse programa agrada muito ao público e a todos os fãs de matemática. Testes entre estudantes ou celebridades vindas do Japão e de outros países são organizados. No final de 2008, um jovem cantor sul-coreano, Kim John-hoon, particularmente brilhante, ganhou a competição de uma edição especial.

Esse programa permitiu que Beat Takeshi ganhasse, em 2007, um troféu muito invejado no Japão: o da Mathematical Society of Japan.

"Komadai" também foi indicado ao Emmy Awards International de 2007, que premia todos os anos, nos Estados Unidos, os melhores programas da televisão americana e estrangeira – menos os de esporte –, e os melhores profissionais da televisão.

Esse programa foi indicado pela Academia Internacional de Artes e Ciências da Televisão ao Emmy Awards International de 2007, na categoria "Programas educativos". Os concorrentes desse prêmio eram programas da Argentina, da Espanha e da Inglaterra. Foi o programa da BBC que ganhou o prêmio, certamente graças a certo favoritismo da parte do júri. A BBC ganhou naquela noite sete dos nove prêmios da competição! Um dos prêmios supremos – o Prêmio Fundadores do Emmy – foi para Al Gore pelo seu filme que critica o aquecimento climático: *Uma verdade inconveniente*.

Kitano gostou, naquela noite, do discurso, breve e incisivo, de Robert de Niro. O ator americano causou furor quando declarou que o futuro do mundo "também depende, e muito, em um nível que pode surpreender, da democratização da televisão".

Jyoho 7 days newscaster
["As notícias da semana do Takeshi"]

Beat Takeshi decididamente nunca para...

Desde a metade de 2008, eu também apresento, na TBS, um novo programa no qual os meus convidados comentam ao vivo as principais notícias da semana que se passou e dos novos rostos do momento. Os produtores do canal estavam à procura de um programa que aumentasse a audiência da segunda parte do horário nobre do sábado à noite, das dez às onze e meia da noite. Eles me convidaram para criá-lo com eles.

O conceito é particularmente interessante. Durante uma hora e meia, os convidados comentam a atualidade nacional e internacional ao vivo, o que permite o imprevisto e a espontaneidade. Eu queria montar e apresentar um programa desse gênero havia muito tempo, bem livre no seu formato, com um frescor que as gravações em estúdio não permitem.

Foi claramente um dos meus maiores sucessos na televisão e o primeiro programa no qual eu apareço mais na pele de um jornalista independente do que na pele de um apresentador. A fatia da audiência desse programa já ultrapassou a casa dos vinte por cento. Mais de 20 milhões de telespectadores assistiram aos dois primeiros programas, na segunda parte da noite. Só para você ver o interesse que ele provoca!

*
* *

Uma televisão que não é lá grande coisa

6.

Frequentemente se ouve dizer que, no Japão, a televisão, de péssima qualidade, é, antes de tudo, uma distração. O nível da televisão japonesa é bem baixo, mais do que baixo, principalmente quando a gente o compara com o de algumas televisões estrangeiras. Isso é flagrante no que diz respeito ao tratamento da informação. Deve-se reconhecer que o padrão da nossa televisão não é lá grande coisa.

"A cultura do Japão, depois de 1945, foi ridicularizada por Beat Takeshi. Ele fez com que essa cultura se tornasse morosa e doente". Essa frase foi publicada um dia em uma revista japonesa ao falar de um dos meus programas, me culpando, dessa forma, pela mediocridade dos nossos programas de televisão. Escrever isso era, apesar de tudo, se esquecer de uma verdade mais verdadeira: há muito tempo, há décadas, os japoneses não valorizam mais a sua brilhante herança cultural e muitos preferem passar mais tempo largados na frente da televisão em vez de ir ao teatro assistir a peças de *kabuki*, de *nô*, de teatro popular ou moderno... No final de semana, um grande número de japoneses prefere relaxar o dia inteiro na frente da televisão. O nosso país nem tem uma verdadeira política cultural, nem mesmo um verdadeiro ministério da Cultura, para encorajar os japoneses a terem mais curiosidade...

O alvo "Beat Takeshi"

Eu, muitas vezes, li e ouvi todas as espécies de opiniões negativas ao meu respeito. Saiba que no Japão eu tenho muitos detratores. Alguns críticos, seguros de si mesmos, nunca poupam as suas críticas contra mim. Existem pessoas que realmente não gostam nem um pouco de mim e que odeiam o que eu faço – eles devem ter lá a razão deles – na televisão ou no cinema. É o caso, principalmente, da imprensa japonesa e de alguns intelectuais. Desde o começo dos anos 1990, eles me consideram responsável por muitos desvarios da televisão. Boatos insanos sobre mim correm soltos no Japão. Alguns escreveram, por exemplo, que eu era um *bad boy*, "um delinquente". Disseram, por exemplo, que eu tinha uma péssima influência sobre os jovens.

Havia rios de dinheiro no nosso país, principalmente nos anos 1980. A nossa "bolha", financeira e imobiliária, já tinha estourado, mas era difícil reconhecer isso, pois o nosso país continuava a obter grandes sucessos econômicos. Então, os meios de poder, de todos os poderes – políticos, econômicos e financeiros, midiáticos e publicitários –, preferiam tapar os ouvidos para não ouvir algumas vozes discordantes que avisavam contra todos os excessos. Existia uma forma de arrogância generalizada em muitos meios, entre eles o da mídia, principalmente a televisão. Beat Takeshi, o mau avatar televisivo, era um alvo dos sonhos, a presa ideal de certas redações de jornal e de canais de televisão, para quem eu simbolizava uma forma de decadência. Mas eu nunca fui ingênuo, nem nunca me importei ou fiquei magoado com essas críticas. Elas não tinham nenhum impacto sobre mim. Elas sempre foram proferidas por pessoas que pensam de maneira simplista demais.

Informação distorcida

A situação da nossa rede de rádio e televisão pública NHK é um problema espinhoso. Além da sua saúde financeira, eu acho que a grande dificuldade dessa rede estatal e de grande público é que ela não tem uma concorrência interna. Ela não evolui segundo os princípios da competição sadia. Qualquer um pode passar facilmente trinta anos da sua vida nela em diversos escritórios e departamentos, dirigir apenas dois ou três programas e três ou quatro documentários, antes de se aposentar. Quantos verdadeiros diretores existem realmente entre os seus produtores? Vamos comparar a NHK com uma rede pública estrangeira como a BBC, por exemplo, a que eu assisto todos os dias: os programas da rede britânica são mil vezes mais interessantes que os da NHK. O tratamento da informação e das atualidades cotidianas escolhido pela NHK não pode ser comparado com o da BBC ou até mesmo da CNN, às quais eu assisto muito. Por quê? Porque no seio da rede japonesa, os jornalistas são formatados demais segundo as regras e os moldes da casa. Eles não têm poder suficiente, sem dúvida porque não lhes dão, ou talvez porque simplesmente eles não o querem, por causa do excesso de conformismo às regras e recomendações. Parece que a maior parte deles se acomoda, moldando, graças à disciplina, o autoritarismo.

Na NHK, o poder permanece, evidentemente, entre as mãos das altas autoridades da rede, mas também nas de alguns burocratas e políticos que confundem um pouco demais comunicação e jornalismo – eu quero lembrar que o orçamento da NHK é debatido e aprovado, todos os anos, pelo parlamento... Não se pode esquecer que, às vezes, boas coisas, em particular excelentes documentários, passam nos canais satélites (BS-1 e BS-2). Mas, infelizmente, isso acontece em horários impossíveis, tarde da noite. Na minha opinião, e apesar de a NHK apresentar boas fatias de audiência do seu jornal das sete horas da noite, falta fôlego para a rede. Ela sofre de apatia[1]. Enfim, nada muda, ela continuará sendo, apesar dos pesares, uma rede de referência para o grande público. Em caso de crise grave, de notícias importantes – grandes terremotos, por exemplo –, o Japão inteiro muda de canal para o jornal da NHK. Para muitos, tudo o que esse canal diz é obrigatoriamente verdadeiro...

Apesar de tudo isso, é um fato provado: a televisão japonesa não é vítima diretamente de censura, mas de "autorregulação". Todos os profissionais da televisão no Japão sabem disso, e não apenas na NHK. No nosso país, um produtor ou um diretor de televisão não tem a liberdade total da seleção da informação. As decisões vêm de cima e, em seguida, passam pelo crivo dos vice-chefes, que fazem a triagem e se desfazem do que possa atrapalhar os interesses dos anunciantes – eu falo dos canais privados – ou do que não é fiel a certos princípios ou à linha editorial da rede. Essa linha é definida de maneira que a rede não tenha de enfrentar reclamações dos grupos de pressão, dos extremistas políticos, dos lobistas, de certos indivíduos escandalosos e inconvenientes. Receber reclamações é, na realidade, um tabu. Tudo é feito para evitá-las.

---

1. Já faz aproximadamente dez anos que a NHK não tem recursos suficientes para cobrir todas as suas ambições e enfrenta uma séria crise: gestão defeituosa, escândalos sem fim, demissões de seus presidentes, desvios das taxas de televisão, notas falsas, delitos na bolsa... Suas grades de programação também são polêmicas. Se quase 35 milhões de lares pagam a taxa televisiva (equivalente a mais ou menos 120 euros por ano), que constitui 95% de seu orçamento anual (perto de 600 bilhões de ienes, ou seja, perto de 5 bilhões de euros), centenas de milhares de telespectadores, que julgam essa quantia "elevada demais", que criticam a "mediocridade dos programas" ou a "falta de independência da rede", recusam-se a pagar essa taxa. Em 2006, o governo japonês propôs à NHK uma cura: abandonar dois de seus canais satélites (BS-1 e BS-2), pois seus programas são considerados "redundantes". Em vez de obedecer, os responsáveis pela NHK impuseram ao grupo uma séria reorganização, que, teoricamente, originaria uma economia de 80 milhões de euros. Mil empregos foram suprimidos. (N. A.)

Eu mesmo, às vezes, tenho alguns dos meus programas censurados ainda hoje. Existem coisas, alguns dos meus comentários, que desapareçem. Quem censura? Quem corta? Os responsáveis da venda ligados aos anunciantes, ora bolas! Porque esses anunciantes – as grandes marcas de maneira geral – pagam fortunas para que os seus nomes apareçam várias vezes, de maneira bem evidente, durante a apresentação e os créditos do programa, e durante o comercial. Nem se passa pela cabeça a ideia de irritar os anunciantes por causa de uma palavra a mais... As redes têm medo demais das reclamações deles... Essa é a realidade das nossas redes de televisão.

Se eu fosse presidente de uma rede, posso lhe garantir que mudaria tudo isso. Eu explodiria os conservadorismos, todos os corporativismos, e me lançaria contra o espírito de regulação e de autocensura, essa doença contagiosa da mídia japonesa. Eu poderia falar para você durante horas das batalhas, às vezes bem duras, que eu tive de enfrentar – você pode acreditar – para proteger o conteúdo dos meus programas. Eu tive, frequentemente, de enganar, atenuar as minhas ideias, para que as mensagens, ou algumas palavras, pudessem ir ao ar.

Tabus

Como não existe uma real liberdade de expressão dos jornalistas e dos repórteres, e porque eles têm medo de fazer investigações, a informação televisiva é frequentemente – eu não digo sistematicamente – distorcida e não digna de confiança. Em geral, eu tenho a impressão de que não se pode acreditar totalmente na informação como ela é apresentada. Na indústria da televisão japonesa, bem no centro do que é chamado de "*entertainment*", e, ainda pior, nas *news*, as investigações são consideradas perigosas demais. A verdade é que, no Japão, os profissionais da televisão não são jornalistas. Daí cada um é responsável, além de ser um dever de cada um, pela verificação do conteúdo das informações, diversificando, por exemplo, as fontes de informação.

Na verdade, no nosso país, a informação é polida, adaptada para satisfazer a um público-alvo, ou mesmo ao "grande público", sem ferir as sensibilidades dele. Os temas tabus são cuidadosamente deixados de lado... Eu lhe garanto que alguns casos bem embaraçosos foram voluntariamente ignorados por um bom número da mídia do nosso país.

Você conhece provavelmente a história de Sagawa, o "canibal japonês", que assassinou e esquartejou o corpo de uma jovem holandesa em Paris. O seu crime, particularmente atroz, deveria ter sido severamente punido. Mas os advogados

Uma televisão que não é lá grande coisa																																	89

dele, com a ajuda dos responsáveis japoneses, fizeram com que a justiça francesa acreditasse que esse homem era pura e simplesmente "louco", e que deveria ser tratado no Japão por especialistas japoneses. Pessoalmente, eu tenho certeza de que, na hora em que Sagawa cometeu o crime, ele não estava nem um pouco louco. Eu acho que os políticos japoneses pressionaram para que ele finalmente fosse trazido de volta ao Japão. Era absolutamente necessário tirá-lo das garras da justiça francesa. Ainda mais que, na França e na Europa, a imagem do Japão tinha sido bastante arranhada por causa desse caso inacreditável... Finalmente, Sagawa pôde ser repatriado. Será que a liberdade dele teria sido negociada? O fato é que Sagawa era, em todo caso, bem protegido. Eu ouvi dizer que o pai dele era bilionário, que ele seria uma das grandes fortunas do país.

Mas, de volta ao Japão, você acha que Sagawa foi julgado? Você acha que ele foi internado em alguma ala de um hospital especializado ou em alguma unidade psiquiátrica, como deveria ter acontecido? Você acha que ele teria sido julgado novamente, que ele teria sido preso? Sagawa nunca foi realmente punido. Imagine só o que essa pobre família holandesa sentiu. Desde a sua volta ao Japão, o fato de Sagawa estar em liberdade condicional não impede que ele seja um homem que pode ir e vir livremente. Ora, depois de ter voltado ao Japão, algumas mídias transformaram Sagawa em uma celebridade e, pior ainda, em um "especialista em canibalismo". Alguns o chamam de "estudante francês", e se divertem muito com ele. Eles o convidaram e o entrevistaram, por exemplo, em um yakiniku[2], enquanto ele degustava carne crua! É lamentável! As coisas pouco evoluíram desde então. Pois é, veja só a que ponto a gente chegou.

Esse terrível caso ainda é lembrado. Em junho de 1981, Issey Sagawa, 32 anos, estudava literatura comparada em Paris quando assassinou, com uma carabina, sua amiga Renée Hartevelt, holandesa de 25 anos, antes de "fazer amor com seu cadáver" e de cometer atos de canibalismo. No fundo da "floresta interior do seu coração", Sagawa queria, ele explicaria, realizar um desejo que o perseguia desde sua infância: saborear a bunda de uma ocidental. Por isso ele tinha guardado os pedaços da jovem durante três dias na geladeira, antes de se livrar dos restos mortais, escondidos em duas malas, no Bois de Boulogne[3], onde foi descoberto por um casal que passeava por lá – uma das malas caiu e se abriu sob o olhar estarrecido do casal. Ele foi preso pela Brigada Criminal de Paris e reivindicou rapidamente o crime

2.   Restaurante japonês onde se come carnes grelhadas em churrasqueiras a carvão ou em chapas aquecidas a gás normalmente instaladas nas mesas. (N. A.)
3.   Parque no oeste de Paris. (N. T.)

como um "crime artístico". Foi colocado sob prisão preventiva e submetido, durante doze meses, a uma perícia psiquiátrica, que chegou à conclusão de "irresponsabilidade penal", mas recomendou sua internação por causa de sua "periculosidade". No dia 30 de março de 1983, o juiz Jean-Louis Bruguière pronuncia a improcedência judicial. Sagawa ficou internado durante um ano no hospital Villejuif[4] antes de ser transferido para o Japão. Lá, um colégio de especialistas o declarou "responsável por seus atos", mas a improcedência judicial pronunciada na França (condição indispensável para seu repatriamento) tinha um caráter definitivo – aos olhos dos procedimentos judiciais nipônicos –, o que impediu um segundo julgamento no Japão. Sagawa foi liberado em agosto de 1985. Ele vive desde então sob vigilância policial. Nunca reincidiu no crime, mas, uma vez, ameaçou de morte, por telefone, uma jornalista francesa em Tóquio...

Privatizações a torto e a direito

Quase toda a mídia japonesa, a começar pela televisão, divide a mesma cultura do lucro e enfrenta essa decadência. Eu não estou exagerando. As agências de publicidade venceram. Elas podem comemorar a vitória. O sistema é feito de tal maneira que os publicitários obtêm lucros exponenciais graças à televisão. A opinião pública é controlada para essa finalidade. As irresponsabilidades, em todos os níveis, a negligência causada pela vontade da privatização total – o único meio de se garantir lucros incessantes –, encorajaram essa situação. O nosso império midiático foi privatizado graças a bilhões sob o efeito de um poderoso rolo compressor de cérebros.

Essa privatização generalizada é, desde então, para a mídia japonesa, o que o *enjo kosai*[5] é para a prostituição, ou ainda o que os *bosozoku*[6] são para a violência. Mesmo o *owarai*[7] foi privatizado. Eu até critico a nossa televisão pública por causa do conformismo e da pobreza dos programas, mas sou ainda mais severo com os programas dos canais privados, corroídos pela cultura do lucro, que afeta a qualidade da informação.

---

4. Centro hospitalar especializado em psiquiatria. (N. T.)
5. Prostituição de alunos do colegial no Japão. (N. A.)
6. Jovens delinquentes, no Japão, que andam em motos envenenadas muito barulhentas, frequentemente ligados a grupos mafiosos. (N. A.)
7. Expressão que designa o riso na televisão. (N. A.)

No Japão, os anunciantes publicitários controlam indiretamente os programas de informação e o conteúdo de alguns jornais televisivos. Os publicitários preferem que imagens consensuais passem antes ou depois dos seus *spots*. Nós chegamos ao ponto em que os publicitários ditam o conteúdo dos programas. Essa situação não é saudável e é muito arriscada. Ela deve ser corrigida urgentemente. Esse tipo de pressão comercial coloca em risco a própria qualidade e a existência dos programas. Basta que uma crise econômica estoure – como é o caso do Japão há vinte anos, de maneira cíclica – para que os grandes anunciantes, a Sony, a Toyota e os outros, cortem repentinamente os orçamentos publicitários, provocando cortes nos orçamentos e, consequentemente, demissões dos intérpretes dos programas ou das agências de produção. É o que acontece no Japão há mais de um ano. Um novo modelo econômico deve, sem dúvida, ser encontrado para que surjam programas de melhor qualidade, menos dependentes da publicidade. Mas, para dizer a verdade, eu não sou muito otimista em relação às mudanças. Isso me faz pensar no sistema de seguro de algumas joalherias vítimas de roubo no Japão, que ficam contentes demais quando os bens delas são roubados; elas sempre são reembolsadas.

Eu me divirto feito um louco

Depois de ter criticado desse jeito o nosso "sistema midiático" e a influência negativa da nossa televisão sobre a nossa cultura, eu devo dizer que assumo, paradoxalmente, o que faço. O que não deixa de ser surpreendente...

Vou até revelar para você o meu verdadeiro segredo profissional: quando estou na televisão, eu não trabalho. Eu nunca tenho a impressão de trabalhar, mas sim, principalmente, de me divertir. Na verdade, eu sou como um jogador de futebol no campo durante um jogo. Ele só pensa no que vai fazer. Porque ele perdeu toda a noção do tempo. E, mesmo durante o jogo, durante cada programa, eu tenho a sensação de me esbaldar o tempo todo. Mesmo quando estou morto de cansaço, eu adoro o que faço.

Eu me divirto feito um louco. Fico feliz em saber que alguns dos meus programas tenham, pouco importa o canal, um dos melhores índices de audiência no nosso país. No dia em que eu me encher disso, bem como os telespectadores, eu avisarei. Eu largarei tudo e irei fazer outra coisa, como fazer cada vez mais filmes ou consagrar mais tempo à pintura... Mas, por enquanto, a própria ideia de parar de criar e apresentar programas e de não me divertir mais na televisão é totalmente inimaginável. Tal ideia me aterroriza!

Os meus programas favoritos

Quando eu tenho tempo, assisto, frequentemente, à televisão. Eu adoro os documentários sobre animais. Eu tenho uma queda pelo Discovery Channel, pelo National Geographic e pelo History Channel. Aliás, eu até queria ter um animal doméstico, mas não aguentaria ver um animal em cativeiro na minha casa. Eu posso ir ao zoológico, observar animais na floresta ou na tela da televisão, mas ver um animal doméstico preso entre quatro paredes, isso não dá. Falando nisso, as nossas sociedades ricas e desenvolvidas não deveriam apenas alimentar os milhões de gatos e cães domésticos, mas se interessar um pouco mais pelos milhões de crianças que morrem de fome no mundo...

Uma noite, um encontro na casa de Kitano. O cineasta assiste a um documentário do National Geographic sobre as baleias; essa foi a ocasião para lhe perguntar o que achava do debate sobre a pesca da baleia no Japão.

Eu não acuso, obrigatoriamente, aqueles que são a favor da caça à baleia, mas eu não sei exatamente o que dizer sobre esse tema. Eu continuo não entendendo as críticas das organizações ecologistas como o Greenpeace e de alguns países. O Japão não é o único país a praticar a caça à baleia. A Coreia do Sul, por exemplo, é outro país que caça e consome baleias. Podemos encontrar carne de baleia nos restaurantes de Taiwan que, certamente, não vêm dos pescadores japoneses... Isso também diz respeito aos países nórdicos. Com certeza, essa é uma questão difícil, que pode esquentar de uma hora para outra. Podemos criticar, na realidade, todos os Estados pelo modo cruel como eles liquidam algumas espécies. Esse "dois pesos, duas medidas" me incomoda muito mais. Resumindo, eu acho que se pentelha muito o Japão com essa questão das baleias, e um pouco menos a Espanha com os touros, ou ainda a Austrália com os cangurus – apesar de o canguru não ser, na verdade, uma espécie em extinção...

Eu vou lhe contar uma história. Um dia, os americanos gastaram 5 milhões de dólares para salvar uma baleia que estava perdida nas suas águas. Teria sido necessário gastar tanto dinheiro para salvar aquela pobre baleia? Pessoalmente, eu acho que essa quantia deveria ter sido usada, prioritariamente, com as crianças doentes ou que não têm o que comer. Eu percebo que, frequentemente, as pessoas que se mobilizam pela defesa dos animais, protegidos e ameaçados de extinção, não têm pressa de correr para ajudar os seus semelhantes que se encontram em situações difíceis.

*
* *

Como foi que eu comecei a fazer o meu cinema

7.

A vocação de Kitano para o cinema surgiu depois de um encontro com o cineasta Nagisa Oshima, diretor do filme Furyo – Em nome da honra (1983). Tendo chegado por acaso na direção, pela porta de trás e tardiamente, Takeshi Kitano rapidamente brilhou atrás da câmera. Vinte e cinco anos depois de ter começado como faxineiro e aprendiz de comediante no "Teatro Francês" de Asakusa, seu filme Hana-bi – Fogos de artifício triunfou na Mostra de Veneza ganhando o Leão de Ouro, antes que Verão feliz – filme de que Kitano foi o roteirista, o diretor, o ator principal e o montador – tivesse sido indicado para competir em Cannes, em 1999. Em Hollywood, alguns cineastas, como Quentin Tarantino, elogiam seu estilo cinematográfico. O ator britânico Jude Law lhe enviou, em 2007, uma carta de admiração, que Kitano me mostraria uma noite. Kitano continua, no entanto, sendo muito crítico em relação a seus próprios filmes. Ele admite, com relutância, que seu melhor filme seja, talvez, Hana-bi. Mesmo gostando também, indubitavelmente, de sua outra obra-prima – e de sabre –, o surpreendente Zatoichi.

    Os telespectadores que me conhecem e assistem aos meus programas, há vinte ou trinta anos, estão, em princípio, acostumados a me ver fazer rir. Por isso, quando eu apareci como diretor, há mais de vinte anos, as pessoas custavam a acreditar que eu pudesse também dirigir filmes. Alguns nem queriam que eu fosse diretor. Eles não podiam aceitar, e se resignaram depois do sucesso de Hana-bi.

    E mais ou menos! O meu personagem de comediante na televisão, de comediante satírico, de apresentador, sempre esteve tão enraizado na cabeça deles que eles nunca estiveram realmente preparados para me ver interpretar papéis dramáticos ou violentos no cinema.

Na verdade, no Japão, as pessoas se esqueceram de que eu sempre fiz cinema, ao mesmo tempo como diretor e como ator. Muitos telespectadores ainda não aceitaram isso. Alguns ainda riem e acham que eu interpreto uma ceninha quando eles me veem atuar em um filme. Eles se recusam a me levar a sério.

O choque *Furyo*

Eu me impus como ator aos trinta e seis anos, em 1983, em *Furyo*, uma importante produção de Nagisa Oshima. A história se passa na Indonésia, na ilha de Java, em 1942, em um campo de prisioneiros de soldados ingleses presos pelos soldados japoneses, que tinham certeza de ter todos os direitos como ocupantes. O filme teve, desde o seu lançamento nos cinemas, uma grande repercussão em muitos países. O fato de ter sido convidado para um papel nesse filme foi uma verdadeira surpresa para mim. Tudo aconteceu muito rápido. Vieram me procurar e, de repente, sem ter tido tempo para pensar, eis que eu estava interpretando um papel-chave em *Furyo*.

Eu cheguei ao *set* não como assistente, nem como técnico, contrarregra ou faxineiro, mas como ator, em um papel sério. Eu cheguei lá como diletante. Fui apresentado a um certo Bowie, um cantor de *glam rock* inglês do qual eu tinha vagamente ouvido falar. Oshima tinha me convidado a um encontro com Bowie e Ryuichi Sakamoto, ambos já muito famosos nos seus respectivos países. Eu conhecia mais ou menos o nome de Bowie, mas menos os seus sucessos. Ryuichi Sakamoto interpretava outro personagem-chave do filme. No Japão, assim como em muitos outros países, Sakamoto estava no apogeu da glória. Eu o conhecia como membro do grupo YMO[1]. Aliás, Ryuichi Sakamoto também compôs a belíssima música, fascinante, de *Furyo*.

Era a primeira vez que eu via Oshima no seu papel de diretor no *set*. Ele era surpreendente. Eu o imaginava como um imperador comandando um exército. Dezenas de atores e de técnicos estavam sob o seu comando. Eu estava impressionado. Nagisa Oshima era, para mim, como um mestre. No exterior, cada um dos seus filmes era sempre esperado. Ele já era então considerado uma espécie de dissidente intelectual.

---
1. Yellow Magic Orchestra. (N. A.)

> Nagisa Oshima já tinha feito, em 1960, seu filme considerado o mais político, Nihon no yoru to kiri [Noite e neblina no Japão], produzido por Shochiku, obra única, fulgurante e perturbadora, que lhe valeu muitas inimizades em seu país.

Na verdade, no começo das filmagens de Furyo, eu não sabia mais onde eu estava. Eu não entendia nada. Eu não sabia por que estava lá. Eu seguia o roteiro, decorava as minhas falas e ensaiava entre as tomadas. Depois, uma vez na frente das câmeras, eu não tinha escolha a não ser atuar. Eu fazia o que me diziam para fazer. Eu não fazia a menor ideia de por que eu tinha o privilégio de desempenhar esse papel. Eu interpretava um soldado japonês, o sargento Hara, um homem estranho e brutal, de caráter sombrio e violento, bastante sádico, mas que, finalmente, não era tão desumano quanto parecia. Um anti-herói por excelência. Hara é um soldado que se orgulha do seu sentimentalismo e da sua melancolia quando bebe um pouco. É nesse filme que o meu personagem diz a famosa fala final: "Merry Christmas, Mister Lawrence". Foi com Furyo que os japoneses começaram a se dar conta de que eu também poderia ser mau...

> O que Takeshi Kitano não explica é que, ao interpretar o (segundo) papel desse animal bruto que apenas a bebida conseguia acalmar e graças à famosa fala, ele conseguiu que os espectadores e os críticos percebessem que ele era ao menos tão bom quanto David Bowie, no papel do major Jack Celliers, ou Ryuichi Sakamoto, em sua brilhante interpretação do capitão Yonoi.

Nagisa Oshima

Nagisa Oshima foi alguém que marcou muito a minha vida. Ele ainda é um dos homens mais importantes para mim. Antes de encontrá-lo, eu era apenas um simples comediante, que teve a chance de se tornar comediante um pouco por acaso, depois um apresentador de televisão que teve a sorte de conseguir um lugar ao sol. Depois do nosso encontro, ver Nagisa Oshima trabalhar me influenciou e me ajudou a entender o cinema e também como escrever um roteiro. O papel dele foi essencial. Foi ele que me ensinou como poderia ser maravilhoso ser diretor de cinema e ser ator.

> *Como curiosidade: na época, Nagisa Oshima fazia questão de afastar Takeshi Kitano do registro único da comédia porque via nele um assassino nato no cinema... O que Kitano confirma.*

Nagisa Oshima me deu muitos conselhos. Ele tinha ideias bem fixas sobre mim. Achava que eu não era indicado apenas para fazer com que as pessoas rissem, e também que se escondia em mim um homem com o coração duro. Um perfeito criminoso! E, graças a ele, eu consegui um papel absolutamente não cômico ao interpretar um perigoso assassino em um seriado de televisão que teve certo sucesso.

Ainda hoje, eu percebo que falo muito de Oshima. Talvez eu nunca tenha parado de falar dele. Eu devo dizer que realmente o admiro. Acabo de me lembrar dos momentos tão engraçados que passei com ele. Um dia, durante a filmagem de uma cena particular de *Furyo*, Oshima estava muito concentrado, a câmera rodava. Nessa cena, um lagarto parado em cima de um rochedo deveria começar a correr, e Oshima deveria segui-lo com a câmera. Mas, por azar, o lagarto simplesmente não se mexia. Os técnicos, que estavam ao redor de Nagisa Oshima, tentaram de tudo, fizeram tudo o que podiam fazer, mas o lagarto não se mexia. A cada tentativa, a tomada não prestava e era necessário começar tudo de novo. Você deveria ter visto a cara de Oshima! Ele estava louco de raiva. Aquilo não lhe agradava nada. Eu o vi gritar com o lagarto, um pouco como se estivesse gritando com um técnico. Eu morria de rir.

Na verdade, os ataques de Oshima durante as filmagens são bem conhecidos. É o estilo dele. Ele sempre precisou gritar com os técnicos. O problema era que essa não era a minha praia. Eu nunca gostei muito de pessoas que gritam. E, durante as minhas filmagens, é formalmente proibido que as pessoas gritem umas com as outras. Já existem tantas tensões em um *set* que é completamente inútil acrescentar outras. Assim, quando me convidaram para atuar em *Tabu* [*Gohatto*, 1999], outro ótimo filme de Oshima, eu impus as minhas exigências. Nagisa Oshima já estava na sua cadeira de rodas. Eu disse para ele: "Se você gritar, eu volto para casa. Se você gritar demais, eu largo o *set*!".

Eu me lembro também de outro momento inesquecível durante as filmagens de *Furyo*: um personagem principal deveria ser filmado por baixo, quase do chão. Oshima disse para a sua equipe: "Nós vamos cavar, eu vou colocar a câmera no buraco!". Uma ideia bem complicada. Como o cenário não era a prioridade, eu disse para ele: "Mas por que você não coloca o personagem em cima de alguma coisa?". Silêncio total! Então Oshima se virou para o seu assistente e lhe perguntou: "Imbecil, por que você não pensou nisso antes?". Oshima não se mexia mais. Ele estava espumando de ódio.

Se eu tivesse a oportunidade de vê-lo agora, faria algumas perguntas a ele. A opinião dele me interessa. Enquanto o cinema mundial é invadido por desenhos animados, pelos filmes em 3-D e concebidos em imagem de síntese, eu perguntaria a ele o que ele pensa sobre o futuro do cinema. Eu faria esta pergunta: "Segundo a sua opinião, para onde vai o cinema?". E, em seguida, porque Oshima é conhecido pelos seus filmes sexuais bem explícitos – as suas obras eróticas e sociais[2] foram censuradas –, eu também perguntaria a ele: "Para onde vai, segundo a sua opinião, a liberdade de expressão? Será que nós estamos indo mais em direção a uma maior liberdade no cinema? Ou, muito pelo contrário, em direção a criações guiadas pelo politicamente correto? O Japão de hoje aceitaria os seus filmes mais ousados?". Eu perguntaria isso a Nagisa Oshima porque ele não é apenas um imenso cineasta, mas também um visionário.

A subversão dos gêneros

Eu dirijo os meus filmes, antes de tudo, para me divertir. Talvez seja por causa da minha mania de bricolagem... Eu considero cada um dos meus filmes um pouco como um brinquedo, um objeto. Acho que não existe nada mais agradável do que dirigir um filme, e me vejo de novo criança, jogando pião.

Nos meus primeiros filmes, eu tinha vontade de elogiar aqueles que são abandonados pela sociedade contemporânea. Eu quero dizer os indivíduos que não são adaptados à sociedade, os marginalizados, muito facilmente, muito simplesmente deixados de lado, sem questionamento, quase como quando se varre a porta de casa. Principalmente nos anos 1990, o cinema se tornou para mim um meio de expressão e de reflexão: dirigir filmes me permitiu exercer o meu senso crítico.

Eu também gostaria de dizer que uma das minhas preocupações como diretor é, hoje, conseguir estabelecer uma relação entre o cubismo e o cinema. Objetivo que eu ainda não consegui atingir completamente, mas que comecei a alcançar com os meus filmes mais loucos, *Takeshis'* e *A glória do cineasta!*. Eu tento trabalhar no laço entre o que é filmado e o que é visto e parece verdade. Como em um plano, existem várias sequências, existem várias etapas em um filme. Assim, o cinema visto por essa perspectiva cubista consiste, segundo a minha opinião, em não coordenar, obrigatoriamente, todas as sequências entre si durante a filmagem e a montagem, um verdadeiro quebra-cabeça para o cineasta.

---

2. Como o famoso *Império dos sentidos*, coprodução franco-japonesa de 1976, cujo nome original é *Ai no corrida* (*A corrida do amor*). Quando foi lançado, o filme chocou as pessoas moralistas. (N. A.)

Em *Aquiles e a tartaruga*, um filme de aventuras intimista, eu quis destacar a ligação entre cubismo e cinema. Ligação que pode, na minha opinião, nesse caso, ajudar a destruir a ditadura da imagem: desvendando o que é real e verídico atrás das aparências, revelando a separação entre o que se vê e se acredita ter visto, e o que é verdade. Na tela, isso certamente não é percebido pelos espectadores, mas conseguir estabelecer essa ligação é um sonho que eu faço, absolutamente, questão de realizar.

Eu acho que aquilo que se chama de *show business*, que toca o que existe de mais emotivo nas pessoas, não é um negócio sujo, ou doentio, como se ouve às vezes. É apenas um negócio, como tantos outros. Os comediantes, os cineastas, os grandes diretores como Akira Kurosawa, ou os atores de filmes pornográficos, são, no fim das contas, todos iguais. Todos se despem à sua maneira. Todos mostram abertamente as suas emoções. Eu nunca zombei dos atores de filmes pornográficos: eu sou como eles.

Em *Verão feliz* (1999), eu encaro a minha própria infância, a minha mãe, o meu pai. Os meus pais: o meu mestre Senzaburo Fukami, que me ensinou as artes do palco, Oshima, que me ofereceu o meu primeiro papel importante no cinema... Em *Dolls* (2002), eu revelo a minha opinião sobre o amor e sobre a morte. Quase dez anos depois do meu acidente, *Zatoichi* (2003) ilustra uma ressurreição, assim como a minha opinião sobre a realização como artista e comediante.

Se eu consegui ter uma segunda carreira na indústria do cinema, foi, em primeiro lugar, porque eu nasci no Japão, um país bem estranho. Na verdade, contrariamente aos países ocidentais, onde se deve, logicamente, ter visto inúmeros filmes e estudado cinema em uma escola de arte ou de cinema para esperar se tornar um cineasta, no Japão, qualquer um pode se tornar um cineasta sem ter ido à escola, seja lá qual for o seu talento. Como apresentador de televisão, o meu trabalho sempre foi divertir. Eu nunca estudei cinema. No entanto, há longos anos, eu dirijo filmes que são sucessos de bilheteria e que são exportados *(no Japão,* Zatoichi, *distribuído em aproximadamente 680 salas, atraiu 450 mil espectadores)*. E isso não é tudo: eu até dei aulas de cinema na Universidade de Belas Artes, em Yokohama. Isso só é possível em um país: no Japão.

Eu cheguei ao cinema um pouco como se vem ao mundo. Por acaso. Aos 43 anos. Eu não posso dizer que o cinema seja uma paixão. Foi somente aos doze ou treze anos que eu tomei consciência da existência do cinema e dos mangás. Antes dessa idade, eu não sabia nada sobre esses lazeres, ou como dizem os americanos, desses *"entertainments"*. Os meus pais não deixavam a gente, eu e os meus irmãos, ir ao cinema – de qualquer maneira, existiam muito poucas salas nos bairros da Tóquio popular onde cresci, nos primeiros anos pós-guerra...

O que é certo é que, em seguida, o meu primeiro trabalho como ator de comédia me influenciou profundamente. Eu dirijo, há anos, filmes com o mesmo prazer pela subversão dos gêneros, com o mesmo desejo de brincar com tudo. Como nos meus antigos esquetes, eu gosto de desnortear, fazer o suspense aparecer onde menos se espera.

Hoje, o que me fascina no cinema ainda é essa capacidade que nos é dada, durante uma história, como diretor, ator ou até mesmo espectador, de nos abstrair do tempo, de estar fora do tempo. Durante uma hora, duas horas, três horas, ou até mesmo alguns minutos, no caso de um curta-metragem, cada filme – seja qual for o seu gênero – conta um pedaço de história paralela à vida humana e mostra as suas imagens plano a plano. Eu acho que o que existe como sincronia entre o tempo universal dos humanos e o da imagem cinematográfica, em movimento, mas artificial, explica a capacidade da sétima arte de produzir sonhos.

Nos meus filmes, eu me esforço, frequentemente, para ilustrar da maneira mais simples, mais evidente, o tempo percebido, de forma diferente, segundo os meus personagens. O cinema permite isso. O diretor dispõe do poder de revelar a relatividade das situações. Podemos nos concentrar em um detalhe, filmar sob diferentes ângulos e durante mais tempo um ator do que o outro, apesar de ambos estarem conversando. Mostrar que uma situação filmada é subjetiva me agrada.

Da mesma maneira, quando escrevo um filme e, em seguida, faço a adaptação para o cinema, eu me considero, de certo modo, um artista de *bunraku*, esse teatro de marionetes tradicional japonês, no qual foi inspirado o meu filme *Dolls*. No meu filme *Takeshis'*, se percebe uma metamorfose. Na tela, uma larva se transforma em borboleta. Ora, os meus personagens também se transformam na tela. É dessa maneira que eu os vejo. Eles são como insetos que se metamorfoseiam.

Eu prefiro, daqui para a frente, me afastar do gênero que eu gostava no início da minha carreira. Alguns amigos, cinéfilos ou críticos reprovam isso. Eles gostam dos litros de hemoglobina dos meus policiais melancólicos e ultraviolentos. Muitos fãs ainda falam de um dos meus primeiros filmes, *Violent cop*. É a vida... Apesar de o meu próximo filme provavelmente ser violento, eu tomei a decisão de não fazer, obrigatoriamente, filmes de ação no futuro. Aliás, eu acabei de terminar as filmagens do meu próximo filme, que não tem título, pelo menos por enquanto. Eu tenho o costume de começar a rodar um filme sem ter um título. No papel, esse longa-metragem ainda se chama *Takeshis' film Volume 15*.

Violent cop
[Sono otoko kyobo ni tsuki / Esse homem é um animal]
1989

O início da carreira de Takeshi Kitano atrás das câmeras foi com um filme policial excepcional com ares de Dirty Harry nipônico: Violent cop. Sem dúvida nenhuma, Kitano resolveu boxear fora do ringue, talvez para sacudir melhor o cinema japonês. Nesse filme produzido por Kazuyoshi Okuyama, ele interpreta Azuma, um tira brutal, rancoroso e introvertido, com os nervos à flor da pele, que enfrenta sua hierarquia, que combate a corrupção no seio da polícia. Azuma faz justiça com as próprias mãos, nunca deixando de recorrer à violência que, teoricamente, deve combater. Logo, eis que se encontra mais perto dos animais que persegue do que do cidadão comum. Ele descobre que uma gangue de yakuza é responsável pela morte de seu melhor amigo e pelo estupro de sua irmã mais nova. Azuma se vinga sem vacilar. Apesar de seus defeitos flagrantes, o longa-metragem deve seu sucesso à excelente atuação de Kitano. Filme de rara aridez de traço, o resultado surpreende os cinéfilos e mais ainda aqueles que não imaginavam que Beat Takeshi, o comediante da televisão, pudesse interpretar tal papel. O filme é bem recebido pela crítica. Takeshi Kitano vence sua aposta. Violent cop vai marcar os filmes policiais.

Violent cop (1989) foi o meu primeiro e verdadeiro desafio no cinema. Foi bastante rocambolesco fazer esse filme. Na época, a minha decisão de fazer esse filme foi uma aposta extremamente arriscada. Eu atuava como ator há certo tempo, mas nunca tinha dirigido um longa-metragem sozinho. A princípio, não era eu que tinha sido previsto para dirigi-lo, mas o diretor Kinji Fukasaku. Eu deveria apenas interpretar o papel principal de Violent cop. Foi aí que Fukasaku-san exigiu sessenta dias de filmagem. Mas eu só podia oferecer quarenta dias – e olhe lá –, em semanas alternadas, por causa dos meus programas de televisão. Fukasaku recusou o meu cronograma. Foi então que ousei falar em voz alta o que eu pensava, falando comigo mesmo, e na frente dele. Eu disse que seria capaz de fazer esse filme em dois meses. Fukasaku abandonou imediatamente o projeto. No entanto, a vontade dos produtores de fazer o filme ainda permanecia intacta. No Japão, a gente se encontrava em um novo momento, em que se viam pessoas estranhas à indústria do cinema caminharem na sua direção.

Escritores começavam a escrever roteiros, outros experimentavam a direção. Foi Kazuyoshi Okuyama, o principal produtor da Shochiku, que imaginou como continuaria *Violent cop*. Ele pensou, provavelmente, que seria um acontecimento se o Beat Takeshi da televisão dirigisse o *Violent cop*! Para ele, no final das contas, eu ser ou não capaz de dirigir o filme talvez nem fosse tão importante, porque ele sabia que eu me viraria bem, apesar de tudo, se eu tivesse um diretor-assistente muito competente. Apesar disso, quando me apresentaram essa ideia, eu não aceitei no começo. É claro que era algo atraente no papel, mas será que eu seria realmente capaz? Na verdade, eu acho que, às vezes, o fato de não saber nada de alguma coisa pode ser um ponto forte, ou até mesmo uma vantagem. Então, sem pensar, eu aceitei, com um pensamento fixo: "Não se preocupe, tudo vai correr bem!". Assumi o lugar de Fukasaku, assim, na bucha. Me lancei nessa aventura às cegas, sem nenhuma preparação, nem ressentimento no fundo do coração.

Afinal de contas, era um novo desafio. Eu queria aceitá-lo, tentar a sorte. Uma das minhas condições era, entretanto, poder modificar o roteiro. Foi o que eu fiz. Eu mudei o roteiro original, conservando apenas a trama e me concentrando nos personagens principais: Azuma e a sua irmã. Eu queria, na realidade, dar mais consistência à relação deles, uma das chaves do filme. Era até possível se pensar que *Violent cop* – talvez por causa do título – fosse um enésimo filme sobre a violência, os *yakuza*, a polícia... Mas, na minha opinião, se trata, em primeiro lugar, de um filme sobre o sangue, os laços do sangue. No Japão, falar do "sangue familiar" é um tabu cultural. Mas, nesse filme, a irmã de Azuma é doente, um pouco louca. Azuma sabe disso. No final, se ele a mata friamente, é por medo de ele mesmo enlouquecer como ela. O *yakuza* que ele combate ousa dizer para ele: "Você é louco, tão louco quanto a sua irmã!". Azuma o elimina, mas também não consegue deixar de matar a sua irmã.

Esse filme foi a chance de iniciar a minha carreira como diretor. A filmagem foi uma epopeia. No Japão, existe uma maldição sobre todos os diretores principiantes durante os primeiros dias de filmagem de um filme: um trote tradicional. Mas eu não tinha esquecido a lição de autoridade de Oshima no *set* de *Furyo*. No *set* de *Violent cop*, eu fiz questão, do meu jeito, de me fazer respeitar. Bem no começo das filmagens, eu ainda gravava um programa de rádio, "All Night Nippon", então a equipe deveria se deslocar até o estúdio da rádio.

No primeiro dia, os técnicos de *Violent cop* me viram chegar ao *set* vestido de lutador de *kendo*, com um *shinai*[3] na mão! Isso surpreendeu a equipe, principalmente os técnicos mais experientes que não tinham vontade de se esforçar

---

3. Bastão de *kendo* de bambu. (N. A.)

muito ou que queriam montar armadilhas para mim. A partir desse momento, eles não queriam mais me causar problemas. Na verdade, eu tinha uma vantagem: eu tinha, ao meu lado, uma experiência dos sets de televisão que eles não tinham. Assim, em *Violent cop*, apesar dos meus temores, eu acho que os técnicos tinham mais medo de mim do que eu deles! De qualquer modo, eu coloquei rapidamente de lado as minhas ideias preconcebidas. Percebi então que o cinema não tinha absolutamente nada a ver com a televisão. Nos meus programas de televisão, eu utilizava não menos de cinco câmeras e multiplicava os ângulos segundo o meu bel-prazer. No cinema, tinha apenas uma câmera principal, que se tornava o meio de multiplicar os ângulos infinitamente. Foi um choque! Dia após dia, eu morria de vontade de aprender mais. Eu queria aprender a dominar todos os instrumentos técnicos que estavam debaixo dos meus olhos, à minha disposição. Eis que eu descobria a profundidade do campo, os jogos de luz, a complexidade de uma direção de *set* no cinema. Em *Violent cop*, eu começava a multiplicar essas séries de planos fixos – quase tão estoicos quanto o meu personagem –, que se tornaram, segundo o que me disseram, uma das minhas marcas registradas. Eu também tinha a impressão de que incluir certo número de cenas silenciosas ajudava a aumentar a tensão do filme.

E que tensão! Takeshi Kitano mal parece perceber o impacto que seu estilo teve para um grande número de cinéfilos... Durante uma conferência sobre a obra de Takeshi Kitano organizada em 1996 no Festival Internacional do Filme de Tóquio, o cineasta taiwanês Hou Hsiao Hsien, fã de Adrenalina máxima, comparou sua visão à de Kitano, seus filmes aos do diretor japonês – os dois homens se conhecem e se apreciam. "Seus filmes", diz ele, "são frios face à realidade. Kitano evita se afogar em excessos de sentimentos tais como a tristeza e o desejo".

Eu acho que o resultado do filme, tal como ele é, é ambíguo. É um filme duro. Eu estava bem nervoso quando o dirigia. E, se *Violent cop* aparece no final como um policial bem sombrio, é porque eu fazia questão de acentuar esse sentimento sombrio, angustiante, através do temperamento excessivo e das neuroses de Azuma, policial solitário que se interessa pela ação apenas se ela for acompanhada pela violência. É um filme bem realista, mas a sua estrutura é bem incomum. Hoje, nenhum cineasta ousaria fazer tal longa-metragem. Ele é composto de momentos bem longos, extremamente calmos, de silêncios quase constrangedores, seguidos de explosões de violência repentinas. Uma violência terrível. O ritmo é o mesmo do começo ao fim, bem infernal. *Violent cop* é, no fundo, um filme capenga, que não evita certos obstáculos – que normalmente se aprende a evitar nas escolas de cinema –, mas que surpreende.

Nesse filme, a gente se encontra, enfim, em um Japão que não se conhece muito bem, que ninguém realmente frequenta. O cenário é o das cidades-dormitórios dos subúrbios, prédios cinzentos, fábricas que não se sabe muito bem se ainda funcionam. Aliás, isso é frequente nos filmes policiais japoneses. Ao contrário, eu percebi com frequência que os filmes de Hong Kong multiplicavam as imagens de vastos espaços urbanos e naturais – como nos longas-metragens de Wong Kar-Wai, por exemplo –, ao passo que, no Japão, os cenários das filmagens são frequentemente em áreas superconstruídas ou dependem de algum galpão qualquer. Diga-se de passagem, isso é fato, conforme os bairros, para poder filmar em uma ou outra rua da capital ou em algum distrito de Tóquio, se deve, às vezes, negociar com uma gangue de *yakuza* que dirige o território. É preciso que se seja conhecido desse mundo e que se pague uma "taxa", que pode chegar a 300 mil ienes (2.400 *euros*) para poder filmar durante apenas algumas horas. Eu fico ainda mais contente quando posso plantar a minha câmera no meio da natureza, nas paisagens onde é possível encher os pulmões de ar vivificante, o do mar, se possível...

Boiling point
[*3-4* × *Jugatsu*]
1990

> Boiling point *revela antes da hora alguns dos temas e assuntos caros a Kitano: uma violência rude, silenciosa, angustiante, a paixão pelo beisebol, o interesse pelos* yakuza, *um humor corrosivo, o jogo, o mar, as ilhas e paisagens naturais de Okinawa...* Boiling point *é, em primeiro lugar, a história de uma equipe mirim de beisebol, azarada, os Eagles, treinada por um dono de bar, antigo membro da gangue Otomo, nas mãos de um violento chefe mafioso. Os jogadores são não somente medíocres, mas também desajeitados, tanto dentro como fora do terreno, e confrontam a dura realidade das obrigações para com os* yakuza *e os acertos de conta, seja em Tóquio ou em Okinawa. No filme, no papel do gângster Uehara, conhecido como "o mais velho", arrogante e machista, Kitano atua como sempre: personagem ambíguo, máscara fixa, o mínimo de expressões possível. A crítica estrangeira fala do filme.* Boiling point *recebe uma menção especial do Festival Internacional de Cinema Jovem de Turim.*

Eu mal tinha – e dificilmente – acabado *Violent cop*, e comecei, sem ter tido tempo de respirar, em 1990, o meu segundo longa-metragem, *Boiling point*, outro filme de gângsteres. Eu estava ainda mais confiante nesse novo projeto porque tinha o apoio irrestrito de todos os que estavam em torno de mim e dos meus produtores. Eu tinha a impressão de ter o perfeito controle do roteiro – uma história complicada, cheia de surpresas – e da direção. Bem no começo do projeto, quando eu apresentei a história do filme, a distribuidora de filmes mostrou sinais de que não estava satisfeita. Os responsáveis da distribuidora estavam preocupados. O veredicto deles era claro. Se fosse apresentado desse jeito, o filme não seria, segundo eles, um sucesso comercial. Os distribuidores me disseram imediatamente que deveria existir no filme um papel principal de *yakuza*. Eu não tinha a intenção de interpretar esse papel. Mas eles insistiram. Se eu não o interpretasse, eles diziam, seria difícil fazer e lançar o filme. Eu acabei então criando um papel sob medida para mim. Coitado de mim! Com o tempo entendi o meu erro. Eu me dirigi como se obedece aos caprichos de uma criança. Eu acho que, no final, o resultado é ambivalente.

De um ponto de vista técnico, a experiência era, entretanto, enriquecedora. Eu escrevi o filme, eu o dirigi, montei e interpretei. Eu escolhi ângulos precisos, tendo a impressão de que, finalmente, tinham me dado a possibilidade de ajustar o meu próprio estilo. Nesse filme, que usa procedimentos emprestados da comédia, ou até mesmo do burlesco, eu acho que os elementos que, por assim dizer, cimentam o meu estilo já estavam reunidos: os diálogos, as situações absurdas, o sarcasmo, a violência, um humor de sentido duplo, fora do normal e negro, cenas de assassinatos absurdos, e o mar como cenário, que amplifica a impressão da humildade, da miséria humana... Durante a filmagem, eu achei melhor que a câmera se movesse o mínimo possível. Foi assim que eu multipliquei os planos fixos, as composições de enquadramentos estáticos, com a intenção de colar o máximo possível nos meus personagens e de refletir certo fatalismo.

Finalmente, apesar de esse filme ser um dos meus preferidos, entre aqueles que eu dirigi, ele se mostrou um fracasso comercial. Os custos de produção mal foram cobertos. Alguns espectadores ou críticos talvez não tenham gostado de me ver em um papel tão detestável no filme. O personagem que eu interpreto, Uehara, um terrível *yakuza* que acaba por cair, é realmente um cara imundo.

O mar mais silencioso daquele verão
[Ano Natsu, ichiban shizukana umi]
1991

Em seu terceiro filme, Kitano rompe com a violência de Violent cop e Boiling point, assim como com sua imagem televisiva de tagarela inveterado. Ele não atua, mas seu estilo se impõe embaixo dos traços de seu personagem principal. O mar mais silencioso daquele verão é uma obra sentimental dramática, a qual se trata, primeiramente, de felicidade e de tristeza. O cineasta imaginou a história de Shigeru, um jovem lixeiro surdo, que, depois de ter descoberto uma prancha quebrada no lixo, é tomado pela paixão pelo surfe. O amor de sua namorada, também surda, parece o proteger da espuma das ondas. Dos treinos exaustivos às competições desgastantes, o jovem vai melhorando. Mas logo o mar separa os dois amantes... O filme é bem recebido no Japão. É indicado para o Festival Internacional do Filme de Tóquio e ganha vários prêmios, em vários festivais no Japão e no exterior.

Depois de um segundo filme violento, eu mudei de registro e fiz questão de dirigir uma história de amor puro. Foi O mar mais silencioso daquele verão, um filme que alguns críticos julgaram "místico", apesar de eu achar que é, sobretudo, "iniciático". É um filme que também fala da morte. Mas esse longa-metragem me deixou, na verdade, com um gosto amargo na boca, mesmo eu sendo, pela primeira vez, o meu próprio produtor. Eu não fui até o fundo das coisas. Ainda hoje, eu não sei por quê. Talvez tenha sido o tédio...

Apesar disso, a crítica não deixou de julgar esse filme como plasticamente resolvido. Os cronistas, os fãs, os espectadores elogiaram a beleza das imagens. Eu realmente me esforcei, cuidadosamente e ao máximo, para obter a perfeição dos enquadramentos, nos quais eu me autorizei a fazer travellings bem raros, originais, para filmar os deslocamentos dos personagens. Durante as filmagens, eu chego a tomar, mesmo frequentemente, certas liberdades com o roteiro. Eu gosto muito de privilegiar a improvisação.

Quando eu estou atrás da câmera, expulso os elementos que não me interessam do campo de visão. Tudo vai muito rápido. Eu filmo de maneira bem rápida, quase determinada eu diria... Gosto de multiplicar os planos fixos e longos. Não uso o zoom, nem muitas tomadas de ângulo aéreas.

Isso é bem evidente em O mar mais silencioso daquele verão, no qual eu filmei muito através de planos fixos sucessivos e nunca usei o zoom, para não dar muitos detalhes sobre uma situação ou sobre um personagem, sobre a expressão do rosto dele, do estado de espírito dele. Durante as filmagens, os técnicos queriam que a câmera se deslocasse mais, mas eu não fazia questão disso. Eu fazia questão dos meus enquadramentos estáticos. Acho que um plano fixo traz um quê de mistério, uma restituição bruta que eu aprecio. Eu acho que cada um dos meus planos é o resultado de uma "equação psicológica". Ao longo das cenas, eu me viro para fazer com que o espectador tenha o trabalho de formar a sua própria ideia, aquela que vai lhe parecer a melhor e lhe proporcionar o máximo reconforto, o máximo prazer. A busca da diversão é uma obsessão.

    Nesse filme, o mar, a espuma, o ritmo das ondas no fundo da imagem, o céu azul ou encoberto, assim como a lentidão elaborada da ação, puderam acalentar e embalar alguns espectadores; são, sem dúvida nenhuma, efeitos estéticos capazes de emocionar.

*
* *

Encarando a morte

8.

> Kitano continua falando de seus filmes e depois começa, subitamente, a falar de seu acidente de vespa, em 1994. No Japão, esse acontecimento fez com que os boatos mais insanos corressem. Kitano me explicaria mais tarde que ele tinha arrebentado a cabeça contra um guard rail, em plena noite, porque estava sob o efeito do álcool. Como consequência desse acidente, a parte direita de seu rosto se encontra, desde então, paralisada e marcada por uma cicatriz. É impossível não perceber seus tiques nervosos, estigmas de uma angústia intensa. Às vezes, ele parece não se sentir bem com seu próprio corpo. A cada uma ou duas vezes por hora, com a cabeça pra trás, pinga colírio nos olhos. Ele não pode mais fechar corretamente o olho direito, e aperta, regularmente, a bochecha direita, visivelmente por causa de uma dor difusa.

Adrenalina máxima
[Sonachine / Sonatine]
1993

> Adrenalina máxima marca uma mudança. Chega a hora do reconhecimento de Kitano. O filme foi indicado, na França, para o Festival de Filme Policial de Cognac.

Adrenalina máxima foi bem recebido, quando estreou, por alguns críticos e pelo público que tinha gostado dos meus outros filmes. No entanto, não era um filme fácil, e sem dúvida não era destinado a todo mundo.

Eu gosto muito de *Adrenalina máxima*. Eu entendi que, com esse filme, eu ultrapassava uma etapa importante como diretor. Aliás, quando se aprende a tocar piano, quando a gente começa a tocar uma sonatina, não é um sinal de que a gente começa a ter boas bases?

Indicado ao Festival de Cannes, na categoria "Un certain regard" ["Um certo olhar"] – dois anos antes do lançamento na França –, e agraciado com o prêmio da crítica do Festival de Filme Policial de Cognac em 1995, *Adrenalina máxima*, quarto longa-metragem do cineasta, marca um "ato de reconhecimento" na Europa (na França, Les Cahiers du cinéma[1] fala da "descoberta do ano"). Filme telúrico e fora do normal em que os heróis são os yakuza, *Adrenalina máxima* é um monumento da violência e do burlesco, uma comédia com munição de verdade. Salvo que debaixo desse esboço humorístico aflora, de novo, o lado obscuro do cineasta, através da ociosidade dos gângsteres que ele dirige, os "bad boys" que se movem por causa de um medo visceral e cuja moral é a vingança. O filme conta a história de Murakawa, braço direito de Kitajima, chefe de um clã yakuza que não hesita em eliminar todos aqueles que se colocam no meio do seu caminho. Mas esse yakuza, cansado de tanta violência, decide mudar de vida. Graças a uma ideia de Takahashi, número dois do clã, ele aceita buscar um pouco de ar fresco em Okinawa, com o pretexto de ir ajudar uma gangue aliada que luta contra um clã rival. No primeiro disparo, a situação desanda. Até que Murakawa e seus capangas se refugiam em uma casa isolada perto do mar. Nesse momento, o filme toma um rumo inesperado. Nesse cenário paradisíaco, os yakuza se divertem como crianças, aproveitam a vida, soltam fogos de artifício, brincam na areia, simulam lutas de sumô e se douram ao sol. Os gângsteres reencontram a inocência perdida. Infelizmente, Murakawa cai em uma armadilha e não tem outra escolha a não ser retomar as armas, por uma questão de honra. No Japão, com esse quarto longa-metragem, Takeshi Kitano se impõe definitivamente como diretor: um estilo apurado ao extremo, chegando quase à abstração. A grande família do cinema se inclina; o diretor autodidata destruiu com sucesso os códigos, todas as receitas do gênero. Além disso, sua interpretação beira a perfeição. *Adrenalina máxima* vai obter um sucesso importante, bem merecido, e excelentes críticas no exterior. No Japão, entretanto, acontece uma surpresa: a crítica é ambígua, ou até mesmo negativa.

---

1. Revista mensal francesa especializada no mundo da sétima arte. (N. T.)

Eu não podia imaginar, um único segundo, enquanto dirigia esse filme, que ele teria tal acolhimento, tão favorável, em vários países, particularmente na Europa. Eu acho que a trilha sonora, composta por Joe Hisaishi, também é uma das grandes razões para esse sucesso. No Japão, infelizmente, a crítica especializada em cinema não gostou muito do *Adrenalina máxima*, embora ele tenha recebido uma série de prêmios nos festivais do exterior. Ele também foi escolhido em uma lista dos "Cem melhores filmes dos últimos sessenta anos", feita em 1993 pelo canal britânico BBC – e, honra que eu não mereça, estar ao lado, em particular, do *Ran* de Kurosawa...

Adrenalina máxima é um reflexo corrosivo dos gângsteres tradicionais e verdadeiros anti-heróis. Essa visão é voluntária; eu queria que os membros das gangues que se enfrentam parecessem garotos ingênuos na tela. E é verdade que eu nem precisei dirigir de fato a cena em que Murakawa, o personagem principal, e os seus capangas brincam na praia, para que eles se ridicularizassem. Depois do lançamento de *Adrenalina máxima*, eu nunca recebi nenhuma ameaça de nenhum grupo mafioso. Mas você pode ter certeza de que os *yakuza* – ao menos uma boa parte deles – assistiram ao filme. Segundo o que me disseram, alguns deles teriam até gostado muito!

Um dia, um jornalista inglês me perguntou se *Adrenalina máxima* era uma comédia ou um pesadelo. Eu respondi que, para mim, era "uma comédia dentro de um pesadelo", e ele é realmente isso. Em *Adrenalina máxima*, não tem nenhuma surpresa: todo mundo vai morrer um dia. Preocupado com a harmonia, a coerência e a lógica – coisas bem japonesas –, o herói se mata como o previsto. *No way to fool around!* Se Murakawa não morresse, o público não teria ficado contente. Saiba que o público japonês gosta de receber o que ele quer. Ele prefere que uma história acabe como ele queria, com certo fatalismo, e pelo menos um pouco de sangue.

Em *Adrenalina máxima*, os gângsteres são mais reais do que na realidade. São pessoas que, depois de terem cometido crimes e delitos, não têm medo de se suicidar, sem nenhuma reclamação, como se fosse uma evidência, segundo os usos e costumes. É dessa maneira que a sociedade japonesa os perdoa. Desse ponto de vista, pode-se dizer que *Adrenalina máxima* é um filme profundamente... japonês. Em todo caso, para mim, ele mudou tudo. De certo modo, o círculo se fechou. Era hora de passar para outra coisa. Eu queria acabar com tudo.

Saiba que os japoneses, ao contrário dos ocidentais, nunca acharam que o suicídio fosse um ato negativo, ou seja, um erro. Isso acontece, em particular, dentro da máfia. Esse radicalismo me faz pensar no integrismo dos fundamentalistas muçulmanos. O islamita que acaba com a vida dele em nome de Alá tem a certeza de chegar à verdadeira vida. Ele se mata recitando os textos sagrados do Alcorão, mas, na minha opinião, isso não é uma forma de coragem. Já o japonês extremista que se suicida, ele se mata, geralmente, por respeito à hierarquia dele! Durante a Segunda Guerra Mundial, aqueles que são chamados de *kamikaze* se matavam em nome do Imperador. De qualquer jeito, eu não acho que quem se suicida, seja ele homem ou mulher, seja uma pessoa corajosa.

No começo da minha carreira como cineasta, os ingleses eram muito sensíveis ao meu jeito de fazer cinema. Eles sempre receberam os meus filmes, mesmo os mais fora do comum, com uma excelente crítica, às vezes ditirâmbica. Eu me lembro de ter apresentado *Adrenalina máxima* na Inglaterra, no Festival de Londres. Ao entrar na sala de projeção, fui recebido com um longo aplauso, bem caloroso. Um momento inesquecível.

Getting any?
[Minna yateru ka!]
1995

> *Depois do sucesso popular de* Adrenalina máxima, *Kitano assina* Getting any?, *comédia leve e doida. O filme choca. No Japão, a crítica, uma grande parte da mídia e alguns intelectuais se escandalizam. Kitano criou o papel de Asao, um verdadeiro pária, obcecado por sexo, que precisa a todo custo encontrar novas mulheres, onde quer que esteja, e fazer amor, sejam quais forem as condições. Como o sonho dele é ter relações sexuais em um carro, Asao assalta bancos e comete crimes a fim de comprar um. Para paquerar e saciar seu voyeurismo e suas tendências lúbricas mais facilmente, ele encontra um cientista louco que quer ajudá-lo e torná-lo invisível. Em breve, sua nova fantasia será fornicar na primeira classe de um avião.*

Depois de *Adrenalina máxima*, eu passei do outro lado da câmera para fazer a minha primeira comédia, *Getting any?*, um "fracasso", de uma forma mais objetiva. Devo dizer que ele foi muito mal recebido no Japão e desprezado pela crítica de Tóquio. Foi pura e simplesmente catastrófica a recepção desse filme. Acabaram, literalmente, comigo. Na Europa, os críticos foram mais educados, mas nenhuma distribuidora quis assumir o risco de lançá-lo nos cinemas.

Pessoalmente, no entanto, eu gosto muito desse filme. Apesar de eu dizer, frequentemente, que não gosto dos meus longas-metragens, esse eu acho que é bem acabado e, sobretudo, bem cara de pau. Eu gosto ainda mais desse filme porque, mal ele tinha sido lançado nos cinemas, já era odiado pelos críticos mais conservadores. Esse filme não tem, incontestavelmente, nenhum sentido. É uma comédia alucinante, masoquista, sem pé nem cabeça! Sem contar que, no Japão, a estreia no cinema aconteceu em condições particulares: eu dirigi esse filme antes do meu acidente, e ele foi lançado depois, quando eu estava em recuperação.

Como você sabe, eu tive um acidente um ano antes de Getting any?, no dia 2 de agosto de 2004. O meu filme anterior, Adrenalina máxima, apesar de ter recebido boas críticas nos países europeus e anglo-saxões, foi massacrado no Japão por alguns jornais e críticos influentes. A recepção desse filme foi violenta, o que me deixou magoado. Profundamente triste e perplexo, eu caí em depressão.

Vontade de acabar com tudo

Com o tempo, acho que eu também estava exausto, sobrecarregado de trabalho, irritado, desgastado por um excesso de projetos. Tinha a impressão de andar em círculo, de ser incapaz de me renovar. Eu reproduzia os mesmos esquemas criativos que já tinha usado no passado. Estava em busca de novidades, de ares novos. Eu buscava novidades nos outros, mas não encontrava nada. Pouco a pouco, cheguei a um ponto crítico. Um estado extremo. O resto acontece naquela noite em cima da minha vespa. O acidente, a queda...

Não tenho lembranças claras do meu acidente. Tudo aconteceu muito rápido. Só lembro que, na noite anterior ao acidente, eu estava em um izakaya[2] com os meus amigos. Aquele também foi um momento da minha vida em que eu era frequentemente perseguido pelos paparazzi. Logo, para despistá-los, eu nem pensava e ia para todos os lados de vespa. Naquela noite, eu tinha ido a um encontro às 3 horas da manhã e, logo em seguida, aconteceu o acidente. Eu me espatifei contra o guard rail. Fui encontrado tão desfigurado, o meu rosto estava tão machucado que, segundo o que me disseram, os médicos acabaram chegando à conclusão de que tudo tinha acontecido como se eu tivesse dirigido voluntariamente, desesperadamente, em direção à morte, como se tivesse acelerado sem nem sequer ter tentado brecar, como se tivesse dado um tiro na cabeça. Não tenho mais certeza, mas, um instante antes do choque fatal, eu devo, talvez,

---

2. Uma espécie de bar/boteco. (N. A.)

ter gritado "Go!", e acelerado. Tenho a impressão de não ter apertado direito o meu capacete coquinho. A minha cabeça acabou embutida no aço de Tóquio. Fui resgatado em um estado lastimável. Coberto de sangue. A cabeça em frangalhos. Com fraturas múltiplas. Eu estava totalmente desfigurado, uma metade do meu rosto ficou estraçalhada. O meu maxilar estava quebrado, e havia inúmeras fraturas cranianas. Um olho tinha sido atingido. O resultado não era nada agradável de ver. Eu estava tão machucado que os médicos da ambulância nem tinham me reconhecido!

Pouco tempo depois de ter sido transportado ao hospital, os médicos constataram que eu não corria mais risco de vida, apesar de estar em coma. Fui retirado da UTI. Mais tarde, os médicos queriam fazer uma operação no crânio, uma craniotomia, que acabou não sendo feita. Porque depois de eu ter acordado, eu simplesmente não quis que isso fosse feito. Achei que era muito perigoso fazer uma operação dessas. Os médicos achavam que o meu sistema nervoso ainda funcionava, mas eles queriam ter certeza para poder fazer a operação. Simples procedimentos, nada de grave. A rotina... Quando eu estava em coma, algumas pessoas, no Japão, estavam certas de que eu iria morrer. Mesmo os meus amigos mais chegados, eles achavam que eu estava acabado, que eu estava tão gravemente ferido que a minha convalescença seria dura demais, extremamente sofrida. Finalmente, eu me safei. Depois de dois dias em coma, acabei acordando.

Eu me lembro desse despertar... calmo. Eu abri os olhos. O teto era branco. Eu não sabia se estava sonhando. Durante um instante, achei que fosse noite e eu estava na casa de uma mulher, e que se eu virasse a cabeça iria ver o rosto dela. Mas ao meu lado não tinha ninguém.

Eu soube mais tarde que, quando cheguei à UTI do hospital, de madrugada, no bairro de Shinjuku, não tinha muita gente para cuidar do meu caso. Quando a equipe do hospital percebeu que o paciente ensanguentado e irreconhecível que eles tinham debaixo dos olhos deles era Takeshi Kitano, os cuidados foram dobrados. Não paravam mais de chegar médicos, cirurgiões e enfermeiros. Eu estava tão desfigurado que o meu rosto foi operado sem perda de tempo. Eu sou muito grato, hoje, a cada um dos membros da equipe médica que me dispensou esses primeiros socorros, mas não posso deixar de achar que, decididamente, alguma coisa não funciona direito nos nossos hospitais e no nosso sistema de saúde. Porque se eu não fosse Takeshi Kitano, mas sim um cidadão desconhecido que tivesse chegado nesse mesmo estado, eu não teria recebido, tão rapidamente, a mesma atenção, de uma qualidade que foi, realmente, muito profissional, exemplar. Perfeita.

Em um primeiro momento, depois que saí do coma, eu realmente estava mal. Eu não tinha mais nenhum controle sobre meu corpo. Eu não tinha forças para segurar na mão o que quer que fosse. Foi um verdadeiro calvário. Na cama, eu me sentia bem perto da morte. Eu realmente sentia que podia escapar. Mas, ao mesmo tempo, eu estava infeliz, eu não tinha certeza se ainda tinha vontade de viver. Demorou muito tempo antes que eu melhorasse. A melhora do meu estado de saúde foi lenta. No fundo de mim, eu não queria abandonar tudo. Eu fazia, então, tudo o que era necessário para voltar à tona. Os meus sócios e o meu amigo Masayuki Mori estavam bem preocupados. Eu não os reconhecia. Eu confundia os nomes deles. Isso durou muito tempo. Depois, eu me divertia fingindo que não os reconhecia. Quando esse tempo ruim terminou, a gente riu muito com isso também!

Eu sobrevivi, mas guardei várias sequelas desse acidente. Quando deixei o hospital, percebi que deveria aceitar a ideia de que o lado direito do meu rosto permaneceria para sempre semiparalisado, que eu deveria viver com esse novo rosto. Ao longo de algumas semanas, percebi que eu não era mais o mesmo. O acidente tinha causado uma reviravolta na minha vida, não apenas no lado físico: o lado mental também tinha sido muito abalado.

Eu via o meu corpo, frequentemente, como uma marionete. A marionete do Takeshi também tinha sofrido um acidente. O sofrimento físico eleva a alma, faz você se sentir nas alturas. As dores podem ser tão grandes que o espírito sai do corpo e flutua em outro mundo. Alguns dias, eu tinha a impressão de que alguma coisa estava desregulada em mim. Era como se eu estivesse duelando com o DNA do meu corpo. No entanto, apesar de estar exausto e esgotado pela provação, eu não queria mudar o curso das coisas. Eu achava que, se eu tivesse de morrer, seria porque o meu DNA teria decidido isso.

Entretanto, o meu cérebro funcionava muito bem, ele estava até bem ativo, mas eu estava terrivelmente ansioso. Eu queria enfrentar o mais rápido possível os desafios que estavam à minha espera. A ideia de que eu não seria mais aquele que eu era antigamente, antes do meu acidente, me deixava angustiado: um homem da televisão, do cinema... Isso era muito duro.

Profissionalmente, era outro pesadelo. A minha sociedade não podia mais funcionar normalmente sem receber dinheiro. Eu também não queria deixar que as pessoas pensassem ou dissessem que eu não servia mais para nada. O meu objetivo era, então, voltar ao melhor da minha forma. Eu não podia largar tudo dizendo: "A vida é assim... Esse acidente acabou com a minha carreira. Tchau para todo mundo...". Era simplesmente impossível.

Eu estava fazendo o levantamento geral das minhas numerosas besteiras, dos meus comportamentos insensatos ou suicidas, e eu tinha de assumir as consequências, em particular as críticas e a rejeição dos outros. Eu assumia. Mesmo depois do incidente com o tabloide *Friday*, eu voltei para os *sets* de televisão. Mas, dessa vez, depois do acidente, as coisas estavam bem diferentes. Eu queria começar a trabalhar de novo como se nada tivesse acontecido, ou quase nada. Mas, na realidade, eu ainda não estava pronto para voltar. Fisicamente, eu não podia. Eu tinha sobrevivido. Eu estava vivo e começava a viver de novo. Mas tudo tem o seu limite.

O que é que eu deveria fazer? Ser corajoso e esperar, me agarrar a alguma coisa para poder, cedo ou tarde, dirigir um novo filme e retomar o meu trabalho na televisão. Foi isso que aconteceu.

Uma parte da minha vida

Muitas vezes os meus amigos tentaram encontrar várias explicações para o meu acidente. Eu acho que não tem nenhuma. No máximo, foi um acidente disfarçado; talvez, na verdade, um suicídio frustrado. Eu simplesmente sobrevivi a ele, quando deveria ter morrido. Alguns amigos me dizem que, depois dessa experiência traumatizante, eu descobri outros mundos, saudáveis. Eles acham que a minha vida, de certa maneira, melhorou. Eu não acho. Eu não acho que a minha vida, hoje, melhorou. Muito pelo contrário! Desde então eu tenho uma cara bizarra... Quando me olho no espelho, eu até, às vezes, dou risada.

Depois desse maldito acidente, eu bebo menos. Mas eu lembro que, em plena fisioterapia, eu cheguei, algumas noites, a beber duas vezes mais do que antes do acidente. Às vezes, eu ficava com o meu fígado em frangalhos por causa da bebida, mas nem ligava, eu bebia sem parar. Eu dizia a mim mesmo: "Takeshi, não se preocupe, eu estou lhe matando pouco a pouco...". Eu estava péssimo fisicamente. O que afetava o meu estado psicológico. Eu acho que era também uma reação contra os meus amigos. Eu queria atrair a atenção deles, sem que eles tivessem piedade de mim. Eu queria mostrar para eles, provar para eles, que, no fundo de mim, eu continuava o mesmo. Mas é verdade que, depois do meu acidente, eu não tinha muita escolha, e tive de dar uma freada na bebida.

Eu tinha de, a partir desse momento, cuidar dos meus distúrbios físicos, que se tornaram parte da minha vida. Mesmo em relação ao cinema. O acidente mudou completamente a minha maneira de atuar. Eu tive de aprender e dominar novas expressões faciais e corporais. Além disso, eu manco um pouco porque tenho uma perna mais curta do que a outra.

Enfim, por causa da paralisia de metade do meu rosto, eu não consigo mais falar claramente. Eu não consigo mais pronunciar corretamente algumas sílabas, por exemplo, "*pa pi pu pe po*"³, ou algumas palavras. Mas assim é a vida. Eu aceitei tudo isso e, apesar de tudo, continuo a trabalhar.

De qualquer jeito, eu não cuido de mim pensando no trabalho. É o trabalho que me cura. Eu sempre ajo de maneira a nunca desistir de um trabalho. É o melhor jeito, na minha opinião, de organizar e equilibrar bem a minha vida. Foi assim que eu consegui manter um nível de atividade semelhante ao que eu tinha antes do acidente.

Esse acidente, talvez, até tenha mudado a minha existência de maneira, por se assim dizer, positiva. Um pouco como o Japão no final da guerra, em 1945. Tudo no chão, a única coisa que ele podia fazer era se levantar... Eu, certamente, dei uma freada na bebida depois do acidente. Eu parei de jogar golfe, como eu fazia de vez em quando. Mas, depois do período de reabilitação, eu comecei, por exemplo, a retomar ativamente o sapateado, não como um esporte de reeducação, mas, sobretudo, como um verdadeiro prazer. Se eu não tivesse me agarrado desse jeito ao sapateado, eu, sem dúvida nenhuma, nunca teria tido vontade de dirigir *Zatoichi*. O sapateado me guiou, assim, na direção certa e me ajudou a manter a forma, ao mesmo tempo como ator e diretor.

E, de qualquer forma, eu gosto de trabalhar. Eu odiaria perder o meu tempo relaxando em uma praia, bebendo, jogando golfe e, finalmente, ficar sem fazer nada, no Havaí, por exemplo. É o tipo de coisa que me deixa muito nervoso e que me irrita profundamente. Eu preciso de resultados concretos, tanto quanto de rapidez e eficiência, no que eu faço.

*

* *

---

3. A ordem normal da pronúncia em japonês é "a-i-u-e-o", e não "a-e-i-o-u", como em português. (N. T.)

9. Redenção e fogos de artifício

Além de ser uma homenagem ao boxe, o filme De volta às aulas é também a obra de retorno depois do acidente de vespa. O cineasta filma as dúvidas da adolescência e os problemas inerentes à juventude japonesa dos bairros populares. O cineasta conta a história de Shinji e de Masaru, dois camaradas de classe que se encontram em uma situação de fracasso escolar e preferem matar aulas. Sutilmente, Kitano se apega às diferenças entre esses dois amigos perdidos, mas, na realidade, tudo os separa. Masaru é um fanfarrão, autoritário e briguento, enquanto Shinji é muito reservado. Depois de uma briga com um aluno do colégio, que o derruba, Masaru decide se vingar e se inscreve em um clube de boxe. Shinji o acompanha e, por ironia do acaso, se mostra mais apto ao mundo do ringue, a ponto de começar uma carreira profissional. Já Masaru acaba entrando em uma gangue yakuza. Os dois antigos amigos irão festejar mais tarde seu reencontro. O filme foi aclamado na Quinzena dos Diretores do Festival de Cannes.

De volta às aulas
[Kizzu ritan / Kids return]
1996

De volta às aulas é o tipo de filme, de experiência, que a gente não esquece. Quando eu o dirigi, foi como se eu estivesse dentro de uma máquina do tempo. Depois do meu acidente seguido pela imobilização, De volta às aulas foi o filme da minha readaptação à sociedade.

Pausa, reminiscências, longo sorriso evocador...

Antes de *De volta às aulas*, eu tinha terminado *Getting any?*, comédia absolutamente doida, feita antes do meu acidente, mas que entrou em cartaz depois do meu restabelecimento. Esse filme foi recebido de maneira devastadora, o que foi muito duro de engolir. *De volta às aulas* simbolizou o fim desse período difícil. Eu tinha conseguido fazer esse filme, apesar de alguns acharem que eu estava acabado, que eu nunca mais poderia voltar para a televisão, e ainda menos para o cinema. Essa era a minha revanche.

Nesse filme, se fala muito, eu acho, da vida e do amor. O meu produtor, Mori-san, queria que eu escrevesse o roteiro sozinho, quase como se escreve um livro. Ele preferia que eu não aparecesse no filme e que apenas o dirigisse. Era o segundo filme, depois de *O mar mais silencioso daquele verão*, em que eu não atuo, mas o primeiro em que apliquei o que se pode chamar de "a teoria", métodos de direção mais ortodoxos – eu não diria profissionais porque não gosto muito dessa palavra. Eu tenho certo medo, timidez, diante da ideia de ser ou de tentar ser "profissional". Até aquele momento, nos *sets*, eu acho que só fazia o que me dava na telha. Eu nunca tinha estudado seriamente o cinema. Eu driblava com as minhas intuições. Aplicava as minhas próprias teorias. Eu já tinha visto vários filmes. Não muitos, na verdade, mas eu achava que me bastava.

Eu tenho uma visão muito ingênua da arte cinematográfica. O meu filme anterior, *Getting any?*, era sem dúvida um fracasso, provavelmente muito ruim aos olhos de alguns cinéfilos. Eu reconheço, não é uma maravilha de filme. Aliás, quando eu o estava filmando, eu me lembro das divergências, no *set*, com a equipe de filmagem. Os técnicos não estavam ao meu lado. Eles seguiam as minhas instruções, mas não dividiam as minhas emoções, nem todas as minhas escolhas. Não havia uma unanimidade em torno do humor fora do normal desse filme de dois gumes. Eu percebia, e isso me aborrecia. Eu me sentia sozinho, mas também não podia mais parar. Eu pisei fundo, fui em frente, para quebrar a cara. Um pouco como em cima da minha vespa, quando voei para cima do *guard rail*. Eu me enganei redondamente.

De volta às aulas foi, então, o filme da salvação, da redenção. Eu queria fazer um filme simples, que marcasse um novo começo. A meta era que ele fosse divertido, atingindo, ao mesmo tempo, certo nível artístico, a fim de, se possível, agradar à crítica internacional. Aposta ganha, porque *De volta às aulas* foi o meu segundo filme, depois de *Adrenalina máxima*, a ser apresentado no Festival de Cannes. Ele também teve, em seguida, uma boa distribuição em vários países e foi calorosamente recebido. Eu tenho um grande carinho por esse filme.

Depois do meu acidente, percebi que não poderia mais me comportar como o comediante que eu era antes. Eu tinha vergonha. Era tarde demais, logicamente, e eu não era mais tão novo. Decidi então me impor novos objetivos, uma nova direção a seguir. Tentei voltar para o piano, para o sapateado, para os estudos. Fisicamente, eu não era mais o mesmo, mas não podia mais ficar lá onde estava antes do acidente. Eu precisava reagir. Eu também tinha de ganhar a minha vida. E foi exatamente isso que fiz.

Enquanto eu fazia o *De volta às aulas*, já estava de volta aos *sets* da televisão. Mas eu me perguntava se a minha hora já não tinha passado nos estúdios dos grandes canais por causa da queda da audiência dos meus programas. Essa situação durou até o começo das filmagens de *Hana-bi – Fogos de artifício*, filme que é um condensado das minhas crises anteriores e dos meus problemas pessoais.

Hana-bi – Fogos de artifício
[*Hana-bi*]
1997

> Hana: *flor*. Bi: *fogo*. Hana-bi: *fogo de artifício*. *O amor e a morte*. Hana-bi *é certamente o grande filme da obra de Kitano, um golpe de mestre, um filme cult, o mais denso e o mais concludente. Não há necessidade de debater com Takeshi Kitano sobre a pertinência ou não da eutanásia. Em* Hana-bi, *o inspetor de polícia Yoshitaka Nishi mata sua mulher Miyuki (brilhantemente interpretada por Kayoko Kishimoto), condenada por uma doença incurável. Ele a abraça carinhosamente antes de matá-la. Além dessa história de amor pungente, entre as inserções e os planos fixos dos quadros de Kitano – representações de flores murchas e de fogos de artifício –, o filme conta a descida ao inferno desse detetive mal--humorado, reservado, calmo, e sua luta mortal contra os gangsteres. Traumatizado pela doença de sua mulher, chocado pela paralisia repentina de seu colega Horibe (brilhantemente interpretado pelo ator Ren Ohsugi, um companheiro fiel do cineasta), ferido durante o tiroteio com um criminoso fugitivo, Nishi abandona a polícia para fazer justiça a seu modo... Esse filme evoca o* yakuza eiga (*filme de yakuza*), *gênero subversivo que apareceu nos anos 1950, mas sem ser um, porque Kitano elaborou seu próprio gênero. Apresentado em muitos festivais internacionais, como o de Nova York e de Busan,* Hana-bi *ganha inúmeros prêmios. Kitano recebe no dia*

6 de setembro de 1997, no fechamento da 54ª Mostra de Veneza, o Leão de Ouro por esse filme, em que aparecem certos estigmas do acidente que acontecera três anos antes. Hana-bi também recebeu o prêmio da crítica da 21ª Mostra Internacional de Cinema de São Paulo. O entusiasmo da crítica era unânime, ao qual se adicionaria rapidamente o de inúmeros diretores internacionais. A música de Joe Hisaishi, magistral, fascina e acompanha cada cena do começo ao fim, ainda mais porque o diretor multiplicou os planos aéreos e os travellings laterais. Nunca, até então, Kitano tinha dirigido um longa-metragem tão profundo, sofisticado e poético. Obra figurativa, Hana-bi será um triunfo, tanto no Japão quanto no exterior.

Em *Hana-bi*, a violência é o símbolo da morte. De uma morte ainda mais surpreendente, porque não é esperada. Normalmente, nas histórias em que o herói é um *yakuza*, se sabe, ou se pode imaginar mais ou menos, o que vai acontecer. A morte parece quase racional. Em *Hana-bi*, eu acho, ao contrário, que a morte chega sem avisar. As frases são, propositalmente, supercurtas. Os personagens se recusam a dizer certas palavras. A emoção nasce quase do nada. Foi uma sensação maravilhosa ver esse filme triunfar por vários cantos do mundo. Eu fiquei muito emocionado por ele ter recebido um Leão de Ouro na Mostra de Veneza.

O mar, ainda...

No final, o filme acaba mais uma vez na praia. Como em *Adrenalina máxima*... Eu gosto de filmar os personagens na frente do oceano. Eu fico emocionado com essa imagem. Dizem que isso se tornou um hábito, uma marca registrada. A crítica chegou até a escrever que não é possível existir um filme de Kitano sem ver o mar. Muitas vezes, eu disse que um dos meus sonhos seria o de filmar o mar como um surdo o vê. Como é que ele percebe o mar? Eu acho que as pessoas que sofrem de alguma deficiência sensorial percebem o mundo e as pessoas de outra maneira. Elas sempre me interessaram muito porque sentem as coisas ao nosso redor segundo modalidades que nos são desconhecidas.

O Leão de Ouro recebido por *Hana-bi* mudou muitas coisas. Começaram, então, a me considerar um grande cineasta. Também, antes do meu acidente, parece que eu tinha tendências mais ou menos suicidas. Nos meus filmes anteriores, como *Adrenalina máxima*, o tema da morte era uma obsessão.

E, no entanto, eu evitava qualquer cara a cara com a ideia da morte. Em *Hana-bi*, ao contrário, tento aceitar essa fatalidade. Antes do meu acidente, eu era um homem encurralado, tanto na minha vida privada quanto no trabalho. Esse filme me ajudou a encarar e a encontrar os meios de dominar as minhas angústias.

Até então, eu lutava contra tudo o que eu tinha feito. Eu tinha certeza de que, no fundo de mim, alguma coisa estava quebrada. Tentava não ver isso até o meu acidente, dois meses depois de ter terminado de dirigir e montar o *Getting any?*, que teria sido o meu último filme se eu tivesse dado o meu último suspiro.

Com o tempo, fiquei contente em constatar como *Hana-bi* me trouxe de volta ao mundo. As filmagens desse filme foram ótimas. Eu estava consciente de que, com esse longa-metragem, eu tinha a chance de recomeçar, e que eu tinha de agarrá-la. Foi então que eu soube que *Hana-bi* tinha acabado de ser indicado para a Mostra de Veneza! Era uma chance formidável, uma bela oportunidade. Logicamente, a decisão de ir apresentar o filme foi tomada. Eu achava que, se *Hana-bi* fosse bem recebido no exterior, eu poderia me tornar popular de novo no Japão. E foi mais ou menos isso que aconteceu.

Em primeiro lugar, estas palavras e manchetes estavam estampadas nos jornais no dia seguinte da pré-estreia à imprensa: "O choque Takeshi", "A surpresa Hana-bi". Eu tinha achado que, com essa recepção favorável e esses elogios, um prêmio, um reconhecimento, seria, talvez, possível. Mas, em nenhum momento, eu tinha imaginado o prêmio supremo, o Leão de Ouro. O máximo que eu esperava era um prêmio de direção, de melhor ator, ou sei lá o quê... E olhe lá. Na verdade, eu também não estava totalmente satisfeito com a minha interpretação. Então, quando entendi, ao lado daqueles que me acompanhavam, que *Hana-bi* tinha ganhado o Leão de Ouro, fiquei sem voz. Nem eu, nem nenhum membro da minha equipe, diga-se de passagem, havia entendido que a gente tinha acabado de ganhar o Leão de Ouro! Quando finalmente a gente entendeu que *Hana-bi* tinha, realmente, acabado de receber o prêmio, a gente não acreditava. Eu estava profundamente emocionado. Os aplausos foram intermináveis, mesmo durante a coletiva de imprensa que aconteceu depois do lançamento oficial. Foram momentos realmente formidáveis.

E, como eu esperava, depois de ter recebido o Leão de Ouro em Veneza, a audiência dos meus programas no Japão aumentou. Algumas semanas depois, ela era de novo excelente. Nos bastidores da televisão, a atitude dos profissionais em relação a mim mudou completamente. Antes das gravações, os responsáveis vinham frequentemente me cumprimentar e me trazer um chá em um camarim especial que me era destinado.

Verão feliz
[Kikujiro no natsu / O verão de Kikujiro]
1999

Em *Verão feliz*, indicado para o Festival de Cannes, Takeshi Kitano revisita sua infância. Esse filme simples conta a história de Masao, um menino cuja mãe desapareceu – ela foi embora refazer sua vida em outro lugar – e por quem Kikujiro (nome do pai de Takeshi Kitano), um yakuza dos bairros pobres de Tóquio, acaba se afeiçoando. Ele protege Masao e resolve acompanhá-lo na busca por sua mãe. O mafioso acaba por entrar na linha graças ao pequeno menino. Durante a viagem, ambos cruzam com indivíduos estranhos. Usando uma calça larga e uma camisa havaiana, Kitano se supera nesse papel de grande tímido. Sua atitude afável o torna rapidamente simpático, quase comovente. Toda a fragilidade de Takeshi Kitano – uma sensibilidade sempre à flor da pele – transparece na tela.

É verdade que o que mostro nos meus filmes é, frequentemente, inspirado em coisas que eu vivi, nas minhas experiências. Eu não digo que não existam laços de causa e efeito entre a trama de *Verão feliz*, filme em que, a princípio, não falta ternura, e a minha infância. Muito pelo contrário. Esse filme, eu acho, é uma homenagem ao meu pai, que era um homem cheio de defeitos. O meu pai se chamava Kikujiro, como no filme. Ele não era extrovertido, e sim de uma timidez muito mal controlada. O meu pai não sabia falar com os filhos dele. Nem com ninguém, diga-se de passagem. Ele nunca soube falar comigo nem encontrar um meio para ganhar o meu afeto. Ele morreu quando eu ainda era novo, e a minha mãe, em seguida, nunca quis falar a respeito dele comigo. A figura do meu pai é dominante nesse filme.

O personagem principal é um homem de uns cinquenta anos que se recusa a admitir a sua decadência. Ele se questiona muito. É alguém sentimentalmente bem desajeitado. Ele nunca sabe o que dizer a esse menino de sete anos, Masao, que, durante as férias de verão, aterrissa na vida dele sem nenhum aviso. Eu queria que *Verão feliz* fosse um *road movie*, a pé, porque quando se anda passo a passo, o tempo passa diferentemente. Na verdade, é um filme bem simples.

Alguns críticos viram nele uma nova história em que o herói é um *yakuza*, porque Kikujiro é um *yakuza*, apesar de estar aposentado; mas não é nada disso!

A violência era desnecessária nesse filme, que conta certos aspectos cruéis do dia a dia. *Verão feliz* também mostra que a realidade comporta uma parte de magia quando se sabe o que fazer com ela e quando se dá a ela um mínimo de atenção. É um filme que pode ser divertido por causa da repetição de algumas *gags* e de situações insólitas, mas ele também fala da dor, das dores, morais, que todos nós conhecemos.

Eu acho que *Verão feliz* se parece com um álbum de fotos. É possível apreciá-lo como um álbum de fotos, virando as páginas. E ele também é, na minha opinião, uma obra cheia de ternura, transportada pela cumplicidade entre o menino e o gângster – alguns disseram ou escreveram "entre o velho homem e a criança", como em um filme francês... O filme se diferencia das outras histórias que eu tinha feito até então. Pela primeira vez, eu tenho a impressão de que esse filme tende mais para o lado da vida do que da morte. A criança simboliza a esperança, o futuro, um mundo melhor. Eu acho que eu quis homenagear, com esse filme, a ideia que eu tenho da humanidade. Os dois heróis não foram amados, suficientemente, pelas suas mães. Eles ainda sofrem com esse fato. A partir disso, como é que eles podem respeitar o outro?

Um crítico comparou *Verão feliz* a um "jardim japonês". Eu não sei se a imagem é exata, mas é uma comparação bem original. Na verdade, a origem do filme é diversa: uma parte de comédia, outra de questionamento sobre a infância, outra de reflexões sobre a relação com os pais, a adoração que se pode sentir pela sua mãe, o destino de um herói desiludido que tem o nome do meu pai. Esse filme também tem um lado lúdico. Inclusive, o meu antigo camarada Beat Kiyoshi e alguns *Gundan* aparecem no filme.

Depois do sucesso de *Hana-bi*, eu queria fazer um cinema mais ambíguo, tentando me livrar dos filmes muito *cool* ou muito violentos. Eu acho que *Verão feliz* surpreendeu muitos japoneses que não acreditavam que eu fosse capaz de fazer um filme sobre a infância, quase meigo. Também era um teste, do ponto de vista comercial. Será que os estrangeiros iriam entender e gostar desse filme? Isso aconteceu principalmente no Festival de Cannes e, em seguida, na França, pelo que me disseram. *Verão feliz* caiu nas graças, ao mesmo tempo, dos críticos e do público.

Em todo caso, foi um filme no qual eu apostei muito, trabalhei muito e passei muito tempo. Quando o filme foi indicado para o Festival de Cannes em 1999, Cronenberg era o presidente do júri. David Lynch tinha gostado muito dele, pelo que me disseram. Alguns críticos achavam que *Verão feliz* poderia receber o grande prêmio. Mas tudo ficou na esperança.

Brother – A máfia japonesa yakuza em Los Angeles
[Brother]
2001

Apesar de ter sido massacrado pela crítica no Japão, o sanguinolento e perturbador Brother, projeto de orçamento japonês, britânico e americano, no qual, entre outras imagens chocantes, um mafioso elimina brutalmente um oponente enfiando de uma só vez, pelas narinas, um par de pauzinhos no cérebro, marca uma mudança. Kitano domina a história. As cenas de assassinatos, à maneira de Tarantino – recordemos o acerto de contas de Cães de aluguel –, mal parecem coreografadas. Filme de réplicas violentas, Brother foi filmado nos Estados Unidos. Na Califórnia, Kitano e seus assistentes japoneses tinham de sair do casulo nipônico. A filmagem é rude; a experiência, desgastante. Kitano interpreta, no filme, Yamamoto, um yakuza implacável e teimoso, um pouco taciturno, o rosto marcado, traços tensos, de uma frieza glacial, sem medo nem piedade, que vai se refugiar em Los Angeles enquanto a guerra entre gangues corre solta no Japão. Reencontra seu meio-irmão, Ken, que se tornou traficante depois de ter largado os estudos, e se torna amigo de um bando de gângsteres locais, depois de ter espancado e, ao mesmo tempo, deixado uma cicatriz em um negro conhecedor do código de honra dos yakuza. Sob as palmeiras, Yamamoto volta à vida criminosa. Pessoas sensíveis devem evitar esse filme.

Brother é uma longa história! O filme é a adaptação de uma história que eu tinha imaginado e escrito em 1995, e que precisava ser filmada nos Estados Unidos. E foi essa trama que levou toda a equipe até lá, e não uma vontade pessoal.

A ideia e a oportunidade de dirigir Brother apareceram durante a pré--produção de Verão feliz.

O mais complicado, eu acho, com relação a esse filme, além da filmagem nos Estados Unidos, foi a montagem. O roteiro original correspondia a um longa-metragem de mais ou menos três horas, mas, na montagem, Brother foi reduzido a duas horas. O filme não poderia ter sido feito sem o apoio determinante do produtor britânico Jeremy Thomas, uma pessoa por quem eu tenho muito apreço. Thomas é um cinéfilo maravilhoso, um grande produtor, que caiu no caldeirão do cinema ainda criança – ele nasceu em uma família de cineastas; o seu pai e o seu tio eram diretores. Eu o conhecia ainda mais porque foi ele que produziu *Furyo*, em 1983. Ele teve grandes sucessos em seguida, com obras de David Cronenberg, Nicolas Roeg ou Stephen Freas, ou com o triunfo de *O último imperador* [*The last emperor*, 1987], de Bertolucci. Eu o reencontrei no Festival do Filme de Londres, onde *Hana-bi* foi apresentado, e ele me disse que tinha gostado muito e tinha ficado emocionado com *Hana--bi*. Não parava de elogiar. Ele me disse que tinha "adorado" o filme. Desde então, a gente mantém contato. Ele queria muito participar do projeto de *Brother*. Mas, nesse meio-tempo, eu tinha um empecilho – precisava, impreterivelmente, terminar as filmagens do *Verão feliz*. Assim, o projeto *Brother* foi momentaneamente suspenso.

Eu realmente criei um papel sob medida para mim na pele de Aniki Yamamoto, um *yakuza* que acerta as suas contas na base dos tiros e não gosta de falar muito. Essa secura dos diálogos, desejada para uma direção eficaz, simplificou ainda mais meu trabalho. Decorar o texto inteiro foi ainda mais fácil. Eu odeio quando os diálogos são longos demais porque, se eu tiver de falar demais, corro um risco maior de passar por um péssimo ator...

Eu declarei algumas vezes que ter filmado esse filme "gângster" nos Estados Unidos tinha sido um erro. Na verdade, era a minha maneira de criticar a indústria do cinema americano, que tenta impor as suas regras aos cineastas estrangeiros, quando eles vão fazer um filme no país. Trabalhar em Hollywood, quando se é asiático, não é fácil, e eu não falo apenas de *Brother*: ainda é possível notar, frequentemente, uma espécie de ostracismo furtivo, de segregação disfarçada. Não acho que seja um racismo habitual, mas, talvez, mais uma forma de paternalismo. Nos *sets*, o *cameraman* e os seus assistentes asiáticos nem sempre têm a liberdade de ação. Eles também não têm, muito menos, liberdade durante a montagem. Não se tem uma confiança total neles. Eu tenho a impressão de que isso não é sistemático, mas bem frequente.

Dessa maneira, quando vieram me convidar para dirigir *Brother* em Los Angeles, eu chutei o pau da barraca. Eu disse: "Se vocês quiserem que eu dirija o meu filme nos Estados Unidos, eu vou fazer algumas exigências, eu quero ter todos os direitos, senão, não contem comigo, eu não vou me obrigar a fazer isso, eu não vou filmar esse filme na Califórnia". Não se pode deixar de dizer que eu tinha o apoio de Jeremy Thomas – um inglês! –, e, finalmente, em Hollywood, os nossos interlocutores cederam e aceitaram quase todas as nossas exigências: que os meus principais chefes técnicos me acompanhassem, que eu tivesse o poder de decisão com relação ao elenco, que eu tivesse o controle de direito de montagem e que o roteiro não fosse modificado. Eu assinei os papéis das exigências, e consegui obter, mais ou menos, todos os direitos que eu queria, ou seja, uma liberdade total de ação e de decisão. Posso garantir que, de maneira geral, as coisas não são tão fáceis assim. Apesar de tudo, tive de fazer concessões. Eu aceitei que a filmagem não fosse feita na ordem cronológica, ao contrário do meu costume, e também diminuir o filme. Ao meu lado, eu tinha, no entanto, bons atores, como Omar Epps e Claude Maki, boas atrizes, produtores dos sonhos, mas as condições ideais não estavam reunidas. A filmagem, que reunia duas equipes, japonesa e americana, foi muito difícil. A equipe americana trabalhava tanto...

> "Durante a filmagem, Kitano estava muito calmo, muito concentrado", recorda-se uma atriz do filme, que encontrei em Tóquio no final de 2008. "Ele filmava relativamente rápido. Fazia não mais do que uma ou duas tomadas. Ele também não prestava a mínima atenção ao roteiro. Antes de irmos aos Estados Unidos, eu tinha sido escolhida durante uma audição, em setembro de 1999. Takeshi Kitano estava muito triste naquele dia. Na verdade, ele tinha acabado de perder a sua mãe. Durante a audição, havia muita gente, e eu tinha escolhido interpretar uma comédia, talvez para lhe fazer esquecer da tristeza durante um tempo. Eu consegui fazer com que ele risse brevemente. Talvez seja por isso que consegui o papel."

Aconteceram ótimos momentos e episódios engraçados durante essa filmagem. Eu nunca me esquecerei de um dia em que, enquanto a gente gravava uma cena de rua com um jovem ator latino-americano que interpretava brilhantemente um gângster, eu virei para ele e perguntei algumas coisas. Ele me explicou que ele conseguia, de vez em quando, alguns papéis secundários nos filmes ou telefilmes locais. Então eu perguntei o que ele fazia quando não atuava. E ele me respondeu assim: "Sou gângster nesse meio-tempo!". Não era piada. O nosso segundo papel pertencia ao meio...

Dolls
[Dolls]
2002

> Com o surpreendente e emocionante Dolls, Takeshi Kitano se coloca pela primeira vez como cineasta rigoroso e moralista. Não há nem humor

nem violência nesse longa-metragem – o que é, no mínimo, arriscado –, que foi filmado como um conjunto de telas de pintura. A recepção durante a projeção na Mostra de Veneza foi glacial: a crítica e os participantes do festival, acostumados às histórias dos yakuza nipônicos, foram surpreendidos pela atmosfera desse filme, evidentemente o mais delicado e o mais feminino do cineasta. Minuciosamente dirigido, Dolls conta três histórias de amor pungentes, misturando heroínas corroídas pela dor e pela melancolia, e jovens anti-heróis torturados pelo remorso.

A ideia era muito particular em Dolls, filme do qual eu gosto particularmente, que tem uma atmosfera estranha, pouco habitual nos meus filmes. Bem no começo do projeto, eu queria ilustrar no cinema como poderiam realmente parecer as relações entre os seres humanos, quando estes perderam o sentido do amor, do respeito, da fraternidade. Eu tenho a impressão, na verdade, de que, atualmente, as pessoas não sabem mais se comunicar corretamente. Por causa das pressões diversas, de um estresse que parece quase natural, dos pequenos choques múltiplos do dia a dia, as pessoas perdem o fio entre si. Elas se comunicam pessimamente.

Eu também me inspirei, para realizar esse longa-metragem composto de três histórias, no teatro de marionetes bunraku. Principalmente nas peças do pai dessa arte tradicional, o dramaturgo Chikamatsu, que também trabalhou com o teatro kabuki e cujas peças, chamadas de sewa mono, formam o âmago do repertório do bunraku. As obras de Chikamatsu falam muito do humanismo, das emoções, dos amores feridos, dos suicídios passionais... À primeira vista, quando se assiste a uma peça pela primeira vez, o bunraku pode parecer bastante simples. Mas é uma arte extremamente elaborada, sutil, muito bonita. Como a caligrafia, é uma arte da sugestão, que revela com fineza as relações entre os indivíduos.

Três artistas são indispensáveis para manipular uma marionete bunraku. Um aprendiz é responsável pelos movimentos dos pés, e um segundo manipula o braço esquerdo da marionete com a sua mão direita. Já o marionetista principal comanda o resto, a cabeça e o braço direito, e deve ter, pelo menos, de vinte a trinta anos de experiência para chegar a esse posto.

Apesar de o público poder vê-los, os três se vestem de preto para que sejam vistos o mínimo possível. A delicadeza, a agilidade e a minúcia deles são extraordinárias. Eles devem ser extremamente flexíveis para poder se movimentar, durante um longo tempo, com as pernas semiflexionadas.

Eles usam dois tipos de gestos, às vezes mais realistas, outras vezes mais estilizados, segundo a emoção desejada. Nessa arte, há também um recitante, que canta, e um músico, que o acompanha. Trata-se de um gênero muito sofisticado, que apareceu na região de Kyoto e de Osaka no século XVIII.

Quando eu estava elaborando *Dolls*, tinha como ideia transpor na tela as relações mais belas, mais delicadas e refinadas – como as criadas por Chikamatsu –, em vez das relações, bastante deploráveis, da nossa época contemporânea. Bem no começo, eu dizia a mim mesmo que *Dolls* poderia ser uma história de seres humanos contada pelas marionetes *bunraku*. Um filme no qual os personagens não falariam. Eu até pensei em me contentar com legendas, um pouco como nos filmes mudos de antigamente. Mas abandonei essa ideia. Em seguida, imaginei que as marionetes do *bunraku* seriam os personagens principais do filme, e que elas se misturariam aos humanos. Eu tive de desistir. *Dolls* de fato não é o filme que eu tinha em mente no começo. Ele não tem a dimensão teatral que eu tinha imaginado bem no começo, em particular na descrição dos amores impossíveis, infelizes, que levam ao duplo suicídio. No entanto, a ideia inicial aparece no filme no momento das transições das estações.

A maneira pela qual *Dolls* foi concebido foi francamente confusa. Eu quis, em primeiro lugar, mudar radicalmente de registro e fazer um filme sobre a paixão amorosa, e não mais sobre as gangues. Sem violência nem hemoglobina, e, portanto, sem *yakuza* – o único que aparece no filme, o chefe do clã, é um homem idoso, amargo, pensativo, solitário, cheio de remorso... Eu queria um filme que contasse histórias simples de homens e mulheres. Desde o começo, imaginei um casal de mendigos inseparável, errando juntos, unidos por um laço amoroso indestrutível. Eu pensava em uma história que aconteceria ao longo das quatro estações, e com uma fotografia feita de cores vivas, mostradas sob várias perspectivas, que constituiria o cenário evolutivo.

Entretanto, rapidamente, à medida que o roteiro tomava corpo, eu percebi que a história era capenga. Eu dizia a mim mesmo que, talvez, a história fosse simples demais. Eu não sentia mais a história acontecer como previsto. Eu achava que não poderia fazer com que a história dos meus dois personagens durasse o filme inteiro. Foi assim que me veio a ideia de colocar mais duas intrigas que se relacionassem com a primeira história. Eu queria que uma progressão entre as três histórias fosse percebida.

Nesse momento, aconteceu uma coisa absolutamente inesperada. Uma reviravolta! O meu amigo Yohji Yamamoto, o famoso costureiro, com quem eu estava feliz em trabalhar de novo – ele já tinha sido responsável pelo figurino de *Brother* –, aceitou criar o figurino de *Dolls*.

Mas o figurino criado por Yohji Yamamoto não correspondia, de maneira nenhuma, à história. Quando ele apareceu com o figurino, posso garantir que a situação foi, no mínimo, cômica. Tudo o que ele tinha criado era muito bonito, logicamente, até mesmo sublime. Mas não era o que os mendigos costumam usar! Eu o lembrei, então, de que essas roupas deveriam ser usadas no cinema por um homem e uma mulher sem-teto. Eu até imaginava e entendia que Yamamoto tivesse feito isso de propósito. A situação era especial porque eu sabia que ele estava atolado de trabalho. Ele estava preparando, ao mesmo tempo, os desfiles e a apresentação da sua última coleção em Paris. Você deve conseguir imaginar o cronograma dele. Conhecendo Yamamoto, ele deveria ter passado noites e noites em branco para me agradar e terminar bem esse trabalho. É óbvio que eu não iria mandá-lo pastar e lhe pedir, gentilmente, caso não fosse atrapalhar muito, que começasse tudo de novo. Isso não impediu que essas roupas resplandecentes, de cores superalegres, causassem certo mal-estar na equipe de filmagem e de produção. O que é que a gente poderia fazer? Todos ficamos atordoados, completamente abobalhados.

Foi na hora de agradecer Yohji Yamamoto que eu encontrei a solução. Era necessário mudar o roteiro, reforçando, dessa vez, o lado teatral e figurativo da trama. Eu decidi, então, mudar totalmente a história, para dirigir seres humanos manipulados, exatamente como no teatro *bunraku*. Na verdade, graças ao figurino de Yamamoto, eu poderia voltar à minha ideia inicial, ao teatro de marionetes. Foi como se ele tivesse feito, sozinho, a metade do filme! O figurino influenciou consideravelmente a direção.

A direção desse filme seria uma nova experiência em todos os pontos de vista. Pela primeira vez, eu montava um projeto no cinema no qual os motivos vinham do teatro tradicional. Uma das minhas preocupações, enquanto eu dirigia, era que o trabalho dinâmico da câmera evocasse a arte das obras-primas do antigo Japão.

Do mesmo modo, para ilustrar uma peça, O *mensageiro do inferno*[1], citada no começo do filme, eu utilizei quatro quadros meus que tinha terminado algum tempo antes como referências e elementos do roteiro. Enfim, seria demais chamá-lo de roteiro, porque eu não uso, obrigatoriamente, *storyboard* quando trabalho. Eu trabalho, principalmente, oralmente, vivenciando, e dependo do trabalho coletivo. Antes de *Dolls* – com exceção, talvez, de *Hana-bi* –, eu nunca tinha usado quadros para "escrever" uma trama, e imaginar as etapas de um filme montado como uma peça de teatro.

Especialmente durante as filmagens desse filme, eu pedia, o tempo todo, para os meus atores e atrizes que eles, sobretudo, "não interpretassem", apesar de eles estarem lá para isso. Eles estavam um pouco desconcertados. Imagine a reação de um comediante a quem você diz que ele deve ser o mais inexistente possível e, principalmente, não interpretar mais, enquanto ele se encontra em

---

1. *Meido no hikyaku* (1711) é uma peça de teatro *bunraku*, cujo tema é o amor suicida, escrita por Chikamatsu. (N. T.)

um set de cinema e a câmera continua a filmar. Quando a gente estava filmando, eu insistia, eu repetia para que eles abandonassem, na medida do possível, o reflexo, o conhecimento, o instinto de interpretação deles. Eu queria que eles aparecessem na tela como "marionetes de bunraku". Para muitos, isso não foi fácil. Aquilo também era uma novidade para mim porque eu trabalhava com uma grande quantidade de intérpretes que eu não conhecia.

Nos meus filmes anteriores, não havia muitas cores, e sim, principalmente, uma repetição de universos monótonos, ou até mesmo monocromáticos. A expressão "Kitano-blue" colava na maior parte dos meus filmes. Mas eu quis causar uma ruptura. Eu quis utilizar cores, e filmar, particularmente, as quatro estações. Esse desejo de ter vivas, brilhantes na tela, cores verdadeiras e belas, foi uma das motivações do projeto. Quando as filmagens começaram, a sorte estava ao nosso lado. O outono era precoce. As folhas dos bordos, de um vermelho vivo, brilhante, chegaram mais cedo do que o previsto. Foi uma sorte incrível. De qualquer modo, a gente tinha a intenção de esperar a hora da eclosão do outono e da primavera. Porque em Dolls tudo gira, em primeiro lugar, em torno do efêmero. E era esse lado efêmero da natureza e das estações no Japão que me interessava. A pintura também me ajudou muito.

As cores às vezes muito sofisticadas de Dolls, principalmente as derivadas do vermelho – que, supostamente, exprimem a paixão –, estão concentradas em um momento particular do filme, para acentuar uma evolução dramática nos sentimentos passionais do casal encordoado. Casal cujo amor não conseguimos entender, que quase nos assusta. Esse vermelho me marcou. Eu gostei muito de filmar no meio desse festival de cores naturais. Por essa razão, sinto pena do abandono, do desaparecimento gradual, no nosso Japão contemporâneo concentrado nos "negócios", das cores vivas e naturais, do declínio do belo. A identidade cultural dos japoneses está desaparecendo debaixo dos olhos deles.

Durante as filmagens, eu me perguntava como é que as cores apareceriam na tela. Quando vi os copiões das cenas do outono, me senti realizado. A fotografia era muito bela. O figurino de Yamamoto-san, as cerejeiras floridas da primavera e as folhas vermelhas e amarelas do outono estavam em harmonia.

Eu sabia que esse filme não seria um sucesso de bilheteria. Mas eu assumia isso. Eu sempre quis fazer uma obra desse gênero. Dolls é, para mim, uma peça de bunraku filmada, como eu sonhava. Disseram que, com Dolls, eu tinha ganhado muito em qualidade, que o meu cinema tinha subido um patamar. Mas eu não consigo aceitar esse elogio. A própria ideia de aceitá-lo me deixa mergulhado em um oceano de constrangimento. Mais ou menos como quando você vai ao soapland pela primeira vez.

No Japão, os "soaplands" são salões de massagem, com sabão, onde homens vão fazer um esfrega-esfrega com uma acompanhante. No arquipélago, eles foram chamados durante muito tempo de "banhos turcos", mas depois de protestos oficiais da Turquia, o nome em inglês se generalizou.

A meu ver - eu já disse várias vezes -, Dolls, apesar das aparências, é um filme violento, que reflete as angústias sociais. Ele fala dessas pessoas, desses homens, dessas mulheres, principalmente jovens, que não têm a mínima vontade de lutar para atingir os objetivos sublimados pela sociedade moderna, da atualidade - obter sucesso a todo custo, se casar, fundar uma família etc. -, que são ilusórios aos seus olhos e sem grande importância. Na verdade, Dolls ilustra como alguns de nós, por causa do acaso, acabamos sendo destroçados. Por opção, ou pelo peso de uma obrigação, os personagens do filme fogem da felicidade fácil. A fuga deles aparece como obrigatória e urgente. Por exemplo, quando uma jovem que se sente traída, abandonada por aquele que ama, decide acabar com a própria vida. Na minha opinião, essa é a expressão de uma violência verdadeira, que não é esperada. A violência tem muitas facetas. Ela pode se mostrar tão brutal quanto o tsunami destruidor de dezembro de 2004, causado pelo grande terremoto de Sumatra na Indonésia. Ninguém esperava um fenômeno natural de tamanha violência. Esse enorme terremoto das profundezas aconteceu, depois essa onda monstruosa que carregou tudo... Essa violência não tem nada a ver com a destruição da guerra do Iraque a que a gente assistiu ao vivo na televisão, uma guerra quase pré-programada...

Dolls propõe também uma reflexão sobre a deficiência física e a doença, assim como sobre o que parece ser o paroxismo da crueldade, quando, por exemplo, uma heroína guia um cego em um lugar deslumbrante. Em Dolls, a morte acontece sem razão. Cada vez que os personagens tentam atingir o bem, eles são ceifados pela morte. O filme mostra essa relação tênue que une o amor e a morte. Afinal, amar não é morrer aos poucos? Em um lago que pode ser visto no filme, os nenúfares simbolizam Buda - de certo modo, a morte. Em Dolls, existe esse laço entre a beleza e o efêmero. Mesmo no cinema, o que é belo nunca dura.

Dolls fez certo sucesso em vários países europeus. Principalmente na Rússia. Vá saber por quê! Será que foi pelo seu romantismo bastante melancólico? O filme permaneceu em cartaz em Moscou durante dois anos consecutivos, e volta e meia ele é projetado de novo. Os russos gostaram tanto de Dolls que, em 2007, eu recebi uma proposta para fazer para a televisão russa uma propaganda que retomava as imagens do filme, elogiando, aos consumidores russos, as vantagens de uma tela plasma da marca japonesa Panasonic. Coisa que eu fiz.

Quando a propaganda estava realmente pronta, uma coletiva de imprensa foi organizada em Tóquio na presença de vários jornalistas e representantes da mídia russa. Dois canais de televisão, revistas semanais e mensais, e jornais vieram ao meu encontro. Eu dei entrevistas – que, francamente, me deixaram exausto. Os jornalistas russos têm senso de humor. Durante uma entrevista, um deles achava que eu tinha "muito poder no Japão", por causa do número de programas de televisão que eu apresentava e produzia, e por causa dos filmes que eu tinha feito durante esses últimos quinze anos. E ele falou também, caindo na gargalhada, que eu era o "Vladimir Putin do Japão". Mas esse comentário não me fez rir nem um pouco, mas nem um pouquinho... Eu não recebi isso como um elogio. Era uma comparação injusta. Eu nunca martirizei os chechenos, nem envenenei quem quer que seja com polônio!

Foi assim que uma campanha publicitária que retomava as cores brilhantes das paisagens de Dolls *invadiu a televisão russa. No final da propaganda, Kitano diz uma palavra em russo: "prevoshodno" ("perfeito"). O tamanho do painel publicitário que invadiu a Praça Vermelha era surpreendente: o rosto gigante de Takeshi Kitano, com o cabelo descolorido loiro platinado, ocupava um cartaz de quinze metros de altura por quatrocentos metros de largura. Kitano tinha sido convidado de novo, em junho de 2008, para o Festival Internacional de Cinema de Moscou, durante o qual vários de seus filmes foram projetados, entre eles* Violent cop, Adrenalina máxima, Dolls *e* Zatoichi. *Ele recebeu um prêmio pelo conjunto de sua obra cinematográfica. "Eu fico feliz em receber esse prêmio em um país repleto de história e de tradições, e que produziu várias formas de arte", declarou Takeshi. Ele deu, na capital russa, uma verdadeira "aula de cinema", paralelamente ao festival. Kitano é o japonês mais popular da Rússia.*

Eu estava em Moscou havia alguns meses. Vi uma demonstração de riquezas, limusines compridas como caminhões, Ferraris, Mercedes blindadas... Que diferença da antiga União Soviética! Ela me pareceu ainda maior porque, durante essa viagem, eu lia Soljenítsin... Também durante essa viagem, mais uma vez, eu me vi diante dos jornalistas russos. Eles eram tão divertidos. Em vez de me fazerem perguntas, eles me elogiavam...

Em Moscou, fiquei hospedado em um hotel de prestígio que fica em frente ao Kremlin. Uma noite, ouvi uma barulheira infernal. Quando eu abri a janela, achei que os chechenos tinham invadido a Praça Vermelha. Ela estava lotada de gente. Na verdade, a Rússia tinha acabado de ganhar um jogo de futebol contra a Holanda.

Zatoichi
[*Zatoichi*]
2003

Zatoichi é uma obra bem original, o primeiro filme de época e o primeiro chambara (*filme de sabre*) do cineasta. Kitano se lançou com sucesso nesse gênero histórico, e trocou os revólveres pelos sabres. No Japão dos samurais do período Edo (1600-1868) – dominado pelo xogunato Tokugawa, em que Edo (o antigo nome de Tóquio) era a capital, em um momento no qual o arquipélago ainda não estava completamente aberto ao mundo –, o filme conta a história de Ichi (Zatoichi), viajante cego que ganha a vida como jogador profissional e massagista. Sua deficiência esconde uma força assombrosa: ele é um temível lutador de sabre. Ele pode enfrentar em duelo quinze foras da lei e abatê-los um a um. Quando ele caminha pela montanha, chega a um vilarejo que se encontra sob o jugo de um gângster, Ginzo, e de sua gangue, que aterrorizam e roubam os comerciantes. Em um boteco, Ichi encontra duas gueixas, Okinu e sua irmã Osei, tão refinadas quanto perigosas, que vão de cidade em cidade em busca dos assassinos de seus pais, mortos quando elas ainda eram crianças. Ambas têm apenas um nome como pista: Kuchinawa. Com sua bengala-espada na mão, Ichi vai ajudá-las a fazer justiça com as próprias mãos. Nesse filme de faroeste nipônico, a princípio desnorteante – ele começa sem apresentação nem explicações –, cada um mata o outro em nome de seus próprios interesses. Os samurais rebeldes do filme são tais como concebidos no imaginário japonês – e ocidental. Os diálogos são lapidados e afiados como a lâmina de Ichi. Baseado nos romances de Kan Shimozawa, o filme se inspira, na verdade, na lenda e no primeiro Zatoichi[2] (1962) do cineasta Kinji Misumi. O papel foi interpretado durante longos anos (de 1962 até 1989) pelo ator Shintaro Katsu. Na época, a arte do chambara (termo que reproduz o barulho de uma lâmina ao cortar a carne humana) estava tendo um enorme sucesso de bilheteria, graças a Yojimbo, o guarda-costas de Akira Kurosawa (1961). Desde seu lançamento nos cinemas em 2003, o sucesso de Zatoichi de Takeshi Kitano foi considerável, tanto no Japão como em aproximadamente vinte países. Nos Estados Unidos, Quentin Tarantino se derreteu em elogios. "Filme de mestre", "insólito",

---

2. *Zatoichi monogatari* [A lenda de Zatoichi]. (N. T.)

"perfeitamente realizado", ele foi aclamado pela crítica europeia. A imprensa francesa ficou eufórica. Zatoichi foi premiado na Mostra de Veneza, ganhando o Leão de Prata. O filme também recebeu o Prêmio do Público do Festival Internacional de Cinema de Toronto, e nove indicações à Academy Awards do Japão (o Oscar nipônico). Quando, no outono de 2003, Kitano chega a Veneza, para a pré-estreia europeia, sua aparição provoca gritos de uma multidão de admiradores fanáticos.

No Japão, desde o meu Leão de Ouro da Mostra de Veneza por *Hana-bi* (1997), e desde o meu Leão de Prata, ainda em Veneza, por *Zatoichi*, os japoneses se lembraram de que eu não era apenas um apresentador de televisão, mas também um diretor de longas-metragens. Saiba que esses prêmios mudaram muitas coisas: muitos japoneses aceitaram, então, descobrir os meus filmes ou vê-los novamente, alugando-os nas videolocadoras. Desse ponto de vista, *Zatoichi* foi revelador. Ele é o resultado final de anos de trabalho.

A direção desse longa-metragem foi muito especial, uma experiência forte, nova. Ainda mais que *Zatoichi* era uma encomenda. Foi a primeira vez que alguém me encomendou um filme e que eu aceitei. Eu não podia perder essa ocasião. Os produtores estavam empolgados. Daí, eu pude ter uma verdadeira liberdade de ação e de direção desse projeto, como diretor e até mesmo como montador. Esse filme recebeu fundos importantes para a sua produção e respondia, é claro, a uma lógica comercial. Eu tinha um elenco excepcional, comediantes, atores e atrizes de grande talento. Esse filme também revelou Taichi Saotome, um verdadeiro gênio que vinha do teatro e que tinha apenas dez anos na época das filmagens.

Pela primeira vez na minha carreira, com *Zatoichi*, eu tive liberdade total para fazer valer a minha verdadeira concepção de diversão. E, com a minha experiência, eu sei o que é isso! Desde o primeiro minuto do filme, eu queria que ele fosse visto como uma diversão. Os críticos ocidentais disseram que se tratava de um "faroeste nipônico". Esse comentário é totalmente justo.

Ao mesmo tempo, dirigir um filme é, obviamente, muito mais difícil do que interpretar uma comédia. No palco, em um *set* de televisão, ser humorista significa realizar tudo o que for preciso para fazer o público rir durante um momento. Não tem nada de profundo nessa abordagem. Contudo, no cinema, ao contrário, a minha intenção é imaginar várias situações que levam à reflexão. O meu objetivo é levar o espectador para onde ele não espera, e tentar mergulhá-lo em um oceano de sensações e de emoções. Eu acho que esse objetivo foi atingido acima das minhas expectativas com *Zatoichi*.

Redenção e fogos de artifício

Por causa do enorme orçamento colocado à disposição pela produção, também fui obrigado a aceitar os efeitos especiais. E não foi por gosto. Eu tenho, na verdade, um problema com os efeitos especiais. Tenho a impressão de que eles deformam não a realidade, porque eles servem para isso, mas o próprio filme, ou até mesmo a essência do que é o cinema. Eu realmente não consigo me interessar por certos filmes, como 300[3] – que, de fato, fez um grande sucesso, mas que, por causa do recurso sistemático aos efeitos especiais e gráficos, acaba sendo, antes de tudo, a meu ver, uma obra de ficção científica, talvez muito bela, mas, em todo caso, artificial, principalmente comercial, e não uma verdadeira obra histórica sobre os guerreiros de Esparta. O que não quer dizer que eu não goste de alguns filmes de ficção científica...

Voltando a *Zatoichi*, esse filme é a adaptação de um romance *cult*, extremamente popular no nosso país, de Kan Shimozawa, que coloca em ação um personagem ineludível e fictício da cultura japonesa do período Edo. As adaptações para a televisão e para o cinema tiveram muito sucesso nos anos 1960 e 1970.

Até 1989, o papel era interpretado pelo comediante Shintaro Katsu. Mas eu nunca fui muito fã dessa saga de 25 episódios, exatamente por causa da maneira pela qual ela foi montada. Eu nem cheguei a ver todos os filmes, apenas alguns, no videocassete. Eu tenho que confessar que isso me bastou. Eu sempre achei que o justiceiro interpretado por Shintaro Katsu exagerava um pouco. Não era a minha visão do papel. Então, eu não queria, absolutamente, imitá-lo. Já com relação à aparência, o meu personagem não tem nada a ver com ele. Seis meses antes do começo das filmagens, eu descolori o meu cabelo. Até apareci nos *sets* de televisão para que o público se acostumasse, pouco a pouco, com essa nova imagem, e que ele se impregnasse o máximo possível, antes da hora, da minha nova identidade.

No entanto, decidir se lançar em tamanha aventura, de adaptar para o cinema uma antiga saga tão idolatrada pelo grande público, não é uma decisão que se toma da noite para o dia. Esse filme era uma encomenda, sem dúvida, mas eu não teria me lançado nessa aventura se Mama Saito, Chieko Saito, não tivesse insistido tanto para que eu o fizesse.

No lançamento nos cinemas, eu também não achava que a minha adaptação – que realmente me preocupava, ainda mais porque ela era original, ritmada ao extremo e cheia de surpresas e de *gags* – fosse fazer tamanho sucesso junto

---

3. 300 (2006), filme baseado na história em quadrinhos de Frank Miller sobre a batalha das Termópilas. Algumas de suas cenas foram filmadas em 3D. (N. T.)

aos jovens, tanto no Japão quanto no exterior. Eu mentiria se afirmasse que isso não me agradou. Porque o filme foi aplaudido em todos os cantos do mundo, até na Austrália, na Nova Zelândia e na Turquia. *Zatoichi* entupiu as salas de Istambul! Ele foi premiado em Veneza e recebeu inúmeros prêmios, entre os quais um prêmio no Canadá.

Apesar de eu ter me inspirado na ideia original da antiga saga, não retomei as receitas tradicionais do *chambara* e das artes marciais mais populares; talvez você tenha percebido isso. Não tem *kung fu* no meu *Zatoichi*, nem boxe tailandês ou boxe chinês. Eu queria me sentir à vontade. Logo, sem lutas padrão. A maior parte dos duelos que aparecem no filme é tal como eu os imaginei. O que não quer dizer que a preparação das cenas de luta tenha sido mais simples. Muito pelo contrário. As cenas foram um verdadeiro quebra-cabeça; a direção foi longa, complicada e desgastante. O trabalho para colocá-la de pé e de adaptação foi enorme. Um grande esforço foi necessário com relação à realização de cada cena de sabre.

As lutas em *Zatoichi*, assim como a longa cena musical final com sapateado, foram, em grande parte, fruto daquilo que o meu mestre, Fukami-san, tinha me ensinado em Asakusa. Entretanto, se *Zatoichi* tivesse de ter uma continuação, eu me inspiraria provavelmente nas cenas de luta mais tradicionais, tanto chinesas quanto japonesas.

Aliás, já faz certo tempo que eu penso em uma continuação. Mas é apenas um projeto. Cinéfilos japoneses e estrangeiros me encorajam a seguir nessa direção – com uma segunda versão, que seria mais moderna e, sem dúvida, também mais sanguinolenta que a primeira saga. Eu penso nisso. Por ora, eu não estou pensando seriamente em trabalhar em um segundo episódio. Eu ainda não estou pronto. E, na verdade, o gênero de cada novo filme depende do meu estado de espírito no momento. Mas você pode ter certeza: eu ainda vou fazer outros filmes violentos.

*
* *

Trilogia para um avatar

10.

Como o escritor Norman Mailer, que criou um avatar em seu livro de suspense e obra-prima Um sonho americano [An american dream, 1965], ou como Woody Allen, que imagina, em seus filmes, heróis paranoicos em plena crise existencial que se parecem com ele, Kitano decidiu se colocar em cena em três filmes surpreendentes, Takeshis', A glória do cineasta! e Aquiles e a tartaruga. Uma trilogia eletrizante, que depende da catarse liberatória, misturando autobiografia e ficção, na qual o cineasta, cansado de seduzir, confia ter vontade de acabar com suas certezas, assim como com as mentiras e a arrogância de seu avatar televisivo Beat Takeshi.

Em setembro de 2006, eu estava na Itália, em Veneza, durante a 62ª Mostra, para uma aparição surpresa. Ninguém estava me esperando. Mas acontece que o meu filme Takeshis', de 2005, tinha sido indicado na última hora. Depois da projeção, as reações foram inesperadas e de dois tipos: "É o seu pior filme" ou "É o seu melhor filme". No Japão, Takeshis' foi considerado um filme "estranho". Mas eu acho, principalmente, que os japoneses não entenderam absolutamente nada.

Takeshis'
[Takeshis']
2005

Autorretrato crítico, lúdico e engraçado, Takeshis' é, sem nenhuma dúvida, o filme-confissão mais desnorteante (porque ele não tem um fio condutor), o mais inclassificável e o mais excêntrico do cineasta. Takeshis' surpreende. Nesse filme metafísico, Kitano coloca em cena a vida abarrotada de atividades de Beat Takeshi, estrela idolatrada do show business. Mas ele criou uma surpresa acrescentando também um sósia do apresentador de televisão, um caixa de um mercadinho, azarado e com o cabelo loiro platinado, um caipira introvertido que espera seu momento de glória se corroendo por dentro. Depois de ter cruzado o caminho do grande "Beat" ao longo de inúmeras audições frustrantes, o sósia mergulha em um delírio profundo, em que se entrelaçam, em um quebra-cabeça, imagens atordoantes, um fluxo narrativo desconcertante e encontros excêntricos, aspectos da vida real de Beat Takeshi e partes dos filmes violentos de Kitano. A crítica europeia ficou dividida: o filme é, ao mesmo tempo, "desconcertante", "bem-sucedido", "surrealista". Jogo de massacre em um parque de diversões e fantasmas de Kitano ridicularizados, Takeshis' reflete a psicologia complexa do diretor. Como os cubistas em seu tempo, o cineasta une entre si imagens sem sentido. Takeshis' aparece como uma série de quadros naïf e encontra um equilíbrio surpreendente entre realidade e poesia. Quando Kitano fala dele, se exprime como um homem ferido por um mal-entendido, decepcionado com a recepção ambígua do público. Na verdade, ele se entregou completamente a esse filme.

Com Takeshis', eu brinquei de me assustar e me diverti muito. Eu liberei geral e me dei ao luxo de me deixar levar pela minha imaginação e pelas minhas neuroses para interpretar os meus dois sósias, cada um mais alucinado do que o outro. A gente pode ver, na verdade, o caminho de um talento (famoso da televisão) bem-sucedido, que se tornou um apresentador de programas de televisão, cruzar o caminho do seu avatar, um pobre coitado, reservado, perdido, azarado, caixa de um mercadinho, que sonha em se tornar uma estrela de cinema, indo de audição em audição - na verdade, de humilhação em humilhação - em busca de um papel...

Como falar seriamente desse filme?

Na tela, o apresentador é Beat Takeshi em pessoa, ao passo que o outro tem o obscuro nome de Kitano. Sem medo de me tornar ridículo aos olhos do público, que podia acabar acreditando que eu enlouqueci ou que me tornei arrogante e que sou exagerado, eu quis filmar Kitano, o fã, na hora em que ele pedia um autógrafo para Beat Takeshi, o seu ídolo! Essa cena é um pesadelo, tanto para o diretor - que eu sou! - quanto para o espectador, e corresponde à imagem estereotipada que as pessoas têm de mim. Eu reconheço que essa cena é

Trilogia para um avatar 139

estranha. Essa repetição quase infinita de caras que se parecem sem se confundirem, tanto na televisão quanto no cinema, em uma história que eu não controlo, era um jeito de me divertir e de me tornar ridículo.

Esse filme é, na verdade, o fruto de uma reflexão pessoal sobre o homem que eu me tornei. É um filme no qual Kitano perde o controle do seu avatar, ou vice-versa. Quando eu o vi depois da montagem, *Takeshis'* era ainda mais esquisito do que eu tinha imaginado, eu fui o primeiro a ficar perdido!

No início, esse filme, enfurnado no fundo de mim há uns dez anos, deveria se chamar *Fractal*, com uma intriga bem diferente daquela de *Takeshis'* – a de um homem normal atropelado por uma série de acontecimentos, depois de arrependimentos, e a imaginação dele que voa longe. Mas, na época, os produtores, ao descobrir essa trama complicada demais, adiaram o projeto. Eles o julgavam excessivamente experimental. "O público, com certeza, vai se perder", diziam. Eles tinham certeza de que, se eu levasse uma intriga tão abstrata ao cinema, quebraria a cara. Eu entendia as dúvidas deles, mas fazia questão da minha história. Eu achava que um filme como esse, tão excêntrico – começando pela direção –, me ajudaria a ver um pouco mais claramente as minhas diferentes identidades! O homem da televisão poderia julgar melhor o homem do cinema, e vice-versa. Esse filme seria um meio de dissecar o meu "eu"! Mas os produtores que, teoricamente, deveriam financiar esse projeto não estavam de acordo com a história.

Finalmente, anos mais tarde, graças ao sucesso comercial de *Zatoichi*, eu voltei a falar com eles desse projeto a princípio similar, mas com outra ideia. Disse a eles: "Não vai ser mais *Fractal*, mas outro filme, com outro título, a história de um cara que perde o controle da sua própria imaginação, eu, logicamente, o homem da televisão, e o homem do cinema, interpretados por dois sósias!". Aí, eles adoraram! A gente se lançou na aventura na mesma hora.

Mesmo não achando que os personagens de Beat Takeshi e de Takeshi Kitano, no filme, sejam o reflexo exato da ambiguidade da minha personalidade, eu reconheço que esse filme teve um valor terapêutico. *Takeshis'* me fez bem. Eu sinto, na verdade, a necessidade de me distanciar, de demonstrar uma lucidez para poder me julgar melhor, principalmente quando me encontro muito cercado pela admiração dos outros...

Eu gosto muito desse filme, o primeiro tão íntimo. Eu interpreto em *Takeshis'* o homem que sou na vida real, um cara abarrotado de múltiplas atividades, ao passo que, nas minhas obras anteriores, eu era obrigado a me interessar por personagens bem diferentes de mim. Mas, dessa vez, eu não estava mais perturbado com outro papel que não fosse o meu.

Depois do filme Quero ser John Malkovich [Being John Malkovich, 1999], *Takeshis'* poderia se chamar Quero ser Takeshi Kitano. A direção dessa dupla personalidade foi brilhantemente analisada pela imprensa anglo-saxã, por um dos melhores conhecedores das obras do diretor e do cinema japonês, o escritor e cronista americano Donald Richie.

Takeshis' está repleto de anedotas, de divagações, e avança por analogias. É um filme que não deve, absolutamente, ser levado a sério. Um filme que resume bem todas as minhas aventuras como comediante, homem da televisão, ator e cineasta. Eu me abri ao escrevê-lo e ao dirigi-lo. Acaba se descobrindo, no filme, que eu sou alguém simples, um homem realmente normal. Eu não queria que houvesse uma trama, o que torna o filme desconcertante, desestabilizador, sem pé nem cabeça.

Takeshis' é destinado aos cinéfilos e aos adeptos do surrealismo e do cubismo. Esse filme, em que, mais uma vez, não se tem grande coisa para entender, também deve, teoricamente, seduzir os amantes dos curtas-metragens de vinte ou trinta minutos. É uma fantasia, um capricho, uma ideia romântica, um doce, um convite para se viajar, um pretexto para levar os verdadeiros maníacos pelo cinema para outro mundo.

Eu também queria me divertir. Queria que os espectadores não soubessem muito o que dizer, o que pensar, saindo do cinema. Como já disse, é um velho sonho que eu tenho: capturar e filmar a sutileza entre o que se acredita ser verdade e o que se vê. Eu quis pegar as pessoas pela mão, fazer com que elas se questionassem, e encorajá-las a imaginar uma continuação. Eu não queria que as pessoas apenas "assistissem" ao filme – eu também fazia questão de que elas o sentissem, que o vivenciassem. E, se possível, decidissem assistir novamente a ele, para analisá-lo.

Os críticos disseram, talvez com razão, que esse filme era a minha imagem: um paradoxo. É um filme estranho, mas eu não acho que ele seja menos estranho, ou ambíguo, que o mundo em que nós vivemos, esse Japão de hoje em que nada parece completamente claro. E depois, se é para extrapolar, eu diria que também quis zombar das minhas produções cinematográficas anteriores. Porque, a meu ver, eu não posso ficar satisfeito com os meus filmes. Eu realmente acho que todos os meus esforços no cinema foram em vão...

Um monstro sagrado da sétima arte também se vangloriava de ter filmado fracassos: Orson Welles. O diretor de Cidadão Kane [Citizen Kane, 1941], Falstaff – O toque da meia-noite [Falstaff, 1965] *e*

Trilogia para um avatar

A marca da maldade [Touch of evil, 1958] sofria com as decepções que ele sentia por seus últimos filmes, a ponto de se considerar ultrapassado e acabar com sua carreira de diretor...

A gente pode medir a reação provocada pelos filmes que a gente faz com os presentes que recebe quando ele é lançado. Depois de *Zatoichi*, eu ganhei um maravilhoso violão Gibson, uma joia, um antigo modelo muito valioso. No lançamento de *Takeshis'*, me deram, em Paris, malas da Gucci, um lenço da Hermès... Quando eu estava apresentando o filme no exterior, dei entrevistas, como de praxe. Os jornalistas fizeram uma cara de tacho quando eu disse a eles que esse filme não tinha nenhum valor. Nada como uma boa frase para fazer com que os distribuidores reagissem! Em Paris, Hengameh Panahi, a presidente da Celluloïd Dreams, uma sociedade que vende os meus filmes na França – uma mulher formidável, que também é, diga-se de passagem, a mulher do diretor Jean-Pierre Limosin –, me disse exatamente isto: "Por favor, Takeshi, não menospreze tanto o seu filme porque, falando assim, eu não vou conseguir encontrar nenhum cliente, nem um único distribuidor na Europa". Imagine só a cena!

A glória do cineasta!
[*Kantoku banzai!* / *Viva o diretor!*]
2007

Verdadeiro óvni cinematográfico, *A glória do cineasta!* (*Kantoku banzai!*), é a segunda parte da trilogia imaginada por Kitano em torno do que ele chama de "processo de desconstrução da arte". Nesse filme burlesco, o diretor confessa: o cinema é uma droga. Eis que ele se encontra novamente impulsionado à tela na qual se dirige. Um médico descobre uma rara anomalia na cabeça de Kitano: seu cérebro é uma câmera. Como em *Takeshis'*, o cineasta ridiculariza a imagem pública de seu alter ego, Beat Takeshi, o zomba gentilmente de alguns cineastas, de algumas instituições bastante estabelecidas e de símbolos da cultura pop nipônica e mundial. Ele também homenageia, de passagem, o Novo cinema, inspirando-se no "bullet time" de *Matrix* [*The Matrix*, 1999] ou n'*O Tigre e o Dragão* [*Wo hu cang long/Crouching Tiger, Hidden Dragon*, 2000] de Ang Lee. Esse filme extravagante e fora do comum, com a aparência de um autorretrato divertido, com o espírito e o jeito de alguns *Monty Python* de Terry Gilliam e Terry Jones, não teve, segundo Kitano, "o sucesso esperado".

Eu senti uma vontade louca de dar uma sequência ao *Takeshis'*. Durante a pré-estreia, que aconteceu no Fórum Internacional de Tóquio, muitas pessoas morreram de rir. Esse filme é a segunda parte de um tríptico. Era necessário fazer esses três filmes. Se eles são bons ou não, se eles fizeram ou não sucesso, é outra história. O certo é que *A glória do cineasta!* é ainda mais idiota que o primeiro, *Takeshis'*. A minha intenção não era, mais uma vez, tornar o cinema ridículo, nem os filmes dos outros diretores, e sim os meus próprios filmes, todos aqueles que eu tinha feito até hoje e que são, na minha opinião, fracassos totais do ponto de vista cinematográfico. A tal ponto que eu nem acho que alguém possa me considerar um verdadeiro diretor.

A glória do cineasta! parece um filme de comédia, mas ele não é realmente isso. Fazer rir não é a minha prioridade, apesar de, logicamente, o filme ser divertido. O personagem que eu interpreto é um cara esquisito, com um humor irônico, principalmente quando manipula a sua própria marionete, que, às vezes, se desregula.

O segundo capítulo do tríptico é, além disso, um filme muito pessoal e, em certo sentido, uma terapia... Quando eu não me sinto bem, tenho a impressão de que manipulo uma marionete, a minha marionete, que, na realidade, não me pertence. E é dessa maneira que eu posso conciliar Beat Takeshi e Takeshi Kitano[1]. Um manipula, permanentemente, a marionete do outro. Assim, com esse filme, eu quis associar homens e marionetes, colocando a cabeça de um ator em cima do corpo de uma marionete.

A glória do cineasta! é, na verdade, um filme de maníaco, de doido, tão extravagante quanto patético, marcado pelos meus erros passados, pelas influências de alguns dos meus filmes anteriores e os de outros cineastas (*como Mel Brooks, outro adepto de colagens de montagens absurdas*). Eu não o renego. Um dia as pessoas vão perceber que eu sou um diretor ainda mais louco do que se pensava!

A glória do cineasta! decepcionou muitos daqueles que admiravam os meus filmes de ação. No Ocidente, esse filme foi julgado "insensato". Ele teve uma péssima recepção na França. Alguns críticos parisienses se mostraram bastante sarcásticos. "Como Kitano pôde descer tão baixo? Como ele pode se subestimar tanto?", escreveu um deles.

---

1. Takeshi como inimigo de Kitano, esse é o credo de uma crítica de Philippe Azoury, especialista no cinema japonês e cirurgião do estilo Kitano (Libération, jornal francês, 16 de julho de 2008): "Não existem, pelo que se sabe, muitos filmes que se pareçam com esse filme [...]. Kitano, inimigo dele mesmo, é também a pista da última parte, completamente enlouquecida, com uma história de fim de mundo, de óvni, de um super-herói disfarçado de Zidane (famoso jogador de futebol francês), de um industrial decadente e de duas loucas que poderiam ser uma mãe e sua filha. O cineasta terminou o trabalho em um *nonsense* total. Pensando bem, é um filme bem comovente, que paga um preço alto por sua incapacidade de fingir. Quem acabou entrando pelo cano foi o cineasta, louvado seja ele. Daí dizer que esse filme clínico, quebrado, mas bom, TAMBÉM é uma boa notícia..." (N. A.)

Trilogia para um avatar

Curiosamente, o filme teve uma recepção extremamente calorosa ao ser apresentado na Mostra de Veneza, em setembro de 2007. No final da projeção, ele foi longamente aplaudido, o que me emocionou. Foi extraordinário. Eu fiquei surpreso, a sala não parou de rir durante a projeção toda. Isso me lembrava alguns grandes momentos que passei em Veneza anos antes. A recepção de *A glória do cineasta!* pelos participantes do festival italiano realmente me reconfortou. Eu senti, então, pela primeira vez, uma verdadeira satisfação de ter feito esse filme sem pé nem cabeça. Em Veneza, eu aceitei as regras do jogo, com muito mais prazer, das entrevistas com a mídia. Fazia um tempão que eu não dava tantas entrevistas em tão pouco tempo! Eu fiquei de fato muito emocionado que os críticos italianos tenham entendido o meu humor e o absurdo nesse filme. E só de pensar que eu quase perdi esse encontro! O programa em Veneza era, na verdade, bem carregado. E como no Japão eu estava a ponto de começar as filmagens de um novo telefilme, como ator, que deveria durar pelo menos dois ou três meses, eu fiquei muito em dúvida se faria ou não essa viagem para a Itália. Enfim, eu dei um jeito de participar da Mostra e não me arrependi.

No dia 1º de setembro de 2007, o jornal Asahi Shimbun *consagrou um artigo à entrega de um prêmio muito especial ao cineasta convidado a ir apresentar a pré-estreia de seu último filme em Veneza: "Itália: Kitano ganha um prêmio em sua honra! Veneza – O cineasta Takeshi Kitano se tornou na quinta-feira o primeiro vencedor do novo prêmio "Glory to the filmmaker" durante a 64ª Mostra de Veneza. O nome do prêmio foi emprestado de seu último filme,* Kantoku banzai! *(A glória do cineasta!/ Glory to the filmmaker!). Kitano, que vai à Mostra de Veneza também sob o nome de Beat Takeshi, ganhou o Leão de Ouro de melhor filme em 1997 com* Hana-bi *e o Leão de Prata em 2003 com* Zatoichi*".*

Cada vez que eu apresento um filme em Veneza, a reação é entusiasta. Os meus admiradores italianos me esperam, atenciosamente, perto do tapete vermelho, o que me emociona muito. Eu devo muito a esse festival. Quando a Mostra me deu o Leão de Ouro por *Hana-bi*, muitas coisas mudaram para mim. Depois desse prêmio, os japoneses realmente começaram a se interessar pelo meu cinema.

Durante a apresentação de Takeshis' *na Mostra, no outono de 2005, na qual Kitano era o convidado de honra, seus fãs italianos foram em massa ao Palácio do Festival, todos usando a mesma camiseta na* qual estava escrito em italiano: "Takeshi Kitano, deus do cinema". A passagem do cineasta provoca, às vezes, situações indescritíveis! E não apenas na Itália[2].

Eu sempre tenho ideias de roteiros, e eu não quero fazer um filme pensando antes na sua rentabilidade comercial. Se fosse o caso, eu me veria como um cineasta normal. Isso significaria que eu acabei entrando na linha. Com *Takeshis'* e com *A glória do cineasta!*, eu quis me divertir e divertir o público. Eu queria que esses longas-metragens fossem diferentes, que eles fossem filmados de outra maneira. Frequentemente, eu tenho a impressão de que desde as primeiras imagens dos irmãos Lumière – franceses! –, há mais de um século, o público gosta de filmes cada vez mais parecidos. Por razões comerciais, vários filmes americanos, por exemplo, são muito formatados. O cinema se globalizou com a economia. Eu acho que a sétima arte é vítima de uma uniformização geral.

A pintura evoluiu profundamente ao longo do tempo. Mas o espírito e a filosofia que fundamentam, hoje, os meios pelos quais se faz um filme são, eu acho, tão ultrapassados e tão conservadores que bloqueiam as veleidades de mudanças. Dessa maneira, contrariamente a certas ideias pressupostas, o cinema e a indústria cinematográfica não mudam.

Mas eu acho que é tempo, como outros cineastas fazem, de tentar trazer a diferença. No que me diz respeito, eu acho que já era hora de trazer um pouco de brincadeira e de fantasia – eu poderia invocar, mais uma vez, o cubismo. Falando de outra maneira, de fazer do meu jeito, humildemente, a minha revolução no cinema, sem efeitos especiais nem computação gráfica.

Há uns dez anos, eu lembro que a revista francesa *Les Cahiers du cinéma* tinha pedido a Martin Scorsese que me fizesse algumas perguntas sobre o que era, a meu ver, o cinema. Eu respondi que, na minha opinião, um filme era, particularmente, um enigma absoluto e insolúvel *(a entrevista foi publicada na* Les Cahiers du cinéma *em março de 1996)*. O cinema permanece um grande mistério. Eu também, como diretor, desejo, sem cessar, levar enigmas ao cinema e deixar que os espectadores encontrem o seu próprio caminho para solucioná-los. *A glória do cineasta!* e *Takeshis'* são, mesmo para mim, enigmas. Depois de tê-los visto, mais do que achar que eles são decepcionantes, eu preferiria que os espec-

---

2. Em Tóquio, em um discreto restaurante francês do qual Kitano é cliente assíduo e no qual ele gosta de ir depois das gravações dos programas de televisão, Yoshio Hattori, amigo do cineasta e personagem bem excêntrico, diretor da Pierre Cardin no Japão, contou-nos que uma revista japonesa gastou o equivalente a 4 mil euros de direitos autorais para poder publicar o retrato de Takeshi Kitano feito por William Klein, e que um pastor japonês aprecia tanto seus filmes que defendeu uma tese universitária: "A religião nos filmes de Takeshi Kitano". *Yoshio Hattori se mostra perplexo:* "Como um homem de Deus pode venerar filmes tão violentos?". (N. A.)

tadores os julgassem "enigmáticos". O que eu espero do cinema é a capacidade de surpreender, e a minha única vontade é instaurar um diálogo permanente com cada espectador. Eu queria que o espectador tivesse toda a liberdade para se apropriar de um filme como ele quisesse. Razão pela qual, aliás, eu multiplico, nos meus filmes, passagens quase sem explicações, na verdade inexplicáveis, e vários planos elípticos.
Entre as minhas produções, *Takeshis'* e *A glória do cineasta!* não foram um sucesso comercial – é verdade que eles não foram vendidos –, mas, de minha parte, eu não dou muita importância para o fracasso. Porque, para mim, esses filmes eram necessários. Eu tinha a obrigação de passar por eles para poder continuar.

Aquiles e a tartaruga
[Akiresu to kame]
2008

> O encontro foi marcado em um salão privado de Ginza, no Furoan, um salão tradicional de cozinha kaiseki (degustação), que pertence à família Hayakawa, de Kyoto. Um lugar de classe, muito chique. As paredes são decoradas com estampas do período Edo, representando cenas da corte imperial do período Heian. O chef tinha vindo especialmente de Kyoto para preparar o jantar para Takeshi, que acaba de voltar de Veneza, onde seu último filme, Aquiles e a tartaruga, foi apresentado em pré-estreia na 65ª Mostra, competindo com outros vinte filmes, sob o olhar experiente de Wim Wenders, presidente do júri, e de Marco Müller, diretor do festival. O diretor fecha, com esse filme, sua trilogia introspectiva. Aquiles e a tartaruga se diferencia dos dois primeiros episódios por sua forma narrativa mais ortodoxa. O filme foi apresentado e longamente aplaudido na Grécia, no final de 2008, no 19º Festival de Cinema de Tessalônica. Takeshi Kitano recebeu, nessa ocasião, um Alexandre de Ouro de honra, que recompensava o conjunto de sua obra.

O prêmio recebido em Tessalônica, quando eu apresentei *Aquiles e a tartaruga*, me comoveu, principalmente por vir de pessoas de um país tão antigo quanto a Grécia, com um passado tão rico. Eu disse isso a eles quando estava lá. Eu aproveitei para dizer àqueles que tinham decidido me dar esse prêmio que eu não o merecia, pois, como cineasta, ainda tinha de andar um longo caminho! Os participantes do festival pareciam perplexos. Eles ficaram surpresos. Os gregos me deram a impressão de serem indivíduos abertos para o mundo, inteligentes, muito cultos. No mesmo momento, no dia da minha chegada ao país – eu lhe garanto que não fui responsável por nada –, graves perturbações explodiram nas universidades gregas. Vários *campi* estavam em ebulição. Nesse dia, aconteceram vários confrontos com as forças policiais do país.

O terceiro filme da minha trilogia excêntrica, *Aquiles e a tartaruga*, foi lançado no Japão, no outono de 2008, e eu fiquei muito contente e orgulhoso disso. Eu acho que ele é realmente um bom filme, entre a comédia romântica e o melodrama – pode-se chamar de comédia dramática.

Com esse filme, eu ilustro, do meu jeito, um dos famosos paradoxos gregos do qual eu peguei emprestado o nome, o do matemático Zenão de Eleia, que Aristóteles analisou no seu tratado *Física*, o de Aquiles e a tartaruga. Você conhece essa história que diz que, um dia, o herói grego decidiu apostar uma corrida com uma tartaruga, deixando uma vantagem para ela. Apesar de tudo, Aquiles não conseguiu alcançar a tartaruga. O paradoxo encontra, na verdade, a sua justificação na equação divisível ao infinito de uma dinâmica tanto espacial quanto temporal. Zenão de Eleia tinha imaginado esse paradoxo – entre um dos inúmeros paradoxos do movimento – para sustentar a doutrina do grande teórico e físico Parmênides – um dos primeiros, senão o primeiro, a ter afirmado que a Terra era redonda –, que tinha a intenção de provar que a evidência dos sentidos era enganosa. É verdade que o paradoxo foi refutado ao longo dos últimos séculos. Filósofos, matemáticos, cientistas – Descartes, por exemplo – demonstraram, por outros cálculos e meios, que bastava, teoricamente, ir mais rápido do que a tartaruga para ultrapassá-la. O único problema é que, pelo absurdo, a teoria primeira de Zenão de Eleia ganha o seu sentido total. Porque o próprio ato de se movimentar implica um risco – uma queda, um rolo na estrada... –, que divide, ao menos pela metade, as chances de Aquiles e torna o anúncio da sua vitória menos provável do que ele possa parecer.

Como se trata de um filme sobre o poder da pintura, você entendeu que eu quis, com esse longa-metragem que colocava um ponto-final na minha trilogia sobre o poder da imagem e as loucuras que ela pode causar, explicar de que maneira as aparências comumente aceitas, que dominam a nossa época, são perigosas, enganosas. Eu tenho a impressão de que esse filme descreve a crueldade da condição de artista.

Aquiles e a tartaruga é um filme bem menos delirante do que *A glória do cineasta!* e menos torturado do que *Takeshis'*. É, em primeiro lugar, um filme sobre a arte, a pintura – sobre o sofrimento do pintor, quando este não tem

Trilogia para um avatar 147

nenhuma inspiração -, no qual eu interpreto um artista teimoso e maldito, Machisu - nome que dei a ele em homenagem a Matisse, de quem eu gosto muito. Eu me diverti mais uma vez, como nos meus dois filmes anteriores, ao fazer malabarismos com os paradoxos.

Machisu, encorajado pelos pais a se tornar pintor quando ele era pequeno, é um artista fora do comum, habitado pela sua paixão, mas fracassado, e que se recusa a reconhecer isso - como era, talvez, o meu próprio pai, obrigado a abandonar a criação artesanal... O acaso persegue esse homem ingênuo, idealista, mas cego, levado pela sua própria arrogância de artista que acha que conhece toda a verdade, afastado das realidades do mundo. De qualquer forma, ele não se importa com nada, porque continua acreditando em sua paixão, a única válida, na opinião dele. Machisu vive momentos muito difíceis e, apesar dos fracassos, insiste e continua a pintar...

Esse filme poderia ser uma homenagem aos artistas que deram tudo pela arte, até a própria vida; aos homens e mulheres que morreram por ter amado demais a arte. Van Gogh, Basquiat...

Eu odeio os meus filmes

Logicamente, como a maior parte dos diretores, acho que eu tenho o meu orgulho de cineasta. Eu gostaria que, ao menos, as pessoas reconhecessem que tenho três qualidades. Que digam, em primeiro lugar, que Kitano é alguém que gosta de cinema; em segundo lugar, que eu gosto de fazer filmes; e, finalmente, que fiz alguns bons filmes... Mas eu repito mais uma vez: eu odeio os meus filmes. Todos, sem nenhuma exceção.

Provocação, capricho de estrela, puro cinismo de artista ou insatisfação permanente do gênio criador? É difícil imaginar que Kitano despreze todos os seus filmes.

Nenhum dos meus filmes me agradou. Nenhum! Eu nem posso dizer: "Veja só! Eu gosto muito deste", ou então "eu adoro aquele...". Simplesmente impossível. Eu dirigi uns quinze filmes. Todas as vezes, eu dizia a mim mesmo que aquele seria o último. Na verdade, eu sou o primeiro a criticar os meus filmes. Estou pouco me lixando para os críticos profissionais. Porque estou na frente deles. Eu sou o primeiro a falar mal do meu trabalho cinematográfico. Sou bastante venenoso quando falo dele. Na verdade, não sinto vergonha, mas sou realmente tímido em relação aos meus longas-metragens. Eu não sei direito como explicar... Eu não consigo exprimir direito os meus verdadeiros sentimentos. Eu não tenho orgulho dos meus filmes; eles são irregulares, e alguns são melhores do que outros. Por exemplo, eu sei que *Hana-bi* ou *Zatoichi*... até que são benfeitos. Eu gosto de *Adrenalina máxima* também, ou ainda de *De volta às aulas*. Mas, no conjunto, eu não posso utilizar nenhum superlativo para falar sobre os meus filmes.

De qualquer modo, cada vez que eu me agarro a um longa-metragem, não consigo deixar de pensar que devo, obrigatoriamente, melhorar em relação aos meus filmes anteriores. Aí está a prova de que eu não sinto muito orgulho dos meus filmes. E, a cada vez, eu digo a mim mesmo que o meu filme vai ser melhor... Eu até penso que ele vai ser "o" filme. Mas não: a cada vez, eu fracasso, lamentavelmente... O meu maior fracasso é, sem dúvida, *Takeshis'*. Já *A glória do cineasta!* teve um problema de distribuição, principalmente nos Estados Unidos e na Europa. Os distribuidores não correm mais nenhum risco hoje. Eles pensam, antes de tudo, na rentabilidade!

*
* *

Choques e entrechoques cinematográficos

11.

Onde o mestre Takeshi revisita seu percurso cinematográfico e fala de seus "mestres"...

Eu mesmo me surpreendo pelo número de filmes em que atuei. O primeiro, digno desse nome, é de 1981, um filme muito louco, *Danpu-wataridori*, de Ikuo Sekimoto, no qual interpreto um policial não muito sério. Foi um fracasso comercial! Eu não entendo como, depois de tamanho fracasso, ainda puderam me chamar para interpretar outros papéis no cinema.

Alguns anos mais tarde, no meio dos anos 1990, eu atuei em *Johnny Mnemonic, o cyborg do futuro* [*Johnny Mnemonic*, 1995], um filme americano e canadense do cineasta Robert Longo - adaptado da obra de William Gibson -, com Keanu Reeves, um ator à parte, um homem simpático, Dolph Lundgren, e o rapper Ice-T. Acho que é um bom filme de ficção científica, no gênero *cyberpunk*, mais ou menos como *Blade Runner: o caçador de androides* [*Blade runner*, 1982] - o filme *cult* de Ridley Scott - e os *Matrix*[1]. O roteiro é tentador, os efeitos especiais, benfeitos - mesmo eu não sendo lá muito fã de computação gráfica. A história já antecipava a pirataria informática no século XXI.

E, pouco tempo depois do meu Leão de Ouro em Veneza com *Hana-bi*, eu também apareci em um filme francês, *Os olhares de Tóquio* [*Tokyo eyes*, 1998], dirigido pelo cineasta Jean-Pierre Limosin, um filme muito interessante rodado no Japão e montado como uma caça ao tesouro.

---

1. *Matrix* (*The Matrix*), 1999; *Matrix reloaded* (*The Matrix reloaded*), 2003; *Matrix revolutions* (*The Matrix revolutions*), 2003. (N. T.)

Eu já falei da minha colaboração bem-sucedida em *Furyo*, dirigido por Nagisa Oshima, em 1983. Pois bem, dezesseis anos mais tarde, em 1999, eu fiquei contente, realizado, ao interpretar um dos personagens do filme de sabre dele, *Tabu*, indicado para o Festival de Cannes de 2000. *Tabu* é a obra de um mestre, um drama épico, uma história de amor que tem como pano de fundo lutas impiedosas entre milícias rivais na Kyoto do final do século XIX. Foi Jeremy Thomas, produtor de *Furyo*, que financiou *Tabu*.

Batalha real
[Batoru rowaiaru]
2000

Batalha real, filme do diretor Kinji Fukasaku, adaptado da obra de Takami Koshun, foi muito comentado. Diga-se de passagem, eu nunca entendi por quê. Eu concordo que seja um filme extremamente violento, "doido" segundo algumas pessoas. Esse filme coloca em cena um jogo de massacre entre adolescentes organizado em uma ilha deserta por um ex-professor – o "professor Kitano"[2]. Para sobreviver, os alunos devem se matar uns aos outros. A ideia, é verdade, pode chocar. Mas a violência em *Batalha real* não é pior do que aquela de muitos outros filmes que fizeram muito mais sucesso.

No que me diz respeito, eu acho que Fukasaku-san é um dos maiores cineastas japoneses contemporâneos. Eu gostava de assistir aos seus seriados e filmes de *yakuza* quando eu era estudante, filmes de um novo gênero na época (como o famoso seriado cult Luta sem código de honra / Batalhas sem honra e humanidade [*Jingi naki tatakai*, 1973]). Fukasaku, infelizmente, morreu em 2003. Eu também gosto muito dos filmes de Seijun Suzuki, a quem Tarantino e Jim Jarmusch frequentemente homenageiam.

Consumido pelo ódio
[Chi to hone / Sangue e ossos]
2004

Consumido pelo ódio, *obra do cineasta Yoichi Sai na qual Kitano interpreta brilhantemente o papel principal, é um filme-choque que conta*

---

2. O filme foi rodado fora de Nagasaki, na ilha fantasma de Gunkanjima – literalmente "ilha encouraçada", apelido dado à ilha Hashima, uma antiga mina de carvão explorada pela Mitsubishi desde 1890. (N. A.)

a história da vida atormentada de Kim Shun, um jovem camponês que abandona sua ilha natal no sul da Coreia, em 1923, e chega de barco em Osaka. Ele só tem um objetivo em mente: ganhar muito dinheiro. Kim Shun alcança, em parte, seu objetivo, mas sua família paga um preço alto. Esse homem brutal, selvagem e até carismático descobre também os tormentos da solidão, sem poder, por excesso de orgulho, encontrar o menor reconforto. Ele destrói tudo o que ama. Kitano se despe nesse filme. No sentido próprio e figurado. Ele surge, devora a tela. Ele vai ganhar, com esse papel ímpar, dois prêmios no Japão. O prêmio de melhor ator do Kinema Junpo Awards, em 2005 (um dos mais antigos festivais de cinema no Japão), e o prêmio de melhor ator do Mainichi Eiga Concours, também em 2005 (além disso, o filme ganha o prêmio de melhor filme, o mais importante do Mainichi Eiga Concours). A imprensa elogiou muito quando ele foi lançado na França. "Consumido pelo ódio: um afresco histórico e furioso que fascina", escreve o jornal Libération. "Uma interpretação comovente de Kitano para uma parábola sobre o poder, a dominação e a solidão", estima o jornal Le Figaro. E a revista semanal Le Nouvel Observateur diz: "o grande choque do verão".

A filmagem de Consumido pelo ódio foi um trabalho intenso e desgastante. Eu interpreto o papel de um coreano teimoso, que emigrou para o Japão no começo dos anos 1920, que aprendeu o dialeto de Osaka e que era um terror em casa e ao redor de si mesmo, no coração de um bairro miserável. Foi um papel muito difícil. Falar esse dialeto foi, no mínimo, difícil. Durante as filmagens desse filme, eu tinha a impressão de viver de novo a história do bairro, de encontrar de novo os lugares onde eu cresci.

Normalmente, quando interpreto, eu não me meto no trabalho do diretor. Ele dirige o filme dele. É o problema dele. E eu interpreto. É por isso que estou lá. Eu não tenho nada a dizer, na minha opinião. Mas, de vez em quando, durante as filmagens, eu até fazia algumas perguntas para Yoichi Sai. Porque, às vezes, quando ele me dirigia, eu não entendia nada do que ele queria que eu fizesse. Eu perguntava amigavelmente: "Mas o que é que você está me dizendo?". Um pouco como se eu estivesse colocando em questão as ideias dele. Eu metia o meu nariz, provavelmente, onde não era chamado. De qualquer modo, isso nunca ia muito longe. Eu não enchia muito o saco.

Por fim, Consumido pelo ódio é definitivamente um filme de caráter. Um filme-choque benfeito. Aliás, ele teve uma boa recepção na Europa, em particular na França, onde os críticos estavam, pelo que me disseram, nas nuvens. Não se pode esquecer também que isso é uma página da nossa história, uma das mais sombrias sobre as relações entre o Japão e a Coreia. Ele retraça, com realismo, o que era o dia a dia, exigente, nos bairros pobres e nos guetos coreanos de Kansai[3] durante o período entreguerras. Os homens, nessa época, se matavam de trabalhar nas fábricas para ganhar alguns ienes. Esse filme também teve uma boa recepção na Coreia. O que é muito importante. Será melhor ainda se o trabalho de memória entre os nossos países for facilitado pelo cinema. Já é um progresso. Até hoje, o mínimo que se faça para melhorar as relações, ainda bem tensas, entre o Japão e a Coreia do Sul é uma ótima iniciativa.

Referências

Isto poderia parecer curioso para alguns, mas eu não conheço bem o cinema. Eu não conheço nem a história do cinema, nem a dos diretores de cinema. Nunca estudei o cinema em uma escola, ou até mesmo nos livros. Nunca recebi uma formação tradicional, formal, para me tornar um cineasta. Eu sou autodidata, alguém que aprendeu na escola da vida. Eu digo, frequentemente, que dirijo, em primeiro lugar, para agradar a mim mesmo. É verdade, eu faço filmes para mim mesmo, eu sou o meu melhor público! Muitas vezes, e eu acho isso divertido, os críticos que não gostam do meu estilo cinematográfico parecem lamentar alguns grandes mestres do cinema japonês, comparando, nos seus artigos, os meus longas-metragens com os de alguns grandes nomes, como Yasujiro Ozu, Kenji Mizoguchi, no Japão, ou até mesmo Robert Bresson, no exterior. Cineastas de quem eu nunca vi todos os filmes! A verdade é que, no cinema, longe das normas acadêmicas, eu acho que inventei o meu próprio estilo.

Entre os cineastas estrangeiros, eu reconheço, entretanto, várias influências, e algumas referências. Stanley Kubric, por exemplo, é um diretor que eu aprecio muitíssimo. Ele é, sem dúvida, o meu cineasta preferido. Ele ter feito *Laranja mecânica* [*A clockwork orange*, 1971] e *2001, uma odisseia no espaço* [*2001: A space odyssey*, 1968] é uma prova do seu gênio. *Barry Lyndon* [1975] e *O Iluminado* [*The shining*, 1980] são também obras extraordinárias. Ele fez poucos filmes, mas que filmes! Gêneros diferentes, mas nunca uma comédia. Cada um dos seus filmes marcou a sua época e um público bem heterogêneo. Eu acho que ele foi influenciado pelo cubismo, provavelmente de forma inconsciente. Como nos seus filmes anteriores, no último - com Tom Cruise e Nicole Kidman, *De*

---
3. Região de Kyoto-Osaka. (N. A.)

olhos bem fechados [*Eyes wide shut*, 1999], de que os japoneses gostaram muito (e que Stanley Kubric terminou sete dias antes de falecer, em sete de março de 1999) -, não se percebe nenhum senso cômico. Eu gostei muito desse filme, ele me intrigou. Kubric, por assim dizer, se despiu nele. Nesse filme, ele coloca em cena a mentira, a perversão e a paranoia amorosa, o ciúme, os segredos miseráveis do homem... Eu acho que ele quis expor, revelar, toda a porção de loucura que ele tinha dentro de si mesmo. Uma loucura que me interessa.

Assim como eu sempre adorei Buster Keaton. O estilo cômico dele atingiu, a meu ver, a perfeição. Eu o prefiro a Charles Chaplin. Apesar de Chaplin ter sido, também, um gênio ao seu modo, e um pioneiro. Os primeiros filmes mudos de Chaplin, de longe os melhores, sempre me impressionaram e me emocionaram muito. *O garoto* [*The kid*, 1921] é uma obra-prima... Chaplin tinha um talento nato para apresentar o sofrimento dos fracos e dos que não têm absolutamente nada. Ele fazia isso com muita ingenuidade. Ele atuou e dirigiu com uma alegria infantil que se parece com a magia. Existe, nas suas obras, algo de sobrenatural que, no final das contas, não dá para entender.

Eu me lembro também de que, no final dos anos 1960, ou bem no começo dos anos 1970, eu assisti a um filme no cinema cujo nome no exterior era "A fonte"[4] [*Jungfrukällan*, 1960], uma obra maravilhosa de Ingmar Bergman. O fato é que, ao ser lançado no Japão, o nome dado a ele foi *A fonte da donzela*. Fui correndo ao cinema achando que ia me divertir, eu tinha certeza de que se tratava de um filme erótico. Eu realmente fui enganado.

Eu também vi todos os filmes de Alfred Hitchcock. *O terceiro tiro* [*The trouble with Harry*] (1955) é o meu preferido. O suspense dos filmes dele sempre foi extraordinariamente bem construído. Eu também gostei de *Os pássaros* [*The birds*, 1963], apesar de não ter achado a montagem boa.

Já o roteirista de *Scarface* [1983] - filme iluminado e sustentado pela atuação de Al Pacino -, Oliver Stone, eu acho que tem muito talento. Ele é realmente um grande diretor. Oliver Stone é, antes de tudo, um cineasta engajado. Ele dirige filmes, muitos filmes, para transmitir mensagens políticas ao grande público e provocar debates, em particular sobre a guerra do Vietnã, o assassinato de Kennedy ou a violência da sociedade americana, com *Platoon* [1986], *Assassinos por natureza* [*Natural born killers*, 1994], *JFK - a pergunta que não quer calar...* [*JFK*, 1994] Filmes bem difíceis. Às vezes, eu também tenho a impressão de que ele acaba exagerando, o que acaba se voltando contra ele.

---

4. No Brasil, *A fonte da donzela*. (N. E.)

Eu também sou um grande admirador de Clint Eastwood. Aliás, eu me encontrei com ele na Mostra de Veneza – quando estava apresentando *Brother* – e senti que a gente se entendeu bem. Eu gosto um pouco menos dos últimos filmes dele, como *Menina de ouro* [*Million dollar baby*, 2004], ou *A conquista da honra* [*Flags of our fathers*, 2006] e *Cartas de Iwo Jima* [*Letters from Iwo Jima*, 2006] – este, digam o que disserem, foi pensado e dirigido do ponto de vista americano, e não japonês. Eu prefiro, de longe, os primeiros Eastwood, em particular o seriado *Perseguidor implacável* [*Dirty Harry*, 1971], que sempre me encantou.

Mel Gibson também é um diretor que tem um caráter forte. Ele se parece com Clint Eastwood em algumas coisas, particularmente o percurso dele. Do papel interpretado por ele em *Mad Max* [1979] até a direção do filme *Coração valente* [*Braveheart*, 1995], ele mostrou que era um homem de cinema, um verdadeiro. Ele tem um talento enorme e certo senso de provocação. Na minha opinião, o seu filme *Apocalypto* [2006] vai ser marcante. A direção é simplesmente grandiosa. O filme é realmente fascinante, espetacular; uma proeza! Eu também gostei do uso limitado dos efeitos especiais.

Eu também respeito muito Martin Scorsese, cujo estilo eu aprecio bastante. *Os bons companheiros* [*Goodfellas*, 1990] é, na minha opinião, um dos melhores filmes dele. Na tela, Robert de Niro é pura e simplesmente genial, e Joe Pesci, no seu papel, é de tirar o fôlego. Eu adoro o Joe Pesci! Ele é realmente um grande ator. Ele é um ator completo... Quando Hollywood deu o Oscar de melhor filme para Scorsese, por *Os infiltrados* [*The departed*, 2006] (remake *do filme de Hong-Kong* Conflitos internos [*Mou gaan dou/Infernal affairs*, 2002]), eu disse para mim mesmo: "Ele realmente mereceu", mas não me sentia à vontade. Aliás, como muitos dos admiradores japoneses dele. Como se essa fosse a primeira obra-prima de Scorsese! Esse prêmio parecia um prêmio de consolação! Parecia uma medalha de aposentadoria. Até então, Scorsese nunca tinha recebido o prêmio supremo de Hollywood, apesar de ser um dos maiores cineastas do mundo. Talvez ele nem tivesse se esquentando por isso. De qualquer forma, ele deve ter ficado bem emocionado, eu tenho certeza. Mas eu acho que ele deveria ter recebido esse Oscar há muito mais tempo, pelo menos por *Touro indomável* [*Raging bull*, 1980], por *Taxi driver* [1976] ou ainda por *Cassino* [*Casino*, 1995] – que filme! –, em que Sharon Stone, De Niro e Joe Pesci estão excelentes. Eu senti um prazer imenso vendo esses espertalhões pegarem e administrarem a grana da máfia local para montar o cassino deles. Eu também gosto dos filmes dos Irmãos Coen, Ethan e Joel, ídolos de inúmeros cinéfilos no Japão. Eu gosto do estilo bem fora do comum deles, telúrico, muito engraçado.

Mas, como eu já disse, eu não vi tantos filmes assim. Nem mesmo todos os de Akira Kurosawa. E eu me senti realmente obrigado a ver os filmes dele quando eu voltei ao Japão depois de uma estadia na Europa porque os jornalistas me faziam perguntas sobre ele e sobre os filmes dele!

No Japão, eu tenho a impressão de que existam, hoje, dois tipos de cineastas. De um lado, aqueles que são próximos ou herdeiros de Akira Kurosawa, que gostam de dirigir situações bem marcantes e personagens com identidades fortes, e, do outro lado, aqueles que, ao contrário, como Yasujiro Ozu, seguindo um cinema bem intimista, feito de detalhes quase imperceptíveis, colocam em evidência as pequenas coisas e as vibrações da vida do dia a dia. Eu me sinto, logicamente, mais próximo dos primeiros.

Eu não concordo com toda a obra de Kurosawa. *Ran* [1985], por exemplo, é um filme que considero muito shakespeariano ao meu gosto, quase entediante em alguns momentos. Os últimos filmes dele são muito bonitos, mas também muito poderosos, demais a meu ver, difíceis de compreender. *Dersu Uzala* [*Derusu Uzara*, 1975] é, na minha opinião, o filme mais bonito dele, é uma obra-prima, filmado de maneira formidável, a fotografia é sublime, e as imagens da natureza, absolutamente fantásticas. Ao mesmo tempo, eu não acho que esse filme seja uma diversão, mas sim uma prova.

Eu também gosto, entre outros filmes de Kurosawa, de *Rashomon* [1950], ou *Os sete samurais* [*Shichinin no samurai*] (1954); uma diversão excelente! *Kagemusha - A sombra do samurai* (1980) ainda é um dos seus grandes filmes. Apenas *Sanjuro* (1962), com o ator Toshiro Mifune, filme que vai inspirar o filme de Sergio Leone (*Por um punhado de dólares* [*Per un pugno di dollari*, 1964]), foi um fracasso total. Eu acho que, desde então, nenhum cineasta no Japão foi capaz de chegar a seus pés[5].

Eu acho uma pena que hoje ele não faça mais parte desse mundo e que a sua obra seja tão pouco respeitada. No Japão, os roteiros dos seus filmes caíram nas mãos de pessoas gananciosas, da mídia e das agências de publicidade, que

---

5. *Os sete samurais*, lançado em 1954, foi um filme muito importante para o cinema japonês. Ele é considerado um dos primeiros filmes de ação do cinema mundial. John Sturges fez um *remake* dele em 1960, *Sete homens e um destino* (*The magnificent seven*). *Dersu Uzala*, feito a partir de um romance autobiográfico homônimo, *Dersu Uzala*, de Vladimir Arseniev, oficial-topógrafo do exército russo, recebeu o Oscar de melhor filme estrangeiro em 1976. Já *Kagemusha*, 26º filme de Kurosawa (dirigido quando ele tinha setenta anos), um dos filmes históricos mais caros jamais filmados no Japão (foi necessário um orçamento de 300 milhões de ienes - que nenhuma companhia japonesa quis adiantar -, 15 mil figurantes e as ajudas determinantes de Francis Ford Coppola e de George Lucas), acontece em um Japão do século XVI despedaçado pelas guerras feudais e relata os combates obstinados de três senhores da guerra. O filme triunfou nos Estados Unidos e na Europa, e em particular na França, onde ele recebeu, em 1980, a Palma de Ouro do festival de Cannes e o César de melhor filme estrangeiro (o César é um prêmio francês como o Oscar americano). (N. A.)

acabam fazendo qualquer coisa. Muitas vezes, ao assistir à televisão, eu vi propagandas usando as imagens dos filmes de Kurosawa-san...

Por outro lado, eu não me sinto à vontade em relação a muitos clássicos japoneses, como *Era uma vez em Tóquio* [*Tokyo monogatari*, 1953], de Ozu, em que, a meu ver, as cenas são longas demais, os personagens passam muito tempo falando, bebendo e comendo. Da mesma maneira, eu conheço muito mal as obras de Mizoguchi, que não me interessam nem um pouco. No entanto, eu sei que os filmes dele agradam muito a inúmeros cinéfilos estrangeiros que encontram neles o Japão de que gostam. Eu também tenho o mesmo problema com alguns diretores estrangeiros. Wim Wenders, por exemplo. É um grande cineasta, eu reconheço que o respeito, mas, na verdade, não entendo absolutamente nada do universo dele.

Quando eu era estudante, eu via, essencialmente, filmes de ação, *yakuza eiga (filmes de* yakuza). Eu descobri mais tarde os filmes de Kinji Fukasaku e de Seijun Suzuki, dois cineastas *cult*. Eu gostava dos filmes que surpreendiam o tempo todo, ou aqueles que davam tiros a torto e a direito do começo ao fim. Alguns filmes estrangeiros com tramas, às vezes, muito simples me marcaram para sempre: *Traga-me a cabeça de Alfredo Garcia (de Sam Peckinpah, 1974)* [*Bring me the head of Alfredo Garcia*] ou o filme de suspense americano *Viver e morrer em Los Angeles* [*To live and die in L.A.*], de William Friedkin (1985).

Eu admiro Jean-Luc Godard tanto quanto Kurosawa. Godard dirigiu filmes inesquecíveis. Os estilos deles são muito diferentes. Na mesma época, ambos tinham, na origem, um cinema diametralmente oposto. Akira Kurosawa dirigiu filmes grandiosos, às vezes grandiloquentes. Ele marcou uma época, a nossa identidade. A história, no sentido nobre, era a paixão dele. Ele levou em conta as tragédias que o Japão conheceu no século XX com um olhar intrinsecamente japonês, ou seja, bem tradicional. Sempre permanecendo muito independente, Kurosawa levava em conta as realidades do nosso país. Eu acho que Godard, ao contrário, sempre foi um verdadeiro rebelde, um anticonformista absoluto no meio da indústria do cinema. Eu o respeito muito. Eu admiro a sensibilidade dele. Eu adoro *Acossado* [*A bout de souffle*, 1960]. E *A chinesa* [*La chinoise*, 1967] é, a meu ver, um filme *cult*. Quando ele se tornou conhecido, Godard foi o instigador, com outros, logicamente, de um novo cinema – a *Nouvelle Vague* –, que ele experimentou ao extremo como meio de luta contra um sistema social pesado e conformista, como instrumento radical de exacerbação da representação da realidade. Como Sartre e Simone de Beauvoir, Godard contribuiu, durante a sua vida, para a mudança cultural que nós conhecemos. E não apenas na França.

De qualquer forma, você deve ter entendido que o gigante que eu mais respeito é o nosso mestre desaparecido, Akira Kurosawa. Se eu tivesse de citar três nomes entre os maiores cineastas japoneses contemporâneos, eu escolheria Akira Kurosawa, Nagisa Oshima e Kinji Fukasaku.

A crítica japonesa

No Japão, a crítica é rígida e muito rigorosa. Assim, é difícil ser totalmente reconhecido no meu país. Saiba que os japoneses são muito simplistas. Isso não é pejorativo. O que eu quero dizer com isso é que, se a crítica francesa ou italiana se empolga com os meus filmes depois de eles terem sido negativamente criticados no Japão, os japoneses vão se esforçar para vê-los de outra maneira, com um olhar completamente diferente, mais conciliador. Eu tenho certeza de que isso acontecerá com o meu próximo filme, mesmo se os críticos japoneses escreverem, primeiramente, que "esse não é um filme muito bom". Como de hábito, eles usarão como pretexto detalhes do filme de que não gostam para assassinar todo o longa-metragem. Mas, ao mesmo tempo, ou um pouco depois, os europeus, os italianos, os franceses, os ingleses, os alemães, os gregos, os russos e outros, seguidos pelos americanos, vão se extasiar diante desse filme, que qualificarão de "surpreendente" ou de "maravilhoso", ou vão atenuar as críticas negativas. Eles encontrarão as palavras certas e convidarão os seus leitores para ver esse filme, e eles atribuirão uma ideia positiva ou negativa a ele... E, no Japão, mais uma vez, os críticos vão tentar consertar o que disseram. Eu confesso que fico muito perplexo, e me sinto decepcionado com essa situação – aliás, como muitos dos meus colegas do cinema. Eu não acho que a situação mude tão cedo. Uma vez, eu tive direito a uma crítica positiva na imprensa japonesa: o jornalista se divertiu contando o número de filmes que eu dirigi! De todo modo, eu tenho certeza de que o público japonês não vai entender o meu próximo filme. Eu sou tratado como lixo no meu próprio país!

E repito: eu realmente gostaria que a situação mudasse. Eu trabalho nesse sentido. Mas as barreiras psicológicas e os obstáculos culturais são muito importantes. Eu gostaria que os japoneses – cada um deles – tivessem realmente mais opiniões pessoais, que aprendessem a pensar por si mesmos. Se eles não conseguirem fazer isso, o Japão vai certamente ser colonizado, de tanto ver os japoneses dependerem, constantemente, do que dizem e pensam os estrangeiros...

Os japoneses julgam um dos meus filmes "formidável" apenas quando eles não conseguem entendê-lo. Às vezes eles não entendem nada e acham realmente que ele é "bárbaro". A opinião dos japoneses permanece um mistério para mim. Isso que eu digo pode não parecer nada, mas é um problema maior. Trata-se da qualidade de julgamento e de discernimento dos japoneses.

Se o nosso Imperador resolvesse se abrir, você acha que teria alguém, no Japão, que pudesse apreciar e julgar as confidências dele? Não teria muita gente, eu garanto. Em todo caso, eu seria provavelmente o primeiro a dar a minha opinião! Com todo o respeito, logicamente. Porque qualquer japonês que critica em voz alta a corte imperial acaba correndo riscos, em particular o de chamar a atenção dos *uyoku*[6]. Ainda existem tabus no nosso país... Daí a força do comediante, que tem a liberdade de dizer tudo, de contar qualquer coisa. A arma do riso pode tornar "perigoso" aquele que sabe habilmente manejá-la. No que me diz respeito, sempre evitaram que eu me encontrasse com o Imperador. Os meus amigos teriam medo demais de que eu começasse a dizer a ele coisas absurdas!

Dois anos depois de me ter dito isso, para sua grande surpresa, Takeshi Kitano seria convidado pelo Imperador para ir ao palácio imperial durante uma cerimônia do chá. Alguns dias depois de sua visita ao palácio (no dia 13 de novembro de 2009), Kitano me confessava rindo: "Depois de ter sido ignorado pela corte, eu fui convidado pela família imperial para uma tea party. Quando eu estava na presença do Imperador, tinha uns dez guardas da segurança em torno de mim. Talvez eles estivessem lá para ter certeza de que eu não fizesse nenhuma besteira nem dissesse nada que embaraçasse a vossa Majestade Imperial!".

Mestre Kurosawa

No Japão, não se questiona o que é sagrado. Assim, para voltar a Akira Kurosawa, eu acho que fui o único que ousou criticar alguns dos filmes dele, apesar de toda a admiração e respeito que tenho por ele. Porque Kurosawa é um mestre para mim.

Paradoxalmente, os japoneses perceberam bem cedo o renome internacional dele, o que não quer dizer, no entanto, que eles o ajudaram a financiar as suas obras ao longo da sua carreira. Foram os produtores estrangeiros, como Luis Buñuel, Serge Silberman, George Lucas ou Spielberg, que, na maior parte do tempo, o apoiaram.

---

6. Grupelho de extrema direita do Japão. (N. A.)

No que me diz respeito, eu nunca tive as mesmas preocupações em matéria de produção. Eu me viro bem melhor do que os outros cineastas. Talvez porque eu seja uma celebridade da televisão. Muitos dos meus filmes são coproduzidos por patrocinadores amáveis, empresas como a Bandai Visual, mídias como a Tokyo FM, TV Asahi, TV Tokyo, a agência de publicidade Dentsu...

Apesar disso, desde que eu ousei falar duas ou três palavras desagradáveis sobre um ou outro filme de Kurosawa, que se tornou um verdadeiro monstro sagrado, uma espécie de intocável entre os intocáveis desde que morreu, eu acabei entrando em uma lista negra de alguns críticos que, por sua vez, não me deram sossego. Eles disseram que eu realmente não era "normal", subentendendo que eu era um cara estranho, um marginal próximo aos parasitas!

A única coisa é que eu respeito profundamente Kurosawa, que gostava de mim. Ele gostava do meu trabalho. Ele me escreveu um dia dizendo: "Eu acho que você vai salvar o cinema japonês. O futuro dele está em suas mãos". Ele me disse isso de novo, na minha frente, em 1994, no refúgio dele de Gotemba, perto do Monte Fuji, durante o nosso encontro para uma reportagem da NHK, se não me engano. O meu produtor, Mori, também estava lá. Nesse dia, Kurosawa me disse: "Eu gosto dos seus filmes, o modo como você os filma e a maneira como você aparece com a sua câmera. O seu estilo é audacioso e temerário". Eu fiquei emocionado pelo fato de que um cineasta dessa grandeza, com um tamanho talento, me elogiasse assim. Eu fiquei muito intimidado.

Eu nunca tive a oportunidade, a sorte, de ver Kurosawa trabalhar. Cada vez que eu assistia pela primeira vez aos filmes dele, a minha reação sempre era a mesma, uma reação bem simples: "Sugoi!"[7]. Eu ficava seduzido pelos métodos de enquadramento, pelos planos longos, às vezes intermináveis, pelo seu jeito sutil de desenvolver o roteiro... Ele ousava filmar um personagem ao longe, manobrando lentamente a câmera ao lado dele. O seu estilo teve um enorme impacto sobre mim. A sua influência foi determinante.

Akira Kurosawa dirigia roteiros ambiciosos. Ele podia fazer isso porque tinha uma enorme resistência física. Ele era uma força da natureza, a sua corpulência era o reflexo da energia que ele tinha. Ele realmente não era um japonês normal.

Quando eu vi pela primeira vez o último filme dele, *Sonhos [Yume, 1990]*, fiquei subjugado pela primeira história, o primeiro dos sonhos[8]. Akira Kurosawa, se fosse mais novo, teria conseguido fazer um filme inteiro a partir desse único episódio.

---

7. "Maravilha!" (N. A.)
8. "Um raio de sol através da chuva" é o nome do primeiro sonho, no qual o herói, uma criança perdida na floresta, testemunha um misterioso cortejo nupcial no qual os sacerdotes têm cabeças de raposa. (N. A.)

Eu me lembro da nossa conversa. Kurosawa me perguntou: "Até que ponto você dirige os seus atores no *set*?". Eu respondi: "Eu trabalho o mais rápido possível. Eu termino rapidamente as minhas filmagens, pois não espero quase nada dos meus atores e das minhas atrizes. Eu peço para um ator fazer isso ou aquilo; se ele conseguir, ótimo, mas, se ele não conseguir, eu não insisto; não multiplico as minhas tomadas: faço uma ou duas e, normalmente, acabou!". Kurosawa me responde educadamente: "Eu também". Ele realmente me fez rir porque a gente não competia na mesma categoria! Eu sabia que ele era capaz de filmar com três câmeras, e exigir até doze ou quinze planos de uma cena.

Na verdade, a diferença principal entre os cineastas de grande talento, como Nagisa Oshima e Akira Kurosawa, e eu é que eles sempre adoraram o cinema, sempre foram loucos pelo cinema. Eles foram guiados pela paixão. Ambos sempre deram muito amor a cada uma das suas obras. Um amor imenso. Ao passo que eu não sou um cinéfilo. A minha abordagem é bem descontraída... Eu não sou capaz de amar o cinema tanto quanto os monstros sagrados.

A Palma de Ouro para Michael Moore

Eu não tenho vergonha de dizer: eu me inclino diante de um grande número de obras cinematográficas americanas. Mas, quando Michael Moore ganhou a Palma de Ouro do Festival de Cannes com *Fahrenheit 11/9* [*Fahrenheit 9/11*, 2004], isso me incomodou profundamente. Amigos japoneses ficaram com raiva. Eles achavam que, se Moore tinha recebido a Palma de Ouro, *Verão feliz* poderia ter, deveria ter, ao menos, recebido um prêmio. Cannes não tinha me dado nada, mas sendo naturalmente predisposto à tristeza e me sentindo normalmente constrangido com a felicidade, eu não estava surpreso. Isso não impediu que Cannes tenha preferido recompensar um documentário – uma obra cinematográfica, eu também concordo, mas, de qualquer forma, um documentário. Eu pensei, então, que Cannes não tinha medo de se desmerecer dando a Palma de Ouro a Michael Moore. Paradoxalmente, eu tive a impressão de que, ao lhe dar a Palma de Ouro, a Europa se inclinava diante dos Estados Unidos e se rebaixava de um jeito lamentável. Por quê? Porque o cinema americano tem uma influência imensa na Europa, e dar a Palma de Ouro para uma obra americana faz com que o seu sucesso seja garantido. No entanto, eu achei que *Fahrenheit*, apesar das suas cenas hilariantes e a sua montagem sutil, era uma obra simplista, até mesmo confusa, e que, debaixo de uma cobertura de críticas a George W. Bush e da sua decisão de atacar e invadir o Iraque, o filme caricaturava as causas da intervenção no Iraque. Eu não digo que esse documentário não tenha valor. Mas daí a dar a ele a Palma de Ouro... Aliás, Moore foi o primeiro a ficar surpreso. Na verdade, eu achei que o motivo de dar o prêmio a esse filme foi simplesmente para se ficar com a consciência tranquila, e que ele desvalorizou um tema particularmente grave. A política internacional é uma coisa muito séria, muito complicada. Querer abordá-la no cinema é um trabalho que pode se mostrar muito perigoso. Na minha opinião, um filme não vale nada se não mostra corretamente o contexto. Quando Jacques Chirac se opôs energicamente ao presidente Bush, eu disse a mim mesmo: "Veja só! Um europeu, um francês, que teve a coragem de expor as suas opiniões e de se opor ao presidente dos Estados Unidos". Mas eu achei que, se uma grande instituição cultural como o Festival de Cannes se deixou literalmente, me desculpe a palavra, se ludibriar por um documentário americano antiamericano, isso prejudicou o seu prestígio. A meu ver, Cannes se colocou em maus lençóis.

A propósito do conflito iraquiano, o cineasta redigiu uma carta e emprestou seu nome, em 2005, a uma campanha exigindo a liberação rápida da jornalista francesa Florence Aubenas, então uma grande repórter do jornal francês Libération, *sequestrada e refém em Bagdá. "Eu, abaixo assinado, Kitano Takeshi, aliás, Beat Takeshi, peço a liberação imediata de Florence Aubenas. A política nao tem nada a ver com o amor da humanidade. 20 de maio de 2005, Kitano Takeshi."*

O meu produtor

Eu percebo que falei muito do meu círculo de amigos e de trabalho, mas nunca do meu diretor de produção. Masayuki Mori trabalha nos bastidores e cuida da boa saúde da minha "Office Kitano" – que a gente fundou junto em 1988 –, enquanto eu divirto o público nos sets de televisão. Mori-san é realmente um cara sensacional, um profissional da televisão e do cinema. Eu garanto que ele tem um ótimo faro e investe como ninguém para garantir o sucesso das minhas produções que ele distribui em um monte de países, uns sessenta. Ele produziu ou coproduziu todos os meus filmes, sem nenhuma exceção, junto de patrocinadores fiéis. Tem de ser muito corajoso, ter sangue frio, ser visionário. Mori-san estudou em Tóquio, na universidade Aoyama-gakuin. A gente se conhece há muito tempo. Ele me apoia e me protege desde que comecei na televisão.

No final da primavera de 2009, surgiu a oportunidade de passar um bom tempo com Masayuki Mori, presidente da Office Kitano e, além disso, pilar do comitê diretor do Festival de Cinema Filmex. Foi a ocasião dos sonhos para colher segredos. Produtor e anjo da guarda, Mori-san aceita as regras do jogo e se abre. Ele é quem melhor conhece Takeshi Kitano. Suas respostas, longas e precisas, acabam se tornando uma hagiografia. Ele é uma fonte inesgotável de informações e confirma rapidamente o essencial: "Takeshi é um ser complicado. Existem nele várias personalidades. Kitano sempre interpreta Kitano. Aquele que eu conheço é o Kitano que se encontra com Mori-san (risos)! Quando a gente se vê, será que ele é o verdadeiro e único Kitano? Trinta anos já se passaram desde o nosso primeiro encontro.

Eu era, então, um dos diretores de programação de um programa de televisão patrocinado por uma gravadora que revelava novos talentos, cantores e cantoras ainda desconhecidos. Mas acontece que Takeshi já apresentava o programa, ele era o mestre de cerimônias, e soube como chamar a atenção.

Quando eu descobri Beat Takeshi, ele já era conhecido com os Two Beat. Ele se saía muito bem na televisão. Era diferente dos outros. Seu estilo corrosivo seduzia o público. A gente começou a trabalhar junto. Era muito estimulante. Ele era, na verdade, muito sensível a todos os detalhes, e isso me agradava. A gente trabalhava lado a lado – o que acontece ainda hoje.

Eu descobri seu imenso talento no começo dos anos 1980, sua inteligência do riso e das coisas da vida. Suas gags, suas piadas, eram vistas com bons olhos, sempre exatas! Ele já tinha tarimba e experiência anterior. Usava técnicas surpreendentes, novas expressões, termos de vocabulário científico, histórias surrealistas, hilariantes, que vai saber de onde saíam. E o público queria mais. Nessa época, ele já não tinha medo de nada nem de ninguém, e dizia, frequentemente, coisas incríveis. Na minha opinião, ele continua sendo "o" mestre, um grande professor. Eu garanto que já ralei muito com ele. Ele me deu muitos, muitos deveres de casa (risos)! Ele é voluntarioso. Nunca mudou. Qualquer que seja sua ideia, qualquer que seja seu sonho, deve ser realizado. Ele não pode esperar. Ele vai rápido. Bem rápido. Sua rapidez é fulgurante e faz a diferença. Sua energia é de tirar o fôlego. Eu o acompanhei, frequentemente, nas farras, que duravam a noite toda. A gente voltava para a casa dele de madrugada. Eu parecia um cadáver. Ao passo que ele, animado depois de uma chuveirada, saía de novo para trabalhar em plena forma. Ainda acontece de ele não dormir e, de manhã, depois de uma chuveirada, sair de novo para fazer mil coisas ao mesmo tempo. Ele consegue fazer tudo isso porque, antes de tudo, é um ser racional.

Na televisão ele é Beat Takeshi, e sabe o que os telespectadores esperam dele. Ao contrário, quando dirige um filme, sabe se comprometer. Ele dá, escuta, é generoso e humilde. E todo o seu ser, sua personalidade, sua essência aparecem na tela. Assim como não hesitaria em anular um programa de televisão, no cinema, é sua consciência que fala, e ele se expõe mais e arrisca muito mais. Ele gostaria muito que os telespectadores que assistem a seus programas de televisão fossem também ao cinema assistir a seus filmes, mas, quando não é o caso, ele simplesmente diz: 'Paciência!'. Isso não impede que sua aura e seu poder midiático sejam enormes. Porque vários públicos assistem ao que ele faz. Aqueles que assistem a seus programas de televisão não são os mesmos que leem seus livros. Aqueles que gostam de seus filmes formam ainda outro público. Comigo, em todo caso, mesmo tendo continuado a ser o mesmo, eu sempre fico na dúvida se ele está interpretando um ou outro Kitano. Talvez seja um medo sem fundamento. Mas é assim, eu não consigo me acostumar com ele. Nunca vou saber o que me espera. Sempre fico nervoso quando tenho de falar de trabalho com ele. A relação da gente se mantém graças a essa tensão, afinal, muito saudável. E eu tenho certeza de que isso nunca vai mudar. Entre mim e ele, sempre vai passar uma corrente...".

A trilha sonora de um filme

Eu dou muita importância para a trilha sonora dos meus filmes. A cada vez, para cada longa-metragem, chamo um diretor musical e um compositor. De maneira geral, mostro ao compositor, o mais cedo possível, os *rushes* para que ele comece a trabalhar rapidamente. Compor a trilha sonora de um filme é extremamente complicado. As cenas e as imagens devem corresponder às notas, aos sons, o tempo todo.

Particularmente, eu trabalhei muito com Joe Hisaishi, que compôs uma música maravilhosa para *Hana-bi*. Ele também encontrou as boas notas para *De volta às aulas* e *Verão feliz*. Em *Dolls*, nossa colaboração, até então excelente, foi posta à prova. A gente não encontrava a música adequada. Eu tinha a estranha impressão de que os arranjos compostos por Hisaichi-san deformavam as imagens, e que, em outros momentos, a imagem falseava a música dele. Finalmente, a gente desistiu e se contentou com aquela que ficou no filme – e que, eu acho, não deixou nem eu nem ele totalmente satisfeitos. De qualquer forma, o problema da música não tinha sido resolvido porque, durante a montagem, a gente tinha a impressão de que o figurino de Yohji Yamamoto era tão chamativo que encobria a música. Na verdade, a minha relação com Joe Hisaichi é, desde então, muito conflituosa. A gente aceita, ambos, essa rivalidade, às vezes brutal, porque a gente sabe que ela é criativa.

Em *Zatoichi*, o diretor musical, Keiichi Suzuki, teve um trabalho muito duro. A gente passou horas e horas junto no estúdio. A gente até chegou a mudar cinco vezes a composição, até que a música e cada nota fossem exatas e entrassem em harmonia com os planos e a trama do filme! Sem a sua música e os seus ritmos ofegantes, *Zatoichi* seria um filme completamente diferente.

Da filmagem à montagem

Já me perguntaram várias vezes como acontecem as filmagens e as montagens dos meus filmes. Na verdade, eu não tenho receita. Cada filme é uma aventura diferente da anterior. O "roteiro" tem apenas uma importância relativa. Em plena rodagem, eu não tenho medo de mudar o roteiro original se acho que é necessário, às vezes mesmo por instinto. Eu já cheguei até a mudar radicalmente a história, os diálogos, a direção bem na hora em que a câmera ia começar a filmar. Eu adoro improvisar.

A montagem é um momento particularmente importante. Eu prefiro, então, comandar essa etapa. Eu mesmo monto os meus filmes. Na maior parte do tempo, faço questão de dirigir todos os cortes dos planos para que o resultado seja fiel às ideias que eu tinha em mente quando disse "rodando". A montagem não deixa de ser um trabalho duro, muito longo.

Jamu session kikujiro no natsu koshiki kaizokuban (Jam Session), *um excelente filme documentário (montado como um programa pirata) do diretor Makoto Shinozaki, revela, no segredo dos estúdios, como Takeshi Kitano trabalha. Seu método lembra uma jam session de jazz: cada membro da equipe de filmagem, tanto os atores como os técnicos, contribui do seu jeito, ao passo que Kitano orquestra e deixa o imprevisto se instalar, permanecendo atento aos seus colaboradores. Seu senso de improvisação vem de sua experiência dos sets de televisão.*

Falando em montagem, eu adorei fazer um "Cine-mangá" para a revista francesa *Les Cahiers du cinéma* – um projeto que recebeu o apoio da estilista Agnès b. Foi uma experiência divertida. Essa revista de prestígio me pediu para imaginar quatro cenas e depois comentá-las, como em um processo de construção surrealista.

Dois atores inevitáveis: o veterano e o jovem ator promissor

Eu gostaria muito de trabalhar com Ken Takakura, um ator japonês por quem eu tenho um imenso respeito. Em 1985, a gente atuou junto em um filme japonês, *Yasha*[9]. Ken já era muito popular quando eu estudava Ciências na universidade. Ele podia ser visto nos cartazes de filmes de *yakuza*. Se aparecer alguma ocasião, eu darei para ele um grande papel de *oyabun*[10]. Nos anos 1960 e 1970, ele era uma figura sagrada, um ator de primeiro escalão, que atuava nos *yakuza eiga*[11]. Ken sempre me disse: "Não me chame. Apenas em caso de urgência!". Às vezes me dá vontade de ligar para ele, de falar com ele. Eu começo a discar o número dele e, quando chego ao último dígito, em vez de colocar oito, eu coloco... zero. Eu não tenho coragem de incomodá-lo.

A estrela ascendente do momento, na minha opinião, é o jovem Taichi Saotome. Um verdadeiro gênio. Ele ainda é jovem, mas o talento dele é imenso. Ele é um grande dançarino, um intérprete excelente, e foi extraordinário em *Zatoichi*, mesmo com apenas dez anos, e depois em *Takeshis'*, aos treze anos! Ele subiu pela primeira vez aos palcos com quatro anos. Já atuou em uma quantidade fenomenal de comédias musicais. Eu prevejo para ele um grande futuro. Sei que, em Hollywood, agentes estão interessados nele e estão seguindo o seu percurso. Assim que for possível, quero levá-lo a Nova York, para que ele descubra a Broadway. Eu gostaria que ele descobrisse o *rap* e que aprendesse o *hip-hop*. No Japão, a atenção sobre ele dobrou desde que ele foi convidado para o meu programa de televisão "*Daredemo no Picasso*". Quando ele atua no teatro em Asakusa, particularmente no teatro de Mama Saito, a sala lota.

A letargia do cinema japonês

Nesses últimos três anos, o Japão produziu cerca de quatrocentos a quinhentos filmes por ano – incluindo as novelas de televisão. Parece que é um

---
9. *Yasha*, filme de Yasuo Furuhata, 1985. (N. T.)
10. Chefe de uma gangue *yakuza*. (N. A.)
11. Filmes policiais *yakuza*. (N. A.)

recorde em vinte anos. Muita gente se felicitou com esses bons números. Mas não eu! Porque quantidade não quer dizer qualidade. E não é porque o Japão produz, de repente, centenas de filmes por ano que a nossa indústria cinematográfica vai bem. Não é com filmes mal escritos, mal interpretados e mal dirigidos, completamente fora de moda, sem fundo, sem história, com o roteiro mal acabado, e, finalmente, sem o menor significado, que o nosso cinema vai sair da letargia. Nesses últimos anos, fora alguns diretores talentosos – como Takashi Miike –, o cinema japonês não me excita em nada. Mas realmente de maneira nenhuma! Eu acho que ele ainda está no fundo do poço. E que, apesar dos raros sucessos, a crise ainda é grave...

Compare, então, com o cinema chinês ou coreano, que têm um vigor excepcional! O nosso, ao lado, declina de um jeito que parece quase irremediável. Mal se pode acreditar. Essa situação catastrófica não parece importunar nem um pouco os nossos responsáveis políticos, que nunca tomaram consciência do tamanho da crise.

Se o cinema coreano conseguiu atingir o nível que ele tem hoje, foi, em primeiro lugar, porque esse país – aliás, como a França – tem um Ministério da Cultura que apoia ativamente e inteligentemente o mundo do cinema – na verdade, toda a indústria cinematográfica nacional. Na Coreia do Sul, pelo menos um terço dos filmes em cartaz deve ser coreano e deve tratar dos temas nacionais. Pode-se até reclamar, mas também se pode julgar que tal medida, evidentemente protecionista, tem alguma coisa de bom. Em todo caso, os resultados são palpáveis; o cinema coreano é ativo porque o Estado apoia ativamente os diretores e os produtores. Pessoalmente, eu dou muita importância à recepção dos meus filmes na Ásia.

O cinema japonês está perdendo terreno há muito tempo. Apesar do desenvolvimento dos *anime (desenhos animados)* – por exemplo, as obras do grande mestre Hayao Miyazaki –, a influência que ele exerce não é mais a mesma que exercia há vinte, trinta ou quarenta anos. Além disso, paradoxalmente, as pessoas reclamam da baixa bilheteria das nossas salas, mas o preço da entrada continua custando 1.800 ienes[12], ao passo que baixar um filme pago na internet hoje custa até cinco vezes mais barato. Logo, essa política não tem sentido, num ambiente comercial em que a cultura é vendida a preços baixos no primeiro *konbini*[13] do bairro.

E dizer que, nos anos 1960, um grande cineasta como Akira Kurosawa já se preocupava com a crise do cinema japonês e com o nível já discutível da nossa

---
12. Treze euros. (N. A.)
13. Mercadinho aberto 24 horas por dia no Japão. (N. A.)

indústria cinematográfica. Kurosawa achava, em particular, que os filmes japoneses eram, frequentemente, "simplistas" e que lhes faltava "substância"! Talvez Kurosawa estivesse falando do que se chama, no Japão, de o espírito "wabi-sabi", um conceito espiritual, estético, que designa certa forma de refinamento, até mesmo de rudeza na simplicidade... Falando nisso, é verdade que existe, na cultura japonesa, um gosto pelo irracional, pelos conceitos propensos a escapar da lógica dos ocidentais. A cultura japonesa do autocontrole, do *savoir-faire* – como comer, beber, olhar, se sentar à mesa ou sobre o tatame, abrir e fazer correr um painel *shoji* –, data, sobretudo, do século XII... Ao evocar a tradição, eu tenho a impressão de que, em matéria de cultura, o Estado japonês se desinteressa completamente do mundo da arte, e não apoia, ou apoia muito pouco, os artistas.

No que me diz respeito, eu trago a minha modesta contribuição, faço o que posso, na verdade o máximo que posso, para dar à nossa indústria cinematográfica um novo impulso e participar do seu renascimento.

Enfim diplomado!

O que é mais engraçado é que eu larguei a universidade Meiji porque eu era incapaz de continuar os meus estudos, mas, quase trinta anos mais tarde, eu recebi o diploma do próprio reitor. A cerimônia, no dia 7 de setembro de 2004, foi até anunciada no site da universidade. Eu era o primeiro ex-estudante não diplomado a receber o meu diploma por causa de um "reconhecimento especial da universidade Meiji". Isso não é tudo. Também me deram um "Prêmio especial ao mérito". Você acredita nisso? É incrível, não é? As autoridades da universidade Meiji consideraram que eu tinha contribuído, do meu jeito, para a notoriedade dela, ao mesmo tempo no Japão e no mundo.

Depois, em 2005, responsáveis de outra universidade, a de Belas Artes de Tóquio, situada em Yokohama, me perguntaram se eu queria me tornar *sensei* (mestre). Uma proposta que era interessante. Eu não acreditava – eu, que nunca tinha terminado os meus estudos. Era um incrível acaso do destino! Finalmente, eu aceitei, e, aos 58 anos, no ano em que virei avô, eu comecei, no dia 1º de abril de 2005, uma carreira universitária especial nessa universidade. Assim, dei, com muito prazer, aulas particularmente animadas para uma dezena de estudantes inscritos no terceiro ciclo, que, teoricamente, se tornariam os cineastas do futuro. Algumas vezes, eu me perguntava se eu era de fato um bom professor...

Em todo caso, eu fiz tudo o que foi possível para ajudar na formação de novos cineastas no nosso país. Mas, se houve certo tumulto nas minhas aulas, acho que foi principalmente porque eu era um professor bem *esquisito*. Porque o meu único objetivo era divertir os estudantes. Eu os levava ao restaurante francês, para beber e saborear *yakitori (espetinhos grelhados)*.

Eu até dava aulas, às vezes, em um pequeno boteco, ou em um *yakiniku*. Eu e os meus alunos, a gente discutia comendo, a gente bebia antes de ir cantar em um karaokê. De qualquer forma, é bem mais emocionante do que aulas entediantes, não é? Eu garanto que os meus alunos preferiam, mil vezes, encher a cara. A verdade é que nenhum deles quer ficar sentado atrás de uma mesa para estudar sabe-se lá que livro, preso em uma cadeira, entre quatro paredes, a se embriagar com as aulas teóricas! O que os motiva é sair, beber, comer, se divertir, encontrar pessoas, sentir as coisas... A minha intenção era fazer com que os meus alunos se encontrassem com artistas, apresentá-los a gente conhecida, iniciá-los na comédia, nas artes da cena, de maneira divertida.

Eu disse às pessoas da universidade: "Eu acho que o cinema não deve ser ensinado em uma sala de aula. É melhor levar os estudantes para a cidade e mostrar a eles a sociedade, ensinar para eles o sentido da vida". E acrescentei: "Eu também não posso ensinar a esses estudantes sei lá quais métodos cinematográficos. Porque eles não podem ser ensinados! Não se deveria tentar explicar a um jovem apaixonado pelo cinema o que ele deve fazer para se tornar um cineasta".

Eu já participei da educação de inúmeros comediantes: o meu *Gundan*, logicamente, mas também comediantes e artistas iniciantes que me disseram que eles tinham escolhido essa profissão depois de terem me visto bancar o palhaço e assistido aos meus programas de televisão. Os jornalistas japoneses que não gostam muito de mim escreveram que eu tinha uma má influência sobre os jovens.

Na verdade, estou pouco me lixando para a opinião deles. De qualquer forma, isso não tem importância. Cada um pode pensar o que quiser. Eu não ligo para o que os outros pensam de mim, e se as pessoas acham o que eu faço bom ou ruim. Eu prefiro que eles me ataquem a que ataquem os meus filmes, principalmente se eles não os viram.

Um belo dia em Cannes

Um belo dia [Subarashiki Kyujitsu] *é o nome do curta-metragem que Kitano apresentou no Festival de Cannes na primavera de 2007. Como 32 outros cineastas de renome originários de 25 países, ele foi convidado a* dirigir um filme de três minutos sobre o tema "sala de cinema", ilustrando o amor pela sétima arte. Os 33 filmes, comoventes, lúdicos, poéticos, divertidos, ridículos, nostálgicos, compõem, no final, uma obra coletiva forte e inédita: Cada um com seu cinema, duas horas de felicidade e de enigmas, uma homenagem realmente surpreendente, porque os nomes dos cineastas só aparecem no final dos filmes. Cada um com seu cinema foi projetado no Teatro Lumière depois da Cerimônia do sexagésimo aniversário do festival. Nenhum diretor conhecia, previamente, os filmes de seus colegas. Naquele dia, Kitano deixou Cannes babando...

Eu me realizei ao participar do Festival de Cannes na primavera de 2007, no seu sexagésimo aniversário. Foi uma honra, um verdadeiro prazer. O comitê do festival, o presidente e o delegado geral dele (Gilles Jacob e Thierry Frémaux) me convidaram para apresentar, durante esse acontecimento, com outros 32 diretores estrangeiros, um curta-metragem de três minutos. Três minutos é muito pouco! No que me diz respeito, eu me inspirei em uma cena de De volta às aulas. Pois bem, sente-se aí, eu vou mostrá-lo para você...

> Que sorte! O curta-metragem mal acabou de ser montado e Takeshi decide projetá-lo, em pré-estreia, uma noite, no começo de maio, em sua casa. Sua mulher estava com a gente, bem como uns dez Gundan. Durante três minutos, nenhuma palavra: cada um saboreava esse momento delicioso. O filme é muito benfeito. É uma homenagem comovente em uma película, um míni Cinema Paradiso[14] nipônico, que mostra todo o amor que o diretor sente pela sétima arte...

O meu curta-metragem de três minutos é a história de uma sessão de cinema que nunca começa. A gente acha que ela vai começar, a gente diz "beleza, vai começar!", mas não: no velho estúdio de projeção, a bobina vacila... Resumir a minha visão do cinema em três minutos foi um desafio esquisito. Quando o jornal francês Le Monde anunciou que eu iria participar do Festival de Cannes para apresentar esse curta-metragem, a montagem já estava quase acabada. A gente fez esse filme durante o outono, em um canto perdido na natureza, perto de Shizuoka, não longe do Monte Fuji. Eu usei uma sala de cinema bem antiga, bem velha, caindo aos pedaços. A gente deu uma reformada nela e um jeito nos arredores, para deixar o ambiente um pouco mais alegre. A gente encontrou, para a sala de projeção, uma máquina do período Taisho (1911-1924).

---

14. Cinema Paradiso, filme de Giuseppe Tornatore, 1988. (N. T.)

Essa ideia dos organizadores do Festival de Cannes de pedir a quase uns trinta cineastas do mundo inteiro para dirigir um filme de três minutos sobre o cinema é muito pertinente. Porque o resultado, na minha opinião, é formidável. À altura da aposta. Pessoalmente, eu fiquei muito feliz ao ver os curtas-metragens dos meus colegas diretores. E eu estava muito contente em encontrá-los. Eu já conhecia alguns deles. Diga-se de passagem, a gente rachou o bico enquanto subia as escadas do Palácio do Festival. Eu estava usando um *hakama*[15] e bancava o palhaço. Fico me perguntando o que os franceses acharam daquela espécie de fantasia. Aqueles que me conhecem certamente não ficaram surpresos.

> Não sem certo orgulho, Takeshi Kitano me mostra vários papéis e cita, um a um, conscienciosamente, os nomes dos diretores que participaram dessa aventura.

Veja esta lista! *Cada um com seu cinema* reúne o grego Théo Angelopoulous, os franceses Olivier Assayas, Claude Lelouch, Raymond Depardon, o polonês Roman Polanski, o alemão Wim Wenders, a neozelandesa Jane Campion – que era a presidente do júri em Veneza quando eu ganhei um prêmio! –, o egípcio Youssef Chahine, os chineses Chen Kaige, Wong Kar-wai, Zhang Yimou, o israelense Amos Gitai e o palestino Elia Suleiman, os dinamarqueses Bille August e Lars von Trier, os americanos Gus van Sant, Michael Cimino e David Lynch, o italiano Nanni Moretti, os canadenses David Cronenberg e Atom Egoyan, os irmãos Coen dos Estados Unidos, os irmãos Dardenne da Bélgica, o português Manoel de Oliveira, os taiwaneses Hou Hsiao Hsien e Tsai Ming-Liang, o britânico Ken Loach, o chileno Raoul Ruiz, o mexicano Alejandro González Iñárritu – o jovem diretor de *Babel* [2006] – o finlandês Aki Kaurismäki, o iraniano Abbas Kiarostami, o russo Andrei Konchalovsky... Gente chique, não é? Todos da grande família do cinema...[16]

*
* *

---

15. Calça tradicional japonesa, larga e aberta dos lados, e com cinco dobras na frente e uma atrás, anteriormente usada pelos nobres do Japão medieval e apreciada pelos samurais. (N. A.)
16. O diretor brasileiro Walter Salles também pertence à lista de diretores selecionados pelo Festival de Cannes para realizar *Cada um com seu cinema*. (N. E.)

Drama 12.

Seriados de televisão, as novelas japonesas, os famosos drama, passam em todos os canais de televisão japoneses durante o ano inteiro. Inspirados nos mangás, nos romances de amor, nas histórias policiais, nas histórias de terror, até mesmo nas histórias dos prontos-socorros dos hospitais ou nos melodramas, os telefilmes que têm mais sucesso são adaptados ao cinema – como o famoso drama Ring – O chamado [Ringu, 1998], que inspirou o diretor japonês Hideo Nakata e o diretor americano Gore Verbinski. Kitano interpretou um detetive em um desses drama, Ten to sen (Pontos e linhas), adaptado do romance fantástico de Seicho Matsumoto e transmitido no final de 2007. O primeiro episódio começa com a descoberta de dois corpos em uma praia, no sul do Japão, na ilha de Kyushu. Um deles é o de certo Sayama, um alto funcionário do Ministério do Território, da Infraestrutura e dos Transportes, envolvido em um caso de corrupção. O segundo corpo é o de uma jovem, garçonete em um ryotei, um restaurante tradicional de Tóquio. A polícia local chega à conclusão de que se trata de um duplo suicídio. Mas o detetive Torikai, vestido com roupas classudas, que está prestes a se aposentar, não está convencido e começa uma investigação particular. Kitano, no papel de um detetive calmo e reflexivo, lembra o velho detetive Columbo[1]...

Interpretar o papel do investigador nesse seriado foi uma experiência interessante. Ten to sen é um bom telefilme policial, muito bem escrito, cheio de intrigas e de reviravoltas, sobre um fundo de negociatas implicando um alto

---

1. Columbo, seriado policial americano iniciado nos anos 1970. (N. T.)

funcionário do governo. Eu me entendi bem com o diretor, Kan Ishibashi, mais velho do que eu, visto que ele tem quase setenta anos.

Quando *Ten to sen* passou no canal Asahi TV Corporation, no final de novembro de 2007, o sucesso foi imediato. Foi a maior taxa de audiência da semana: 23,8% desde o primeiro dia, um sábado. E, na noite seguinte, 23,7%. *Ten to sen* até ganhou, no final de 2008, o Grande Prêmio do Tokyo Drama Awards[2]. Desde então, vários canais me convidam para que eu participe de outros seriados de televisão.

Antes de rodar o meu primeiro filme, *Violent cop*, eu já tinha interpretado um *serial killer* em um *drama, Okubo Kiyoshi no hanzai (O crime de Okubo Kiyoshi)*, que passou em 1983, a verdadeira história de um psicopata, assassino de oito mulheres, que se esconde atrás de uma máscara de palhaço quando comete os crimes. Esse *drama* fez um enorme sucesso na televisão! Foi no mesmo ano em que consegui o papel do sargento Hara em *Furyo*.

Na pele de Tojo

Nada é obrigatoriamente simples com Takeshi Kitano. Nem sempre é fácil segui-lo. Ele é cheio de contradições. Os críticos de cinema se perdem em conjecturas com ele. Porque Kitano faz malabarismos com os paradoxos. No entanto, diz adorar ideias estranhas vindas de espíritos cartesianos. Ao mesmo tempo que incita seu país a fazer as pazes com a Ásia e pede ao Japão que respeite a história e reconheça seus crimes passados, na Ásia, no século passado, ele não relutou, em 2008, a pedidos insistentes de vários produtores, a colocar o uniforme, um pouco grande demais para ele, do general (e criminoso de guerra) Hideki Tojo, em um seriado de televisão que passou em dezembro de 2008 em um canal privado. Nenhuma analogia possível com Chaplin interpretando Hitler para melhor ridicularizá-lo: produzido pelo canal TBS, o drama (que dura quatro horas e meia) sobre Tojo, que passou no dia 24 de dezembro de 2008, não é um telefilme cômico, mas uma novela que se diz histórica, que desvenda um pouco a pretensa "humanidade" de um general polêmico. Apesar da proeza dos maquiadores, a semelhança não era evidente e o público japonês não apreciou muito. Antes que esse drama passasse na televisão, Takeshi Kitano recebeu da revista masculina GQ Japan o título de "Homem do ano de 2008 no Japão".

---

2. Festival japonês que premia os telefilmes. (N. A.)

Drama

Aí está um papel que faz as pessoas rangerem os dentes! Mas por que isso? Por que seria proibido, impossível ou tabu interpretar, em um telefilme, um homem polêmico? Será que, como ator, a gente só deve interpretar personagens consensuais? De qualquer modo, não era a primeira vez que eu vestia o uniforme das forças armadas imperiais na tela – em 1983, teve *Furyo*. Eu não estava preocupado com as eventuais reações da Ásia. Porque todos conhecem o meu posicionamento.

A história desse seriado, na verdade, não deixa de ser interessante e desvenda um momento bem preciso, de transição, da vida de Tojo, primeiro--ministro do Japão durante a Segunda Guerra Mundial. Momento crucial, em que se pôde constatar que ele estava indeciso, na sua alma e na sua consciência, a ponto de até acabar por pedir o final da guerra... Foi em setembro de 1941, durante uma discussão com o imperador Hirohito três meses antes do fatídico 8 de dezembro *(data do ataque de Pearl Harbor segundo o calendário japonês)* e o início da guerra. O *drama* aborda exclusivamente esse momento-chave. Apesar de sabermos o que aconteceu em seguida, me pareceu que as dúvidas desse general mereciam que esse filme fosse escrito e levado à televisão, ainda que, com o tempo, a maioria dos intelectuais japoneses considere Tojo responsável pelo início da guerra.

Em todo caso, eu achei que o resultado do *drama* era interessante. Ao ler o roteiro, aprendi um pouco mais precisamente qual tinha sido a relação entre o imperador Hirohito e o general Tojo, as dissensões no seio do governo e entre os responsáveis militares, e o processo de entrada do Japão na guerra, contra os Estados Unidos. O outro interesse desse *drama* é o seu lado pedagógico. O seriado foi seguido por um debate no *set*, o que é bem raro para um tema tão polêmico.

É verdade que, quando os produtores da TBS me mandaram um convite para interpretar esse papel delicado, eu tive algumas dúvidas. Seria eu a pessoa indicada para interpretar Tojo? Não se toma uma decisão dessas levianamente. Mas os produtores do canal insistiam tanto que eu não pude decepcioná-los. Eles me diziam: "Nós não podemos pensar em outro ator para interpretar esse papel, só você pode interpretá-lo nesse *drama*, então, por favor, aceite esse papel!". Eles me suplicavam. Eu acabei cedendo. Depois de ter aceitado, outros atores de renome imediatamente se juntaram à equipe. Eu pensei que, depois de tantos papéis de marginais, de mafiosos e de canalhas que eu tinha interpretado no cinema, entrar na pele de Tojo não seria um *drama* em si. Eu estava apenas interpretando um durão a mais!

*
* *

A pintura, reino da minha imaginação 13.

Kitano é um dos muito raros cineastas que pintam as paisagens dos seus filmes. Um dos raros a usar um quadro para ter uma ideia de uma cena ou de um diálogo. A pintura, segundo ele, é muito mais do que uma arte maior: é a arte ideal da representação. Com pincéis na mão, Kitano acha sua inspiração em seus sonhos e pesadelos, mas também em estampas de outrora, na literatura clássica ou contemporânea, e até mesmo nos mangás. Ele disse que ficou fascinado pelo Louvre e pelas obras-primas italianas. Michelangelo e seus anjos, Leonardo da Vinci e o falso sorriso da Mona Lisa o assombram pelo menos tanto quanto as mulheres nuas, as naturezas-mortas, as visões do inferno e as cenas de massacres de Delacroix. O ateliê de pintura de Kitano encontra-se em um lugar calmo, no sul de Tóquio, repleto de centenas de telas, desenhos, esboços, que ele se recusava a expor ou vender.

Atualmente, estou pintando uma mulher nua. Eu comecei esse quadro há alguns dias. Eu quase o acabei na noite passada, mas essa tela me dá muitos problemas. Não estou satisfeito com ela...

Ultimamente, eu ando coberto de tinta, todas as minhas camisetas estão manchadas. Porque eu pinto todos os dias, todas as noites nesses últimos dias, até a meia-noite. Quando tenho tempo para descansar, depois da gravação de um programa de televisão, de uma filmagem, eu gosto de vir me trancar no meu ateliê e pintar até tarde da noite.

Eu fiz esse outro quadro, representando animais, em poucas horas. Ele aparece no meu filme *Aquiles e a tartaruga*. Aqui está o retrato de uma criança sorrindo. Já nessa tela, o rosto do menino está tremendo um pouco. Aqui, é a cabeça de Dali, e lá, todo colorido, o rosto de Saddam Hussein – eu gosto do rosto dele. Eu também sou fascinado pela simbologia dos números: acabei de começar esse quadro consagrado ao número cinquenta.

No entanto, os meus quadros não têm nome. Não se trata de um mistério, é assim. Por que eles teriam nomes? Ao contrário, o que eu acho muito misterioso é o fato de os quadros terem um nome. Por que eles devem obrigatoriamente ter um nome?

Eu não desenho apenas animais ou insetos. Eu desenho tudo: cenas que alguns julgariam *naïf*, figurativas ou totalmente absurdas, a vida no vilarejo, os aldeões, um prato de *okonomiyaki*, uma espécie de pizza japonesa, japoneses estúpidos, tudo, qualquer coisa que me passe pela cabeça. Eu acho isso divertido.

Às vezes, no meio da noite, me dá vontade de pintar por causa de uma imagem ou uma cena que apareceu em pleno sonho. Eu me levanto e começo a pintar. Quando termino o quadro, percebo que o resultado não tem nada a ver com a ideia original. Em seguida, me deito de novo. Na manhã do dia seguinte, diante do que pintei, eu me espanto: "Mas o que é que eu fiz?".

Por que é que eu pinto? Eu não sei, nenhuma resposta me vem agora à cabeça. Pintar, desenhar, isso sempre me agradou. O problema é que, quando eu era pequeno, quando eu conseguia achar em algum lugar alguns lápis de cor ou alguma coisa para pintar, a minha mãe não me deixava fazer isso. Quando eu era adolescente, eu gostava da pintura ocidental, dos grandes pintores europeus, os do Renascimento, em particular, de Leonardo da Vinci, que eu tive a sorte de conhecer nos belos livros de arte. As obras de Matisse e de Picasso também me interessavam muito. Ou ainda o estilo muito aprimorado de Cocteau.

Eu retomei a pintura sobretudo depois do meu acidente. Foi durante os meses de reabilitação que se seguiram que me deu vontade de começar a desenhar e a pintar de novo. Primeiro, eu comecei a beber menos para poder me dedicar, de corpo e alma, à pintura.

Depois desse acidente, eu anulei todas as minhas atividades, o cinema, os programas de televisão; fui obrigado a parar durante meses. Durante a minha convalescença, eu não tinha nada para fazer. Eu estava profundamente entediado – tanto que decidi pintar para matar o tempo.

O objetivo final dos pintores não teria sido sempre reproduzir uma cena de modo realista, ou então caminhar mais para a abstração? No que me diz respeito, a pintura é principalmente um passatempo. Mesmo sempre tendo sido apaixonado pela pintura – eu não falo daquela do meu pai, artesão em laca, depois pintor de paredes, que passava os dias a pintar as fachadas das casas, e treinava isso na porta de casa! Hoje, em todo caso, é claro que a minha atitude

A pintura, reino da minha imaginação 177

diante da arte de maneira geral, e da pintura em particular, não é completamente, séria.

Eu acho que o desenho e a pintura, mais do que a escrita, têm um papel preponderante no meu jeito de conceber o roteiro, até mesmo a história de um filme. De maneira geral, a escrita cinematográfica é influenciada pela vida do dia a dia; ela é o resultado da atualidade ou dos acontecimentos, da memória coletiva, dos encontros – às vezes dos livros – e mesmo dos sonhos e dos pesadelos... Mas não é desse jeito que eu funciono. No meu caso, a escrita de um filme começa normalmente com esboços, com rascunhos, com desenhos, quando se trata de compor as primeiras imagens. Bem na hora de começar a rodar, eu ainda posso chegar a desenhar ou pintar, a fim de entender melhor o desenvolvimento e a finalidade de uma cena, de uma história... Eu acho que a pintura é um recurso possível para explicar o que não pode ser descrito com palavras. Em *Hana-bi*, eu usei alguns dos meus quadros como se eles fossem palavras, as do meu personagem Horibe, que, paralisado em uma cadeira de rodas, pinta como para conjurar a sorte, imaginando a viagem do seu amigo Nishi e da mulher dele. Assim, graças às suas telas, Horibe pode continuar a falar com eles. Foi por achar um pouco entediante uma perspectiva minimalista no *ikebana (técnica de arranjos florais)*, em que são necessários apenas uma única flor e um vaso bem simples, que eu tive a ideia de associar um animal e uma única flor na série de quadros que se vê em *Hana-bi*. Foi assim que um girassol se tornou o rosto de um leão, que outra flor se tornou a cabeça de um pinguim... Eu também desenhei cada esboço, todos os quadros que se vê em *Aquiles e a tartaruga*, todas as obras do mesmo personagem, criança, aos trinta anos e depois idoso. Eu acho que o maior sonho de um diretor é resolver ele mesmo cada um dos detalhes dos seus filmes. Como, no que me diz respeito, isso é impossível, eu uso os meus quadros nos meus filmes um pouco como provas. Eu acho que isso vem do meu desejo profundo de desenhar, eu mesmo, os meus filmes.

Curiosamente, apesar de ser destro, eu chego a pintar com a mão esquerda, como uma criança.

A história da arte me fascina: a gente passa de uma corrente para outra, às vezes sem transição, do realismo ao impressionismo, depois para o cubismo, para o surrealismo... Eu acho essa evolução muito misteriosa e absolutamente extraordinária. Às vezes, nada acontece. Um parêntese entre dois movimentos que se assemelha a uma espera. E, finalmente, alguma coisa nova acontece.

Eu gosto de pintar e de desenhar. Eu sempre gostei de desenhar. Já faz uns dez anos que eu pinto quase todos os dias, na maior parte do tempo antes de me deitar. Quando não consigo dormir ou quando não estou com vontade de dormir, eu pinto, eu desenho. Frequentemente, acabo por dar os últimos retoques em uma tela em poucas horas, ou terminar um quadro em uma noite. Eu também faço pequenos desenhos *naïf*, em pequenos pedaços de papel. Eu gosto disso. Também adoro rabiscar rascunhos ou detalhes completamente inúteis, totalmente desnecessários, mas que me divertem muito. São os meus *rakugaki*[1] pessoais.

Em *A glória do cineasta!*, eu me inspirei nas técnicas de Paul Klee e de Picasso. Ambos pintavam e desenhavam como se ainda fossem crianças, e colocavam de lado as suas técnicas, intenções e emoções para criar de maneira infantil, lúdica. Eu admiro Paul Klee. Grande figura do Bauhaus, artista considerado "degenerado" pelos nazistas, ele é, a meu ver, um grande pintor. Os quadros dele associam elementos abstratos sem significado e outros mais figurativos. Existe algo de onírico nele que me comove muito. A sua pintura fala ao espírito porque não mostra nada. Alguns críticos chegaram a dizer que Klee era um pintor simplista, como disseram que Satie era um compositor de melodias fáceis, porque eram repetitivas. Mas, a meu ver, um grande artista. Na verdade, Klee inventou principalmente uma técnica: ele criava instintivamente, excluindo qualquer reflexão, influenciado pelo seu lado infantil, pela criança que ele, provavelmente, continuou a ser.

O mesmo Paul Klee anotava em seus Diários (1957): "Neste mundo não posso ser compreendido, pois morto tão bem entre os mortos quanto entre os não nascidos. Um pouco mais perto da criação do que é usual, mas nem de longe suficientemente perto"[2].

Em um gênero bem diferente, eu também gosto da arte de uma jovem artista japonesa cujo nome artístico é Tokyoko. Ela se inspira no que se encontra ao seu redor e na cultura *pop*, uma mistura de histeria alucinada e de fascinação narcisista. Ethan Coen, o famoso diretor – um dos irmãos Coen –, ajudou na organização da primeira exposição dela nos Estados Unidos, em uma galeria de Nova York.

No que me diz respeito, eu espero, no futuro, ter mais tempo para pintar e desenhar. Eu ainda espero melhorar. Apesar de eu saber que nunca vou chegar aos pés de Matisse, Cocteau ou do desenhista japonês Leiji Matsumoto[3].

---

1. Pequenos desenhos tradicionais e pouco sérios. (N. A.)
2. KLEE, Paul. *Diários*. Trad. João Azenha Jr. 1ª ed. São Paulo: Martins Fontes, 1990. p. 462. (Coleção a.) (N. T.)
3. Leiji Matsumoto, criador do famoso seriado *Space Pirate Captain Harlock* (*Uchu Kaizoku Kyaputen Harokku*), conhecido, na França, como *Capitaine Albator: le pirate de l'espace*. (N. A.)

A pintura, reino da minha imaginação

Não é nada fácil pintar e desenhar. Ainda mais que eu tenho consciência das minhas deficiências. Eu sei que muitos dos meus quadros, desenhos, rabiscos não têm absolutamente nenhum sentido. Os meus amigos acham que eles são engraçados, sobretudo estranhos, e eles têm toda a razão. Algumas galerias já me convidaram para expor e vender os meus desenhos, mas, até pouco tempo atrás, eu não fazia muita questão disso. Na França, por exemplo, há uns quinze anos, o Festival de Avignon, que celebrava então o tema da "Beleza", quis organizar um espaço que representaria a beleza como eu a vejo. Mas o projeto não pôde ser realizado e, apesar disso, fui homenageado pelos organizadores. Depois – deve ter sido em 2001 –, algumas das minhas reproduções foram expostas em Paris, na Fundação Cartier para a Arte Contemporânea, participando de uma exposição consagrada ao artista plástico japonês Takashi Murakami.

Hoje, eu estou pronto para mostrar tudo, tanto o pior como o melhor, o verdadeiro Takeshi, as minhas sujeiras, as minhas gafes, as minhas loucuras, as minhas besteiras... As minhas coleções de detritos. Uma exposição em que eu fiz questão de me exprimir de um jeito bem pessoal foi, aliás, programada para a primavera de 2010 em Paris, na mesma Fundação Cartier. Eu pedi para o meu produtor, Masayuki Mori, para esse projeto descomunal, que ele reunisse todas as minhas pinturas, todos os meus desenhos, até os mais mixurucas, para revelá--los aos ocidentais, os únicos, talvez, capazes de julgá-los, para que saibam quem eu realmente sou. Eu acho que os europeus me superestimam.

*
* *

A minha queda pela Ciência 14.

Em uma noite de primavera, bebendo algumas taças de Bordeaux, Takeshi Kitano evoca sua paixão pela Ciência rabiscando algumas fórmulas de matemática em um caderno...

O meu acidente, em 1994, mudou um pouco a minha percepção da vida. Depois de uma prova como essa e do longo período de convalescença, você nunca mais é o mesmo. Pensavam que eu estava acabado, e eu quis viver como nunca: pintei consideravelmente e continuei a dirigir ainda mais filmes. Foi também nessa época que retomei o estudo da Ciência e da matemática.

Quando eu era criança e adolescente – eu já tive a oportunidade de dizer isso –, era um craque em matemática; aliás, as minhas notas eram, normalmente, bem melhores do que as dos meus colegas que, mais tarde, foram escolhidos para os cursos científicos da Universidade de Tóquio (*Todai, a de maior prestígio da capital, símbolo das elites nacionais*). Eu quis, na Universidade de Meiji, durante um tempo, me especializar na tecnologia dos raios *laser*, uma das técnicas de ponta do Japão nessa época. Eu tinha a impressão de ter sorte em ter nascido em um país extraordinário, apaixonado pela pesquisa aplicada e pelo desenvolvimento científico.

A minha queda pela Ciência também pode ser explicada, eu acho, pelo sentimento que eu tive de reviver – renascer? – depois do meu acidente, porque eu poderia ter passado desta para a melhor; esse acidente de vespa quase me custou a vida. Ao sair do coma, a prova desse despertar significou muito para mim. Eu acreditei, então, que uma segunda vida me era oferecida. Para certas pessoas, esse tipo de reação pós-traumática pode levar a um novo despertar da consciência. Algumas pessoas, até então ateias, começam a acreditar na existência de Deus, de um deus. Eu, em vez disso, escolhi a Ciência. É verdade que eu reconheço que, quanto mais eu estudo a Ciência, mais a ideia da existência de Deus me parece ser legítima. Às vezes, uma belíssima fórmula de matemática me faz pensar que uma força sobre-humana – Deus talvez? – pôde imaginá-la. Aristóteles já tinha chegado à conclusão de que "a criação do universo é impensável". Hoje, as teorias do *big bang* – as primeiras a me interessarem –, que integram as leis da física quântica, ainda não descobriram todos os segredos do mistério original, os enigmas do tempo e do espaço. Aliás, eu me interesso muito pelas pesquisas e pelas teorias do grande astrofísico britânico Stephen Hawking.

Na Terra, nós temos a impressão de viver em um tempo sincronizado e igual para cada pessoa. Mas essa impressão é completamente falsa. O tempo não é percebido da mesma maneira segundo as culturas. O tempo não é um conceito universal. Ele não representa a mesma coisa para cada homem. Só para exemplificar, o fato é que eu sou um homem muito ocupado, mas sempre tenho a impressão de ter tempo livre. Aliás, eu não tenho o hábito de usar relógio. A tal ponto que, a cada aniversário, eu ganho relógios de presente – amigos e conhecidos acham que eu não tenho relógio. Um dia, um dos homens de negócios mais ricos do Japão me deu um relógio de um valor inestimável. Ele ainda está no porta-luvas do meu carro...

Se eu pudesse, gostaria de viver fora do tempo. Um pouco como no cinema, quando, ao assistir a um filme, você tem a impressão de viver fora da realidade. Eu gostaria de fugir dessa obrigação, dessa fatalidade da qual ninguém escapa. Tenho certeza de que existe um laço evidente entre o cinema e os cálculos matemáticos. Um filme benfeito é o resultado de uma equação matemática. Porque o cinema consiste em desviar a atenção do homem da realidade, em enganar o seu olhar, 24 imagens por segundo. Mesmo se um filme se inspira em fatos, ele continua sendo abstrato, algo que não é completamente verdadeiro. Nesse momento, se chega à Ciência! E a Ciência é a minha paixão. Não é extraordinário que uma simples fórmula explique a Lei da Gravidade?

Como no universo, a ordem reina em um filme, com as suas equações, subtrações, divisões, ao passo que um roteiro pode ser o resultado de uma desordem. Eu sonho montar um filme escolhendo as cenas ao acaso. Seria uma montagem fantástica, sem pé nem cabeça, espantosa, realmente surpreendente. Ao assistir a esse filme, o espectador seria obrigado a imaginar o filme dele...

Curiosamente, eu odeio usar um computador ou, pior ainda, a internet. Eu sou incapaz de escrever um e-mail. Eu acho esse meio de comunicação impessoal demais e, sob a fachada do progresso, aterrorizante. O e-mail é como a rede de esgoto. Ele é enviado como se dá uma descarga. E, durante esse tempo, as pessoas não se falam mais, não se telefonam mais e se encontram menos. Na verdade, eu odeio o computador, o teclado e as teclas... Eu odeio ler em uma tela de computador. Principalmente um roteiro. Eu até prefiro ler um texto rabiscado em pedaços de papel. Eu tenho horror às telas dos computadores. Eu só gosto das telas de televisão e do cinema! O meu interesse pela Ciência nunca vai diminuir. Muito pelo contrário. As minhas convicções, em matéria científica, são quase obsessivas. Porque a Ciência une tudo aquilo de que a gente gosta. A minha paixão, por exemplo, não pode ser apenas a literatura. O que me interessa é que a Ciência e a literatura estejam associadas. Atualmente, os programas escolares da maior parte dos países desenvolvidos não são, infelizmente, bem concebidos. É, particularmente, o caso do Japão. Os programas escolares não são mais empíricos, mas sim fragmentados. A Ciência não é, por exemplo, ensinada junto com a filosofia. Mas, antigamente, algumas leis naturais eram formuladas graças à filosofia e, em seguida, exprimidas por fórmulas e cálculos matemáticos.

 Leonardo da Vinci, quando vivo, era um grande pintor, mas também um verdadeiro cientista. Ele não definiu a sua vida em torno de uma ou outra das suas paixões. Ele formava um conjunto único no seu espírito. Eu favoreço esse jeito empírico de ver e de fazer, essa versatilidade que era própria aos artistas do Renascimento.

 Atualmente, eu tenho a certeza de que essas duas disciplinas-chave, a filosofia e a matemática, deveriam ser ensinadas em um mesmo e único curso, seguindo métodos bem mais ambiciosos. Seria possível, então, descobrir como duas paralelas se encontram no infinito, tanto na filosofia quanto na matemática.

 Eu proponho, para os jovens, uma educação pluridisciplinar, mais funcional e bem mais prática do que a de hoje. Os adolescentes seriam bem mais felizes, eu tenho certeza...

*
* *

Como o Japão é incrível! 15.

Eu ando de Rolls-Royce. Foi um presente da minha mulher. Um sinal exterior de riqueza que nem todos os japoneses podem ter... Falando nisso, quero dizer algo para você: se a coisa continuar desse jeito, a classe média vai sumir no Japão. Exagero, é claro. É verdade que a classe média continua existindo. Mas já faz alguns anos que a nossa sociedade é cada vez mais desigual, e há cada vez mais ricos e pobres. Nós também temos o nosso proletariado. Não apenas os sem-teto, vagabundos e mendigos, mas também milhões de novos pobres que dão um duro danado, todos os dias, para viver corretamente, pagar o aluguel, a escola dos filhos, ter dinheiro até o final do mês, e que se espremem nos bairros afastados e isolados dos grandes centros urbanos. As condições de vida me lembram as do antigo Bronx nos Estados Unidos.

As disparidades sociais aumentam no nosso país. A maior parte dos japoneses não tem coragem de ir aos bairros chiques, ao passo que uma minoria frequenta os melhores restaurantes e as lojas de luxo. Eu realmente acho que a sociedade japonesa, erigida, um pouco demais, como "modelo" por muitos analistas ocidentais, está se transformando em um ritmo que me preocupa.

Em *Dolls*, eu quis usar imagens que ajudam a entender essa realidade social. Assim, na cena do pesadelo filmada à noite, o uso do vinil azul faz referência aos sem-teto que, nas grandes cidades, se protegem e vegetam debaixo das pontes, nas praças, perto dos trilhos dos trens... Já as carpas arco-íris representam, ao contrário, o Japão dos aristocratas e de uma elite, encastelados nas suas torres de marfim, que nao sabem mais como as classes mais baixas vivem e sofrem. O ex-primeiro-ministro Tanaka possuía várias dessas carpas. Uma única carpa arco-íris, pelo que se diz, custa, no mínimo, 3 ou 4 milhões de ienes (*de 22 mil a 29 mil euros)*. O Japão continua dando a impressão de ter os atributos de uma grande potência capitalista. Mas é um liberalismo enganador, porque o nosso Estado também é socialista. Coletivista e socialista. É um dos grandes paradoxos do nosso estranho país: alguns dos nossos bancos ainda fazem empréstimos a particulares a juros ridículos. O Japão se encontra, na realidade, a meio caminho entre um capitalismo ultrasselvagem e uma variante do comunismo disfarçada.

Nem mais um iene no banco

Nós assistimos a uma pauperização crescente da sociedade japonesa. Segundo um estudo revelado ao público no ano passado, mais de vinte por cento dos japoneses não teriam nem mais um iene no banco, nem um tostão na poupança. Desde então, aqueles que podem investem o seu dinheiro no exterior. Isso acontece pela primeira vez no nosso país em cinquenta anos. Até quando o Japão vai continuar a ser a segunda economia mundial?

Para entender essa situação socioeconômica é preciso voltar à época do pós-guerra. Entre os anos 1950 e 1970, os serviços de seguro e de seguro social avançaram muito no nosso país. Os japoneses tiraram bastante proveito deles. Os bancos e a empresa de correios nacional[1], principalmente, economizaram quantias tão astronômicas de dinheiro que essa acumulação se tornou preocupante. Daí a vontade do ex-primeiro-ministro Junichiro Koizumi de privatizar os serviços postais. Ele queria que os japoneses aproveitassem o lucro desse dinheiro, um dos maiores tesouros públicos do planeta... Koizumi também tinha a intenção de liberalizar o setor e permitir às empresas ocidentais ocuparem o terreno.

Mas essa privatização atingiu em cheio as pessoas idosas, mais vulneráveis, que vivem, na sua grande maioria, das economias que têm no Correio. E agora podemos ver essa situação tão triste e desumana: elas são banidas da sociedade, colocadas em instituições sórdidas que são reservadas para elas. A célula familiar também mudou, diga-se de passagem, como no Ocidente. Antes, raramente os avós eram separados dos filhos e dos netos. Isso não acontece mais. Eu acho lamentável a condenação e a rejeição, nas nossas sociedades ditas modernas e desenvolvidas, do que pertence à velhice ou simboliza a velhice. Infelizmente, não se trata mais de uma questão de vontade, mas também financeira. Frequentemente, os filhos não conseguem mais ter dinheiro até o fim do mês e

---

1. A Japan Post também funciona como um banco. (N. T.)

sustentar os país. Ainda mais que os nossos serviços médicos reservados às pessoas idosas, sinceramente, não são modernos. Onde é que vai parar a sociedade japonesa nesse ritmo?

Loucas extravagâncias

Em 2006, o Japão foi sacudido por um grave escândalo: o caso Livedoor. Essa empresa foi considerada durante anos um modelo do setor de internet e novas tecnologias. Na verdade, o seu jovem dono, Takafumi Horie, alvo do mundo político por causa das suas declarações infelizes, não era apenas um especulador, mas também um manipulador. Ele poderia ter tido um sucesso enorme, ganhado uma fortuna e construído uma empresa gigantesca. Mas, tentado pelo dinheiro fácil e sujo, foi derrubado como exemplo[2].

Deve-se dizer que Horie era bem próximo do antigo governo Koizumi, que via nele uma referência para os jovens empreendedores japoneses. Horie, que saiu do nada, tinha conseguido montar sozinho a sua empresa e desenvolvê--la em um tempo recorde. Mas o sucesso dele era chocante, até mesmo insolente aos olhos de algumas pessoas. Principalmente porque Horie criticava facilmente os políticos, os crimes de guerra do Japão, os fracassos do programa espacial japonês etc. Uma força misteriosa fez a Livedoor implodir, e Horie, junto com ela. Esse escândalo foi armado para acusar a política ultraliberal do ex-primeiro--ministro Koizumi. Algumas pessoas se perguntam se Shizuka Kamei, ex-chefão do Jiminto (*Partido Liberal Democrata, PLD, formação de direita que chegou ao poder em 1995*) e ex-responsável geral do serviço de polícia, expulso do PLD como um cão por Koizumi e o clã dele, não trabalhou por detrás dos panos para provocar a queda de Horie. Em relação ao "suicídio" de certo Noguchi, um colaborador de Horie encontrado morto em um quarto de hotel em Okinawa, vários elementos levam a pensar que ele foi assassinado. Pessoalmente, eu ainda acho que esse caso revela o ambiente deletério que prevalece no Japão há muito tempo. Esses caras chegam ao paraíso ao custo de loucas extravagâncias.

---

2. O "escândalo Livedoor", tirado do nome do site na internet, estourou em janeiro de 2006. A prisão de seu presidente, Takafumi Horie, jovem guru da nova economia adulado por uma parte da juventude nipônica, mas odiado pelo *establishment*, teria provocado uma onda de pânico na bolsa de Tóquio. Jovem prodígio dos negócios, recebido pelo primeiro-ministro Koizumi durante as eleições legislativas de 2005, Horie foi condenado, aos 34 anos, a dois anos e meio de prisão por desvio financeiro, maquiagem de conta e difusão de falsas informações visando manipular a cotação de uma ação. Ryoji Miyauchi, 39 anos, ex-diretor financeiro da Livedoor, recebeu, por sua vez, vinte meses de prisão. Três outros dirigentes foram condenados a penas de doze a dezoito meses. O caso enfureceu a crítica sobre os "anos Koizumi". (N. A.)

De maneira geral, no Japão, quando a gente vem de uma família modesta, a gente continua a vida inteira relativamente modesto. Aqueles que são realmente pobres e, de repente, se tornam muito ricos, como Horie, são suspeitos. Julga-se anormal o sucesso social e econômico. Politicamente incorreto. Porque no Japão as coisas são bem simples: os pobres são pobres e só os ricos têm o direito de ser ricos. O Japão não é a América. Há décadas, os Estados Unidos fabricaram e garantiram a ideia do sucesso individual. O famoso "sonho americano". A esperança dada a cada pessoa de ascensão social e material. No Japão, isso é completamente diferente. O Japão permaneceu, apesar de tudo o que se diz, uma sociedade de classes que funciona sobre um modelo ainda bem arcaico. Uma família japonesa que sai do zero e que, repentinamente, enriquece é algo muito raro. E se um pobre sobe na vida e acumula uma enorme fortuna, bilhões de ienes, você pode ter certeza de que ele vai chamar a atenção. Se ele bancar o orgulhoso e se vangloriar um pouco demais, ele não vai durar muito. O caso de Horie, em relação a isso, é eloquente. Ele teve de lutar duramente contra os meios conservadores porque não era a pessoa adequada. Ele vinha de um meio modesto.

Da mesma maneira, as pessoas que apostam na bolsa não têm uma boa imagem. A nossa história mostra que os que têm ações, os corretores da bolsa e outros amantes de títulos bancários, que prosperaram graças ao dinheiro fácil, nunca foram muito bem-vistos. Eles sempre foram um pouco considerados, por certa elite de Tóquio, como mercadores de Veneza, de quem não se deve esperar grande coisa.

No que me diz respeito, eu não aplico na bolsa há muito tempo. Eu não gosto mais de jogos de azar, mesmo aqueles de antigamente – como o *bakuchi*[3]. Isso não corresponde mais ao meu temperamento. Eu tenho paixão apenas pelas minhas atividades televisivas – na minha opinião, um grande jogo de azar, porque elas dependem das audiências.

A "bolha"

Foi principalmente durante a época da "bolha" (*imobiliária e financeira*), durante os anos 1980, que a imagem do mercado de ações teve muito sucesso. Mas, quando essa "bolha" explodiu, no começo dos anos 1990, os japoneses entenderam quais eram os riscos da especulação desenfreada. De qualquer maneira,

---

3. Um jogo de apostas tradicional em que os jogadores apostam dinheiro, ou até mesmo bens. (N. A.)

os japoneses começaram a apostar de novo na bolsa e esse negócio começou a prosperar de novo há quase dez anos. Principalmente o *home broker*. Muitos japoneses, principalmente as donas de casa, investem as suas economias pela internet. Eles perdem, frequentemente, quantias colossais. A "bolha" não explodiu na cara da gente por acaso.

No começo dos anos 1970, o Japão não parava de acumular *miniboom* atrás de *miniboom* econômico. Muito dinheiro circulou no nosso país. "*Money*" era a palavra-chave, presente em todas as bocas. Todos os japoneses sonhavam em se tornar proprietários e compravam apartamentos, casas, carros de luxo a preços alucinantes. Era uma loucura total. Um dia, a "bolha" explodiu. Quando o país acordou, os bancos estavam abarrotados de empréstimos podres.

O estrago, terrível, ainda pode ser visto hoje. Já faz uns quinze anos que o Japão se sente extremamente vulnerável. O seu crescimento é praticamente nulo. Um escândalo atrás do outro. Como esse inacreditável caso Aneha, relativo ao arquiteto japonês que, em 2006, admitiu ter construído uns vinte prédios equipados com menos dispositivos antissísmicos do que o necessário, a fim de reduzir os custos e ter maiores lucros. Esse arquiteto mentiu e falsificou todos os documentos que atestavam a conformidade às normas de segurança. Foi necessário destruir esses prédios novos e realojar urgentemente centenas de famílias em estado de choque.

O Japão sofre mais ou menos vinte por cento dos abalos sísmicos mais violentos sentidos no mundo a cada ano.

Antigamente, o japonês era honesto, bravo, audacioso e corajoso. Será que ele continua a ser ainda hoje? Nós realmente estamos em uma era perversa, incomodada por um novo sistema capitalista que fez voar em pedaços o respeito, a amizade e a fraternidade. Não pense que eu sou comunista. Mas sou, definitivamente, contra qualquer forma de capitalismo selvagem. O capitalismo tem um lado obscuro muito exagerado. Ele acaba com o conceito de humanidade.

A lamentável privatização da cultura

Eu ainda constato que, nessa era estranha que é a nossa, todos querem que o sucesso cultural seja pré-programado. A cultura, atualmente, é vítima da privatização, e o impacto é terrível. No Japão, a gente pode ver, por exemplo, grandes empresas comprarem todos os lugares, ou uma parte dos lugares, de um espetáculo ou de um concerto para oferecê-los aos seus empregados ou aos seus clientes. É lamentável.

Deve-se dizer que, no nosso país, os poderes públicos apoiam pouco a cultura, e o efeito desse desinteresse é dramático. Os nossos políticos se interessam pouco, ou simplesmente não se interessam, pela cultura. Os primeiros-ministros mudam, mas nada muda. Junichiro Koizumi ficou no poder durante cinco anos, de 2001 a 2006. O que é que ele fez pela cultura? Quase nada. Já faz anos que me convidam para virar ministro da Cultura – seria o primeiro do país porque o Japão ainda não tem, infelizmente, um verdadeiro Ministério da Cultura, contrariamente a países como França ou Coreia do Sul. Mas, pessoalmente, eu não tenho nem a competência, nem os conhecimentos, muito menos a bagagem universitária necessária. Você pode me imaginar como ministro? Só de pensar, diga-se de passagem, eu morro de rir. Sem contar que, com a minha personalidade, uma vez nomeado, eu me sentiria obrigado a dar ouvidos ao mundo subterrâneo – do meio *yakuza* –, como muitos homens de poder no Japão fazem. Chegaram até a me convidar várias vezes para defender programas, candidatos às eleições... Mas eu apoio, em primeiro lugar, aqueles que trabalham pela causa na África!

É verdade que muita coisa ainda deve ser feita para defender e desenvolver a nossa indústria do cinema, ou para manter e conservar as nossas artes tradicionais. No século XVI, o *kabuki* era uma arte viva que, hoje, não interessa mais a muitas pessoas. A minha avó, que era de Shikoku, colecionadora de estampas *ukiyo-é* e filha de um mestre das artes tradicionais e do *kabuki*, tocava *shamisen* e outros instrumentos do *kabuki* – ela era tão apegada ao seu *shamisen* que, no seu enterro, o meu pai mandou incinerá-lo com ela...

No interior, muitas pessoas ainda adoram a arte do nô e do *kabuki*. Mas, nas grandes cidades japonesas, essas artes estão desaparecendo aos poucos. Será que as pessoas percebem isso? Os japoneses mudaram muito. Eles abandonam, ao longo do tempo, a sua própria cultura. Constatar que o meu país perde, pouco a pouco, a sua identidade cultural me deixa amargo. As pessoas quase não saem mais, como antes. Elas se falam menos. Elas não dão mais as suas opiniões sobre as coisas. Apenas pela internet, e, nesse caso, anonimamente...

Nós assistimos, paradoxalmente, a um declínio da grandeza cultural do nosso país ao passo que a cultura *pop* japonesa e aquilo que se chama "*cool Japan*" triunfam no mundo. Seria por causa da fulgurante ocidentalização da nossa sociedade desde 1945, como alguns acham? Seria por causa das influências americanas e europeias? A contribuição das culturas estrangeiras foi, na verdade, benéfica ao nosso país. Os japoneses são os únicos responsáveis pela situação atual, abandonando, como eles fazem, a sua cultura tradicional, o que me deixa amargo.

É preciso dizer que a gente está vivendo em um período histórico estranho, um momento bem devastador. A prova é que, desde então, a gente assiste às guerras ao vivo na CNN. Tudo anda rápido, bem rápido, rápido demais. Tudo, em volta da gente, muda com uma velocidade vertiginosa. A gente mal tem tempo de se adaptar à menor reviravolta. Tudo muda: os estilos de vida e os sentimentos, as mentalidades e as ideias políticas...

A política

Eu não sou nem de direita, nem de esquerda. Eu não sou, muito menos, da extrema direita ou da extrema esquerda. Aqueles que acreditam o contrário estão enganados. Eu não posso sustentar a tese que faria acreditar que alguns seres humanos são inferiores ou superiores a outros por causa das suas ideias políticas. Eu não acho, muito menos, que eu me encontre no meio ou acima do tabuleiro de jogo: no máximo, talvez, em baixo, o que até me garante uma boa visibilidade.

Eu desconfio da interpretação daquilo que se pensa ser a realidade. O autóctone da Papua-Nova Guiné que, pela primeira vez, viu passar um avião, tinha certeza de que se tratava de um pássaro estranho que atravessava o céu. As pessoas são livres para interpretar o que elas veem. Mas o problema é quando a interpretação é errônea. Às vezes, ela é o resultado da adulação. Adorar me parece arriscado. Na Coreia do Norte, a população foi vítima de tamanha propaganda que ela vê, no seu "Caro Líder", um semideus. No exterior, Kim Il-sung e seu filho, Kim Jong-il, são simplesmente o que são: ditadores. Normalmente, a política deveria ajudar a melhor assimilar a realidade, compreender e melhorar a sociedade, mesmo de maneira relativa. Mas, frequentemente, quando se restringe a liberdade de julgamento, a política é apenas uma fraude.

Eu quase nunca votei. Na minha opinião, os comediantes e os humoristas não precisam, absolutamente, do direito de voto. Eu tenho a profunda convicção de que, mesmo se o sistema político evoluísse de uma maneira radical no Japão, nós, o mundo do espetáculo, não mudaríamos. Nós continuaríamos os mesmos. Nós ainda continuaríamos a bancar os palhaços e a sapatear. Nós nem tentaríamos derrubar a ditadura. Pior ainda: nós nos adaptaríamos e faríamos ainda mais números cômicos sob esse regime. Nós ridicularizaríamos o poder vigente com a nossa melhor arma: o riso. Nós, os humoristas, não somos herdeiros de Mahatma Gandhi. Nós não somos os porta-vozes de uma causa política. Nós somos apenas parasitas! Um dia, o romancista Akiyuki Nosaka me disse: "Se, de repente, houvesse uma guerra, você, Takeshi, fugiria para algum lugar; você é esse tipo de cara!". E eu respondi: "Ah não, eu não sou tão corajoso assim. Eu me mataria. Seria ainda mais fácil do que resistir à autoridade". Veja só, na pior das situações, eu não bancaria um grande homem. Eu não tentaria, de maneira nenhuma, me tornar um herói, muito pelo contrário. Fundamentalmente, eu não sou um idealista. Eu desisti de todos esses sonhos que a gente tem quando se é jovem.

No Japão, como em muitos países, os políticos, a maior parte deles, só pensam nos seus próprios interesses. O único objetivo deles é chegar ao poder. Veja o Jiminto (*Partido Liberal Democrata, PLD*), essa formação conservadora que governou quase ininterruptamente o nosso país desde os anos 1950. (*Fora uma breve pausa no começo dos anos 1990, com a vitória, nas eleições, de uma coalizão de partidos da oposição e minoritários, e a nomeação do liberal Morihiro Hosokawa ao posto de primeiro-ministro.*) O partido realmente fracassou. Apesar de ter conseguido ficar agarrado durante tanto tempo ao poder – particularmente com a ajuda da Soka Gakkai, uma poderosa organização budista alinhada ao partido político Komeito, membro da coalizão conservadora que estava no poder –, ele não é mais nem um pouco popular. É um partido que não faz mais sonhar. Pelo contrário. A única ambição dele foi, durante muito tempo, conseguir, por todos os meios, evitar uma democratização do nosso sistema político nacional e qualquer alternância.

Porque o drama, na vida política japonesa, também foi, durante longos anos, a ausência de um verdadeiro partido de oposição. A esquerda continua quase inexistente ao nível parlamentar. O que a gente chama de Partido Socialista na França tem o seu equivalente no Japão, mas muito mais discreto. Já o Minshuto (*Partido Democrata do Japão, PDJ, fundado em 1996*), que foi, durante muito tempo, teoricamente, o primeiro partido de oposição – mais ou menos de centro-esquerda ou de centro-direita, a gente não sabe muito bem –, não o era na realidade. Na verdade, os seus membros são, a maior parte, desertores de diversos partidos, do centro, da esquerda, da direita e até mesmo da extrema direita. Na oposição, o Minshuto criticava uma boa parte das ações do governo no poder. Mas, no fundo, a maioria dos seus parlamentares se parece com aqueles que nos governam. As diferenças entre eles não são tão claras.

Como resultado das eleições legislativas do verão de 2009, o Minshuto chegou ao poder com uma maioria esmagadora dos votos. Muitos daqueles que votaram nesse partido estavam extremamente contentes porque, finalmente, depois de sessenta anos de monopartidarismo em uma democracia fragilizada, eles tinham podido materializar o sonho de uma eleição verdadeiramente democrática. Finalmente, o Japão tinha feito a sua revolução. As pessoas estavam extremamente contentes em confiar as rédeas do poder ao Minshuto. Elas tiveram a sensação, então, de ter realizado uma revolução democrática, ainda mais democrática e exemplar porque isso foi possível através das urnas, graças aos seus votos. Mas os eleitores começaram a sentir certo desencanto poucos meses depois da chegada do Minshuto ao poder. Alguns começaram a achar que, na verdade, a única diferença entre o Minshuto e o Jiminto era o nome.

Será que eles esperavam algo melhor? Com o que as pessoas sonhavam ao levar o Minshuto ao poder? Ou então será que a situação política atual vai levar a uma impressão de abandono, ou até mesmo de desespero? Eu tenho medo de que, no Japão, infelizmente, qualquer que seja o nome do partido que governe e quaisquer que sejam aqueles que dirijam esse partido, sempre continue a mesma coisa. Politicamente falando, eu realmente tenho medo de que isso permaneça para sempre no nosso país. As pessoas votam por mudanças porque, no fundo, nada muda. Existe esse sentimento, pesado, difícil, de que as coisas não podem mudar como deveriam. E, talvez, no final das contas, os políticos não sejam a causa disso! Talvez a gente devesse falar das pessoas, das tradições no nosso país, das regras rígidas como os hábitos, que fazem com que não se goste de mudanças.

O fato é que não existe mais, no Japão, uma verdadeira cultura de poder de oposição. O nosso país ainda continua se fazendo as mesmas perguntas, que também poderiam ser as mesmas da China comunista: o desafio do multipartidarismo, pluralismo democrático...

Eu iria até mais longe: eu acho que a nossa classe política é podre. Vítima da sua incapacidade total de construir um sistema bicéfalo, com um partido que domina e governa e uma oposição que seja digna desse nome, que consiga, a cada cinco ou dez anos, chegar ao poder. Mal se pode acreditar que um único partido tenha podido governar durante tanto tempo o nosso país... Infelizmente, ao contrário dos franceses, que fizeram a revolução deles em 1789 e lutaram pela liberdade e pela chegada da democracia, os japoneses não entendem a imperiosa necessidade do bipartidarismo. Eles, pura e simplesmente, nem sabem do que isso se trata.

Veja como o ex-primeiro-ministro Shinzo Abe se cercou de ministros incompetentes, envolvidos, uma boa parte deles, em escândalos alucinantes. Já o primeiro-ministro Taro Aso, que foi o sucessor do bem sem graça Yasuo Fukuda, era incompetente. Ele se acostumou, no começo do seu mandato, a multiplicar os discursos, pendurado em um micro-ônibus no bairro de Akihabara em Tóquio, refúgio dos fãs de mangás e de *video games*. Mas que ideia! Já era um sinal de que as coisas não aconteceriam direito. Aso deveria ter aprendido mais cedo a ler bons livros, os grandes romances da literatura mundial e ensaios de valor em vez de engolir mangás sem parar, como ele se vangloriou... No começo de 2009, em uma tarde, durante a gravação do meu programa *"Beat Takeshi no TV Takkuru"* – eu festejava então os vinte anos desse programa! –, um parlamentar do Minshuto disse que Taro Asu era "tão ruim" que deveria "se demitir o mais rápido possível, urgentemente, nos próximos dias". Eu o interrompi na hora e disse: "Você está falando bobagem. Eu peço que ele se demita nas próximas horas. O problema é que eu não tenho certeza de que ele escute a gente. É hora da sesta. Ele deve estar dormindo"...

O Japão, é verdade, não tem um regime presidencial, mas pelo menos a gente deveria fazer com que os primeiros-ministros fossem homens ou mulheres que carregassem dentro deles, a longo prazo, uma verdadeira vontade de mudanças, como é um pouco o caso da maior parte das democracias, não é? Veja como os americanos mostraram muita lucidez e maturidade. Eles souberam eleger um senador afro-americano, Barack Obama, que mal conheciam alguns meses antes e cuja ascensão eu achei formidável. Será que a mudança política poderia ser duradoura no Japão?

Na Coreia do Sul, mesmo se o chefe de Estado tem um percurso político, ele é, antes de tudo, um ex-homem de negócios. Será que a gente não poderia imaginar que o nosso primeiro-ministro pudesse também sair do mundo dos negócios? Será que ele não poderia, por exemplo, ser o diretor de uma grande empresa que teria mostrado o seu valor? Por que a gente deveria se privar de certas inteligências? O nosso sistema de partido deveria, hoje, ser reformado, a fim de evitar que o primeiro-ministro fosse eleito somente pelo partido dominante. Seria necessário também que ele não fosse nomeado por esse círculo elitista, esse clube fechado, esse sindicato dos grandes empresários, que é conhecido no Japão como Keidanren, e que já pesou, com demasiada frequência, sobre as eleições. O fracasso deve fazer com que a gente reflita.

Chegou a hora, no nosso país, de acabar com o sistema de cooptação e de nepotismo, herdado dos períodos Meiji e Showa, que faz com que os filhos ou os netos de políticos, ministros ou primeiros-ministros, também se tornem, por sua vez, ministros e primeiros-ministros. O Japão deve reformar, urgentemente, o seu sistema político.

Olhos nos olhos

A situação francesa também é bastante interessante. Veja como essa mulher de esquerda, Ségolène Royal, conseguiu, em 2007, passar por todas as etapas e se tornar candidata a uma eleição presidencial! Ela não ganhou a eleição, mas o fato de ela ter ido tão longe mostra uma evolução real dos valores franceses. Ao mesmo tempo, eu não posso imaginar que os franceses tenham dito: "Veja só, a escolha será entre um homem e uma mulher". Se eles preferiram Sarkozy, foi, me parece, por considerações políticas. Ah, esse Sarkozy! Ele é um cara diferente! Eu tenho certo respeito por esse cara, apesar de a gente não concordar necessariamente com as ideias dele, com o estilo dele e com o que ele diz. Eu tenho impressão de que ele, pelo menos, abre o jogo e depois parte para a ação. Eu gosto desse tipo de temperamento, apesar de a sua franqueza e a sua vontade de sempre estar em movimento acabarem prejudicando-o. Eu fiquei impressionado com a rara transparência com que ele e a sua ex-mulher – Cécilia, não é? – administraram o seu divórcio perante os franceses. Esse fato se passou de uma maneira espantosamente calma; os franceses pareciam achar isso completamente normal. Uma nova prova de maturidade. Eu nem consigo imaginar quais seriam as reações no Japão se um dos nossos primeiros-ministros se divorciasse durante o seu mandato – apesar de ser verdade que um dos nossos ex-primeiros-ministros, Koizumi, já estava separado ao ser nomeado. Foi uma novidade... No Japão, nenhum político, nem mesmo o primeiro-ministro, pode falar com os japoneses como Sarkozy fala com os franceses, ou como todos os outros presidentes franceses o fizeram antes dele, ou seja, olhos nos olhos, ao vivo em um *set* de televisão. Na França, os franceses têm o direito de formar uma opinião sobre quem os governa. A televisão funciona, também, como uma barreira protetora para a democracia. Ela pede, permanentemente, explicações àqueles que têm o poder. Nem erros nem abusos são permitidos. Isso é sadio para a vida democrática.

No Japão, é outra história. Os políticos são eleitos para defender e garantir a perenidade do sistema econômico. Os políticos se enclausuram em um silêncio pétreo para não ofender ninguém, a fim de que os produtos fabricados no Japão não sejam boicotados no exterior. Eles não podem dizer em voz alta o que pensam. O contrário ameaçaria os interesses econômicos do país.

Na verdade, a situação política japonesa me desanima. Você acha que, se a oposição estivesse no poder, as coisas mudariam dos pés à cabeça, como na França ou nos Estados Unidos? Impossível. Eu garanto que, com um primeiro-ministro vindo do Minshuto, as práticas seriam, *grosso modo*, as mesmas, a mesma cultura de governo, os mesmos problemas, as mesmas dificuldades burocráticas...

Uma prova suplementar da decadência da nossa vida política: o lugar das mulheres. Nunca uma mulher foi escolhida como primeira-ministra. Isso revela as barreiras machistas impostas ao nosso sistema parlamentar. Uma mulher pode até se tornar ministra, isso é aceito – mas há apenas alguns anos. Mas que uma japonesa possa assumir o cargo de chefe do governo, isso ainda é impensável. A opinião pública está pronta para isso, mas os partidos e a administração não estão, visto que são dominados quase exclusivamente pelos homens cujo poder é considerável. O nosso país é extremamente arcaico. O Japão está pelo menos trinta anos atrasado em relação à Europa. Quando a gente pensa que, no Reino Unido, Margareth Thatcher se tornou primeira-ministra no final dos anos 1970...

De qualquer jeito, eu acho que, se, por milagre, uma japonesa conseguisse se tornar chefe do governo, os homens, obrigatoriamente majoritários, que estariam ao seu lado a impediriam de governar corretamente. Por falta de confiança, eles iriam atrapalhar. Ela seria manipulada, teleguiada, desestabilizada...

> Em 2007, Yuriko Koike, ex-ministra que entrou no governo durante o mandato Koizumi (2001-2006), ficou apenas, aproximadamente, um mês no cargo de ministra da Defesa, por ter sido vítima de ofensas e de humilhações feitas pelos altos funcionários e pelos militares de alta patente.

Imbecilidade

Ao contrário do que geralmente se acredita, a imbecilidade não poupa aqueles que nos governam. Constatar isso não é uma demagogia. No nosso país, um ex-ministro da Saúde declarou um dia que "as mulheres são máquinas de fazer crianças!". Dizer tamanha bobagem mostra bem que ele não merecia ser ministro. As pessoas, e principalmente as japonesas, ficaram, logicamente, profundamente irritadas. O objetivo dele não era, certamente, ferir ou rebaixar a condição feminina; esse ministro quis chamar a atenção e encorajar as jovens a terem filhos porque a taxa de natalidade do nosso país é muito baixa[4]. No entanto, ele percebeu que o seu discurso tinha sido desastrado e se desculpou. Mas você acha que ele se demitiu? Isso nem passou pela cabeça dele. Ele permaneceu, tranquilamente, no cargo, apoiado pelo primeiro-ministro. Veja só a que ponto nós chegamos aqui no Japão: governados por homens de outra época, como velhas estátuas de pedra. No fundo, eles não são ruins, mas simplesmente ultrapassados pela evolução das mentalidades e da sociedade.

---

4. Menos de 1,3 filho por mulher. (N. A.)

Já o problema de saber se a taxa de natalidade dos japoneses é baixa demais, tudo depende da maneira de encarar essa questão. Porque o envelhecimento da sociedade é, em parte, um mito. Se existem muitas pessoas idosas, isso não significa, obrigatoriamente, que o meu país não seja dinâmico. Além disso, para alguns especialistas que acham que o planeta atingiu os seus limites e que as políticas de natalidade são irresponsáveis, o Japão é um modelo. Um país que dá o exemplo! Mas os primeiros a se preocupar são os japoneses. As jovens gerações atuais se perguntam como as suas futuras aposentadorias vão ser pagas se os fundos de pensão estão vazios e se o Estado social não assume mais o seu papel, se o desemprego e o *offshoring* aumentarem etc. Enfim, talvez tenha chegado a hora, no Japão, de promover os casamentos mistos. Um dia, os últimos japoneses, aqueles que terão sobrevivido às consequências do aquecimento global, vão ter de se casar com estrangeiros...

Que ninguém conte comigo para que eu faça parte, aberta e claramente, de algum partido político! Mesmo se eles tentarem me seduzir! Eu nunca vou ser candidato a nenhuma eleição, a qualquer coisa que seja. Porque a única coisa que eu sei fazer é divertir. Seria preciso que eu me tornasse completamente louco para aderir a um partido e me candidatar às eleições.

No outono de 2009, o compositor Ryuichi Sakamoto, que participou de Furyo *ao lado de Kitano, me disse, durante uma entrevista: "Takeshi-san é uma das pessoas mais inteligentes que eu encontrei. Ele seria um grande presidente, se, apenas, a nossa sociedade o permitisse".*

O governo oficial... e o subterrâneo

No Japão, país onde quase tudo funciona através da ideia de clã, existem dois tipos de governo: o oficial, cujo poder é relativamente limitado, e o subterrâneo, que dá ordens ao governo oficial. Se o primeiro não escutasse o segundo, haveria problemas. No Japão, quaisquer que sejam as atividades profissionais, sempre há, por trás, a mão dos *yakuza* ou de indivíduos ligados a eles. São gângsteres de um estilo particular – apesar de a tradução literal de *yakuza* por gângster não ser exata. Nem todos são marginais armados. Mas eles mantêm a ordem do jeito deles, um pouco como uma polícia paralela que agiria com a permissão... da polícia. É, frequentemente, uma das condições para que os negócios deles prosperem. Há séculos que o seu papel oficioso de manutenção da ordem é reconhecido! Eles são vistos como um poder oficioso ou paralelo para alguns. Em todo caso, eles estão por todos os lados.

Alguns primeiros-ministros japoneses têm colocado para trabalhar, discretamente, equipes de *yakuza*. Os setores prósperos da televisão, do *show business* e dos esportes profissionais não são poupados. Por quê? Porque esses mundos são regidos segundo valores e códigos praticamente idênticos, nas suas maneiras de funcionar, aos sistemas hierárquicos em vigor no mundo dos *yakuza*. Pode-se até ver, em um bar, pessoas que vêm de todos esses mundos, máfia e televisão, máfia e esportes profissionais... se embriagarem juntas e brindarem aos seus respectivos sucessos. Esses valores são inextirpáveis, profundamente enraizados na cultura japonesa. E a situação não deve mudar tão cedo porque o Japão é, e sempre será, uma sociedade de clãs, em que tudo funciona através deles. Aqueles que não aceitam esse funcionamento são excluídos – a pior coisa que pode acontecer a um japonês, que odeia ser marginalizado.

No Japão, apesar de ele aspirar a uma maior responsabilidade dentro das Nações Unidas, ainda existem vários grandes clãs mafiosos, em particular, o Yamaguchi, o maior; o Sumiyoshi, cujo poder só aumenta; em seguida, o clã Inagawa; o clã Kudo, em Kyushu, ou ainda o clã Kokusuikai.

Os estrangeiros, a imprensa ocidental, vários ensaístas, já faz muito tempo, são fascinados pelo Japão, que eles apresentam ainda como "exemplo" ou como "império" vai saber do quê. Também existe uma tendência em acreditar que o Japão "é melhor" do que os outros lugares. Alguns "especialistas" muito inteligentes, mas na verdade muito mal informados, elogiam a potência tecnológica e industrial do Japão, que seria superior à dos americanos e à dos europeus, ou elogiam o seu modelo social, as suas regras de *savoir-faire* e de educação... O problema é que eles esquecem ou fingem desconhecer outras realidades – talvez porque ignorem a história do Japão e apenas conheçam os bairros chiques de Tóquio... Os "*experts*" ainda apresentam o Japão como modelo em matéria de ordem social, até mesmo de segurança, por causa das suas baixas taxas de criminalidade. Mas esses números enganam! A realidade é bem diferente: o Japão é uma sociedade violenta, cada vez mais perigosa. Sobretudo nos bairros pobres – e isso acontece desde o século IX –, em que a situação não é tão maravilhosa nem tão exemplar como alguns acreditam. E, apesar do que se possa dizer ou tente provar, o Japão ainda se encontra, em parte, nas mãos dos *yakuza*. Esse país é um dos raros países do mundo onde a máfia trabalha tanto à luz do dia. É impossível erradicar o seu poder, eliminar a sua influência, ou mesmo a sua existência. Com métodos de marginais, eles mantêm a ordem até no coração do mundo da finança e do poder político. E ai daqueles que pensarem em se meter no meio do caminho deles...

Como o Japão é incrível!

Um dia, um jornalista alemão que estava fazendo uma reportagem no Japão ficou surpreso ao constatar que o Yamaguchi-gumi, um dos mais poderosos sindicatos do crime *(ele reúne quase 17.500 membros em 112 bandos)*, tinha uma sede, filiais e uma infinidade de escritórios. Ele achou inacreditável, até mesmo surrealista, que, na entrada do prédio, estivesse escrito: "Aqui fica o Yamaguchi-gumi". Em Tóquio, como na maior parte das grandes cidades japonesas, as placas indicam frequentemente, na entrada dos prédios, a sede ou os escritórios de uma gangue. Os cartões de visita dos seus membros têm, às vezes, até o nome e o brasão da organização. Às vezes, um *oyabun*[5] aparece, discretamente, em algum lugar em que as autoridades menos esperam. Ele chega assim, incógnito, em um restaurante da capital, e janta tranquilamente, sem que ninguém possa identificá-lo. Ao acabar a sua refeição, ele vai embora nas pontas dos pés, sem ser reconhecido. Há quase quatro séculos que, apesar das evoluções, a máfia continua sendo mais ou menos a mesma. Os seus clãs são bem estruturados. Os laços lembram os de uma família nuclear tradicional, com pai, mãe e filhos. O pai é o *oyabun*, os filhos são os *kobun*[6]. Eles são unidos por laços de sangue, um código de honra que implica o senso de sacrifício, e por um mesmo espírito de fraternidade.

Eu vou contar uma história que explica algumas "tradições" japonesas. Um dia, em um bar do *shitamachi (nos bairros pobres de Tóquio)*, um chefão *yakuza* espancou um cara violentamente, deixando-o semimorto. Para a surpresa das testemunhas, este, ensanguentado, foi na direção do mafioso para lhe pedir desculpas. Era um jeito de lhe agradecer por ainda estar vivo. Depois, alguns meses mais tarde, aconteceu a mesma coisa; esse indivíduo convidou o chefe *yakuza* para beber algo. Quando eles se encontraram, o mafioso era puro mel. Os dois homens beberam muito. Quando o indivíduo percebeu que o seu agressor estava completamente bêbado, ele se jogou, por sua vez, em cima dele e literalmente esmigalhou o seu crânio... Mas esse tipo de "crônica policial", como se diz, não é manchete, nem aparece nos jornais. Será que todos os delitos, cometidos todos os dias pelas gangues no nosso país, são repertoriados pela polícia? Eu garanto que alguns crimes são, voluntariamente, esquecidos. Cada um é, então, livre para tirar as suas próprias conclusões sobre a "baixa" taxa de criminalidade no Japão.

Hoje, por causa da crise, as gangues mafiosas se encontram em uma situação de concorrência nas grandes cidades. Os principais sindicatos do crime

---

5. Chefe *yakuza*. (N. A.)
6. Discípulos. (N. A.)

sofrem com a retração da economia dos quinze últimos anos, em particular no setor imobiliário. Eles não correm o risco, entretanto, de desaparecer. Eles se metamorfoseiam. E continuam bem protegidos pelo mundo político.

Os yakuza *possuem, no território japonês, dezenas de milhares de empresas perfeitamente legais (quase 30 mil, segundo estimativas, no setor imobiliário, na construção civil, nos jogos de azar, nos tráficos de influência – usura, chantagem –, nas finanças e na cobrança de empréstimos, na indústria do sexo, nos esportes profissionais, no tráfico de drogas e de anfetaminas etc.); eles são comparsas do mundo dos negócios e também estão presentes na paisagem audiovisual. Várias organizações também se infiltraram em certo número de agências de produção, criando, assim, seus próprios programas e tendo, às vezes, a última palavra sobre o conteúdo de alguns programas de televisão...*

Já faz alguns anos que correm boatos de que a atmosfera é mais do que tensa no Inagawa-kai, a grande gangue de Tóquio, e que quatro subgrupos se rebelaram e não queriam mais respeitar a disciplina interna. Principalmente o último, que não escutava mais os seus superiores. E é desse tipo de situação muito perigosa que as autoridades do nosso país têm mais medo. Porque podem acontecer tiroteios a qualquer hora. Mas os *yakuza* também sabem que devem tomar muito cuidado. A entrada em vigor da lei antigangue, há quinze anos, não é nada em relação aos dispositivos antimafiosos recentes. Mais ainda do que antes, se pede aos *yakuza* que se mantenham na linha. Eles não podem mais, com a facilidade do passado, chegar a qualquer lugar, impor as suas leis e cometer deslizes. O mínimo deslize faz com que a presença deles seja percebida, e eles acabam presos. Eles se tornaram discretos e usam sociedades de fachada. Existe um número considerável delas no nosso país.

Nos meus filmes, eu descrevo com humor o mundo dos *yakuza*, preferindo, aliás, colocar uma *gag* em vez de um diálogo com eles. É um jeito de tirar sarro da cara deles, mas isso não me preocupa; se eu não os compreendesse, eles certamente me matariam. Eu mostro os seus chefes como grandes crianças que levam a boa vida todos os dias, porque todos sabem que o dia seguinte talvez seja o último. Eu vou contar uma coisa para você. No Japão, a gente diz que mais da metade das pessoas importantes conhece alguém afiliado a uma gangue. Um dia, eu disse isso para o meu produtor, Masayuki Mori. Ele arregalou os olhos, deu um pulo e disse: "Mas eu não sou, de maneira nenhuma, um *yakuza*!". E eu respondi: "Mas eu sou! Eu pertenço ao clã Mori! ". Você deveria ter visto a cara dele!

O culto da personalidade de Junichiro Koizumi

Eu ouvi dizer que o avô do ex-primeiro-ministro Junichiro Koizumi, nativo de Yokosuka, era, por exemplo, um membro da máfia local. Mas quando essas pessoas pedem um favor aos seus amigos ou familiares, estes obedecem. Quem é que vai saber se Junichiro Koizumi nunca fez nada além de escutar os seus mestres e a sua comitiva... De qualquer forma, ele foi um político bem particular: carismático, hábil, com uma personalidade forte e certo dom para distrair o público. Ele incentivou muitas pessoas a acreditar em si mesmas e a seguir os seus passos. Como Goering! É óbvio que eu estou brincando, mas, nas eleições que aconteceram antes do final do seu mandato, ele, pura e simplesmente, aplicou as regras do Jihad: manipulou a imprensa e a televisão, "aterrorizou" para ganhar a eleição. Eu não estou exagerando! O culto da sua pessoa é um fato inédito no nosso país. O resultado não foi uma surpresa: como tudo girava em torno dele, os japoneses acabaram, de novo, se interessando pela vida política do Japão. Antes de Koizumi, a política era tabu. Ele mudou as regras do jogo. É uma prova do seu carisma, no entanto, com algumas nuances. Porque Koizumi também foi o primeiro-ministro japonês que mais seguiu os Estados Unidos em cinquenta anos. Antes dele, nenhum chefe do governo tinha colado tanto nos americanos.

O meu país é uma colônia americana

Eu não sou antiamericano, mas constato que o meu país é, praticamente, uma colônia americana, mais de sessenta anos depois do final da guerra. A nossa nação se tornou escrava dos Estados Unidos, em parte por causa do tratado de segurança nipo-americano e por razões econômicas, financeiras, geopolíticas. Um pouco como se os americanos ainda fizessem o Japão pagar pelo ataque de Pearl Harbor!

Os americanos começaram, graças à eleição de Obama, a retirada das tropas do Iraque, mas ainda mantêm no Japão, oficialmente por razões de defesa – ameaças norte-coreana, russa e chinesa, ameaças nucleares –, várias bases militares – quase noventa –, das quais umas trinta, gigantescas e muito dispendiosas, no arquipélago de Okinawa, que realmente foi ocupado pelos Estados Unidos até 1972. Mais de 40 mil soldados americanos ainda estão a postos no território japonês. Além disso, o grande problema é que o custo dessa presença não é pago por Washington. Ele é quase inteiramente pago pelo Japão, ou seja, 4 bilhões de dólares no total a cargo do contribuinte japonês. Mas, nessa região, em volta das instalações militares, os habitantes já não aguentam mais, porque tal concentração de bases em Okinawa, em um território tão pequeno[7], causa problemas, particularmente a poluição sonora acima do limite autorizado – é o caso, por exemplo, da grande base aérea de Kadena –, ou acidentes durante as manobras. Em virtude dos acordos concluídos entre o Japão e os Estados Unidos, milhares de fuzileiros navais foram transferidos para Guam. Mas esses progressos adjacentes não vão resolver o problema. Ainda mais que um dos paradoxos da presença das bases é que elas não trazem benefícios – ou trazem muito pouco – à economia local de Okinawa. O arquipélago de Ryukyu, do qual as ilhas de Okinawa fazem parte, continua sendo a região mais pobre do Japão. A taxa de desemprego é duas vezes mais alta do que no resto do país, e o produto interno bruto por habitante é bem inferior ao da média nacional. A única indústria que funciona mais ou menos é a do turismo...

Essas bases foram criadas no Japão depois da Segunda Guerra Mundial, a partir dos anos "de ocupação" do nosso país pelos americanos *(1945-1952)*, na época em que estes pretendiam conter a expansão comunista soviética e chinesa. A China, a União Soviética e os seus satélites – como Cuba – eram claramente identificados como inimigos. Os americanos tinham pavor de ver o Japão se virar demais para a esquerda e cair no campo comunista. MacArthur foi muito astuto: ao desmistificar o Imperador, deixando-o viver no Palácio, ele o transformou no símbolo da unidade do povo e, assim, tirou o complexo das forças da direita e da extrema direita. O Japão se tornou, desde então, uma democracia que incentiva o surgimento e a defesa dos direitos humanos e que se apoiou, durante muito tempo, sem muitos escrúpulos, sobre um partido conservador todo-poderoso que se beneficiava dos laços sólidos com Washington. Os partidos de esquerda ficaram limitados a um papel de espectador. Mas essa época acabou. Os Estados Unidos e o Japão deveriam, agora, rever as bases das suas relações.

Há vinte ou trinta anos, quando o que se chama de *"Japan bashing" (forma de crítica antijaponesa primária)* era corrente, os americanos sancionavam o Japão a cada medida política considerada como um obstáculo ou uma oposição. Hoje, as duas economias estão tão ligadas que a situação é completamente diferente. Os Estados Unidos importam hoje os produtos do *"cool Japan"* – desenhos animados, *video games*, mangás, moda, *design*, sétima arte –, e parece que nos respeitam mais. Os dois países são interdependentes e, quando os Estados Unidos tossem, o Japão pega um resfriado.

---

7. Cem quilômetros de comprimento por vinte de largura. (N. A.)

Com a velocidade das coisas, eu tenho certeza de que as autoridades japonesas ainda vão, durante muito tempo, continuar sujeitas aos Estados Unidos, um pouco como crianças obedientes. Essa é a triste realidade do nosso país. Eu acho que, ao contrário dos franceses, os japoneses são incapazes de se opor frontalmente aos americanos, ou seja, de se impor para fazer valer os seus direitos e levar a sua própria política. Como se eles não pudessem fazer isso. Nós vivemos em um país que se contenta com as suas contradições e as aceita. Segundo o artigo nove da nossa Constituição, promulgada em 1947 pelos Estados Unidos (*que tira do Japão o "direito à guerra"*), e segundo os princípios do Tratado de São Francisco (*1951*), o Japão, teoricamente, não tem o direito de possuir forças armadas. Mas, hoje, o que é que a gente vê, na hora em que não se sabe como financiar as aposentadorias? O Japão se tornou novamente uma grande potência militar. Ele é o quarto ou o quinto maior orçamento militar do mundo – equivalente a mais ou menos 30 bilhões de euros por ano.

O Japão faz questão de afirmar a sua soberania. Parece então legítimo que os dirigentes japoneses continuem nesse caminho, que garante o poder, mas a corrida armamentista feita por todas as grandes economias asiáticas – a China e o Japão lideram a corrida, mas também participam Taiwan, Coreia do Sul, Coreia do Norte e outros países – não vai facilitar a perenidade dos laços pacíficos e de confiança. O orçamento militar chinês aumenta dez por cento a cada ano (*de dez a quinze por cento, chegando a quase 30 bilhões de euros*). Ele começa a se igualar, pouco a pouco, ao do Japão. Mas eu acho que o Japão, a China e os outros países da região deveriam pegar o caminho da pacificação, se entender, concluir tratados de paz e de amizade e investir todos esses bilhões nos dossiês prioritários de cada um desses países: educação, saúde, aposentadorias, meio ambiente, luta contra a pobreza... Mas, sem dúvida, eu sou ingênuo demais...

Dependências

Outubro de 2005. Kitano se encontra, em Tóquio, com o deputado francês e ex-ministro da Cultura Jack Lang. Os dois homens foram ao Pérignon, um restaurante francês do bairro de Nihombashi, em Tóquio. Ao redor da mesa estavam presentes Catherine de Montferrand, esposa de Bernard de Montferrand, então embaixador da França no Japão, Gilbert Frouart, conselheiro de Jack Lang, e Françoise Degois, jornalista da France Inter[8]. *Zomahoun trabalha como intérprete. Rapidamente, a atmosfera se*

---

8. Rádio pública francesa. (N. T.)

torna mais leve. Curiosamente, depois de algumas palavras sobre o estado do cinema japonês, os dois homens abordam temas mais políticos. Kitano expõe de início alguns aspectos da geopolítica do Japão.

Se o Japão não dependesse mais dos Estados Unidos, ele certamente produziria armas nucleares, já que dispõe de grandes reservas de plutônio. Isso é uma questão de vontade, mas, igualmente, de possibilidade, ou, melhor dizendo, de impossibilidade, porque o Japão não pode fazer isso. De qualquer maneira, o futuro, naturalmente, é feito de incertezas. O envio, pelo nosso país, de forças armadas ao Iraque mostrou como o nosso governo é capaz de violar, a qualquer momento, impunemente, flagrantemente, a sua Constituição pacifista imposta desde 1945 pelo ocupante americano.

O Japão se encontra, hoje, em uma situação política e econômica muito delicada, em grande parte por causa da sua história em relação aos seus vizinhos asiáticos. Apesar do que se diz, as nossas relações continuam muito tensas por causa da colonização japonesa e das nossas guerras consecutivas no século passado. Os povos asiáticos são alérgicos à nova militarização do Japão. E se, um dia, os japoneses modificassem um pouco radicalmente demais ou, pior ainda, abandonassem totalmente o artigo nove da sua Constituição, isso causaria um choque e traria muitas preocupações, e não apenas na Ásia.

Há alguns anos, o Japão reforçou a sua estatura diplomática dobrando a sua ajuda pública ao desenvolvimento e a sua assistência à África. Mas a sua influência continua limitada porque o Japão não tem uma política internacional suficientemente ambiciosa e ponderada. Daí o fracasso do nosso país e, aliás, do G4 – Japão, Alemanha, Índia e Brasil –, quando se trata de impor à ONU e de obter a reforma dessa organização. E a China pode continuar a se opor ao nosso desejo de obter um assento de membro permanente do Conselho de Segurança.

Ao mesmo tempo, é uma pena que o Japão se encontre limitado apenas a ameaçar a ajuda ao desenvolvimento para preservar a sua influência diplomática. Uma ajuda, aliás, desproporcional. A África se tornou, certamente, uma prioridade, mas sessenta por cento da nossa ajuda é consagrada à Ásia. A China recebeu a parte do leão da ajuda pública japonesa – dinheiro que Pequim, aliás, considerou, durante muito tempo, como reparações da guerra! – e usou uma grande parte dessa fonte de riqueza financeira para ajudar, por sua vez, outros países pobres, na sua maior parte africanos, mas em seu próprio benefício! Tanto no Japão como na China, isso foi um segredo bem guardado durante muito tempo.

Os rancores da história

A história não pode ser reescrita para satisfazer interesses particulares. A história é complexa e deixa traços, feridas mal cicatrizadas. As tropas do Japão imperial cometeram barbaridades no território chinês, particularmente em Nanquim. Elas esmagaram populações inteiras. Soldados japoneses decapitaram camponeses chineses. Não se deve nem negar, nem se esquecer disso. Apesar do que alguns possam pensar, os fatos históricos são fatos históricos. Na Ásia, os rancores herdados do século passado ainda permanecem vivos. No nosso país, existe uma lamentável tendência à amnésia quando se trata dos crimes de guerra cometidos pelo exército japonês. Porque, ao contrário da Alemanha, o Japão não foi "desnazificado". Será que os japoneses prestam atenção na imagem do seu país, na sua credibilidade, na Ásia e no mundo? Há muitos políticos japoneses que ainda se recusam a dizer a verdade quando se trata da Segunda Guerra Mundial. E quando os nossos primeiros-ministros pedem desculpas aos Estados asiáticos pelas atrocidades cometidas há setenta ou oitenta anos – como Kakuei Tanaka e Tomiichi Murayama fizeram –, a situação permanece ambígua porque, ao mesmo tempo, o Estado japonês se recusa a indenizar as famílias das vítimas, ou até mesmo os próprios sobreviventes. O Japão continua a considerar a história do jeito que bem entende!

Os nossos políticos, infelizmente, são cegos no que diz respeito a esse tema. Eu acho que o governador de Tóquio, Shintaro Ishihara, chegou a negar ou a minimizar os crimes de guerra cometidos no passado pelo Japão – como, por exemplo, o das "mulheres de conforto": coreanas, chinesas, tailandesas, filipinas, australianas, europeias, forçadas a se prostituir nos bordéis do exército imperial japonês. Ishihara não mede, como deveria, o sentido da história e a dor das vítimas. Ele é realmente surpreendente esse Ishihara! Durante a inauguração de uma grande exposição da Fundação Cartier para a Arte Contemporânea no MOT (*Museu de Arte Contemporâneo de Tóquio*), que reunia alguns dos artistas estrangeiros e japoneses mais prestigiosos dessa fundação, ele aprontou mais uma ao criticar, de maneira pouco diplomática, algumas obras expostas. Uma revista semanal japonesa comentou um artigo polêmico que apareceu em um jornal francês (*Libération*), que, por sua vez, criticava Ishihara. Eu ri muito com essa história. Ishihara é, decididamente, incorrigível.

Aliás, ele e Kenzaburo[9] se odeiam. Kenzaburo é, diga-se de passagem, regularmente criticado pela extrema direita japonesa – oficialmente negacionista – pelas suas obras ou por incentivar os japoneses a encarar a história do século XX. Eu me pergunto se Ishihara não teria um pouco de inveja de Kenzaburo e do seu Nobel. Um dia, ele me telefonou e disse: "Você é meu amigo ou amigo de Kenzaburo?". No que me diz respeito, eu fiquei muito contente quando Kenzaburo Oé me enviou uma bela carta depois de ter visto *Takeshis'*. Mas, apesar dos percalços com Ishihara, Kenzaburo escreveu um livro que fala de Ishihara quase como se ele fosse um irmão. Vá entender!

Ao mesmo tempo, eu constato que os acusados dos piores crimes são sempre os mesmos povos e os mesmos Estados. É óbvio que é preciso dizer a verdade e defender o dever da memória. É impossível não se lembrar das páginas mais negras da história do nosso país. Mas também não se deve esquecer que a maior parte dos países e dos povos cometeu horrores. A China, por exemplo, quando mostrava a sua vontade de conquista e de expansão.

Sem voltar aos massacres dos indígenas ou ao tráfico negreiro, os americanos também mataram uma quantia considerável de civis e cometeram crimes graves no Vietnã, no reino do Sião. Os ingleses, os espanhóis, os portugueses, os italianos, os turcos, os russos... Tantos países, tantos povos, também se enganaram. Assim como os franceses, na época colonial, da colaboração com o regime nazista, ou ainda na Argélia. Não se deve se esquecer de nada. A história não pode ser reescrita.

Ainda hoje, são descobertos alguns efeitos perversos herdados do colonialismo de ontem. Os explorados dos séculos XIX e XX estão se vingando. Nesses últimos anos, nos subúrbios franceses, por exemplo – quando Chirac era presidente, eu fui até o subúrbio, onde pessoas da África moravam, muitas delas muçulmanas –, explosões de violência, como as do inverno de 2005, refletiram o mal-estar de uma parte da juventude que deve ter tido a impressão de se sentir

---

9. Nascido em 1935, Kenzaburo Oé, escritor, premiado com o Prêmio Nobel de Literatura em 1994, foi marcado pela influência nefasta do nacionalismo em uma sociedade militarizada. Defensor da democracia, milita para que seu país não questione o artigo nove de sua Constituição. Em 2004, fundou uma associação de defesa da constituição pacífica. Na introdução do texto da conferência pronunciada por Kenzaburo em dezembro de 2005 em Paris, retomado pela *Revue des deux mondes*, assim como em uma entrevista com o Prêmio Nobel, Manuel Carcassonne resume as "maiores obsessões" do grande escritor: "A relação entre o centro (Tóquio, a cultura oficial, a adesão aos valores da maioria) e a periferia (o nascimento na ilha de Shikoku em 1935 e a educação no Japão pós-guerra, a vida com um filho deficiente [Hikari], que nasceu em 1963); a luta de um democrata e pacifista contemporâneo de Hiroshima pelo não rearmamento do Japão; além da vontade de transmitir às novas gerações outra mensagem que não a do anestesiamento moral e da erradicação do senso crítico. Nesse sentido, longe do nacionalismo que, frequentemente, foi um terreno fértil de vários intelectuais japoneses, Kenzaburo incentiva um movimento duplo, de um lado em direção ao repúdio à americanização (luta, para dizer a verdade, antecipadamente perdida) e, por outro lado, em direção a uma abertura a outros caminhos. [...] Toda a sua obra resume as loucuras do século, em um movimento que vai do ódio à sabedoria. Da selvageria nuclear à civilização desarmada". (N. A.)

excluída, de não se sentir realmente em casa na França porque, de início, os seus pais nunca foram, na minha opinião, corretamente integrados. O problema é idêntico nos Estados Unidos com as questões negro-africanas e hispânicas, e em tantos outros países. No Japão, problemas desse tipo também são levantados, por exemplo, a integração da comunidade coreana. Os ex-colonizados da Coreia são donos, em grande parte, no nosso país, da indústria do *pachinko*, uma atividade muito lucrativa que contribui, paradoxalmente, para certa paz social. Mas se deve prestar atenção nos rancores entre os povos. Eles são perigosos e podem levar ao ódio, ou até mesmo, pura e simplesmente, à guerra...

O Imperador despolitizado

O Estado japonês é particular. Esse Estado deve se compor com a presença do Imperador, mantido, depois da guerra, pelos americanos e os seus aliados, mas despolitizado das suas funções. Desde então, o Imperador é apenas um símbolo... Ao passo que, anteriormente, ele era considerado um deus no Japão. Desde 1945, ele nem é mais um semideus, apenas um "ser humano". Muitos japoneses ficaram chocados com essa metamorfose. O Imperador é, desde então, igual ao mais comum dos mortais. Nesses últimos anos, prova de que o Japão está mudando, pode-se falar do Imperador, da sua família, do sistema imperial, um pouco mais livremente. Ainda há alguns anos, ninguém tinha, de fato, coragem de falar sobre isso. Ninguém tinha coragem de mexer um dedo para abordar publicamente as responsabilidades do Imperador Hirohito nas suas aventuras guerreiras no Japao, nos anos 1930 e 1940. Antes da Segunda Guerra Mundial, muitos japoneses acreditavam no Imperador. Ele era o "Rei Sol" deles. Eles gritavam *"Tenno banzai!" (Dez mil anos para o Imperador)*. Os kamikazes se suicidavam em seu nome. Eles jogavam os seus aviões contra os encouraçados americanos em nome do "Imperador Deus". Depois da derrota, o Imperador foi privado dos seus poderes políticos. Anos e décadas mais tarde, muitos japoneses ainda acham estranho que ele nunca tenha se exprimido publicamente sobre Yasukuni. Mas ele, pura e simplesmente, não pode fazer isso.

> *Yasukuni é o nome de um santuário xintoísta, em Tóquio, que abriga um memorial da guerra que homenageia, entre os 400 mil "heróis mortos pela pátria" desde o final do período Meiji até 1945, a memória e os nomes de quatorze grandes criminosos de guerra julgados e condenados pelo Tribunal dos Aliados de Tóquio.*

Acabar com o problema do Yasukuni

Deve-se acabar com o problema do Yasukuni! O Estado japonês deveria pensar em separar, de uma vez por todas, as vítimas e os criminosos de guerra homenageados nesse santuário. Os japoneses deveriam, pelo menos, debater sobre essa questão – e não somente quando um ou outro primeiro-ministro o visita. Como é que os países da Ásia, vítimas dos crimes do exército imperial japonês durante o século XX, podem entender que o Japão ainda homenageia os criminosos de guerra em um memorial situado no coração de um templo xintoísta, em pleno centro de Tóquio? O Japão deve evoluir. Ele modernizou com sucesso a sua economia ao longo dos dois últimos séculos – e mais ainda desde 1945, fazendo até com que alguns dissessem que "o Japão não tinha, necessariamente, perdido a guerra"! Ele também deve modernizar a sua mentalidade. Como é que alguém pode aceitar que um primeiro-ministro japonês peça sinceramente desculpas aos povos da Ásia pelos crimes cometidos durante a guerra antes de ir visitar o Yasukuni como primeiro-ministro, como muitas vezes fez o ex-primeiro-ministro Koizumi?

A questão de Yasukuni traz à tona, na minha opinião, um problema geral de rancor e de relações de força. Está na hora de perceber, no Japão, que os Estados vencedores da Segunda Guerra Mundial ganharam essa guerra. Aqueles que perderam continuam, desde então, à mercê dos vencedores. E os perdedores só podem ser reabilitados como vencedores graças a esforços gigantescos, como a Alemanha faz há décadas. Mas, no fundo, os derrotados nunca serão realmente reabilitados no inconsciente dos povos estrangeiros. É importante que, no Japão, cada um entenda bem que são as relações de força que dirigem o mundo. Pode-se até lamentar, mas só isso.

Apesar de tudo, chegou a hora de todos os povos asiáticos se sentarem juntos em volta de uma mesma mesa para discutir não somente sobre as questões do livre-comércio e do comércio, mas também e, sobretudo, sobre as questões de fundo: a situação das nossas relações diplomáticas. Existem problemas? Vamos falar deles! Existem divergências? Vamos tentar resolvê-las, como verdadeiros amigos. Os povos da Ásia também devem, por sua vez, aprender a superar os seus rancores.

*
* *

Ordens e desordens

16.

A Ásia é um continente fascinante. Ao contrário do que geralmente se acredita, o indivíduo é a base das suas culturas, mas o indivíduo em um quadro social estrito, educativo, familiar, relacional, profissional... Sobretudo na Ásia do Norte. Ideogramas nas paredes das escolas chinesas indicam às crianças que se deve "aprender assiduamente", "se comportar com retidão"...

Essa Ásia onde cada um cria o seu universo

Eu acho que os asiáticos têm o senso da diversidade. Eles acreditam que, no nosso mundo, existe um pouco de tudo e que se deve saber aproveitar um pouco de cada coisa desse tudo. Pena que eles sempre estejam prontos para brigar entre si!

Quando aparece uma ocasião, eu peço para as minhas equipes convidarem celebridades asiáticas para os meus *shows* da televisão. Em 2005, o meu programa "*Daredemo no Picasso*" obteve um raro pico de audiência graças à presença, no set, de uma estrela do cinema coreano, Lee Byung-hun, idolatrado no Japão pelo público feminino.

Como cineasta, eu quero fazer tudo para contribuir para a reconciliação e para o entendimento entre os povos japonês, chinês e coreano. Pelas razões evidentes relacionadas ao passado, as relações entre esses três países continuam extremamente difíceis. As barreiras são numerosas, a começar pelo ensino de História na escola. Já se falou muito, no Japão e em outros países, sobre as lacunas dos livros escolares japoneses. Comissões mistas de historiadores japoneses, coreanos e chineses, em particular, foram criadas para tentar resolver essa questão.

O problema é que, na Coreia e na China, as coisas não são melhores: nesses países, os jovens são até vítimas de uma lavagem cerebral velada. Quando se aborda o Japão – e apesar de a guerra ter terminado há mais de sessenta anos –, se ensina, essencialmente, a essas crianças e adolescentes as atrocidades cometidas contra os seus povos pelo exército imperial japonês. O sentimento antijaponês é amplamente divulgado no ensino. Eu lamento ainda mais porque, nesse começo do século XXI, não se faz realmente nada, ou se faz muito pouco, para inverter essa tendência. Ao contrário, eu garanto que, no Japão, os jovens não são educados a ressentir-se em relação aos povos chinês e coreano. A maior parte dos japoneses nascidos depois da Segunda Guerra Mundial aspira a relações pacíficas e serenas com os países vizinhos.

As nossas relações com esses países se encontram, sem contar com as econômicas e comerciais, em um estado calamitoso e, sobretudo, governadas pelas más lembranças. Todos devem se esforçar pelo interesse coletivo. O fato de que as relações entre esses países continuem bloqueadas pelas questões históricas é realmente uma estupidez. Como muitos japoneses, eu fiquei satisfeito com a decisão tomada pelo governo sul-coreano de revogar o embargo sobre os produtos culturais japoneses, durante muito tempo proibidos em Seul. Mas o problema ainda não foi completamente resolvido. Quando *Hana-bi* e *Zatoichi* foram lançados nos cinemas sul-coreanos, eu senti uma alegria imensa. A promoção do filme foi impressionante em Seul e amplamente divulgada no metrô, nos táxis, em muitos jornais e revistas e até mesmo nos ônibus. Qualquer abertura com a Coreia deve ser favorecida.

Assim, eu não concordo com algumas pressões exercidas pelas potências ocidentais sobre grandes países como a China e a Índia. Essas pressões são causadas pela ignorância, em particular com relação a temas amplamente rebatidos, como o controle da natalidade e a política do filho único.

Ditadura

O que é que vai se passar na Coreia do Norte nesses próximos anos? Alguns acham que o final do ditador Kim Jong-il, ou até mesmo, a um prazo mais longo, o final da "dinastia" dos Kim, poderia marcar o aparecimento da democracia na Coreia do Norte. Não custa nada sonhar. Qual será, um dia, o fato detonador que vai levar à reunificação da península coreana? Eu não tenho a mínima ideia do que vai acontecer. Quem pode prever o futuro dessa ditadura? Ninguém pode saber. Mas eu acho que a situação norte-coreana lembra a da Alemanha Oriental. O Muro de Berlim desmoronou de repente, sem nenhum aviso. Talvez o regime norte-coreano vá sentir, em um dado momento, que é mais vantajoso avançar em direção a uma reunificação do que permanecer isolado. Enquanto isso não acontece, a situação dos direitos humanos nesse país é preocupante, absolutamente catastrófica. O fluxo contínuo de norte-coreanos, que fogem do país pela fronteira chinesa, não diminui. Continua sendo muito difícil verificar as informações que recebemos sobre o seu destino. A Coreia do Norte continua sendo um país muito hermético. Além disso, existe um propagandismo enorme sobre isso. E não se deve se deixar enganar: a propaganda não é apenas norte-coreana, ela é também americana, ocidental, chinesa e até mesmo japonesa!

O Japão, que anexou a península coreana no começo do século XX, considera a Coreia do Norte exclusivamente uma ameaça. Sobretudo depois dos seus testes nucleares... E, no nosso país, a questão extremamente dolorosa das famílias dos japoneses raptados pelos agentes norte-coreanos, nos anos 1970 e 1980 – você deve conhecer, sem dúvida, a história trágica de Megumi Yokota –, continua a ser debatida.

Megumi Yokota faz parte desses japoneses raptados no próprio Japão (fala-se de várias dezenas de casos), nos anos 1970 e 1980, pelos agentes norte-coreanos. Ela foi sequestrada, aos treze anos, em uma praia de Niigata (na costa oeste do país), no dia 15 de novembro de 1977, e foi, em seguida, aparentemente condenada a morar em Pyongyang, onde teria ensinado japonês. Será que Megumi Yokota continua viva? Pelo que diz o regime norte-coreano, ela teria se suicidado em um hospital de Pyongyang, no dia 13 de março de 1994, depois de uma longa depressão. Uma versão que não convence ninguém no Japão, sobretudo a família Yokota. A Coreia do Norte enviou ao Japão um corpo apresentado como sendo o de Megumi. Mas, segundo os resultados de análise de DNA, não era ela. Durante uma cúpula entre o Japão e a Coreia do Norte, em Pyongyang, no dia 17 de setembro de 2002, o governo norte-coreano reconheceu esses sequestros e se desculpou. Aproximadamente quinze japoneses raptados pela Coreia do Norte foram identificados, e cinco puderam voltar para o Japão em outubro de 2002. O mistério ainda continua em relação ao destino reservado aos outros. Na hipótese de estarem vivos, o Japão exige que sejam enviados de volta e que os autores dos sequestros possam ser entregues à justiça japonesa.

Eu fiquei surpreso ao perceber que o Japão mal reagiu quando Bush anunciou, em 2008, que a Coreia do Norte tinha sido retirada do seu famoso "eixo do mal", da sua lista negra dos Estados que apoiavam o terrorismo. A reação dos japoneses foi claramente acanhada, apesar de os americanos parecerem não levar mais em conta a questão dos japoneses raptados pela Coreia do Norte. O governo japonês se exprimiu a respeito. Mas não o bastante, na minha opinião...
No fundo, é impossível abordar o tema dos sequestrados japoneses sem evocar a história. Não se pode negar que, durante a ocupação da península coreana (1910-1945) – a Coreia do Norte ainda não existia –, o Japão cometeu atrocidades. Nos anos 1920, 1930 e 1940, o conquistador deportou milhares de trabalhadores coreanos para o território japonês, para explorá-los nas suas fábricas. Famílias coreanas continuam, elas também, a reivindicar justiça. O nó do problema é bem mais complexo do que se imagina.

O racismo habitual

O racismo é uma praga, uma doença, infelizmente universal. Ainda extremamente espalhado, muito mais do que se imagina, em muitos países desenvolvidos. Apesar da eleição presidencial de Barack Obama, a situação americana continua longe de ser uma maravilha: a barreira racial, o racismo habitual, infelizmente ainda não desapareceu. E se os negros e os hispânicos acreditam que eles podem melhorar de vida como o americano branco médio, eu acho que eles ainda estão sonhando.

Nesse começo do século XXI, parece totalmente surrealista que quase todas as riquezas existentes e produzidas estejam concentradas nas mãos de praticamente um quinto da população mundial. Comparativamente, o resto dos habitantes do planeta vive na pobreza, e, às vezes, na mais profunda miséria. Bilhões de seres humanos vivem com o equivalente a cem ienes, menos de um dólar, por dia.

Esse quinto da população mundial

Será que os povos ricos, a maior parte do Norte, realmente se interessam pelo desenvolvimento dos países do Sul? Quase oitenta por cento da população mundial não se alimenta o mínimo necessário e não tem acesso à água potável. No Haiti, o produto de consumo mais corrente nos mercados é o "biscoito de lama" – vendido pelo equivalente a um iene (*um centavo de euro*) –, adorado pelas crianças porque enche o seu pequeno estômago durante algumas horas. O cúmulo da história é que alguns países desenvolvidos têm medo de ajudar radicalmente os países mais pobres. Eles acham que encorajar esses povos desfavorecidos a sair da sua miséria constitui, no final das contas, uma ameaça, não militar – isso seria bom demais para os *lobbies* do armamento –, mas um risco para o equilíbrio social, para o seu regime de saúde e de aposentadoria. Nesses países, alguns espíritos mal-intencionados acham que um desenvolvimento um pouco rápido demais dos países emergentes fará com que, depois de certo tempo, as suas economias nacionais percam a força. Pelas conversas que se pode ter com alguns poderosos desse mundo, é possível notar que algumas políticas levadas por um punhado de países ricos têm como objetivo manter, durante o máximo de tempo possível, os países do Sul dependentes.

O cantor Bono tem um discurso respeitável sobre a África. Ele luta para ajudar o continente africano. Bono tem razão em se concentrar na questão da dívida dos países africanos. Falando nele, eu não conheço muito a sua banda, o U2, mas eu gosto da música deles, mesmo sendo, às vezes, um rock um pouco pesado aos meus ouvidos...

Na China e na Índia, é a explosão demográfica que ameaça tudo. Ela está se tornando cada vez mais incontrolável. Uma minoria alcança, a cada ano, as riquezas e aproveita o crescimento. Já a maioria sobrevive como pode e se cala. Nesses países, não há uma verdadeira redistribuição das riquezas. O valor do ser humano, infelizmente, não é levado em conta.

No que diz respeito às desigualdades entre os países ricos e pobres, eu sou pessimista. Ainda mais que o diferencial entre todos os Estados é, em primeiro lugar, tecnológico. Tecnologia e Ciência são dominadas pela mesma ínfima parte da população mundial – por esse pequeno quinto de privilegiados. E é essa minoria que controla e detém o verdadeiro poder nesse planeta. Também, quando se fala em "progresso humano", eu não sei se devo rir ou chorar. De que progresso se está falando? Na verdade, não existe progresso. O mundo não avança. Quando são levados em conta apenas os fatos e os números, parece que, ao contrário, as coisas pioram. É preciso que soluções e alternativas realistas para erradicar os desequilíbrios mundiais sejam encontradas urgentemente. É preciso aliviar os males das populações que sofrem. Senão, o pior ainda há de vir.

Planeta em perigo

> Durante o tórrido verão de 2007, quando Kitano se encontra em Tóquio com o francês Etienne Bourgois – chefe de expedição, de 2008 a 2009, da missão Tara de estudo do aquecimento global no Ártico –, ele revela seu lado ecológico.

Quando eu era adolescente, grande fã do comandante Cousteau, eu queria me tornar um biólogo marinho. A vida decidiu outra coisa. Entretanto, eu sempre conservei esse interesse pela Terra, pelo mar e pela natureza. Hoje, eu percebo, como todo mundo, que os grandes equilíbrios naturais estão gravemente ameaçados pelo aquecimento global. Além disso, o clima sofre reviravoltas profundas de que nós mal percebemos a amplitude e os efeitos, a médio e a longo prazos. Eu me lembro dessas chuvas diluvianas que caíram em Tóquio no começo de 2007. Parecia que elas anunciavam o fim do mundo.

O planeta realmente se encontra em um estado calamitoso. No norte, o gelo derrete. No sul, os pobres não têm o que comer. O clima está completamente desregulado. E o homem está pagando pelo que ele fez.

A responsabilidade desses distúrbios e do aquecimento global é, em primeiro lugar, dos Estados poluidores. Eles são os primeiros responsáveis pelo aquecimento global, os Estados Unidos e a China em primeiro lugar. Os americanos representam somente seis por cento da população mundial, mas são responsáveis por um quarto da poluição na Terra. E, desde 2008, como se sabe, os chineses começaram a poluir pelo menos tanto quanto os americanos. Em relação a esses dois países, eu acho edificante que, desde a proibição de se fumar em lugares públicos nos Estados Unidos, os gigantes americanos do tabaco, que viram, de fato, os seus lucros diminuírem, decidiram reforçar a sua presença comercial na China – vamos então escurecer os pulmões de centenas de milhões de chineses! –, mas também no Japão, onde a regulamentação ainda é menos restritiva.

Como todo mundo, eu me questiono: como se pode lutar eficientemente contra o aquecimento global? Como se pode proteger a natureza? Será que os países ricos devem investir mais nos países pobres como compensação? Os esforços feitos para se lutar contra essas pragas são insuficientes e parciais.

Já faz alguns anos que os escândalos não param de explodir no Japão, com a descoberta, no mercado, de produtos agrícolas, essencialmente importados da China, com um nível tóxico muito elevado e nocivo à saúde. Os consumidores estão preocupados. Mas o Japão também tem a sua parte de responsabilidade nesses casos porque é um dos primeiros produtores de adubo exportado para a China. É um círculo vicioso.

Apesar dos esforços importantes, o Japão, quinto poluidor mundial, participa diretamente dessa poluição, como todos os grandes países desenvolvidos e industrializados.

Offshoring

É fato que a China não faz muito para combater a poluição, para melhorar a qualidade do ar e para lutar contra as chuvas ácidas e as tempestades de areia amarela que, em seguida, caem no Japão e na Coreia! Mas eu acho particularmente inacreditável, por assim dizer, de uma cara de pau tremenda, que alguns dirigentes americanos, europeus e japoneses acusem a torto e a direito a China de poluir demais ao passo que todos sabem muito bem que as indústrias automobilísticas americanas, japonesas e europeias estão implantadas lá, e que, obviamente, participam da poluição que eles denunciam. Os chineses se esforçam, mesmo a evolução sendo bem lenta – mas como ir mais rápido na escala de um país tão gigantesco e tão populoso, cuja população representa onze vezes a do Japão? No final de 2008, Pequim anunciou um plano de 600 milhões de dólares destinados a financiar plantações de árvores no território chinês – plano que até Al Gore julgou "exemplar"!

A China pode ser acusada de poluir demais, mas se nós quisermos ser lógicos, devemos exigir o retorno, ao nosso país, das nossas fábricas japonesas que recorreram ao *offshoring* e foram transferidas para a China. Milhares das nossas empresas vão produzir na China, ou em países como o Vietnã e a Tailândia – e, daí, poluir o meio ambiente local – porque a mão de obra local é bem mais barata do que no Japão. As degradações ao meio ambiente não parecem incomodar nem um pouco alguns empresários pouco escrupulosos. Por outro lado, eles dizem "Que sorte!" que os salários dos operários asiáticos sejam tão baixos e que se possa tirar proveito dessa situação! Esse tipo de raciocínio deveria ser condenado com firmeza. Além disso, esse cenário perverso se repete. Veja a China! Ela faz como o Japão... mas na África! Ela investe massivamente nesse continente, explorando a mão de obra local. Os trabalhadores locais das empresas chinesas ganham um salário inferior ao dos trabalhadores da China...

Hoje, o Japão e todos os Estados ricos, industrializados e poluidores, assim como todos nós, cidadãos e consumidores, devemos nos questionar sobre qual mundo, qual meio ambiente nós queremos legar às gerações futuras.

*
* *

A África do meu coração

17.

Final de maio de 2006. Takeshi Kitano mal acaba de chegar da Itália, mais especificamente de Florença, e vai jantar no Pérignon, um grande restaurante francês da capital nipônica. A refeição é acompanhada de três garrafas de vinho romanée-conti 1989 – garrafas tão caras para evocar um tema tão grave! O cineasta é, definitivamente, cheio de paradoxos... Ele acaba de receber, em um suntuoso palácio, na presença de um importante número de celebridades italianas e europeias, entre as quais Sophia Loren e a rainha da Dinamarca, o prêmio Galileo de cultura, que recompensa sua obra e, sobretudo, seus esforços para promover os intercâmbios culturais internacionais, particularmente os que são feitos com a África. Esse prêmio, criado por uma fundação privada italiana, é dado a celebridades de horizontes diversos, como Shimon Peres, Jack Lang, Carlos Fuentes antes dele, ou ainda Ingrid Betancourt, em 2008.

Na Itália, na belíssima cidade de Florença, onde a arquitetura antiga, os vestígios do Renascimento e da arte florentina me impressionaram, eu fiquei muito surpreso, em todo caso muito feliz, de me encontrar, pela primeira vez, com Sophia Loren. Mas que bela mulher! Ela me cumprimentou, apertou a minha mão. Eu fiquei encantado pelo charme dela. Ela é maravilhosa, ainda sempre sedutora. E que grande atriz! Ela é a mãe do cinema italiano. Ela me impressionou tanto no filme de Ettore Scola, *Um dia muito especial* (Una giornata particolare, Oscar de melhor filme estrangeiro em 1978), retrato mordaz da Itália mussoliniana, em um papel que ela interpretava ao lado de Marcello Mastroianni.

Mas em nome de que eu mereci esse prêmio Galileo? Por que eu, em vez de outro? Eu ainda não parei de perguntar a mim mesmo e aos que decidiram me dar esse prêmio. Eu não vou me esquecer tão cedo da minha conexão no aeroporto parisiense Roissy-Charles de Gaulle quando viajei para a Itália. No último portão de segurança, um agente me disse, em um tom um pouco seco: "Queira retirar o seu sobretudo, o seu cinto e os seus sapatos...". Antes de me dizer: "Ei, Kitano! Olhe para cá!". E tirou uma foto minha com o celular enquanto eu estava me vestindo...

Durante a entrega do prêmio, nesse magnífico palácio florentino cheio de história, de arte e de religiosidade, eu entrei um pouco em pânico ao pensar em fazer um discurso na presença da rainha da Dinamarca – uma grande mulher, muito elegante – e de outros representantes da nobreza europeia. Tantas pessoas que não precisam trabalhar... Eu fiz o público rir ao contar todas as espécies de besteiras e de coisas ruins. Eu disse: "Nós não devemos nos esquecer, enquanto eu recebo esse prêmio graças ao meu trabalho, que em vários lugares do planeta existem pessoas que não recebem uma quantidade suficiente de comida!". Eu já imaginava que, em tal lugar e em tais circunstâncias, ninguém iria apreciar esses temas.

Mas me parece que cada um entendeu muito bem o sentido da minha provocação. Era a minha maneira de estigmatizar o grande desequilíbrio entre os ricos e os pobres, o meu jeito de denunciar o egoísmo das sociedades ocidentais e de outras, como a nossa, o Japão, que navega na opulência, enquanto em tantos outros países da África e do mundo populações inteiras sofrem, não têm acesso à água, aos tratamentos médicos, aos artigos de primeira necessidade, e são dizimadas debaixo dos nossos olhos pretensamente impotentes, reféns das guerras, dos poderes ditatoriais e dos *diktats* militares, prisioneiros dos vírus, vítimas das piores doenças, aids, malária e outras coisas.

Eu não conheço bem a África. Eu só viajei para o Quênia e para o norte da África, no Egito. Apesar de quase nunca ter colocado os pés nela, eu tenho uma relação muito forte, bem sentimental com esse continente, que também é o berço da humanidade. A África ocupa um lugar particular no meu coração. Ainda mais depois que eu conheci Zomahoun, o "rei do Benin"!

Kitano quer falar do beninense Rufin Zomahoun, que se tornou membro de seu Gundan, e, além disso, ator – ele aparece em Takeshis' *e em* A glória do cineasta!. *Os dois se conheceram em 1998, em um set do programa de televisão* Koko ga hendayo, Nihonjin! *(Japoneses, isso não tem nenhum sentido!). Eles se perderam de vista durante um tempo, depois se reencontraram. Desde então, Kitano fez de Zomahoun um de seus discípulos. O beninense se tornou um companheiro fiel, um amigo de* viagens, um irmão de vida. Celebridade poliglota muito conhecida no Japão, Zomahoun nasceu e cresceu em Dassa-Zoumé, um vilarejo do Benin. Depois da morte de seu pai em 1980, foi criado por seu tio, que morava na cidade e o encorajou a seguir os estudos. Além de sua língua materna, o iorubá (nome de uma etnia que reúne aproximadamente 20 milhões de africanos em vários Estados, cujos ancestrais constituíram a maioria dos escravos deportados para o continente americano, Brasil, Caribe e Cuba), e um francês muito elegante aprendido quando era criança no Benin – ex-Daomé e antiga colônia francesa –, nos bancos da escola de seu vilarejo, há anos fala muito bem o japonês, escrito e oral. Domina ainda o chinês, que estudou em Pequim desde 1987, onde (sobre)viveu durante sete anos, graças a bolsas dos governos chinês e beninense. Defendeu, inclusive, uma tese de doutorado (O pensamento confucionista da educação). Empregado como faz-tudo e jardineiro na embaixada de Ruanda em Pequim, chamou a atenção do embaixador ruandês, que fez dele seu intérprete pessoal. Depois de seus anos na China, Zomahoun foi convidado por um amigo japonês encontrado na China para vir conhecer o Japão. Assim, uma nova vida começa. Zomahoun obtém um visto para o arquipélago, chega ao Japão por seus próprios meios e se instala no subúrbio de Tóquio. Lá, estuda o japonês todas as manhãs, trabalha em uma fábrica de alças de bolsas esportivas à tarde e em uma empresa de mudanças até tarde da noite. Na fábrica onde trabalha como torneiro mecânico, acontece, durante o verão de 1994, uma experiência dolorosa, um acidente de trabalho: Zomahoun perde um dedo na máquina, o dedo indicador da mão esquerda. No hospital, a grande atenção e a extrema gentileza dos funcionários do hospital japonês o marcaram profundamente. Nos meses seguintes, Zomahoun retorna aos bancos da universidade para ensinar o chinês. Ele aperfeiçoa também o seu nível em japonês. Melhor de vida, ele vai criar, em Tóquio, uma Organização Não Governamental, a IFE, graças à qual, há anos, estudantes, funcionários e especialistas beninenses obtêm bolsas de estudo no Japão, com o apoio de Kitano e de vários ministros japoneses, entre os quais o da Educação, a fim de melhorar seus conhecimentos. Zomahoun explica: "No Japão, esses estudantes descobrem a economia, o sistema social. Eles melhoram seus conhecimentos em agronomia, em medicina, em mecânica". Com sua ONG, Zomahoun desenvolveu no Benin uma rede de sete escolas primárias, muitas com o apoio de Kitano. Uma delas, a Takeshi Nihongo Gako[1], oferece cursos de japonês.

---

1. Escola de japonês Takeshi. (N. T.)

Há dois anos, graças à ação que nós promovemos com Zomahoun, conseguimos fazer com que dezessete estudantes beninenses viessem estudar no Japão, nas universidades de Tóquio, de Ritsumeikan, de Chiba, de Yamagata, de Rikkyo e algumas outras. Na última vez que Zomahoun foi para o Benin, eu pedi que mandasse para o seu país uma grande quantidade de bolas de futebol e de material escolar que nós tínhamos comprado na China. As bolas foram mandadas para Cotonou no porão de um avião de carga da Air France. Eu acho que o futebol é um dos meios, entre outros, de levar a esperança para o Benin e para outros lugares da África, como a ilustre organização da próxima Copa do Mundo de futebol na África do Sul. Às vezes, eu digo a mim mesmo: e se um dia o Benin conseguisse se tornar mais importante, mais presente no cenário internacional graças ao futebol? E se os alunos beninenses, de tanto treinar e graças a uma vontade de ferro, conseguissem se tornar grandes jogadores de futebol, como é o caso da Costa do Marfim, por exemplo? Eu tenho certeza de que isso seria muito importante para o povo beninense. Durante um momento, pensei em incentivar os estudantes da África a conhecer e a jogar beisebol. Mas não seria uma boa ideia. Porque, na África, o futebol continua sendo, de longe, o esporte que os jovens mais jogam e o mais popular entre eles. Lá é realmente como na França: o futebol atiça as paixões. Falando nisso, eu nunca vou esquecer essa imagem dos franceses, e, em particular, dos fãs incondicionais de Zidane, decepcionados ao ver o seu país tão rapidamente eliminado na Copa do Mundo de futebol de 2002, na Coreia do Sul, depois de terem sido campeões do mundo!

  Eu estou muito satisfeito em trabalhar com Zomahoun no Benin. Eu apoio, particularmente, várias escolas primárias públicas – o nome de uma delas é *Meiji Shogakko*[2] – e que ensinam a língua japonesa. Essas escolas se encontram aos arredores de vilarejos bem afastados de vários departamentos (*os departamentos de Borgou, Donga e um chamado de Atlantique*), perto do deserto do Níger. São regiões extremamente pobres. Muitas escolas foram construídas já faz alguns anos graças à ação e ao financiamento pessoal de Zomahoun. Aproximadamente 1.200 alunos estão inscritos em três dessas escolas. Mas esses estabelecimentos escolares ainda não têm rede elétrica. Assim, quando chove, ou quando o sol desaparece atrás das nuvens, os alunos são obrigados a voltar para casa. Então eu mandei enviar para lá quatro geradores capazes de fornecer a quantidade necessária de eletricidade, e isso unicamente graças à força humana. Basta pedalar durante certo tempo para que a energia seja acumulada em uma bateria, e

---

2. Escola primária Meiji. (N. T.)

a eletricidade estocada pode ser usada mais tarde. Eu conheço um engenheiro, Takita-san, que aperfeiçoou, por sua vez, outros minigeradores destinados às escolas beninenses.

Nos bastidores

Eu também penso, mais tarde, em mandar instalar painéis solares nas escolas elementares que eu apoio. Nós, os japoneses, não somos os líderes nessa matéria? Existem, no nosso país, excelentes empresas, a Sharp, a Panasonic e outras, que têm a reputação de estar no topo da tecnologia da energia solar. Eu estou começando a me interessar por isso. O problema é que os custos são altos. Instalar um grande painel solar em uma das escolas custa, no mínimo, 8 milhões de ienes[3], incluindo a fabricação, o transporte e a instalação.

Eu também tomo conta da distribuição dos materiais escolares, da perfuração de poços e dos problemas ligados à divisão dos estoques de água. Atualmente, com um amigo engenheiro, eu estou tentando inventar bicicletas bem resistentes e baratas para os estudantes. Assim como aparelhos de televisão bem simples. Quando essas televisões estiverem prontas e tiver eletricidade, nós vamos inserir programas em francês para ajudar os estudantes a melhorar os seus conhecimentos no idioma.

Eu queria mandar pianos ao Benin, e também que os estudantes do Benin ganhassem bolsas para estudar no Japão, e, por que não, nas universidades da prefeitura de Miyazaki, que é dirigida por um dos meus ex-discípulos. Eles poderiam aperfeiçoar os seus conhecimentos em ciências e recursos humanos.

No ano passado, eu fiz questão de que um documentário sobre Zomahoun fosse feito no Benin, que deveria ser, um dia, passado no horário nobre em um dos nossos grandes canais de televisão, para que os japoneses conhecessem um pouco melhor esse país. Eu pedi para um dos meus *Gundan*, Aru Kitago, ajudado por Lilian, um dos meus jovens fãs franceses, que também é diretor, para fazer esse documentário, que é um pouco como *Roots*[4] ao contrário de Zomahoun!

Eu promovo ações desse tipo com o meu próprio dinheiro. E, para isso, fico ainda mais contente de ganhar muito dinheiro como apresentador de televisão. É só isso que eu posso dizer... De maneira geral, eu não gosto muito de

---
3. Aproximadamente 69 mil euros. (N. A.)
4. *Roots* é uma minissérie de televisão baseada no livro de Alex Haley que retraça a saga dos escravos africanos e o destino do gambiano Kunta Kinte. (N. A.). No Brasil, traduzida como *Raízes*, a série foi exibida pela Rede Globo na década de 1970 e reprisada pelo SBT na década seguinte. (N. E.)

falar sobre isso. Eu prefiro ser discreto sobre as ações que promovo. A tradição japonesa pede que não se elogie os seus próprios atos de generosidade. Eu atuo nos bastidores e focalizo algumas das minhas ações através de várias organizações, particularmente as não governamentais...

Segundo a tradição japonesa, mostrar o bem que se faz pode ser embaraçoso. Depois da infância que eu tive, a pobreza em que cresci, ajudar os necessitados é uma evidência para mim. É até mesmo uma obrigação moral. Toda pessoa rica que não divide e que aproveita sozinha os seus bens é indigna. É essencial ter um senso agudo da divisão e, principalmente, não se vangloriar por isso. Ser filantropo, sem dúvida, mas tudo isso deve ser, para cada um de nós, uma opção pessoal. Por que aquele que faz doação seria excepcional? Não é natural? Por que então seria necessário se vangloriar do bem que se faz, qualquer que seja a grandeza da sua ação? Não se deve se vangloriar. O fato de dizer que se faz doações não vai fazer com que as pessoas gostem de você. Eu percebo que, na maior parte das sociedades ricas e industrializadas, entre as grandes potências mundiais, muitas empresas e indivíduos ricos e poderosos se mostram extremamente caridosos, e daí eles fazem com que todo mundo saiba disso. As quantias faraônicas que eles dão aos projetos humanitários até são anunciadas publicamente. Na verdade, eu acho que, assim, eles tiram proveito disso e encontram, nesses anúncios, outras vantagens que não as humanitárias. Na minha opinião, é uma forma de autopromoção na mídia.

Na nossa cultura japonesa, se a gente souber e se a gente descobrir que você pratica o bem, isso pode até ser, de fato, um motivo de vergonha. É uma especificidade da nossa cultura, talvez um pouco difícil de ser compreendida pelos ocidentais. Para alguns japoneses, o altruísmo como traço de personalidade, a generosidade como qualidade, são, pura e simplesmente, a "estética do coração". Eu não gosto de vangloriar os meus atos de generosidade, nem que façam isso por mim. Eu prefiro que se diga que eu sou um homem detestável, isso me deixa mais à vontade...

Na verdade, eu não gosto muito de certas palavras, como "compaixão" ou "piedade"... São palavras que nos obrigam a olhar sem parar para aqueles que sofrem. Mas, como se sabe muito bem, a benevolência e os bons sentimentos não são eternos. Acreditar o contrário é um engano, até mesmo o cúmulo da hipocrisia. Em cada ser humano, sentimentos são misturados com o interesse pessoal e pequenos segredos inconfessáveis. Por exemplo, na televisão japonesa, em um programa em que se vão divulgar as qualidades da caridade, os convidados famosos que forem convincentes no *set* vão ganhar, de qualquer maneira, um cachê. Não é estranho? Eu desconfio dessa forma de caridade organizada demais.

Além disso, apesar de eu me empenhar seriamente, eu não me levo a sério porque senão não haveria nenhum limite à minha ação, e eu poderia dar tudo o que tenho. Assim, eu acabaria vendendo todos os meus bens, todos os meus imóveis e todo o resto. Mas eu não sou nem o abade Pierre[5] – pois é, eu conheço esse francês que encarou muitos combates para ajudar os mais desfavorecidos (*a associação Emmaüs, fundada pelo abade Pierre, festejou, em 2008, seus 35 anos de presença no Japão*) –, nem a Madre Teresa de Calcutá. Eu não sou um santo e muito menos um anjo. Eu sou antes um personagem detestável. E é exatamente por essa razão que eu odeio essas palavras: "assistência mútua", "caridade"... Se você quiser ajudar os desfavorecidos, faça isso, vá fundo, mas, por favor: silenciosamente. Ninguém precisa saber o que você faz nesse ou naquele país, para tal população, tal comunidade. Isso não é da conta de ninguém, não é? Se eu quisesse ajudar de uma maneira mais radical, eu seria, por conseguinte, obrigado a fazer escolhas radicais. Mas, fora as minhas atividades profissionais, eu não gosto de estabelecer ordens de prioridade no meu dia a dia, nem nos meus atos, nem nas minhas vontades. A minha mulher, por sua vez, considera que as quantias extremamente elevadas que eu doo para as obras caritativas são equivalentes ao que eu poderia gastar em jantares em restaurantes. A benevolência não tem o mesmo valor para todos.

Dar aos pobres, ajudar as vítimas, apoiar os fracos: há, nesse mundo, organizações que existem para isso, e outras que teoricamente têm esse objetivo, mas que fazem o contrário – esse é o caso, particularmente, dentro das Nações Unidas, responsável, involuntariamente, de certo número de desgraças e desvios. Alguns casos desacreditaram profundamente a ação humanitária. Você lembra que, depois do *tsunami* de 2004, milhões de pessoas no mundo fizeram doações importantes para as ONGs encarregadas do socorro local? No entanto, o público descobriria, um ano depois, que apenas um terço das doações tinha realmente sido utilizado e gasto nesses países, Indonésia, Tailândia, Índia, Sri Lanka... O resto serviu para financiar essas estruturas enormes, com gastos de manutenção colossais, pagar os salários mirabolantes dos seus empregados, dos seus quadros, dos seus funcionários, como verdadeiras sucursais privadas. Nada como esse fato para desacreditar a obra humanitária. Dentro da Organização Mundial da Saúde (OMS), as coisas não são melhores. Essa instituição já foi ridicularizada várias vezes. O *charity business* é uma triste realidade.

---

5. O abade Pierre (1912-2007) – *abbé* Pierre, em francês – fundou, em 1949, na França, a fundação Emmaüs, organização laica contra a exclusão. (N. T.)

O Japão e a África

Apesar de tudo, eu fico cada vez mais surpreso com o aumento do abismo que separa os países mais ricos dos países mais pobres. Prova disso é a tentativa desesperada dos imigrantes da África para chegar clandestinamente até o litoral europeu, apesar dos perigos, das leis restritivas que os esperam. A situação é idêntica na Ásia, onde os mais desfavorecidos correm todos os riscos para tentar viver e trabalhar nos países desenvolvidos da região. Eu acho que a filosofia e o sistema de ajuda ao desenvolvimento pelos Estados industrializados devem ser completamente repensados, a começar pelo nosso mesmo, no Japão. A fuga de cérebros é outro grande problema. Tudo deve ser feito para encorajar o retorno dos africanos aos seus próprios países, para que possam ajudar o seu desenvolvimento. Parece que há mais médicos beninenses na região parisiense do que no Benin. E isso não é brincadeira!

Em relação ao Japão, é verdade que ele patrocina uma ajuda consequente à África. Essa ajuda aumentou muito durante os anos Koizumi (2001-2006), graças à vontade do ex-primeiro-ministro, que, durante a conferência Ásia-África de Bandung em 2005, anunciou que o Japão iria dobrar a sua ajuda à África, que passaria de menos de dez por cento ao dobro do orçamento consagrado à ajuda pública ao desenvolvimento. Ou seja, de 530 milhões de dólares a um bilhão de dólares. Mas isso não basta, e todo mundo sabe disso. As empresas japonesas devem fazer mais do que negócios.

No que me diz respeito, eu fico muito satisfeito em poder falar e convencer os responsáveis japoneses da necessidade de agir, sobretudo na África, de maneira bastante concreta, no terreno. Desse ponto de vista, o jovem empresário Takashi Inoue[6] entendeu tudo. Ele é um homem exemplar. No ano passado, ele acompanhou Zomahoun ao Benin e pôde constatar, com os seus próprios olhos, quais eram as necessidades vitais dos estudantes que nós ajudamos. Em uma dessas escolas, onde se ensina o japonês, a escola Takeshi Nihongo Gako, as classes estão superlotadas. Apenas um terço do milhar de estudantes inscritos pode assistir às aulas. O que é que Takashi Inoue fez? Ele decidiu financiar pessoalmente a construção de uma nova escola primária pública, assim como a perfuração de um poço bem ao lado. Em seguida, enviou material escolar para lá.

Eu incentivo outros líderes empresariais a fazer como Inoue-san, a ir pessoalmente aos países pobres. Sim, eu disse "pessoalmente". Frequentemente, essas empresas se envolvem em ajuda humanitária apenas pelos seus próprios interesses.

---

6. Quarenta e quatro anos, presidente do grupo Next, especialista em tecnologia da informação. (N. A.)

Esse procedimento é, na minha opinião, condenável. A responsabilização da ajuda privada também é importante, e que os responsáveis se deem conta disso pessoalmente, *in loco*. Eu acho que tudo deve ser repensado. Os termos da ajuda que o Japão envia a vários Estados devem ser revistos... Seria irreal imaginar que, como Takashi Inoue, outros presidentes de empresas japonesas fossem aos países necessitados para trabalhar em projetos humanitários? Atualmente, nós nos encontramos no terreno da utopia, mas, no futuro, quem sabe! Enquanto isso não acontece, um dos meus amigos, o *talento* Tokoro George, celebridade muito conhecida nos *sets* de televisão, mas não ainda um presidente de empresa, também colaborou com as nossas ações. Ele comprou, com o seu próprio dinheiro, três micro-ônibus de uma marca americana, que foram especialmente reformados e enviados para as nossas escolas beninenses. Antes disso, dezenas de estudantes andavam dez, ou até mesmo quinze quilômetros, de manhã e no final do dia, para ir até a escola. Desde então, esses micro-ônibus vão buscá-los de manhã, levam-nos para a escola e depois, à noite, de volta para casa.

Depois do quarto TICAD[7], eu fiz um comentário bem mordaz, em um dos meus programas, que gerou polêmicas. Eu disse que o Japão dava a impressão de dar dinheiro, muito dinheiro, para um grande número de países africanos por razões totalmente suspeitas: se beneficiar, particularmente, do apoio desses países para uma reforma da ONU que permitiria ao Japão obter um assento de membro permanente no Conselho de Segurança... Mas chegou a hora de a África existir, de assumir as suas obrigações e não mais vender a sua alma ao diabo.

É claro que, na África, a situação política local deixa qualquer um perplexo. O desenvolvimento democrático ainda é uma ilusão nos países africanos. Ainda muito frequentemente, a pobreza depende do regime em vigor, do ambiente social e político, e também do clima. A situação é tão difícil em alguns países da África que algumas pessoas desses países preferem vir ganhar a vida de maneira um pouco duvidosa no Japão e trabalhar para os *yakuza*, que lhes asseguram renda e documentos de imigração. Eles acabam indo vender drogas em certos bairros de Tóquio, ou entrando em negócios sujos de tráfico humano e de mulheres estrangeiras recrutadas em clubes ou outros bares de acompanhantes da capital. Os africanos devem fazer tudo, de tudo, para parar de serem assistidos eternamente.

Nós sabemos que todos os países do Sul ainda são vítimas de injustiças, frequentemente em troco de remuneração, como no caso dos dejetos jo-

---
7. Conferência Internacional de Tóquio para o Desenvolvimento da África, organizada a cada cinco anos no Japão, na presença dos representantes dos Estados e dos governos africanos. (N. A.)

gados no solo ou nas águas dos rios, por exemplo. Em nome dos acordos de livre-comércio, o Japão considerou, nesses últimos anos, as Filipinas como um país-lixo, indo jogar, em algumas regiões escondidas, milhares de toneladas de resíduos eletrônicos e tecnológicos. Isso é uma vergonha!

No Japão, nós devemos ainda nos esforçar muito, aprender a ser mais justos, sem obrigatoriamente procurar compensações. Ao mesmo tempo, eu sou obrigado a constatar que a pobreza cresce no nosso próprio país. À minha volta, amigos são vítimas das desigualdades. Participar de certas obras na África não quer dizer que se deve, ao mesmo tempo, desviar a atenção de determinados problemas enfrentados por alguns de nossos concidadãos. As empresas que têm os meios devem igualmente fazer de tudo para aliviar a miséria deles. É um dos seus deveres.

Juventude japonesa

Os jovens japoneses devem arejar o espírito, viajar, percorrer o mundo, ver com os seus próprios olhos as realidades do planeta, ir descobrir outros povos e civilizações, e não unicamente nos países ditos "desenvolvidos", mas também nos menos favorecidos. Nós também devemos convidar os jovens do mundo inteiro, que cresceram nos países miseráveis, para vir ao Japão, para que descubram por eles mesmos como as coisas acontecem aqui, no nosso país.

É realmente uma pena que a juventude do nosso país, na sua grande maioria, saia do colégio e da universidade e não encontre tempo para viajar. Nossos jovens mal acabam de receber o diploma e já integram o mundo empresarial, de grupos como a Sony, a Panasonic, a Toyota... sem ao menos ter tentado conhecer as realidades dos países tão diferentes do deles.

*
* *

Os amigos 18.

Durante o inverno de 2007, Takeshi Kitano marca, com frequência, nossos encontros em sua casa, a casa de Gaienmae, no bairro de Kita-Aoyama, no coração de Tóquio, em companhia de Zomahoun, de vários Gundan, de amigos de todos os horizontes, e, às vezes, na presença de sua esposa e de sua filha, Shoko.

Não tem nada de extraordinário na minha casa.

Nada de extraordinário? Não podemos afirmá-lo com certeza. O salão oblongo de Kitano, enterrado no subsolo de sua residência de quatro andares, está invadido de objetos. Pares de sapatos de sapateado, um piano de cauda, um relógio imponente, uma cômoda longa, dezenas de fotos e de cartas enquadradas cobrindo as paredes amarelo-pastel, um equipamento de golfe, diversas tranqueiras. Kitano me faz um sinal para segui-lo em um cômodo cujo piso está coberto por um tatame, ao lado do salão.

Geralmente, ninguém pode entrar nesse cômodo. Mas eu queria mostrar para você essa obra intitulada "Minha namorada", que eu fiz há cinco anos. Eu faço questão... Já essas pinturas aí – inclusive essa tela de noventa centímetros por um metro e vinte e cinco! – são quadros e desenhos originais pintados por Akira Kurosawa que foram feitos para o último filme dele, o esplêndido Sonhos [Yume]. Quadros de um valor inestimável que ele me ofereceu...

Vários livros, consagrados ao pintor Bonnard, a Jean Cocteau e a Stanley Kubrick, encontram-se em um bom lugar. Assim como uma grande *quantidade de recompensas, prêmios, taças, medalhas, condecorações e cartas; o diploma de sua condecoração de Cavaleiro das Artes e das Letras, oferecido pela república francesa, encontra-se bem em evidência. Kitano gosta de fotos. Ele as tem por todos os cantos de sua casa, todas enquadradas: pode-se vê-lo posando com os campeões de beisebol Ichiro e Matsui, com o campeão de golfe Aoki – ícones no arquipélago –, e também com várias estrelas americanas, como Clint Eastwood, Dennis Hopper, Keanu Reaves... Outra foto o mostra, emocionado, recebendo aplausos de um público em pé na sala do palácio do Festival de Cannes, no final da projeção de Verão feliz. Em um canto estão dispostas luvas de boxe e um saco de pancada. Naquela noite, Takeshi treina sapateado há mais de uma hora. Isso lembra a cena de Verão feliz, quando o yakuza do bairro, interpretado por ele, interpela dois comediantes que ensaiam seu número de sapateado em um velho boteco.*

"— *Vocês estão fazendo a maior zona. Que porra é essa que vocês estão fazendo?*

— *Sapateado.*

— *E o que é isso?*

— *Você deve conhecer... Gene Kelly, Fred Astaire...*

— *Estou pouco me lixando para isso...*"

Eu sempre fui fanático por boxe. Eu assisto, ainda hoje, às lutas na televisão. Eu me inspirei nelas para realizar *De volta às aulas*. O que mais me impressiona nos boxeadores é que eles podem ganhar ou perder até cinco quilos em um único dia!

Um dia, o cineasta convidou para ir à sua casa, além dos frequentadores habituais, três amigos de infância. Kitano dá gargalhadas. Kazumasa Arayashiki, que estudou no mesmo colégio que Kitano, um homem grande e bigodudo que atuou, durante algum tempo, em comédias com Kitano, conta, gargalhando, algumas lembranças cômicas divididas com ele. Rapidamente, a conversa começa a se parecer com um esquete de manzai.

— Kazumasa Arayashiki: A sua casa é maravilhosa! Os objetos de decoração são muito bonitos.

— Kitano: Um dia eu vou dá-los para você, mas ai de você se você os vender!

Os amigos

— Kazumasa Arayashiki: No colégio, Takeshi era bem tímido. Às vezes, vinham tirar sarro dele. Ele sempre andava com um remédio. Ele reclamava de dor de barriga. Mas esse remédio era, na verdade, a causa da dor de barriga dele.

— Kitano: Você não está apenas perdendo a memória, você também está perdendo os dentes e o cabelo. O que faz com que você diga qualquer bobagem. A única coisa da qual eu tenho inveja de você não é o seu bigode, mas as suas sobrancelhas. Elas crescem tanto que acabam indo cada vez mais para cima à medida que você envelhece, enquanto eu, ao envelhecer, estou perdendo as minhas.

— Kazumasa Arayashiki: Não tente bancar o espertinho, Takeshi! De qualquer jeito, eu sou bem mais engraçado do que você. Quando a gente era novo, eu já era o mais interessante. Na minha opinião, você era o mais engraçado. *(Ele aproveita a presença de um francês na sala)*. E você tem razão, eu perdi a memória. No colégio, eu estudava francês, mas só me lembro do "Je t'aime"...

— Kitano: Ora, cala a boca! Você não está vendo que está enchendo todo mundo com as suas besteiras?

— Kazumasa Arayashiki: Quando a gente era novo, a gente ia para a cidade, para os bairros aonde a gente quase nunca ia. Toda vez — você se lembra Takeshi? — você aproveitava para sumir. A gente perdia você o tempo todo. À noite, a gente voltava sem você!

— Kitano: É, naquele tempo, eu sofria de uma grave doença: eu era idiota e não queria, de jeito nenhum, contaminar vocês!

Eu sempre me cerquei de pessoas de todos os horizontes e de pessoas estranhas. Alguns dos meus fãs, por exemplo, se tornaram amigos, muitos deles europeus. Na verdade, eu levei certo tempo para entender que o meu estilo cinematográfico poderia agradá-los. Eu não vou reclamar disso!

Eu tenho um amigo italiano, Greg Feruglio. A gente se encontrou em Veneza em 2003, durante a Mostra. Desde então, ele vem quase todos os anos me visitar no Japão. Na última vez, eu o levei para degustar um café Blue Mountain que custa 1.500 ienes (onze euros) em um famoso café, perto da estação de Tóquio. Ao chegar ao café, eu disse a ele que fosse se sentar. "Olha, pode se sentar ali, eu vou buscar os cafés!". E fui buscar o pedido no balcão. Greg custou a acreditar. Mas a garçonete e, principalmente, os clientes do café, pareciam ainda mais espantados em me ver ali, em um café da capital, pedindo cafés. Eu queria apenas saborear um Blue Mountain com o meu amigo italiano. A gente riu muito de vê-los tão espantados!

Alguns dos meus livros são traduzidos e publicados na Europa, como *La vie en gris et rose* [*Takeshi-kun, hai!*, Ohta Shuppan, 1984], título escolhido pela

Shinchosha[1] sobre as minhas lembranças de infância, lançado na França no ano passado. Eu nunca vou me esquecer de como os franceses recepcionaram a estreia de *Zatoichi*. Foi um momento fantástico... Eu gosto muito da França. Adoro os franceses, que são pessoas absolutamente formidáveis. Eles brindam com champanhe! Eles realmente não fazem nada como as outras pessoas. Aliás, eu conheço algumas pessoas na França, principalmente em Paris, como o meu amigo Jack Lang, e vários fãs, como Lilian e Belmami[2] – este casado com uma japonesa... Os franceses são verdadeiros aventureiros. Aliás, eu acho que o caráter corajoso dos franceses, que podem se mostrar tão sérios quanto os japoneses, é muito benéfico para o mundo inteiro.

A França aboliu a pena de morte

A França é realmente um grande país, que teve, e continua tendo, uma quantidade enorme de grandes pensadores, de grandes políticos, de grandes artistas, de grandes escritores. Os franceses têm um senso apurado da arte, da cultura, da estética, da arquitetura, das palavras. Eles fazem e produzem ótimos filmes. Eu também fiquei muito impressionado com as obras dos autores franceses, como *O segundo sexo*[3], de Simone de Beauvoir, *A náusea*[4], de Sartre – um dia, eu confundi o rosto dele com o de Toulouse-Lautrec! –, *A peste*[5], de Camus... Eu conheço menos os escritores franceses atuais.

Eu também gosto de vários filmes franceses dos anos 1960 e 1970, do temperamento de Alain Delon nos seus papéis de tira frio, Jean Gabin, Belmondo, Lino Ventura... Eu também sempre adorei o ator Michel Constantin. Ele tinha uma cara! Muito charme e elegância. Um sorriso de sedutor!

Na França, durante uma temporada em Deauville, durante o Festival do Filme Asiático, eu aproveitei para passear na beirada desse mar lendário para a libertação da França. Eu fiquei espantado em ver, nas dunas, tantas casamatas construídas pelos alemães, quase intactas. Pelo que me disseram, ainda existiam muitas bombas enterradas debaixo da areia na Normandia. Daí eu prestava muita atenção onde pisava.

A França também é o país da abolição da pena de morte! E eu, eu sou contra a pena de morte.

---

1. Grande editora de Tóquio. (N. A.)
2. Mustapha Belmami mora e trabalha em Paris. Lilian Ginet mora em Toulouse e estuda cinema. Em 2007, ele trabalhou como assistente de direção no documentário feito no Benin (cf. capítulo "A África do meu coração"). (N. A.)
3. *Le deuxième sexe*, Simone de Beauvoir, 1949. (N. T.)
4. *La nausée*, Jean-Paul Sartre, 1938. (N. T.)
5. *La peste*, Albert Camus, 1947. (N. T.)

As francesas

Também me disseram, mas isso deve ser confirmado, que algumas francesas achavam que eu era "charmoso"! É verdade? Uma delas até teria dito para um dos meus amigos que eu era "bonito"! É incrível, não é? E se for verdade, então, eu devo agir rápido, tomar urgentemente medidas radicais. Eu preciso começar agora mesmo a aprender francês, fugir do Japão e ir morar na França. Eu me tornaria o Jacques Chirac do Japão[6]! Eu faria a ponte aérea Tóquio-Paris sem parar, pelo menos umas cinquenta vezes por ano, para ser rapidamente naturalizado francês! Com a política de imigração do presidente Sarkozy, isso não seria muito fácil, mas não custaria nada tentar. E depois, quem sabe, eu seria pai de um pequeno parisiense...

Olha só! Saiba que uma vez, em Tóquio, quando eu ia entrar em um famoso restaurante, fui gentilmente barrado na porta. Disseram para mim que alguém muito importante estava jantando lá. Era Jacques Chirac, em uma visita particular. Um pouco como Eric Clapton! Ele também vem muito ao Japão, país que ele adora, para arejar.

As celebridades têm mesmo muita sorte. Pessoalmente, se eu tivesse uma namorada em Paris, iria passar uma semana na França a cada seis meses... Eu garanto que se uma francesa estivesse interessada por mim, eu pegaria o avião para Paris amanhã mesmo.

Droga, se a minha mulher ler isso, ela vai me matar!

*
* *

---

6. Jacques Chirac, político francês, ex-presidente da França entre 1995 e 2007, gosta particularmente do Japão e de sua cultura. (N. T.)

Confidências 19. sobre um tatame

Desde que a minha mãe morreu, eu penso nela todos os dias. Eu escuto a sua voz. Eu rezo por ela todas as manhãs. Quero permanecer fiel à sua memória. Eu fui provavelmente enfeitiçado pela minha mãe. A morte dela mexeu muito comigo. Quando eu percebi que ela realmente tinha ido embora, fiquei abobalhado, nocauteado por um soco em um péssimo combate de boxe.

A partir do momento em que ela não estava mais aqui, eu não parei de procurá-la. Como filho, a gente nunca para de procurar a nossa mãe quando ela não pertence mais a esse mundo. E eu acho que, ao longo de toda a vida, o amor que um homem sente por uma mulher não é nada diferente daquele que uma criança sente pela sua mãe. Eu posso amar uma mulher como eu pude amar a minha mãe. E, depois, um dia, segundo certa lógica das coisas, a natureza humana retoma os seus direitos. A gente foge da mulher amada como fugiu um dia da nossa mãe.

Com o tempo, eu acho que tudo, ou quase tudo, na minha vida, é resultado da minha educação, das coisas elementares que a minha mãe - mais do que o meu pai - me ensinou. Ela ofereceu para mim, para os meus irmãos e para a minha irmã as bases que tanto nos ajudaram, mais tarde, a agir corretamente e a administrar todas as espécies de situações imprevistas. E correndo o risco de causar uma grande surpresa em você, eu acredito que a filmagem da maior parte dos meus filmes tem muito a ver com o cerimonial familiar, a hora das refeições nas lembranças da minha infância.

Eu vou fazer uma confidência a você. Um dia, eu deveria ter doze ou treze anos, a minha mãe me disse que eu tinha outro irmão mais velho, o seu primeiro filho, que ela teve bem nova, com o seu primeiro marido. Ele se chamava Masaru, como um dos meus irmãos mais velhos. A minha mãe me disse: "O seu irmão era um caso à parte, um atleta, um superdotado. Um dia, com dezesseis anos, ele foi levado por uma febre relâmpago".

No fundo, se eu não tivesse tido tantas experiências amargas, eu teria me tornado outro homem, sem dúvida muito brilhante. Talvez eu tivesse me tornado primeiro-ministro! Mas a gente não volta para trás. Não se pode escapar da sua infância. Eu não posso me esquecer de alguns momentos extremamente desagradáveis da minha infância. Eu não tenho como me esquecer do olhar condescendente dos ricos em relação aos pobres coitados. O meu pai era pintor de paredes, que vinha de uma classe social desprezada pela sociedade. Eu era o filho dele. Mas eu tinha vergonha, estava cansado de viver na miséria. Enfim, tudo leva você de volta à infância. Eu estou convencido de que normalmente só se tem sucesso na vida depois de ter superado uma grande quantidade de fracassos e de provações.

A felicidade e os projetores

Ter sucesso significa ganhar dinheiro? Muito dinheiro? Ter sucesso quer dizer ser um rico proprietário de imóveis? É ter uma vida emocionante ou ser famoso? Será que se chega ao sucesso depois de ter realizado grandes estudos? Ou quando se chega ao topo da pirâmide social? Não, eu não acho isso. Pouco me importa o dinheiro. Eu não tenho desejos materiais. A imaginação satisfaz às minhas necessidades.

Hitler e Pol Pot teriam "tido sucesso" porque chegaram ao poder e realizaram os seus destinos? Devem ser considerados – erroneamente – homens famosos? Debaixo dos holofotes, a fama e o poder não são, felizmente, símbolos de sucesso. Por que eles não ilustrariam, ao contrário, o pior fracasso do mundo? Por causa da sua sede arrogante de existir e de brilhar mais do que os outros. Para fechar o parêntese, Pol Pot, em todo caso, terá "tido sucesso" ao ter estudado na prestigiosa Sorbonne antes de se tornar o monstro que nós sabemos que ele foi.

Será que hoje eu sou um homem feliz porque sou uma estrela da televisão, porque tenho dinheiro, sendo que venho de um meio social modesto? Não. Eu nunca me interessei pelo dinheiro. É verdade que ganhei dinheiro e que tenho muito mais do que preciso. Mas nunca senti um desejo absoluto de ter dinheiro. Ainda mais que nunca procurei ser famoso a todo custo. Eu tenho certeza de que a felicidade não tem nada a ver com o dinheiro.

Para nós, os japoneses, ser feliz quer dizer, antes de tudo, que, em qualquer idade e a qualquer hora, nós temos alguma coisa para fazer e que nós gostamos do que fazemos. Mas, na verdade, eu não estou muito acostumado com a ideia de felicidade. Eu sempre tive um espírito negativo. Sempre me preparei para o pior. Quando saio com uma garota, em primeiro lugar eu tenho certeza de que ela não vai ao encontro. Se ela aparece, eu já penso no fato de ela ir embora para a sua casa logo depois do jantar. Eu estou constantemente angustiado.

Eu já disse isso para você: antes de ser comediante, eu sonhava em ser cientista, doutor ou explorador. Como o comandante Cousteau. Eu já me via mais tarde professor, biólogo ou matemático. Desse ponto de vista, não se pode dizer que eu tenha tido sucesso na minha vida. A gente poderia até concluir que a minha vida foi um fracasso, já que não realizei o meu primeiro sonho. Mas realizei outro do qual também fazia questão: subir ao palco. Desse ponto de vista, eu não sinto muita vergonha de mim.

Muitos estudantes que conheci na universidade tinham entrado em grandes empresas com os seus diplomas nos bolsos. Um deles entrou na Dentsu[1]. Já eu estava muito atrás. Depois me tornei comediante. Eu pertenci a uma geração de estudantes engajados nos movimentos políticos radicais, mesmo que eu colasse nesses movimentos só para dar em cima das garotas... Eu realmente experimentei a subversão desde os meus anos em Asakusa. E, desde então, me mantive fiel a essa linha oposta ao desejo de poder. Eu mantive toda a minha capacidade crítica. Finalmente, algumas décadas mais tarde, acabei sendo o único, entre todos aqueles que conhecia e que se achavam os advogados da mudança social e política, a fazer valer livremente as minhas ideias, as minhas opiniões junto ao grande público, a ter continuado na mesma estrada digna dos ideais da época.

Mas nunca, nunca mesmo, eu vou querer ser um político. É a pior coisa que poderia me acontecer. Ou então, talvez, eu esperaria chegar aos 75 anos para entrar no Parlamento! Eu ajudaria a aprovar projetos de lei extraordinários, como propor que todos os japoneses da minha idade, de 75 anos ou mais, pudessem ir ao Afeganistão caçar o Bin Laden!

A celebridade

Eu não tenho, como algumas figuras do *"star system"*, a síndrome da celebridade. Eu não sinto nenhuma atração, tampouco, pelos bairros chiques de Tóquio ou pela ideia de ir naturalmente ao encontro do público. Eu de fato não

---
1. Primeira agência de publicidade japonesa. (N. A.)

gosto disso. Parar a cada dez metros para dar um autógrafo, me mostrar, não é a minha praia. No entanto, constatar que o público gosta de mim evidentemente me dá prazer. Eu estaria mentindo se dissesse o contrário. O amor do público é platônico. Não tem nada a ver com esse desejo que desperta os sentidos. Eu acho que se a celebridade me subisse um pouco demais à cabeça, eu começaria, talvez, a confundir o amor do público com desejos sexuais. Como o personagem do meu filme *Getting any?*, eu teria vontade de fazer amor o tempo todo. Eu me apaixonaria o tempo todo e perderia um pouco a razão, e não teria tempo nem para refletir, nem para trabalhar. Voltaria para casa todas as noites com mulheres diferentes no meu carro. E a minha mulher iria me matar...

A celebridade também significa estar o tempo todo sob pressão. As críticas negativas sobre o meu trabalho são uma espécie de taxa que me é imposta. Aliás, ser famoso significa igualmente pagar muitos impostos. Falando nisso, algumas pessoas mal-intencionadas me acusam de evasão fiscal. Por que eu faria isso? Eu amo o meu país. Estou bem aqui. Sinto orgulho de pagar os meus impostos no Japão.

E, além disso, a celebridade é a vaidade! Antes do meu acidente, eu era, provavelmente, um homem prisioneiro do seu sucesso repentino e da sua arrogância. Eu bancava o artista. Tinha a impressão de ter sido revelado por mim mesmo. Já fazia certo tempo que eu trabalhava como humorista e *talento*. Tinha construído uma fortuna graças a uma imagem de homem público e, logo, iria chegar ao ponto de possuir a minha própria sociedade de produção. Fazia anos que eu podia comprar o que queria. Mas como eu devia ser um idiota! Eu dizia a mim mesmo que estava pronto para morrer a qualquer momento porque tinha realizado o meu sonho. Eu estava voando. O meu acidente me fez voltar ao chão. No entanto, isso não fez com que eu me tornasse mais agradável. Eu continuo um cara completamente imprevisível. Eu nasci em uma família pobre. Quando era adolescente, tinha sede de vida. Tinha muita pressa para chegar ao "sucesso", de subir no topo da escala social. Queria ter dinheiro, comprar tudo o que quisesse depois de ter sido privado de tanta coisa. Queria me tornar famoso, seduzir, ser admirado pelas mulheres, saborear pratos raros, dirigir belos carros... Anos depois, quando eu consegui tudo o que queria, então eu me disse: "É isso a vida? Eu me esforcei tanto para chegar a isso?". Fiquei em estado de choque. Ainda hoje, continuo sem entender. Eu não sei por que estou vivo.

Por outro lado, eu não sei o que quer dizer envelhecer. Eu nem sonho em me aposentar um dia. Mesmo caquético, preferiria continuar a subir ao palco, até mesmo por um papel sem importância. Como estou envelhecendo, quero dançar e sapatear mais. No dia 1º de janeiro de 2008, eu apareci sapateando em um canal de televisão. Eu me preparei durante meses para aquilo!

Libido

Eu cheguei a certa idade. Mas não é por isso que não dou mais em cima de ninguém. Muito pelo contrário. Ai, se a minha mulher ler esse livro! Aliás, talvez seja por isso que eu ainda tenho medo dela. Na verdade, eu preciso fugir dela sem parar. Eu mantenho certa distância dela e guardo alguns segredos. Mas sempre voltando para ela. É assim, e é isso que me motiva profissionalmente. Se eu tivesse de dizer para a minha mulher: "Acabou. Pois bem, aqui está o dinheiro. Adeus! A gente vai se separar", eu acho que seria o final da minha carreira de comediante.

Será que é porque eu estou envelhecendo que ainda continuo gostando tanto das mulheres? Eu não sei. Em todo caso, eu realmente pretendo continuar a ser um homem libidinoso, pelo menos psicologicamente – fisicamente, vamos ver até onde a coisa vai! Mas isso é outra história... Era Dostoiévski, eu acho, que dizia que, quando um homem perde a sua sexualidade, perde tudo. Ele não tem mais nenhuma criatividade.

Então, enquanto eu não perco a minha sexualidade, eu perco peso. A partir do momento em que começo os preparativos de um novo filme, funciono sempre da mesma maneira. É um segredo profissional inspirado nos preceitos zen... A minha regra não muda nunca: eu me obrigo a fazer um regime draconiano. Quase não como, apenas o mínimo necessário. Pois bem, eu acabo de perder, por exemplo, cinco quilos por causa de uma filmagem. Assim posso manter a minha razão plena, o meu equilíbrio, e entrar na pele nova de um personagem de ficção.

Com a idade, eu não sou mais o mesmo. Não executo mais certos movimentos tão facilmente como no passado, não sapateio mais como antes, principalmente depois do meu acidente. Esses regimes não querem dizer, no entanto, que eu me importe com minha aparência.

Eu não sou bonito

Porque eu estou pouco me lixando para a minha aparência. Eu não me interesso pela moda. Eu não sou alguém que segue as tendências e pensa em como se vestir. Eu tenho uma coleção impressionante de ternos abandonados no meu armário em casa, roupas de grandes grifes que ganhei de presente. Isso é demais para mim... E, além disso, eu não gosto de usar gravata. Eu não quero usar camisas coloridas. Eu teria a impressão de me parecer com Ferdinand Marcos. Eu vou às cerimônias oficiais, muitas vezes, vestido de maneira completamente descontraída, como se eu estivesse de férias. Eu me visto da maneira mais simples possível, mas sobriamente. Eu uso um terno preto e uma camisa branca com a gola aberta. E, nos festivais, a coisa é ainda mais fácil quando eu vou apresentar um filme de *yakuza*: toda a minha roupa é preta, e a gola aberta deixa à vista uma parte do peito, como os *yakuza*. Eu acho que fui um dos cineastas que contribuíram para lançar a moda desse estilo. Quando eu estou vestido de pinguim, em Cannes, eu não me sinto à vontade. Eu sei bem com o que pareço: eu não sou bonito.

Quando eu era criança, eu era complexado por causa do meu corpo magro demais, e tinha um sentimento de inferioridade, principalmente quando praticava algum esporte. Aquele corpo me atrapalhava. Eu era baixinho. E uma criança pequena tem de se esforçar mais do que uma grande para correr. Eu ficava em um estado lamentável. Eu odiava o meu corpo. Tinha raiva de mim mesmo. Na minha cabeça, tinha dois "eu" antinômicos. Eu sentia certa injustiça. Comecei a tomar consciência de que a igualdade não existia, que alguns eram mais iguais e favorecidos do que outros... Mais tarde, quando me tornei adulto, pensava menos no meu corpo. Eu me vinguei. Fui praticar boxe. Tive a minha revanche contra o meu complexo de inferioridade.

Hoje, eu subo no meu Rolls-Royce de *shorts* e chinelo. E, apesar do meu nível de vida, quero que as pessoas me vejam como sou e me julguem simplesmente como alguém que não se interessa pela sua aparência de maneira geral. Mas eu sei bem como as pessoas me olham. Sei o que elas pensam da minha estranha aparência física.

Enfim, para gozar das delícias da vida, não se deve esperar muito dos outros, do céu, do Estado e do governo. É preciso se esforçar muito para poder assegurar um mínimo de felicidade. E isso não é, certamente, fácil, porque o caminho é cheio de percalços. E eu aprendi, com a experiência, que também é possível ser feliz dando: aos pobres, às obras sociais. É isso que, pessoalmente, me enche de felicidade. É uma maneira de se lutar, ao meu nível, contra as injustiças.

A ideia de Deus

A religião diz respeito ao espírito, ou até mesmo ao extraordinário. De manhã, quando eu saio da minha casa, rezo pelas minhas pessoas queridas. Eu penso na minha mãe, no meu pai, na minha família, no meu mestre, e até mesmo em Akira Kurosawa... Mas não se pode dizer que eu seja realmente religioso. Na verdade, em vez de falar da minha fé, ou da minha falta de fé na religião, eu prefiro falar da ideia que eu tenho da vida. Eu me pergunto principalmente por que a gente está vivo? Deus se parece com o quê? Será que ele tem um corpo? Uma voz? Uma alma? Ou será que é apenas uma ideia? Por que se deve rezar para Deus, ou para os deuses? Será que é preciso realmente deixar as coisas nas mãos de Deus? Eu sempre me faço essas perguntas. Em todo caso, eu tenho certeza de que Deus, que os deuses, não podem fazer nada por nós. Veja bem, pegue dois boxeadores em um duelo no ringue. Se, durante o combate, um deles invoca Deus e lhe pede: "Me ajude a ganhar desse cara!", ele vai esperar a sua ajuda. E, menos concentrado, menos confiante em si, vai ser o primeiro a acabar na lona. É isso. Só se pode contar consigo mesmo. A chave de tudo se encontra em si mesmo. A própria chave é si mesmo. Se Deus existe, sorte dele. Mas que, pelo menos, ele nos deixe a escolha de sermos mestres dos nossos atos.

A religião japonesa é milenar e se parece, em certos aspectos, com a mitologia grega – esse é o caso, particularmente, do xintoísmo. Os meus deuses são deuses de segunda classe... Eu não sou budista, mas respeito alguns preceitos do budismo: eles dizem, em particular, que, quanto menos se comer, menos animais são mortos para se alimentar; quanto mais se tocar na pureza, mais próximo se estará do divino. Para viver bem, é preciso se alimentar bem. É verdade. Há alguns anos, uma bilionária japonesa, Sonoko Suzuki, foi uma das precursoras, no nosso país, do *"boom dietético"*. Para manter a linha, ela comia pouco e elogiava refeições desidratadas. Finalmente, ela morreu, bem nova... Eu prefiro me alimentar como se deve, as refeições são momentos importantes – talvez por causa da minha infância, quando a fome me apertava o estômago. Eu não tenho pressa na hora de comer. É como se o meu ser se comunicasse com a minha alma. Comer é um rito. Nós enchemos o estômago como nós alimentamos o espírito.

Nesses últimos anos, eu me faço também muitas perguntas sobre o fanatismo e o recurso assustador, quase sistemático, do terrorismo. Os muçulmanos integristas cometem um erro fundamental quando matam inocentes em nome de Deus, do Alcorão ou do profeta Maomé. Eles acreditam abrir a porta do paraíso, mas nenhum deles ainda voltou do inferno onde se convidaram.

À medida que o tempo passa e eu envelheço, eu me pergunto, principalmente, como morrer bem. Depois da minha morte, eu realmente não gostaria de reencarnar e voltar para essa terra, seria uma punição. O homem ocidental se pergunta durante toda a sua vida como viver bem, ao passo que o budista, na Ásia, se pergunta durante toda a sua vida como andar no caminho certo e ser honesto para morrer bem e não reencarnar. Em todo caso, se isso acontecesse comigo, eu gostaria que fosse para viver como um matemático que tentaria resolver os mistérios mais insolúveis.

A morte na alma

Enquanto eu estiver vivo, vou estar interessado pela morte. Não o ato de morrer como tal, nem o momento final, mas a morte como significado. Podemos compreender o que é a vida e o que ela representa quando compreendemos o sentido da morte.

Eu condeno firmemente o suicídio, que alguns julgam muito ligado à filosofia japonesa, como fez Yukio Mishima, que se suicidou com o seu *seppuku*[2], por questões políticas e porque o seu corpo não estava mais em adequação ao seu espírito. Mas, pessoalmente, eu sou contra. Mishima fazia musculação e lutava boxe. Ele queria ter um corpo de aço e não aguentava ver o Japão se ocidentalizar a esse ponto. Isso não o impediu de cometer o *seppuku* vestido no seu famoso terno desenhado por Pierre Cardin! Nós, os japoneses, somos realmente um povo extremista. Quando não é na vida, é na morte!

Enfim, eu sou contra o suicídio até certo ponto. Se eu adoecesse de novo, não sairia correndo para me consultar com um médico. Seria preciso que me levassem até ele. O ideal seria que eu desmaiasse e já acordasse em cima de uma cama de hospital. O que me mata, na verdade, é o esforço que teria de fazer para ir até o hospital...

Eu preciso ter uma razão para viver. Eu não sei bem como, nem em qual direção, mas pouco importa, eu ainda quero seguir adiante, fazer outros filmes. E eu pretendo fazer filmes até o dia em que os italianos, os meus maiores fãs, me odiarem. A *priori*, quando um artista se torna popular, o seu sonho é continuar a ser popular. Eu acho que os artistas devem ser livres, mesmo se for para serem rejeitados e criarem obras impopulares, que não refletem, obrigatoriamente, os "padrões" estéticos do mundo contemporâneo.

---

2. Suicídio através de corte na barriga; estripação. (N. A.)

Confidências sobre um tatame

Para mim, criar histórias e, em seguida, levá-las à tela continua sendo um meio de fazer algumas coisas impossíveis de serem feitas na vida real. Às vezes, eu até tenho a impressão de que a vida real não é a "verdadeira" vida. O cinema permite experimentar esse sentimento tranquilizador de eternidade... Finalmente, eu acho que foi melhor que eu não tenha ido trabalhar na Honda. Eu nunca conseguiria ter sido um assalariado, trabalhar normalmente, como todo mundo. Tornar-me um *salaryman robot*. É verdade que ser artista nem sempre é confortável. Mas fazer as pessoas rirem – aliás, um jeito original de se autodestruir – é uma necessidade. Somente quando eu faço rir estou em plena posse de todos os meus meios. Ao entrar no "Teatro Francês" de Asakusa, há 25 anos, eu já tinha entendido que o humorista tem um lugar único na sociedade. Ele pode dizer tudo o que pensa, de um jeito ridículo.

Quando eu não estava bem, em 1988, eu achava que, se tivesse uma arma, daria um tiro na cabeça. Eu estava prestes a pular debaixo do trem ou do metrô. Eu comecei a pensar na morte quando estava no primário. Porque, em volta de mim, pessoas queridas morriam. Quando eu estava na sexta série, um caminhão passou por cima de um dos meus amigos, debaixo dos meus olhos, quando a gente estava jogando beisebol juntos. Mais tarde, no ginásio, outro amigo morreu de leucemia. Eu fiquei traumatizado com a ideia de que a morte pudesse acabar com um ser vivo tão brutalmente. Eu mantive esse medo da morte súbita até me tornar comediante de *manzai*. Mais tarde, quando me tornei famoso, francamente não queria mais morrer. Eu recusava totalmente a ideia de que um dia pudesse morrer. Para mim, pensar que uma celebridade pudesse morrer tinha se tornado insuportável. Era besteira! Mas era assim que eu via as coisas. Hoje, eu estou mais familiarizado com a morte, e ela me deprime menos. Pensar nela com lucidez talvez permita que se viva durante mais tempo. O que os japoneses mais admiram nas cerejeiras floridas não é somente a beleza delas, mas também a ideia de que essa beleza seja efêmera. Eles sabem perfeitamente que o espetáculo que admiram vai desaparecer. Eles nunca se esquecem de que essas flores abertas vão murchar, cair, se metamorfosear. Do mesmo jeito, as folhas do bordo, na época mais bonita do outono, se tornam vermelhas quando se aproximam do final da sua vida. No Japão, nós sonhamos com o efêmero e gostamos de divagar sobre alguma falta de sentido das coisas.

Como a natureza, a arte nos ensina que nada é definitivo. No ateliê em que pinto, ao lado da escrivaninha onde gosto de ler e trabalhar, coloquei uma foto da minha mãe, velhinha. Eu acendo regularmente bastões de incenso e rezo por ela e pelo descanso da alma dela. Na tradição budista, existe um lugar reservado em casa para o altar dos mortos. Coloca-se em cima, do lado, flores, frutas, comida, que são oferecidas a um parente falecido. A minha querida mãe me vê todos os dias. Ela deve dizer a si mesma: "Mas que filho esquisito eu coloquei no mundo!".

Às vezes, eu tenho quase a impressão de ter nascido acidentalmente depois da guerra, nos bairros populares de Tóquio, quando deveria ter vivido durante o período Edo, no século XVII. Eu teria, talvez, construído casas de madeira. Hoje, continuo sem entender por que eu trabalho na televisão e faço cinema. Eu faço coisas esquisitas como comediante, sem mesmo ter certeza de ser um comediante. Eu não sou um artista tradicional e muito menos um cineasta tradicional. Se a minha vida tivesse corrido normalmente, eu teria me tornado engenheiro mecânico. Ou então, se a Honda não tivesse me empregado, biólogo marinho e explorador. O acaso decidiu outra coisa. Eu não continuei os meus estudos na universidade Meiji. Além disso, a minha atitude rebelde e a minha impaciência natural não ajudavam em nada.

E eu estou aqui, nesse começo do século XXI, finalmente, me divertindo muito, fazendo filmes, bancando o animador nos *sets* de televisão. Esse deve ser o meu destino, o meu carma. Nunca eu teria acreditado que isso seria possível quando vadiava pelas ruelas de Asakusa.

No fundo, eu acho que eu sou um pouco narcisista. Eu me interesso, em primeiro lugar, por mim. Eu quero ver para onde vai Takeshi. O que ele ainda pode fazer. Eu me imagino como um salmão macho que se debate vigorosamente em um rio no começo da primavera. Faz muito tempo que eu trabalho na televisão. Eu já vi de tudo. E ainda não acabou... Se eu pudesse continuar, ainda durante muito tempo, eu seria o mais feliz dos homens.

Alguns vão achar, talvez, que eu esteja no topo. Ao passo que eu tenho principalmente a impressão de acumular fracassos no cinema e de cometer um crime a cada vez que me comprometo apresentando jogos de televisão. Mas fazer humor, mesmo grotesco, ainda é o único meio que eu encontrei para continuar a ser livre no meu país.

Quando eu penso no meu acidente, quando eu acordei no hospital, e em todos os anos desde então, eu me pergunto por que sobrevivi. Eu digo a mim mesmo que teria sido melhor se eu tivesse morrido. Talvez Deus não tivesse querido ficar comigo ou desejasse me punir porque eu não tinha vivido corretamente e ainda não merecia ir para o além. Então eu ainda tenho de continuar a viver e a me manter no melhor caminho possível. É verdade que, ainda hoje, tenho a impressão de sonhar com essa série de sonhos que tinha na cama do hospital, depois do meu acidente. É um pouco como se tudo em torno de mim não passasse de um sonho. Será que eu vou acordar?

Nesse mundo estranho em que nós vivemos, eu não sei se estou no inferno ou no paraíso. Tendo em vista que não tenho nem um minuto para mim a partir do momento em que abro os olhos todas as manhãs, prisioneiro desde a aurora de inúmeras obrigações, será que já estou, realmente, no inferno?

Enfim, eu acho que sou um homem bem estranho. Alguns dos meus compatriotas acham que eu sou um extraterrestre. Outros afirmam que eu penso ao contrário. Isso é certamente verdade. Mas, para dizer a verdade, eu sou, antes de tudo, um japonês como outro qualquer.

Fim

Glossário

(Léxico dos termos e dos nomes comuns e próprios japoneses, em ordem alfabética)

Aidoru: literalmente "ídolo", pronunciado à inglesa. Produto televisivo a meio caminho entre a jovem modelo, a vedete que cantarola com o *playback* e a estrela de propaganda.

Anime: desenhos animados japoneses. A animação japonesa vai de vento em popa, graças, particularmente, às obras do estúdio Ghibli do "mestre" Hayao Miyazaki, ou ainda de Hiroyuki Kitakubo, Mamoru Oshii, Yoshiaki Kawajiri, Satoshi Kon e outras figuras. Os *anime* representam, a cada ano, cerca de trinta a quarenta por cento das receitas totais do cinema no arquipélago e quase a metade dos sucessos de bilheteria japoneses (cinema e DVD) no exterior.

Arubaito: do alemão *arbeit* (trabalho), esse termo designa o "bico". Milhões de japoneses escolhem acumular vários *arubaito* para poder se sustentar. Muitos se orgulham do estatuto de *furita* (ou *freeter*, neologismo composto a partir de *free* e *arbeiter*).

Asahi Shimbun: lançado em Osaka em 1879 e em Tóquio em 1888, o segundo jornal japonês, de tendência liberal e de centro-esquerda, tem uma tiragem de 11,9 milhões de exemplares diários segundo a Associação Mundial de Jornais (WAN). O jornal encabeça um império midiático. Ele publica a mais antiga revista semanal japonesa, a *Shukan Asahi* (criada em 1922). O jornal tem laços com as agências AP (Associated Press), Reuters, Tass, AFP (Agence France Presse) e com os jornais *The New York Times* e *The Times*.

Asakusa: esse bairro, situado a leste do distrito de Taito, na margem esquerda do rio Sumidagawa, se desenvolveu no período Edo (1600-1868) em volta do templo Sensoji (ou Asakusa Kannon) como área comercial e de lazeres, perto do antigo bairro de Yoshiwara.

Asano, Tadanobu: nascido em 1973, esse ator talentoso, revelado em *Maboroshi – A luz da ilusão*, de Hirokazu Kore-eda, que interpreta um dos principais papéis em *Zatoichi* de Takeshi Kitano e em *Tabu* de Nagisa Oshima, é considerado um dos melhores atores de sua geração.

Bolha: a "bolha" especulativa, financeira e imobiliária, nos anos 1980, no Japão, que viu os valores dos terrenos, no centro das grandes cidades, aumentar mais de mil vezes!

Bunraku: teatro profissional de marionetes (ou bonecas, *ningyo*). Como o *kabuki*, o *bunraku* é uma arte teatral que apareceu nas cidades durante o período Edo (1600-1868), provavelmente em 1872, no teatro da companhia teatral Bunraku-za de Osaka, que pertencia ao autor Bunrakuken Uemura (que morreu em 1910). Os sentimentos são transmitidos aos espectadores pelos gestos e pelas mímicas dos marionetistas, assim como pela declamação do texto e pela música interpretada no *shamisen*.

Buraku: literalmente "o povo dos vilarejos". Chamados de *burakumin*, cuja população é estimada entre 3 e 4 milhões no arquipélago, continuam a sofrer (desde o século XVI) vexações e discriminações diversas, apesar da adoção de várias leis, desde o final dos anos 1960, que deveriam melhorar sua integração.

Bushido: literalmente "a via do *bushi*", ou seja, do guerreiro. O espírito do *bushido* é caracterizado por uma lealdade visceral e uma fidelidade absoluta ao suserano. A ordem dos *bushi*, constituída, ao mesmo tempo, dos principais feudatários (*daimyo*) e da pequena aristocracia militar dos samurais, foi, durante muito tempo, uma das classes que detinham o poder no Japão, ao lado dos agiotas, dos comerciantes e dos burgueses (os *chonin*).

Chambara: filme de samurais marcado por inúmeros combates de sabre.

Dentsu: a primeira agência de publicidade japonesa, rival do outro gigante publicitário Hakuhodo.

Edokko: literalmente "filho de Edo", o morador originário dos bairros populares de Tóquio.

Eiga: "filme". Há aproximadamente dez anos, a indústria do cinema japonês tentou, e conseguiu, sair de uma crise profunda (mesmo ainda não tendo obtido o mesmo sucesso internacional da indústria cinematográfica chinesa e coreana) graças aos filmes de Takashi Miike, Naomi Kawase, Hideo Nakata, Kiyoshi Kurosawa, Hirokazu Kore-eda, entre outros. Um número maior de obras independentes é mais bem distribuído no Japão e no exterior. Mas os tempos ainda são bem difíceis para os jovens cineastas, que, ao mesmo tempo, recebem pouco apoio financeiro. Apesar de a crise não ter acabado, é possível ter um fio de esperança. As agências de produção americanas ou europeias multiplicam a compra de filmes japoneses. Já as agências japonesas recomeçam a investir massivamente na indústria do cinema. Há alguns anos, o governo japonês, por sua vez, se esforça mais. A Agência dos Negócios Culturais inaugurou, em 2002, um "Conselho para a promoção dos filmes", que implementa sistemas de cofinanciamento segundo o modelo francês.

Fuji TV: primeiro canal comercial do Japão, fundado em 1957 e famoso pelo prédio futurista de sua sede, obra do arquiteto Kenzo Tange, que fica na baía de Tóquio. Entre 1984 e 1997, a Fuji TV impôs, em matéria de informações televisivas, sua lei na paisagem audiovisual japonesa com um programa bem popular, *FNN Supertime*. O canal transmite um grande número de programas de variedades, de jogos e de entretenimento, nos quais celebridades do país participam. A Fuji TV pertence ao poderoso grupo Fuji-Sankei, proprietário do jornal *Sankei Shimbun*, da rede Nippon Broadcasting System (NBS) e da equipe de beisebol Yakult Swallows.

Fukasaku, Kinji (1930-2003): cineasta de grande talento, de estilo ocidental e idolatrado por Takeshi Kitano, começou sua carreira no cinema aos 23 anos, nos estúdios Toei. Em 1961, chamou a atenção com seu primeiro longa--metragem, *Iakuchu no buraikan* [*High noon for gangsters*], inspirado nos filmes de Henri Verneuil. *Jinginaki tatakai* [*Battles without honour and humanity*], de 1973, *Hissatsu shi: Urami harashimasu* [*Sure death 4: Revenge*], de 1987, e *Batalha real 1 e 2*, de 2000 e de 2003, são alguns de seus filmes mais famosos.

Furansu-za: "Teatro Francês" (ou "Cabaré Francês"), pequeno teatro de esquetes cômicos do bairro de Asakusa, onde Takeshi Kitano se aperfeiçoou no mundo dos espetáculos e onde começou sua carreira nos palcos, há 25 anos.

Gagaku: música tradicional da corte imperial. O *gagaku* reúne três registros musicais: o *togaku*, que seria um legado da dinastia chinesa de Tang (618-907); o *komagaku*, que teria sido introduzido desde a antiga Coreia; e várias formas de músicas nativas do Japão associadas aos ritos da religião xintoísta.

Gaijin (gaikokujin): literalmente "pessoa de um país exterior". O número de estrangeiros no Japão é relativamente reduzido: oficialmente havia 2,2 milhões no final de 2008 (1,7% da população total). Os chineses formam o maior grupo (655 mil), seguidos pelos coreanos (589 mil), pelos brasileiros (313 mil), pelos filipinos (211 mil) e pelos peruanos (60 mil). O termo *hakujin* designa mais especificamente os estrangeiros "brancos". Em um livro de entrevistas com André Siganos e Philippe Forest, o prêmio Nobel de Literatura Kenzaburo Oé estima que "é preciso que nós [no Japão] sejamos independentes para a construção da democracia, e é necessário que nós estabeleçamos laços individuais com os estrangeiros para conseguir trabalhar junto deles".

Gendai-geki: filme cujos fatos históricos são baseados em acontecimentos contemporâneos.

Geta: tamancos de madeira.

Hakama: calça larga.

Hakuhodo: uma das primeiras agências de publicidade do Japão.

Hanami: piquenique durante a celebração da floração das cerejeiras nas premissas da primavera (do final de março até o começo de abril). Durante aproximadamente dez dias, esse acontecimento cimenta uma verdadeira sensibilidade em relação à natureza entre os japoneses.

Hikikomori: termo que designa, no arquipélago, uma patologia psicossocial que afeta os pré-adolescentes, adolescentes e jovens adultos, majoritariamente do sexo masculino, que vivem enclausurados na casa de seus pais, mais frequentemente no quarto, durante semanas ou até mesmo longos meses. Estima-se em 1 milhão o seu número.

Hisaishi, Joe: nascido em 1950 em Nagano, esse autor, compositor e pianista colaborou com Hayao Miyazaki em obras como *O castelo animado* e *Meu amigo Totoro*, e com Takeshi Kitano na trilha sonora dos filmes *Adrenalina máxima*, *Hana-bi* e *Verão feliz*.

Ijime: literalmente, trata-se do *bullying* sofrido por alguns estudantes da parte de outras crianças. O problema é uma praga. No arquipélago, os alunos do ginásio preferem, às vezes, se suicidar para escapar das vexações e perseguições psicológicas de seus pequenos amigos.

Imamura, Shohei (1926-2006): cineasta e roteirista, esse ex-assistente de Ozu em três filmagens (entre as quais *Era uma vez em Tóquio*) dirigiu alguns dos filmes japoneses mais reconhecidos dos últimos trinta anos, entre os quais *A balada de Narayama* (1983, Palma de Ouro em Cannes), *Black rain* e *A enguia* (1997, Palma de Ouro em Cannes).

Inoue, Takashi: presidente do grupo japonês Next e amigo de Takeshi Kitano, apoia os projetos humanitários do cineasta na África, particularmente no Benin.

Jidai-geki: filme cujos fatos históricos são anteriores ao século XX.

Glossário

Jigai: versão feminina do *seppuku*. Suicídio feminino ancestral e ritualizado em que uma mulher corta sua carótida.

Kadokawa Pictures: um dos grandes nomes da indústria cinematográfica do Japão. A Kadokawa Pictures financiou um grande número de filmes de terror japoneses independentes que ajudou a lançar vários cineastas, como Kiyoshi Kurosawa. Também comprou os famosos estúdios Daiei Production e o distribuidor Nippon Herald, e possui, inclusive, uma participação nos estúdios hollywoodianos Dreamworks SKG.

Kagura: danças xintoístas que datam do século III ou IV e representam, na terra, as ações das divindades e dos espíritos (*kami*), bem como os deveres dos humanos para com esses mesmos *kami*. O repertório do *kagura* é de uma riqueza enorme e é visto como meio de comunicação com os espíritos.

Kaiju eiga: esses filmes, muito apreciados nos anos 1950, 1960, 1970 e 1980, colocavam em cena monstros que assombram o imaginário coletivo e que são associados, às vezes, aos mitos. O mais representativo do gênero continua sendo o famoso dinossauro *Godzilla*, criado em 1954 e adaptado por Hollywood no final dos anos 1990.

Kakemono: rolo no qual aparece, de maneira geral, um poema, uma paisagem pintada ou uma caligrafia.

Kami: divindade do panteão xintoísta.

Kaneko, Jiro: conhecido como "Beat Kiyoshi", humorista com quem Takeshi Kitano formou o duo "Two Beat". Ambos tiveram um enorme sucesso nas salas de espetáculos de Tóquio. Um produtor da NHK lançou-os na televisão em 1974, oferecendo-lhes a animação de um *talk show*. O duo brilha até o final dos anos 1980.

Kanji: ideogramas de origem chinesa ainda usados na China, na Coreia e no Japão. Cada caractere chinês simboliza, por sua estética gráfica, uma ideia singular e, por extensão, uma fonética associada a essa ideia.

Karoshi: "morte por excesso de trabalho", que atinge vários milhares de pessoas ativas por ano no Japão. Entre os quase 30 mil suicídios recenseados a cada ano, milhares são de origem profissional, resultado de falência, de sobrecarga, de pressões financeiras ou psicológicas no local de trabalho.

Katsu, Shintaro (1931-1997): ator, cineasta, produtor e roteirista, grande figura do *chambara* e estrela dos 26 episódios da saga *Zatoichi*, entre 1962 e 1973.

Kawase, Naomi: cineasta nascida em 1969 em Nara, conhecida por suas ficções e por seus filmes documentários, e premiada duas vezes no Festival de Cannes.

É hoje uma das raras mulheres cineastas a ter reconhecimento. Possui um estilo ao mesmo tempo íntimo, experimental, realista e hipersensível. Seu filme *Shara* marcou os espíritos. Ganhou, em 2008, o grande prêmio do Festival de Cannes com *A floresta dos lamentos*.

Keigo: linguagem honorífica, formal e polida. No sentido literal, *keigo* significa "termos do respeito".

Keitai: celular. O Japão possui a taxa de penetração de *keitai* mais importante do mundo por habitante. Perto de 100 milhões de *keitai* estão em serviço para pouco mais de 127 milhões de habitantes.

Kenpo: a Constituição, que entrou em vigor em maio de 1947 e está no âmago do debate político e de numerosas polêmicas que tratam, essencialmente, da interpretação de seu famoso artigo nove, que tira do Japão qualquer "direito à guerra".

Kitano, Shoko: filha de Takeshi Kitano, nascida em 1982. É atriz e cantora, atuando inclusive no filme *Hana-bi*.

Koan (do chinês *kung an*): na maior parte das escolas *zen*, o problema ou o enunciado insolúvel, paradoxal e enigmático, ou exposição grotesca.

Korei shakai: literalmente "o envelhecimento da sociedade".

Kurosawa, Akira (1910-1998): diretor, entre outros filmes, de *Rashomon*, *Os sete samurais*, *Kagemusha*, *Ran* e *Sonhos*. Ainda é o monstro sagrado do cinema japonês, o cineasta mais premiado da história do arquipélago e ídolo de Takeshi Kitano.

Kurosawa, Kiyoshi: nascido em 1956, esse cineasta (que não tem nenhum parentesco com Akira Kurosawa) levou, nos anos 1990, o cinema japonês em direção às zonas mais angustiantes do filme de horror. *A cura*, sobre um *serial killer*, *Charisma*, filme policial ansiógeno, e *Pulse*, sobre os limites da internet, impuseram-no como um dos novos mestres do cinema fantástico.

Kyogen: essa arte teatral independente é mais leve e mais direta do que o nô, que é mais restritivo e mais rigoroso. É um espetáculo cômico rico de 250 peças. Desde o período Edo, era interpretado entre os atos do nô, a fim de relaxar o espectador.

Mainichi Shimbun: jornal fundado em 1872 e de tendência esquerdista, o *Mainichi*, o mais antigo jornal do arquipélago (ele foi o primeiro no mundo a distribuir seus exemplares de porta em porta), tem uma tiragem de 4,7 milhões de exemplares diários, segundo a Associação Mundial de Jornais (WAN).

Glossário

Mangá: as histórias em quadrinhos são hoje o melhor instrumento diplomático do país. Elas são, na verdade, o produto cultural do "*cool Japan*" mais exportado do mundo. No Japão, entre as histórias em quadrinhos e as revistas, bilhões de exemplares são impressos a cada ano. As primeiras versões do gênero teriam aparecido no período Heian (794-1185). Um dos pais do mangá moderno é o desenhista Osamu Tezuka, criador do famoso robô-menino Astro Boy.

Manzai: diálogo cômico encenado por dois comediantes que teria aparecido durante o período Nara (710-794) antes de se espalhar pela totalidade do arquipélago no período Edo (1600-1868). Essa arte conheceu rapidamente seu apogeu no começo do século XX em Osaka, e logo depois nos teatros populares de Tóquio. Ele continua a ser apreciado, ainda hoje, graças à televisão, que lhe consagra vários programas.

Masukomi: neologismo que designa a mídia de comunicação de massa.

Masuzoe, Yoichi: nascido em 1948 em Yahata (Kyushu), esse especialista em Ciências Políticas, universitário, escritor, figura conhecida do grande público e dos *sets* de televisão (entre os quais os de Takeshi Kitano), tornou-se político pelo Partido Liberal Democrata (PLD, Jiminto) e foi eleito no Parlamento em 2001. Foi ministro da Saúde, do Trabalho e dos Assuntos Sociais entre 2007 e 2009.

Matsumoto, Leiji: nascido em Fukuoka em 1933, esse autor lendário de mangás é celebrado por seus talentos artísticos e visionários, assim como por seu registro gráfico bastante particular, que o torna inclassificável. Ele se tornou conhecido graças a um título-chave da ficção científica, *Sexaroid* (1968). Em seguida, a consagração chegou com *Otoko oidon* (1973), *Patrulha estelar* (1974), *Galaxy express 999* (1977) e ainda *Space pirate Captain Harlock* (1978), conhecido na França como *Capitaine Albator: le pirate de l'espace*, que perenizou sua popularidade no exterior. Em 2003, colaborou com o duo eletrônico Daft Punk em um *anime*, *Interstella 5555: The Story of the Secret 5tar 5ystem*.

Miike, Takashi: nascido em 1960, esse ex-assistente de direção de Shohei Imamura, muito criativo, é conhecido por filmar bem e rapidamente com poucos meios. Ele foi reconhecido por seu filme *Shinjuku kuroshakai: Chaina mafia senso* (1995), e é o mais *pop* dos cineastas japoneses. Seu filme *Zebraman*, seu quinquagésimo, foi considerado o mais maduro de sua obra.

Mifune, Toshiro (1920-1997): nascido em Tsingtao, na China, foi o ator e o herói fetiche de muitas obras-primas de Akira Kurosawa. Ele brilhou em *O anjo embriagado* (1948), *Rashomon* (1950) e *Os sete samurais* (1954), e apareceu em mais de uma centena de filmes no total, entre eles *Yagu ichizoku no inbo*, de Kenji Fukasaku.

Misumi, Kinji: nascido em 1921 em Kyoto (da união entre um comerciante e uma gueixa), esse cineasta teve uma vida atormentada. Alistado durante a Segunda Guerra Mundial, foi deportado na Rússia antes de conseguir voltar ao seu país depois da guerra. Foi assistente de direção de Teinosuke Kinugasa no filme *Portal do inferno* (Palma de Ouro em Cannes em 1954). Deve-se a ele a primeira saga, de 26 episódios, de *Zatoichi*.

Miyazaki, Hayao: nascido em 1941 em Tóquio, o "Walt Disney japonês", como é, às vezes, chamado erroneamente, cofundador dos famosos estúdios Ghibli em 1985, é um dos três grandes mestres do *anime* contemporâneo. Entre suas obras-primas encontram-se *O castelo no céu* (1986), *Meu amigo Totoro* (1988), *Porco Rosso – O último herói romântico* (1992), *Princesa Mononoke* (1997), *A viagem de Chihiro* (2001), *O castelo animado* (2004), entre outros.

Mizoguchi, Kenji (1898-1956): um dos maiores cineastas japoneses, como Ozu e Kurosawa. Começou sua carreira em 1923, aos 25 anos, com o filme *Ai ni yomigaeru hi*. Brilhou ainda em *Contos da lua vaga depois da chuva* (1953) e em *A rua da vergonha* (1956).

Mori, Masayuki: presidente e cofundador (em 1988) da Office Kitano; amigo há trinta anos, sócio e parceiro de Takeshi Kitano; produtor, coprodutor e distribuidor em aproximadamente sessenta países dos filmes do cineasta.

Murakami, Takashi: nascido em 1962, o artista é, atualmente, um dos líderes da *pop art* nipônica.

Nakata, Hideo: nascido em 1961 em Okayama, começou sua carreira na indústria cinematográfica na famosa agência de produção Nikkatsu. Ao longo dos anos, desenvolveu um estilo bastante pessoal, misturando muito sangue, o extraordinário, o fantástico e o horror. Em 1998, tornou-se conhecido no Japão e no exterior graças à sua adaptação de *Ring*, obra de Koji Suzuki. Depois de vários fracassos, obteve novamente sucesso mundial com o filme *Dark water*, em 2003.

NHK: Nihon Hoso Kyokai, canal público de televisão e rádio. Suas premissas remontam a 1925, mas o canal começou a transmitir em fevereiro de 1953. Hoje, dotada de um orçamento anual de aproximadamente 5 bilhões de euros aprovado pelo Parlamento, a NHK administra 54 estações em todo o país. A rede NHK tem vários canais: a NHK 1, a "um" (generalista, que fica no ar 20 horas por dia), a NHK 3, a "três" (educativa e cultural, criada em 1959) e mais três outros canais via satélite: a BS1 (canal de informação e esporte), a BS2 (canal de cultura e entretenimento) e a BS-HI (que transmite em alta definição). Já a filial NHK Enterprises, verdadeiro banco de imagens e de arquivos, produz 8 mil programas por ano. Outra filial do grupo, a JIB TV, administra o primeiro canal de informação contínua japonês, cuja apresentação é feita em inglês 24 horas por dia.

Nihon Keizai Shimbun (ou Nikkei): terceiro jornal japonês e primeiro jornal de economia do país, tem uma tiragem de 4,7 milhões de exemplares diários, segundo a Associação Mundial de Jornais (WAN). Apesar de a sua cobertura da vida política ser considerada, de maneira geral, muito conservadora, ele possui reputação centrista. Tem sua origem no lançamento do Chugai Bukka Shinpo, em 1876, adotando o atual nome em 1946.

Nikkatsu: essa lendária agência de produção fundada em 1912, produtora nos anos 1970 e 1980 de vários *roman porno* (filmes pseudoeróticos e românticos), teve seu primeiro estúdio de cinema no Japão. Em 2005, foi vendida à Index Holdings, um cartel da indústria multimídia.

Nippon Television: esse grande canal privado começou a transmitir em 1953 e foi o primeiro, em 1978, a permitir que os telespectadores pudessem assistir a alguns programas em japonês e/ou em inglês. Seu primeiro investidor é o jornal Yomiuri Shimbun, desde que comprou as ações que pertenciam aos jornais Mainichi e Asahi. A NTV é afiliada à equipe de beisebol profissional Yomiuri Giants.

No (nô): arte teatral dramática, arte cênica no "cruzamento dos sonhos" destinada originalmente à aristocracia e dedicada aos deuses e às divindades, o nô coloca em cena dois personagens principais, o *shite* e o *waki*. O primeiro papel, o *shite*, é quem canta e dança, e catalisa a atenção do público. Já o *waki*, que não usa máscara, interroga o *shite*, ele escuta e provoca os passos de dança. O repertório do nô, muito rico, contém aproximadamente 240 peças. Ele é caracterizado por gestos lentos, música estridente, que acompanham um texto declamado em um tom quase monocórdio. O nô, há alguns anos, começou a interessar novamente os japoneses.

Ofurô: banho japonês.

Oshima, Nagisa: cineasta, nascido em 1932 em Kyoto, foi quem realmente lançou Takeshi Kitano no cinema. Aprendeu sobre a sétima arte na famosa agência de produção Shochiku, nos anos 1950, que o demitiu vergonhosamente em 1961 por causa de uma obra demasiado engajada e polêmica, *Nihon no yoru to kiri*, filme que causou a irritação de parte da classe política.

Oshima jamais se desestabilizou e, ao contrário, continuou a cultivar um estilo próprio, que brilha em seus sucessos, como *Etsuraku* (1965), *O império dos sentidos* (1976), *Ai no borei* (1978), *Furyo* (1983), *Max mon amour* (1986) e *Tabu* (1999).

Otaku: o termo *otaku* significa literalmente "em casa". Ele foi usado durante muito tempo, sobretudo nos anos 1970, para caracterizar os fãs do cinema de animação e de ficção científica japonês. O movimento *otaku* se amplificou nos anos 1980 e 1990 em reação a uma sociedade vista como normativa demais, tendo como vetores os produtos da cultura *pop* nipônica: o *anime*, o mangá, o fenômeno *aidoru* (jovens ídolos femininos), as mascotes do "*cool Japan*" e os *video games*.

Ozu, Yasujiro (1903-1963): cineasta intimista que morreu muito cedo, aos sessenta anos, no momento em que seus filmes começavam, finalmente, a ser reconhecidos em seu país e no exterior, graças, particularmente, a uma rara criatividade: treze filmes dirigidos em quatorze anos (entre 1949 e 1963), entre os quais os famosos *Higanbana* (1958) e *Era uma vez em Tóquio* (1953).

Pink-eiga: filme erótico dos anos 1960 e 1970, chamado mais tarde de *roman porno* pela grande agência de produção Nikkatsu.

Rakugo: literalmente "história curta". O *rakugo* é uma antiga arte narrativa (que data do século XVI) que consiste na declamação, por contadores tradicionais (os *rakugoka*), de breves histórias humorísticas ou satíricas, que o público vê ou ouve nos pequenos teatros chamados de *yose* (existiriam hoje em Tóquio menos de dez). Depois da guerra, o *rakugo* conheceu seu apogeu até o final dos anos 1960, antes de ser abandonado pelo grande público. O estilo continua sobrevivendo graças à televisão.

Risutora: restruturação, termo choque que dominou o discurso econômico no Japão nos anos 1990 e no começo dos anos 2000. Uma das restruturações mais conhecidas foi a feita por Carlos Ghosn, que dirigia a gigante Nissan, aliada da Renault.

Ronin: nome dado antigamente aos samurais rebeldes, sem mestres, em busca de contratos que lhes permitissem sobreviver e ganhar um pouco de dinheiro. Alguns eram, de certa maneira, matadores de aluguel.

Ryotei: restaurante japonês muito luxuoso, às vezes reservado a seus membros.

Sankei Shimbun: fundado em 1933, o sexto jornal japonês, ex-*Nihon Kogyo Shimbun*, julgado como muito conservador, tem uma tiragem de 2,7 milhões de exemplares diários segundo a Associação Mundial de Jornais (WAN).

Pertence ao grupo Fuji-Sankei, que também é dono da Fuji TV, assim como do jornal esportivo *Sankei Sports*, que tem uma tiragem de 820 mil exemplares.

Sento: banho público tradicional. No Japão, o *ofurô* (banho) é objeto de todas as atenções, uma obsessão que teria sua origem em certos preceitos da pureza do culto xintoísta. Os costumes do *sento* – como os do *onsen* (fontes termais) – são perpetuados há séculos e contribuem para criar e reforçar os laços sociais. Muitos moradores de Tóquio ainda frequentam o *sento* mais próximo, onde vizinhos, amigos e parentes encontram-se, frequentemente, vestidos com um *yukata* (quimono leve de algodão) e com um *geta* (tamancos de madeira) nos pés.

Seppuku: ritual de suicídio através de um corte na barriga com um punhal ou um sabre.

Shamisen: instrumento tradicional de três cordas.

Shimbun: apesar do peso da televisão e da internet, os japoneses ainda veneram a imprensa escrita. A tiragem total dos jornais nacionais atinge a soma de 70 milhões de exemplares: o preço dos jornais é barato, e a distribuição é garantida por redes muito eficientes de entregadores em domicílio de bicicleta.

Shinekon: cinema *multiplex*. Os japoneses retomaram o gosto de ir ao cinema; novas salas ultramodernas não param de ser abertas nas grandes cidades do arquipélago.

Shinju: suicídio amoroso cometido ao mesmo tempo por dois amantes, tema literário e teatral retomado no filme *Dolls*, de Takeshi Kitano.

Shinkansen: o trem-bala japonês, frequentemente chamado de "*bullet train*". Ele opera em cinco linhas administradas por três companhias ferroviárias privadas do grupo JR (Japan Railways).

Shitamachi: a "Tóquio pobre", a cidade baixa de Tóquio, que reúne comerciantes e artesãos em oposição a *Yamanote*, a "Tóquio rica", mais moderna e menos pitoresca, antigamente reservada à aristocracia, à elite guerreira e aos religiosos.

Shoshiku: agência de produção cinematográfica estabelecida em Tóquio em 1985 – ela era então um teatro de kabuki –, distribuidora e proprietária de salas de espetáculos. Um festival organizado em 2005 em colaboração com o Festival Filmex de Tóquio homenageou os 110 anos de produção dessa grande agência, que foi a primeira a mostrar no Japão um filme em cores.

Suzuki, Seijun: nascido em 1923 em Tóquio, é um cineasta *cult* de vários *yakuza eiga* famosos, e considerado um dos grandes mestres da série B. Seu estilo fora do comum e provocador lhe custou um processo, durante quase dez anos, aberto pela agência de produção Nikkatsu, que o acusou de fazer filmes "incompreensíveis". Deve-se a ele filmes-chave dos anos 1960, entre os quais *Tóquio violenta* (1966) e, sobretudo, *A marca do assassino* (1967).

Tabi: meia tradicional japonesa que separa o dedão dos outros dedos.

Talento: nome dado às celebridades da televisão japonesa.

TBS (Tokyo Broadcasting System): fundado em 1951, o grupo TBS Radio & Communications tornou-se autônomo em 2001, três anos antes que a TBS TV fosse criada. A sociedade é afiliada ao jornal de esquerda *Mainichi Shimbun* e é proprietária de sua própria equipe de beisebol, Yokohama Bay Stars. O canal criou sua própria rede de informações, a Japan News Network (JNN). A TBS TV se beneficiou, durante longos anos, desde 1989, com a aura do jornalista Chikushi Tetsuya, apresentador estrela de seu telejornal noturno "News 23", superpopular. Sua morte, no final de 2008, por causa de um câncer, causou muita comoção.

Terebi: a televisão. O Japão iniciou sua era televisiva no começo dos anos 1950 com a transmissão dos primeiros programas da NHK, seguida pela Nippon Terebi (NTV). Hoje, ela é o lazer preferido dos japoneses. É tão poderosa que acabou afetando o cinema. Nos lares, passa-se em média quatro horas por dia em frente à televisão. O futuro da *terebi* é assegurado pelo aparecimento contínuo de canais via satélite. Os japoneses veneram mais do que nunca a era dos "3C": Car, Colour TV e Cooler (carro, TV colorida de tela plana e ar-condicionado).

Thomas, Jeremy: produtor de cinema britânico nascido em 1949, oriundo de uma família de cineastas (seu pai e seu tio eram cineastas) e fundador da Recorded Picture Company, que coproduziu *Brother*, de Takeshi Kitano. Uma das suas mais importantes produções é *O último imperador*, de Bernardo Bertolucci, Oscar de melhor filme (1988).

Toei: fundado depois da guerra, o lendário estúdio Toei é um dos mais famosos produtores de filmes japoneses, particularmente os de animação. O Toei é responsável por um grande número de *animes* retransmitidos em vários continentes, como os do desenhista Leiji Matsumoto, *Space pirate Captain Harlock*, *Galaxy express 999* etc.

Toho: a Toho é "a" grande agência de produção do cinema japonês, a primeira. Ela produziu o famoso seriado da cultura *pop* nipônica *Godzilla* e várias obras-primas de Akira Kurosawa. Em 2005, inaugurou um estúdio novo em folha, o primeiro em quarenta anos.

Glossário

Tokoro, George: famoso *talento* japonês, amigo próximo e parceiro de trabalho de Takeshi Kitano.

Tombo: famosa libélula japonesa. Quase 190 espécies de libélulas foram identificadas no Japão. Elas aparecem frequentemente na poesia japonesa e são adoradas pelas crianças. Esse inseto chegou a ser símbolo de poder na corte do período Yamato, no século VIII.

TV Asahi: criado em 1957, esse canal privado, que se encontra no centro do complexo de Roppongi Hills, no coração de Tóquio, começou a transmitir seus primeiros programas em 1959 como canal educativo. Seu principal acionista é o jornal *Asahi Shimbun*. Seu programa de informações "News Station", transmitido entre 1985 e 2004, foi um dos grandes sucessos da televisão nipônica nos anos 1990. Seus programas políticos são as principais plataformas dos debates políticos ligados à atualidade.

TV Tokyo: esse canal privado entrou no ar no verão de 1964, durante os Jogos Olímpicos de Tóquio. Originalmente lançada pela Fundação do Japão para a Promoção da Ciência, a TV Tokyo era um canal dedicado ao conhecimento, e transmitia, antes de tudo, programas educativos e culturais. Ela reforçou seus conteúdos de informação em 1969, com seu novo proprietário, o jornal de economia *Nihon Keizai Shimbun*, produtor do programa de economia "World Business Satellite" (WSB), que existe desde 1988. O canal tem uma rede de seis canais de transmissão digital.

Ukiyo-e: as estampas japonesas sobre madeira, literalmente "imagens do mundo flutuante", se tornaram populares durante o período Edo (1600-1868).

V-cinema: designa, no Japão, filmes de baixo orçamento destinados ao mercado do vídeo.

Wabi-sabi: *wabi* é um conceito-chave na estética tradicional japonesa. Ele é, ao mesmo tempo, uma maneira de ser e um princípio moral que incentiva o desapego dos acontecimentos do mundo terreno, dos outros, e certa apreciação da calma. Originalmente, nos tempos medievais, seus adeptos eremitas pretendiam aproveitar a simplicidade das coisas, uma forma austera da beleza e a serenidade. *Sabi* evoca mais uma cor envelhecida, que é quase enferrujada, ferrugem, como uma antiga pátina, que cria uma atmosfera de sobriedade e austeridade. No arquipélago, o *wabi-sabi* não pode ser dissociado das artes tradicionais e da mentalidade japonesa.

Xogum: líder e chefe militar no antigo Japão, sob as ordens diretas do Imperador. A época do xogunato Tokugawa continua sendo uma das mais marcantes. Ela foi caracterizada pelo longo fechamento do país (1638-1854).

Yakitori: espetos (*kushi*) assados sobre uma grelha, feitos principalmente de carne de frango, carne de vaca, cogumelo, cebola e pimentão. Os espetos são servidos normalmente com sal ou *mirin*, molho composto de saquê, molho de soja e açúcar, muito presente na culinária japonesa.

Yakuza: a máfia japonesa. Os *yakuza*, que apareceram no século XVIII, tiveram seu poder bastante reforçado depois da Segunda Guerra Mundial. Nos anos 1930, tiveram uma grande liberdade graças à sua aproximação ideológica com a direita ultranacionalista. Depois da guerra, também foram utilizados para quebrar o domínio das máfias estrangeiras implantadas no país (coreana e taiwanesa) e como trampolim para o mercado negro. As forças de ocupação chegaram inclusive a vê-los como uma "força reguladora". Vários grupos mafiosos, às vezes menos organizados do que as grandes famílias, aproveitaram-se, ao longo das décadas passadas, das crises sociais e dos vazios políticos, especializando-se nos tráficos de drogas e anfetaminas ou na prostituição. Uma de suas idades do ouro continua sendo os cinco anos que marcaram o país: 1958-1963. Seus efetivos aumentaram então em 150 por cento, atingindo a marca de 180 mil homens divididos em 126 gangues. Um homem, chamado de "Al Capone japonês", Yoshio Kodama, teria tentado, com certo sucesso, federar os clãs e pacificar os laços entre os grupos. Apesar da diminuição de seus efetivos (menos de 120 mil), os *yakuza* ainda continuam bem ativos atualmente em suas atividades tradicionais (imóveis, usura, chantagem e cobrança de dívidas e de empréstimos, indústria do sexo e dos jogos, esportes profissionais, mundo da noite etc.). Através de centenas de clãs e de dezenas de milhares de empresas mais ou menos legais, bandos (*kumi*) e famílias (*ikka*) se infiltraram sorrateiramente no mundo dos negócios. A lei antigangue de 1992 e a lei contra a lavagem de dinheiro de 1993 permitiram, parcialmente, a restrição de sua influência nas empresas e em todo o país.

Yakuza eiga: filme que coloca em cena os *yakuza*, suas gangues, crimes, códigos de valores, modos de vida e de funcionamento, bandos e clãs às vezes rivais.

Yakyu: o beisebol continua sendo um dos esportes mais populares do arquipélago. Sua prática data do começo do período Meiji (1868-1912), com a organização, por um americano, de um primeiro torneio em 1873, dentro do local que se tornaria a Universidade de Tóquio. Ele também é o esporte favorito de Takeshi Kitano!

Yomiuri Shimbun: fundado em 1874, lido tanto por homens quanto por mulheres, é o primeiro jornal japonês (e um dos primeiros do mundo), líder de opinião de reputação conservadora, e tem uma tiragem de aproximadamente

14 milhões de exemplares diários, segundo a Associação Mundial de Jornais (WAN).

Yoshida, Kiju: esse cineasta iconoclasta, nascido em 1945, é autor de várias obras que, entre tantas outras, marcaram o cinema japonês do pós-guerra, como *As termas de Akitsu* (1962) e *Joen* (1967), ou ainda *Eros + Massacre* (1969), obra onírica e primeira parte de uma trilogia sobre as ideologias extremas do Japão. Ex-assistente de Nagisa Oshima, Kiju Yoshida foi um dos brilhantes pontas de lança da "*Nouvelle Vague* japonesa". Ele impôs um estilo penetrante, às vezes parte ficção, parte documentário. É casado com a famosa atriz Mariko Okada, que encontrou na filmagem de *As termas de Akitsu*, e futura musa dos filmes passionais *Hono to onna*, *Joen*, *Juhyo no yoromeki*, *Mizu de kakareta monogatari* etc.

Yukata: quimono leve e fino de algodão, usado, sobretudo, no verão.

Zazen: meditação baseada no zen, que deve levar em direção à verdade.

Zomahoun, Rufin: sinólogo africano que nasceu no Benin, esse poliglota (ele fala francês, inglês, japonês e chinês, entre outras línguas) é uma das raras celebridades africanas da televisão nipônica e discípulo de Takeshi Kitano. Convidado regularmente a seus programas, também aparece em seus filmes *Takeshis'* e *A glória do cineasta!*. Trabalha ainda para o desenvolvimento econômico e social de seu país através de sua organização não governamental IFE e como conselheiro da presidência do Benin para a Ásia, a Oceania e a região do oceano Pacífico.

Filmografia de Takeshi Kitano

Obras cinematográficas (como diretor)

Violent cop / Sono otoko, Kyobo ni tsuki
Com Beat Takeshi, Maiko Kawakami, Hakuryu, Siro Sano, Makoto Ashikawa, Ittoku Kishibe, Taro Ishida, Sei Hiraizumi e Mikiko Otonashi.
© (1989) Shochiku.

Boiling point / 3-4 x jugatsu
Com Masahiko Ono, Yuriko Ishida, Minoru Iizuka, Etushi Toyokawa, Makoto Ashikawa, Hisashi Igawa, Bengal, Jonny Okura, Katsuo Tokashiki, Takahito Iguchi e Beat Takeshi.
© (1990) Bandai Visual / Shochiku.

O mar mais silencioso daquele verão / Ano natsu, ichiban shizukana umi / A scene at the sea
Com Kurodo Maki, Hiroko Oshima, Sabu Kawahara, Nenzou Fujiwara, Susumu Terajima, Katsuya Koiso e Tetsu Watanabe.
© (1991) Office Kitano.

Adrenalina máxima / Sonachine / Sonatine
Com Beat Takeshi, Aya Kokumai, Tetsu Watanabe, Masanobu Katsumura, Ken Ohsugi, Tonbo Zushi, Kenichi Yajima e Eiji Minakata.
© (1993) Shochiku.

Getting any? / Minna yatteruka!
Com Beat Takeshi, Duncan, Tokie Hidari, Shoji Kobayashi, Shinsuke Yamane, Eiji Minakata, Masumi Okada e Tetsuya Yuuki.
© (1994) Bandai Visual, Office Kitano.

De volta às aulas / Kizzu ritaan / Kids return
Com Ken Kaneko, Masanobu Ando, Reo Morimoto, Hatsuo Yamaya, Kyosuke Kashiwatani, Yuuko Daike, Susumu Terajima, Moro Morooka, Pekingenjin, Makoto Ashikawa, Kanji Tsuda, Sei Hiraizumi, Ren Ohsugi, Masami Shimojo, Mitsuko Oka e Ryo Ishibashi.
© (1996) Bandai Visual, Office Kitano.

Hana-bi – Fogos de artifício / Hana-bi
Com Beat Takeshi, Kayoko Kishimoto, Ren Ohsumi, Susumu Terajima, Hakuryu, Yasuei Yakushiji, Yuuko Daike, Makoto Ashikawa e Taro Itsumi.
© (1997) Bandai Visual, Television Tokyo, Tokyo FM, Office Kitano.

Verão feliz / Kikujiro no natsu / Kikujiro
Com Beat Takeshi, Yusuke Sekiguchi, Kayoko Kishimoto, Kazuko Yoshiyuki, Akaji Maro, Fumie Fosokawa, Great Gidayu, Rakkyo Ide e The Convoy.
© (1999) Bandai Visual, Tokyo FM, Nippon Herald, Office Kitano.

Brother – A máfia japonesa *yakuza* em Los Angeles / Brother
Com Beat Takeshi, Omar Epps, Claude Maki, Masaya Kato, Susumu Terajima, Royale Watkins, Lombardo Boyar, Ren Ohsugi, Ryo Ishibashi e Tetsuya Watari.
© (2000) Recorded Picture Company, Office Kitano.

Dolls
Com Miho Kanno, Hidetoshi Nishijima, Tatsuya Mihashi, Chieko Matsubara, Kyoko Fukada, Tsutomu Takeshige, Shimadayu Toyotake, Kiyosuke Tsuruzawa, Minotaro Yoshida, Tamame Yoshida, Kanji Tsuda, Kayoko Kishimoto e Ren Ohsugi.
© (2002) Bandai Visual, Television Tokyo, Tokyo FM, Office Kitano.

Zatoichi
Com Beat Takeshi, Tadanobu Asano, Michiyo Ookusu, Yui Natsukawa, Gadarukanaru Taka, Diagoro Tachibana, Yuuko Daike, Ittoku Kishibe, Saburo Ishikura e Akira Emoto.
© (2003) Bandai Visual, Tokyo FM, Dentsu, TV Asahi, Saito Entertainment, Office Kitano.

Takeshis'
Com Beat Takeshi, Takeshi Kitano, Kotomi Kyono, Ren Ohsugi, Susumu Terajima, Tetsu Watanabe, Akihiro Miwa, Naomasa Musaka, Beat Kiyoshi, Kanji Tsuda, Tamotsu Ishibashi, Shoken Kunimoto, Koichi Ueda, Junya Takagi, Makoto Ashikawa, Kunihiro Matsumura, Shinji Uchiyama, Tsutomu Takeshige, Shogo Kimura, The Stripes, Toshi e DJ Hanger.
© (2005) Bandai Visual, Tokyo FM, Dentsu, TV Asahi, Office Kitano.

A glória do cineasta! / Kantonku banzai! / Glory to the filmmaker!
Com Beat Takeshi, Tohru Emori, Kayoko Kishimoto, Anne Suzuki, Kazuko Yoshiyuki, Akira Takarada, Yumiko Fujita, Yuki Uchida, Yoshino Kimura, Keiko Matsuzaka, Ren Ohsugi, Susumu Terajima, Naomasa Musaka, Tetsu Watanabe, Rakkyo Ide, Moro Morooka, Shun Sugata, Tamotsu Ishibashi, Masahiro Chono, Hiroyoshi Tenzan e Masato Ibu (narrador).
© (2007) Bandai Visual, Tokyo FM, Dentsu, TV Asahi, Office Kitano.

Um belo dia / Subarashiki kyujitsu / One fine day
Curta-metragem de três minutos da obra coletiva *Cada um com seu cinema* (que reuniu 35 cineastas de 25 países), apresentado durante o sexagésimo aniversário do Festival de Cannes, em 2007.
Com Beat Takeshi e Moro Morooka.
© (2007) Bandai Visual, Tokyo FM, Dentsu, TV Asahi, Office Kitano.

Aquiles e a tartaruga / Akiresu to kame / Achilles and the tortoise
Com Beat Takeshi, Kanako Higuchi, Yurei Yanagi, Kumiko Aso, Akira Nakao, Masato Ibu, Ren Ohsugi, Mariko Tsutsui, Reo Yoshioka, Aya Enjoji, Eri Tokunaga e Nao Oomori.
© (2008) Bandai Visual, TV Asahi, Tokyo Theatres, Wowow, Office Kitano.

Como ator de cinema (lista não exaustiva)

Furyo, em nome da honra, de Nagisa Oshima (1983), com Ryuichi Sakamoto e David Bowie.
Demon / Yasha, de Yasuo Kohata (1985).
No more comics international / Komikku zasshi, de Yojiro Takida (1986).
Anego, de Tatsuichi Takamori (1988).
Violent cop / Sono otoko, Kyobo ni tsuki, de Takeshi Kitano (1989).

Hoshi-o tsugumono, de Kazuo Komizu (1990).
Boiling point / 3-4 x jugatsu, de Takeshi Kitano (1990).
Zansatsu seyo setsunakimono, Sohei Ai, de Hisashi Sudo (1990).
Shura na densetsu, de Masaharu Izumi (1992).
Sakana kara daiokishin!!, de Ryudo Uzaki (1992).
Erotic liaisons / Erotikkuna kankei, de Takaji Wakamatsu (1992).
Adrenalina máxima / Sonachine / Sonatine, de Takeshi Kitano (1993).
Many happy returns / Kyoso tanjo, de Toshihiro Tenma (1993).
The five / Gonin, de Takashi Ishii (1995).
Getting any? / Minna yatteruka!, de Takeshi Kitano (1995).
Johnny Mnemonic – O cyborg do futuro / Johnny Mnemonic, de Roberto Longo (1995).
Hana-bi – Fogos de artifício / Hana-bi, de Takeshi Kitano (1997).
Olhares de Tóquio / Tokyo eyes, de Jean-Pierre Limosin (1998).
Verão feliz / Kikujuro no natsu / Kikujiro, de Takeshi Kitano (1999).
Batalha real / Batoru rowaiaru, de Kinji Fukusaku (2000).
Tabu / Gohatto, de Nagisa Oshima (2000).
Batalha real 2: Réquiem / Batoru rowaiaru 2: Chinkonka, de Kinji & Kenka Fukusaku (2003).
Zaitochi, de Takeshi Kitano (2003).
Consumido pelo ódio / Chi to hone, de Yoichi Sai (2004).
Izo, de Takashi Miike (2004).
Takeshis', de Takeshi Kitano (2005).
A glória do cineasta! / Kantonku banzai! / Glory to the filmmaker!, de Takeshi Kitano (2007).
Aquiles e a tartaruga / Akiresu to kame / Achilles and the tortoise, de Takeshi Kitano (2008).

Bibliografia

Livros de Takeshi Kitano

Em francês

Asakusa kid, traduzido do japonês por Karine Chesneau, Denöel, Paris, 1999, Le Serpent à Plumes, Paris, 2001.

La vie en gris et rose, traduzido do japonês por Karine Chesneau, Philippe Picquier, Arles, 2008.

Naissance d'un gourou, traduzido do japonês por Karine Chesneau, Denöel, Paris, 2005.

Rencontres du Septième Art, traduzido por Sylvain Chupin, apresentado por Michel Boujut, Arléa, Paris, 2000.

Em japonês

Doku-bari kodan, Ohta Shuppan, Tóquio, 1984.
Zoku dokubari kodan, Ohta Shuppan, Tóquio, 1985.
Zoku-zoku dokubari kodan, Ohta Shuppan, Tóquio, 1986.
Shin doku-bari kodan, Ohta Shuppan, Tóquio, 1988.
Yosei, Rockin'on, 2001.
Eiga kyojin, Kuturu, Kawadeshobo, 2001.
Kodoku, Rockin'on, 2002.
Jikou, Rockin'on, 2003.

Takeshi ga Takeshi wo korosu riyuu, Rockin'on, 2003.
Ichiro x Takeshi Kitano Catch ball, Pia, 2003.
Igyo, Rockin'on, 2004.
Hikari, Rockin'on, 2005.
Ikiru, Rockin'on, 2007.
Zenshikou, Gentosha, 2007.
Onnatachi, Rockin'on, 2008.
Gesewa no saho, Shodensha, 2009.

Livros de Beat Takeshi

Em japonês

Beat Takeshi no shiawase hitorijime, Sankei Shuppan, 1981.
Takeshi! Ore no dokugasu hanseiki, Kodansha, 1981.
Beat Takeshi no gokkun-nihonshi, Riyon, 1982.
Beat Takeshi no hentai-shigan oremo omaemo dokino sakurai, KK best-sellers, 1982.
Beat Takeshi no shiawase ni natte shimaimashita, Sankei Shuppan, 1982.
Beat Takeshi no sangoku ichi no shiawasemono, Sankei Shuppan, 1982.
Beat Takeshi no usoppu monogatari, Hanashinotokushuu, 1983.
Beat Takeshi no shimainya warau zo, Kodansha, 1983.
Beat Takeshi no minna gomi data, Asukashinsha, 1983.
Kyofu bikkuri dokuhon, KK best-sellers, 1983.
Gogo 3 ji 25 fun, Ohta Shuppan, 1983.
Beat Takeshi no mujoken kofuku, Fusosha, 1983.
Dokushin kodan, Ohta Shuppan, 1984.
Beat Takeshi no nichimo sachimo, Fusosha, 1984.
Gagkyou Satsujin jiken, Sakuhinsha, 1984.
Takeshi-kun, hi!, Ohta Shuppan, 1984.
Takeshi hoeru!, Asukashinsha, 1984.
Zoku dokushin kodan, Ohta Shuppan, 1985.
Ano hito, Asukashinsha, 1985.
Beat Takeshi no ko ka fuko ka, Fusosha, 1985.
Gozen 3 ji 25fun kaitei-ban, Ohta Shuppan, 1986.
Beat Takeshi no hukou-chuu no saiwai, Fusosha, 1986.
Takeshi no shin bochan, Ohta Shuppan, 1986.
Kid return, Ohta Shuppan, 1986.

Bibliografia

Beat Takeshi no fukochu no saiwai, Nippon Broadcasting System, 1986.
Takeshi no chosenjyo Tora no maki, Ohta Shuppan, 1986.
Shonen, Ohta Shuppan, 1987.
Asakusa kid, Ohta Shuppan, 1988.
Shin dokushin kodan, Ohta Shuppan, 1988.
Beat Takeshi no zenmen kohuku, Fusosha, 1988.
Beat Takeshi no sono otoko shiawase ni tuki, Fusosha, 1990.
Beat Takeshi no shiawase maru 10 nen, Fusosha, 1990.
Kyoso tanjo dai 1 bu, Ohta Shuppan, 1990.
Jingi naki eiga-ron, Ohta Shuppan, 1990.
Beat Takeshi no seikimatsu dokudan 3, Shogakukan, 1991.
Dakara watashi wa kirawareru, Shinchosha, 1991.
Yappari watashi wa kirawareru, Shinchosha, 1991.
Beat Takeshi no seikimatsu dokudan, Shogakukan, 1991.
Beat Takeshi no seikimatsu dokugan "Me niwa me wo, doku niwa doku wo", Shogakukan, 1992.
Jyogai ranto 2 konna jidai ni dare ga shita!, Ohta Shuppan, 1992.
Minna jibun ga wakaranai, Shinchosha, 1993.
Konna jidai ni darega shita jobai ranto 2, Ohta Shuppan, 1993.
Manzai byoto, Bungei Shunju, 1993.
Onnani tsukeru kusuri – Henken darake no Yamato Nadeshiko ikusei kouza, Shodensha, 1993.
Rakusen kakujitu senkyo enzetsu, Shinchosha, 1994.
Ganmen mahi, Ohta Shuppan, 1994.
Onna wa shinanakya naoranai uede, Shodensha, 1994.
Minna yatteruka?, Fusosha, 1995.
Sore demo onna ga suki, Shodensha, 1995.
Satake kun karano tegami, Ohta Shuppan, 1995.
Soredemo onna ga suki megezuni Yamato Nadeshiko keimoukouza, Shodensha, 1995.
Takeshi no 20 seiki nihonshi, Shinchosha, 1996.
Kusa-yakyu no kamisama, Shinchosha, 1996.
Za chiteki-manzai: Beat Takeshi no kekkyoku wakarimasen deshita, Shueisha, 1996.
Komanechi! Beat Takeshi zen-kiroku, Shincho bunko, 1998.
Takeshi no shinu tame no ikikata, Shinchosha, 1997.
Watashi wa sekai de kirawareru, Shinchosha, 1998.
Takeshi no "gogai"!, Yosensha, 1998.
Hakkiri itte bougen desu, Kadokawa Bunko, 1998.
Ai demo kurae, Shodensha, 1999.

Kikujiro to Saki, Shinchosha, 1999.
Kekkyoku wakarimasen deshita za chiteki manzai, Shueisha, 1999.
Beat Takeshi no all night nippon 2000: Sekai-Ichi no shiawase mono, Fusosha, 2000.
Shokyuu ningen-gaku koza 1 jiji bakusho kogi: Gizen no bakuhatu, Shinchosha, 2000.
Shokyuu ningen-gaku koza 2 jiji bakusho kogi: Nippon bunka dai-kakumei, Shinchosha, 2000.
Boku wa baka ni natta Beat Takeshi Shishu, Shodensha, 2000.
Gizen no bakuhatsu Shokyu ningengaku kouza 1 Jijimondai kougi, Shinchosha, 2000.
Nippon bunka daikakumei Shokyu ningengaku kouza 2 Kiso jyoshiki kougi, Shinchosha, 2000.
Komanechi! 2 Brother daitokushu, Shinchosha, 2000.
Chojyo taidan, Shincho Bunko, 2001.
Beat Takeshi no mokujiroku, Tokumashoten, 2001.
Omae no fukou niwa wake ga aru!, Shinchosha, 2001.
Geijutsu uso tsukanai: Beat Takeshi + Tadanori Yoko, Heibonsha, 2001.
Asakusa furansu-za no jikan, Bungei Shunju, 2001.
Beat Takeshi no mokujiroku kakioroshi chozetsu bougenshu, Tokumashoten, 2001.
Takeshi no shokyu kenja-gaku koza: Watashi bakari ga naze moteru, Shinchosha, 2002.
Nihon no sahou taidan: Beat Takeshi x Hawking Aoyama, Shinpusha, 2002.
Takeshi no Daiei-Hakubutsukan kenbunroku, Shinchosha, 2002.
Kyoto kaidan, Shinchosha, 2003.
Takeshi no hatsumei-oh, Shinchosha, 2003.
Hadaka no osama, Shinchosha, 2003.
Shokan Shincho (10 de abril de 2003), Shinchosha, 2003.
Takeshi no chuukyuu kenja koza: Sono baka ga tomaranai, Shinchosha, 2003.
Waruguchi no gijutsu, Shinchosha, 2003.
Tow art: Beat Takeshi + Takashi Murakami, Pia, 2003.
Yakyu kozou: Beat Takeshi x Hideki Matsui, Pia, 2004.
Takeshi no rakugaki nyuumon, Shinchosha, 2004.
Michi ni ochiteta tsuki: Beat Takeshi dowa shu, Shodensha, 2004.
Nippon to Beat Takeshi no TV-takkuru ga wakaru hon, TV Asahi, 2004.
Tatsujin ni kike!, Shinchosha, 2006.
Komadai sugaku-ka tokubetsu shuchuu kogi, Beat Takeshi & Kaoru Takeuchi, Fusosha, 2006.
Kantoku-banzai official guide book, Kadokawa Media House, 2007.
Hinkaku Nippon Shinkiroku, Shogakukan, 2008.
Kyoryu ha niji iro dattaka?, Shinchosha, 2008.

Sobre Takeshi Kitano (em francês e em inglês)

Beat Takeshi Kitano "Gosse de peintre". Paris: Fondation Cartier pour l'art contemporain – Actes Sud, 2010.
Celluloid Dreams, catálogos anuais.
DIONNET, Jean-Pierre. Catálogos, brochuras dos DVDs de Kitano distribuídos na França, Studio Canal (Canal +).
GEROW, Aaron. Kitano Takeshi. British Film Institute, 2007.
JACOBS, Brian. "Beat" Takeshi Kitano. London: Tadao Press, 1999.
LIMOSIN, Jean-Pierre. Takeshi Kitano l'imprévisible. Brochura DVD, MK2 (Cinéma de notre temps), 1999-2005.

Sobre Beat Takeshi Kitano (em japonês)

ABE, Kasho. Kitano Takeshi vs. Beat Takeshi. Chikuma Shobo, 1994 (lançado em inglês com o nome de autor sendo Casio Abe, ed. William O.).

Sobre o cinema e a televisão no Japão

BOCK, Audie. Japanese Film Directors. Tóquio: Kodansha International, 1978.
CLEMENTS, Jonathan; TAMAMURO, Motoko. The Dorama encyclopedia: a guide to Japanese TV drama since 1953. São Francisco: Stone Bridge Press, 2003.
KRAUSS, Ellis S. Broadcasting politics in Japan: NHK and television news. Ithaca: Cornell Univ. Press, 2000.
KUROSAWA, Akira. Akira Kurosawa, comme une autobiographie. (Trad. do inglês por Michel Chion). Paris: Cahiers du Cinéma, 1985. (Coleção Petite Bibliothèque des Cahiers du Cinéma, Seuil.)
PENN, William. The couch potato's guide to Japan: Inside the World of Japanese TV. Forest River Press, 2003.
RICHIE, Donald. Le cinéma japonais. Paris: Editions du Rocher, 2005.
_____. A hundred years of Japanese films. Tóquio: Kodansha International, 2001, 2005.
SANCHEZ, Frédéric. Encyclopédie du cinéma asiatique. Paris: Chiron, 2006.
SATO, Tadao. Le cinéma japonais (tome II). Paris: Centre Georges Pompidou, 1988.
SÉVÉON, Julien. Le cinéma enragé au Japon. Coll. Politique du cinéma, Sulliver, 2005.

SHRADER, Paul. *Transcendental style in film, Ozu, Bresson, Dreyer.* Da Capo Paperback, 1972.

STANDISH, Isolde. *A new history of Japanese cinema: A century of narrative film.* Nova York: Continuum, 2005.

TESSIER, Max. *Le cinéma japonais au présent.* Paris: Lherminier, 1984.

_____. *Images du cinéma japonais.* Paris: Henri Veyrier, 1981.

TOKORO, George. *Character navigation.* Tóquio: Neko Publishing, 2006.

Para as explicações pessoais e o glossário
(em ordem alfabética)

Art space Tokyo. Seattle-Tóquio: Chin Music Press, 2008.

AZUMA, Hiroki. *Génération Otaku.* Traduzido do japonês por Corinne Quentin. Paris: Hachette Littératures, 2008.

BARRAL, Etienne. *Otaku, les enfants du virtuel.* Paris: Denoël, 1999.

BAYARD-SAKAI, Anne; LUCKEN, Mickael; LOREZAND, Emmanuel (Org.). *Le Japon après la guerre.* Arles: Philippe Picquier, 2007.

BERQUE, Augustin. *Dictionnaire de la civilisation japonaise.* Paris: Hazan, 1994.

BOUISSOU, Jean-Marie (Org.). *Le Japon contemporain.* Paris: Fayard, CERI, 2007.

BOUVIER, Nicolas. *Chronique japonaise.* Paris: Payot, 1989.

CURTIS, Gerald L. *The logic of Japanese politics.* Nova York: Columbia University Press, 1999.

DUVAL, Patrick. *Le Japonais cannibale.* Paris: Stock, 2001.

ELISSEEFF, Vadime; ELISSEEFF, Danielle. *La civilisation japonaise.* Paris: Arthaud, 1987.

FERRIER, Michaël (textos reunidos por). *Le goût de Tokyo.* Paris: Mercure de France, 2008.

FINET, Nicolas (Org.). *Dico-manga.* Paris: Fleurus, 2008.

FPC (Foreign Press Center). *Facts and figures of Japan.* FPC – Ministry of Foreign Affairs of Japan, Tóquio, 2008.

GARRIGUE, Anne; DONNET, Pierre-Antoine. *Le Japon, la fin d'une économie.* Paris: Gallimard, Le Monde, 2000.

GOMARASCA, Alessandro. *Poupées, robots: la culture pop japonaise.* Paris: Autrement, 2002.

GUILLAIN, Robert. *Aventure Japon.* Paris: Arléa, 1997.

HIGUCHI, Yoichi. *Le constitutionnalisme et ses problèmes au Japon*. Paris: PUF, 1984.

Japan, Kodansha International, Tóquio, 1993.

Japan, Profile of a Nation, Kodansha, Tóquio, 1999.

JOLIVET, Muriel. *Homo japonicus*. Arles: Philippe Picquier, 2002.

KAPLAN, David; DUBRO, Alec. *Yakuza*. Arles: Philippe Picquier, 1990.

KOSHUN, Takami. *Battle royale*. Paris: Calmann-Lévy, 2006; e em inglês, traduzido por Yujo Oniki, Viz Media.

Le Japon, Serviço de imprensa, Embaixada da França no Japão, Tóquio, 1995.

LEBLANC, Claude. *Le Japoscope*. Paris: Ilyfunet, anual.

L'HÉNORET, André. *Le clou qui dépasse*. Paris: La Découverte, 1974.

MAU, Bruce. *Massive change*. Nova York: Phaidon, 2009.

MORTON, Leith. *Modern Japanese culture: The insider view*. Oxford: Oxford University Press, 2003.

MURAKAMI, Takashi. *Little boy, The arts of Japan's exploding subculture, Japan Society*. Nova York, 2005.

PINGUET, Maurice. *La mort volontaire au Japon*. Paris: Gallimard, 1984, 1991.

_____. *Le Texte Japon*. Paris: Seuil, 2009.

OÉ, Kenzaburo. *Nostalgies et autres labyrinthes, entretiens avec André Siganos et Philippe Forest*. Nantes: Cécile Defaut, 2004.

OZAKI, Tetsuya (Org.). *One hundred years of idiocy*. Tóquio: Think The Earth, 2001.

OZU, Yasujiro. *Voyage à Tokyo*. Traduzido do japonês por Michel & Estrellita Wassermann. Paris: Publications orientalistes de France, 1986.

POLAK, Christian. *Soie et lumières* (vol. I). Chambre de Commerce et d'Industrie Française du Japon. Tóquio: Hachette Fujingaho, 2001.

_____. *Sabre et pinceau* (vol. II). Chambre de Commerce et d'Industrie Française du Japon – SERIC, Tóquio, 2005.

PONS, Philippe. *D'Edo à Tokyo*. Paris: Gallimard, 1988.

_____. *Misère et crime au Japon*. Paris: Gallimard, 1999.

REISCHAUER, Edwin. *Histoire du Japon et des Japonais*. Paris: Le Seuil, 1997.

SABOURET, Jean-François. *Besoin de Japon*. Paris: Seuil, 2004.

SADIN, Eric. *Tokyo*. Paris: POL, 2005.

SAUTTER, Christian; HIGUCHI, Yoichi. *L'Etat et l'individu au Japon*. Paris: EHESS, 1990.

SCHILLING, Mark. *Encyclopedia of Japanese pop culture*. Boston: Weatherhill, 1997.

TEMMAN, Michel. *Le Japon d'André Malraux*. Arles: Philippe Picquier, 1997.

VIÉ, Michel. *Le Japon et le monde au XXe siècle*. Paris: Masson, 1995.

WASSERMAN, Michel. *D'or et de neige, Paul Claudel et le Japon*. Paris: Gallimard, 2008.

1ª **edição** setembro de 2012 | **Fonte** Goudy Old Style | **Papel** Offset 75g/m²
Impressão e acabamento Yangraf